GOLDMANN

Buch

Als der neue Kommissar Cattani in Sizilien seine Ermittlungen gegen Drogenhändler und Grundstücksschieber beginnt, ahnt er nicht, auf was er sich einläßt. Die Mafia ist längst kein sizilianisches Phänomen mehr. Die Verbindungen des Verbrecherrings reichen bis in die höchsten Regierungskreise Roms. Bald führt Cattani einen erbitterten Ein-Mann-Krieg gegen ein korruptes Establishment, das seine Interessen mit allen Mitteln verteidigt. Cattanis Tochter wird entführt, seine Frau verläßt ihn, seine Geliebte wird ermordet, seine Kollegen verraten ihn. Von seinen Vorgesetzten im Stich gelassen, bleibt ihm nur der Glaube an die eigene moralische Integrität und an die Gerechtigkeit. Und es ist dieser Glaube, der ihn schließlich bis an die Spitze der Mafia vordringen läßt und ihm die Chance gibt, zum großen Schlag gegen das organisierte Verbrechen auszuholen...

Der Kampf des Kommissars Cattani ist nicht nur ein dramatischer und spannungsgeladener Krimi – er ist auch ein Lehrstück über Gewalt und Macht in einer korrupten Gesellschaft.
»Allein gegen die Mafia«, eine der erfolgreichsten italienischen Fernsehserien der letzten Jahre, war auch in Deutschland ein großer Publikumsrenner.
Zum Start der neuen Fernsehfolge im September 1989 erscheint im Goldmann Verlag außerdem:

Marco Nese, *Il Commissario.*
Allein gegen die Mafia 2 (Geb. 30345)

Autor

Marco Nese wurde in Perdifumo (Salerno) geboren. Er studierte Philosophie an der Universität Rom und begann gleichzeitig eine sehr erfolgreiche Karriere als Journalist. Für die großen italienischen Illustrierten sowie das erste Programm des staatlichen Fernsehens berichtete er über aktuelle Themen. Gegenwärtig arbeitet er für den »Corriere della sera«. Nese hat mehrere politische Sachbücher veröffentlicht, darunter auch eine Biographie des berühmten Mafiabosses Luciano Liggio.

Marco Nese

Allein gegen die Mafia

La Piovra

Aus dem Italienischen von
Andreas Brandhorst

Goldmann Verlag

Die Originalausgabe nach einem Drehbuch von
Ennio De Concini erschien unter dem Titel
»La Piovra« bei Edizioni RAI, Rom

Der Goldmann Verlag
ist ein Unternehmen der Verlagsgruppe Bertelsmann

Made in Germany · 11/89 · 2. Auflage

Umschlaggestaltung: Design Team München
Umschlagfoto: Garritano, Inter Topics, Hamburg
Druck: Elsnerdruck, Berlin
Verlagsnummer: 9681
AR · Herstellung: Heidrun Nawrot/AS
ISBN 3-442-09681-2

ERSTER TEIL

1

Die beiden Alfettas der Polizei rasten über eine der Straßen außerhalb von Trapani. Mit heulenden Sirenen fuhren sie am Meer entlang, und als sie eine kleine Lichtung erreichten, kamen sie mit quietschenden Reifen zum Stehen.

Das Scheinwerferlicht fiel auf einen Fiat Regata. Vorsichtig näherten sich die Polizisten mit entsicherten Maschinenpistolen dem Wagen. Es war eine warme Julinacht; unter den Schritten der Beamten knisterte das trockene Gras.

»Nichts anrühren«, sagte ein hochgewachsener, untersetzter Mann, der als einziger Zivil trug.

Ein feister Typ löste sich aus der Gruppe. Er war von der Spurensicherung, und in der einen Hand hielt er einen Koffer. Er warf einen kurzen Blick in den Wagen, und sein Gesicht verzerrte sich, als habe er einen elektrischen Schlag erhalten.

»Lieber Himmel«, hauchte er. »Es hat den Chef der Squadra mobile* erwischt.«

Unruhe entstand unter den Polizisten, und einige fluchten laut. »Verdammte Mistkerle...!«

Der Mann in Zivil reagierte nicht darauf. Er näherte sich dem Beamten von der Spurensicherung und bat ihn, sehr sorgfältig vorzugehen. Dann zündete er sich eine Zigarette an. Er war so in Gedanken, daß er nicht einmal das Rauschen des Meeres hörte.

* Squadra mobile: eine italienische Polizeieinheit mit Sondervollmachten zur Aufklärung von Schwerverbrechen (Anmerkung des Übersetzers).

Weitere Polizeiwagen trafen ein. Kurz darauf hielt ein Kombi, der die Aufschrift trug: »Sici-TV.« Männer stiegen aus, darunter auch der Aufnahmeleiter der elegante Nanni Santamaria.

Unterdessen untersuchten die Beamten den Fiat. Im blendenden Licht der Scheinwerfer hielten sie nach Hinweisen Ausschau, nach Spuren, die die Täter zurückgelassen hatten. Bei der Leiche des Kommissars Marineo zögerten sie: Der Tote saß hinter dem Steuer, der Kopf war nach hinten geneigt, der Mund stand offen, und die Schultern lehnten schlaff an der Rückenlehne.

Der Mann in Zivil wandte sich ab. Santamaria erkannte ihn sofort und ging mit einem Mikrofon auf ihn zu. »Dottor Altero, Sie sind stellvertretender Leiter der Squadra mobile. Wissen Sie etwas von Drohungen gegenüber Marineo?«

»Santamaria«, brummte Altero, »halten Sie dies für den geeigneten Augenblick?« Er nahm den Mann von der Spurensicherung beiseite. »Haben Sie irgend etwas Interessantes gefunden?«

»Es ist seltsam«, erwiderte der Beamte leise und kratzte sich am Nacken. »Wir konnten weder Kugeln noch Geschoßhülsen entdecken.«

Der Mann in Zivil sah ihn verwirrt an.

»Ja, wirklich sonderbar«, fuhr der Beamte fort. »Es gibt nicht einmal Blutflecken auf dem Sitz. Vermutlich haben ihn die Mistkerle woanders umgelegt.«

»Und anschließend haben sie die Leiche hierher gebracht, um uns etwas vorzumachen«, fügte Altero hinzu und nickte. »Ja, so könnte es gewesen sein.«

Inzwischen entfalteten die Fernsehtechniker hektische Aktivität. Ihre Scheinwerfer verwandelten die Polizisten in bizarr anmutende Schatten und Schemen.

»Verdammter Mist«, fluchte Altero. »Eines Tages könnte ich genauso enden.«

Der Spezialist von der Spurensicherung sah ihn erstaunt an. »Was sagen Sie denn da, Dottore?«

»Ich meine, wenn man ständig umherirrt, ohne die Hand vor Augen zu sehen, ist es sehr wahrscheinlich, daß man irgendwann in einen Abgrund stürzt. Wir sind praktisch blind, verstehen Sie?«

»Glauben Sie, daß man Marineo in einen Hinterhalt gelockt hat?«

Altero gab keine Antwort. Der Beamte der Spurensicherung runzelte nachdenklich die Stirn und überlegte laut: »Vielleicht wurde er von einem Bekannten, dem er vertraute, an einen entlegenen Ort geführt. Möglicherweise ahnte er nicht, daß es sich um eine Falle handelte.«

Altero schien diese Worte gar nicht zu hören. »Armer Marineo«, seufzte er. »Er wollte Trapani in ein paar Tagen verlassen. Er wurde nach Salerno versetzt, in seine Heimatstadt. Seine Frau und die Kinder freuten sich darauf.«

Der Polizeifotograf machte Aufnahmen, und das grelle Blitzlicht beleuchtete die Schaulustigen, die sich mittlerweile eingefunden hatten.

»Führen Sie die Untersuchung zu Ende«, wies Altero den Mann von der Spurensicherung an, dann stieg er in seinen Wagen.

Die Nacht ging zu Ende, und jenseits der dunklen Berglinie dämmerte der neue Tag.

Auch in Norditalien dämmerte der Morgen, als in einer Wohnung in Mailand – unweit der Piazzale Susa – das Telefon klingelte. Corrado Cattani, der immer früh auf den Beinen war, stand vor dem Spiegel und rasierte sich. Auf der Zunge hatte er noch den Geschmack des ersten Espressos an diesem Tag. Bis zum Abend würde er weitere zehn Tassen trinken, da die Arbeit als Polizeikommissar ständige Bereitschaft und einen wachen Verstand erforderte. Der Kaffee half ihm in Phasen der Müdigkeit und Erschöpfung.

Er nahm den Hörer ab und ließ sich über das Verbrechen informieren. Kommissar Cattani war ein vierzigjähriger, kräftig gebauter Mann mit schon ergrautem Haar. Sein Gesicht wirkte ernst, und die pechfarbenen Augen blickten wachsam. Ohne ein Wort zu sagen, ließ er sich alle Einzelheiten erklären und beendete das Gespräch mit einem knappen »in Ordnung«.

Als er am Spiegel im Flur vorbeikam, stellte er fest, daß der Rasierschaum getrocknet war und einen mehlig-weißen Belag in seinem Gesicht bildete – eine groteske Maske. Während er noch sein Spiegelbild betrachtete, zündete er sich eine Zigarette an.

Seine Frau war ebenfalls aufgestanden. Er hörte, wie sie die Schlafzimmertür öffnete und sich ihm näherte. Früher hatte er sie regelrecht angebetet. Jetzt aber drehte er sich nicht einmal mehr zu ihr um. Und doch war sie selbst zu dieser frühen Stunde eine Schönheit – die Haut goldbraun, der Körper geschmeidig, die Bewegungen anmutig. Sie hob die Hand und strich sich mit den Fingern elegant durch das lange blonde Haar. Die schöne Else, Französin – sie hatte ihren Mann vor rund fünfzehn Jahren während eines Aufenthaltes in Italien kennengelernt.

»Was ist denn?« fragte sie besorgt.

Cattani haßte Erklärungen. Insbesondere dann, wenn es um seine Arbeit ging. Aber in diesem Fall betraf die Angelegenheit auch seine Frau. Irgendwann mußte er ihr ohnehin sagen, was geschehen war, und eigentlich hatte es keinen Sinn, das hinauszuzögern.

»Wir müssen unsere Pläne ändern«, antwortete er. »Wir können nicht mehr bis zur nächsten Woche warten und den Umzug in aller Gemütlichkeit hinter uns bringen. Ich muß heute noch nach Trapani: Der Leiter der Squadra mobile, dessen Posten ich übernehmen soll, wurde umgebracht. Eine nette Art, mich willkommen zu heißen.«

Else sah ihn entsetzt an. »Das ist ja schrecklich, Corrado! Ich habe mich so über deine Versetzung nach Sizilien gefreut und dachte, sie böte uns die Chance, ein neues Leben zu beginnen, wieder zu uns zu finden.« Sie umarmte ihn.

»Ich glaube, jetzt brauchen wir beide einen starken Kaffee«, sagte Cattani und wich von seiner Frau zurück. Dann aber, in einem Anflug von Mitleid, strich er ihr über die Wange. »Wir fangen noch einmal von vorn an, das verspreche ich dir.«

Sie sah ihn zärtlich und etwas unsicher an. »Ich packe deine Sachen.«

In diesem Augenblick erschien ihre zwölfjährige Tochter Paola in der Tür. Sie war barfuß und rieb sich schläfrig die Augen. »Ach, Schatz, wir haben dich geweckt.« Else ging auf sie zu.

»Ich habe euch gehört und mir Sorgen gemacht«, entgegnete das Mädchen ängstlich.

»Meine Güte – und warum?«

»Ich dachte, ihr streitet euch wieder. Wie so oft.«

»Nein.« Else rang sich ein Lächeln ab. »Wir haben nicht die geringste Absicht, uns zu zanken.«

Sie erklärte Paola, ihr Vater müsse sich schon jetzt auf den Weg machen, und sie könnten ihm erst in einigen Tagen folgen, wenn die Vorbereitungen für den Umzug abgeschlossen seien. Doch das Mädchen schien nicht überzeugt zu sein. »Papa, du verläßt uns doch nicht für immer, oder?«

Corrado strich Paola durchs Haar. »Sizilien wird dir gefallen.«

Doch Cattani selbst verband keine sonderlich angenehmen Vorstellungen mit Sizilien. Er erinnerte sich noch genau an seine erste Reise, an den Eindruck, auf jener Insel zu viele hinterlistige und verschlagene Gesichter gesehen zu haben, entsann sich auch der vielen Kriecher und Opportunisten, an die Aufsteiger und Karrieremacher. In diesem Zusammenhang fiel ihm eine Geschichte ein, die er einmal gehört oder gelesen hatte – er wußte es nicht mehr genau. Sie beschrieb plastisch die sozialen Bedingungen, die das Leben der Sizilianer bestimmen.

Die Geschichte handelte von einer alten und noblen palermitanischen Familie, den Palamitone. An jedem Neujahrstag fanden sich die Bauern auf dem großen Hof des Palazzo ein, um den *Padroni* ihre Glückwünsche zu übermitteln. Der greise Marchese, der inzwischen längst das Zeitliche gesegnet hatte, war auf den Balkon getreten. Und während die Menge ihm zujubelte, knöpfte er seinen Hosenlatz auf und urinierte auf die armen Kerle.

Cattani grinste damals, als er davon erfuhr, und meinte spöttisch: »Vielleicht haben sie sich sogar darüber gefreut.«

Jetzt kehrte er als Polizist nach Sizilien zurück und gab sich Mühe, alle Vorurteile zu vergessen. Auf diese Weise entwickelte er ein neues Interesse an der Insel und ihren Bewohnern. Vielleicht blieb der Zauber Siziliens auch auf ihn nicht ohne Wirkung. Am Flughafen von Palermo erwartete ihn ein Polizeiwagen. Der Fahrer war ein Bekannter von ihm, ein junger und aufgeweckter Beamter namens Leo De Maria.

Cattani freute sich über das Wiedersehen. Er erinnerte sich an De Maria als einen der besten Kadetten der Polizeiakademie. »Ich bin sehr stolz darauf, mit Ihnen arbeiten zu können«, sagte De Maria, als er Cattani die Wagentür aufhielt.

Sie fuhren nach Trapani. Im Westen ging die Sonne unter, und ihre letzten Strahlen fielen auf weite Orangenhaine, Olivenplantagen und Zitronenbäume. Dann und wann überholten sie von Eseln gezogene Karren. Der Kommissar atmete tief durch und genoß die würzige Luft. Er dachte über die so paradiesisch anmutende Insel nach, die in der ganzen Welt bekannt war – doch nicht in erster Linie wegen ihrer herrlichen Natur. Tatsächlich gründet sich der Ruf Siziliens vor allen Dingen auf die Existenz einer gewalttätigen und grausamen Verbrecherorganisation: die Mafia – ein Polyp, dessen Tentakel sich überallhin erstrecken.

Cattani bot dem Fahrer eine Zigarette an. »Wie läuft's hier unten, Leo?«

»Es gibt viel zu tun, Kommissar. Wir arbeiten rund um die Uhr und führen einen Krieg, der niemals ein Ende zu nehmen scheint.«

Cattani nickte und dachte an die Aufgaben, die auf ihn warteten. »Ja, ein Krieg.« Er spuckte aus dem Fenster. »Warum ist Marineo umgebracht worden?«

Der Beamte zuckte mit den Schultern. »Ich weiß nicht. Ich hatte Nachtdienst und fuhr durch das Hafenviertel. Gegen elf Uhr gestern abend kam es dort zu einer wüsten Schlägerei. Ich versuchte, mich mit Dottor Marineo in Verbindung zu setzen, konnte ihn jedoch im Büro ebensowenig erreichen wie zu Hause. Dann rief ich bei seinem Stellvertreter an, aber Altero war ebenfalls spurlos verschwunden.«

Cattani begann mit den Ermittlungen. Mit präzisen Fragen brachte er die ersten Anhaltspunkte in Erfahrung und schuf sich eine Ausgangsbasis. »Wann hat Marineo sein Büro verlassen?«

»Ich habe ihn nicht gesehen, aber für gewöhnlich geht er um halb neun. Altero jedoch blieb wesentlich länger. Ich weiß, daß er noch um zehn in seinem Arbeitszimmer war, denn ich selbst habe ihn gesehen. Bevor ich meine Streife begann, nahm ich einen Anruf entgegen. Es war eine Frau, und ich verband sie mit Altero.«

»Und was hat er daraufhin gemacht?«

»Unmittelbar nach dem Gespräch ging er weg.«

»Wissen Sie, um wen es sich bei dieser Frau gehandelt hat?« fragte Cattani.

»Nein. Keine Ahnung.«

Cattani lachte leise. »Wollen Sie vielleicht die Geliebte Alteros schützen?«

»Ich? Für was halten sie mich denn – für einen Kuppler?«

Cattani schaute aus dem Fenster und betrachtete die Landschaft, durch die sie fuhren. Er empfand eine seltsame Anspannung, ein innerliches Vibrieren. Dieses Gefühl hatte er immer, wenn er mit der Arbeit an einem schwierigen Fall begann. »Hören Sie«, sagte er und wandte den Blick dabei nicht von dem Panorama ab, »ist Ihnen an der Stimme der Frau irgend etwas aufgefallen?«

»Meinen Sie diejenige, die Altero anrief? Nun, sie erschien mir nervös und besorgt, irgendwie erschrocken. Halten Sie es für möglich, daß es da einen Zusammenhang gibt, ich meine zwischen dem Telefonat und der Ermordung Marineos?«

Mit einem Ruck drehte sich der Kommissar zu De Maria um, so als habe ihn die Frage überrascht. Er musterte den Fahrer einige Sekunden lang und entschied dann, das Thema zu wechseln. Er bat De Maria, ihm von den weiteren Ereignissen der Nacht zu berichten.

Der junge Beamte runzelte die Stirn und dachte nach. »Um halb zwei kehrte ich ins Büro zurück, um eine Akte zu überprüfen. Und ich bemerkte Altero, der hinter seinem Schreibtisch saß. Er rauchte eine Zigarette, starrte ins Leere und sah ziemlich erledigt aus. Ich sprach ihn an, aber er gab keine Antwort. Meine Güte, dachte ich mir, der Mann muß echte Probleme haben. Um zwei klingelte das Telefon. Ein anonymer Anrufer wies uns auf einen Fiat Regata hin, in dem sich eine Leiche befände. Wir machten uns sofort auf den Weg. Und kurze Zeit später stellten wir fest, daß der Ermordete unser Chef war.«

»Hm.« Cattani blickte nachdenklich auf. Wieder sah er De Maria an und fragte beiläufig: »Was halten Sie von der Sache?«

»Ich weiß nicht so recht. Ein seltsames Verbrechen, ohne Motiv. Jedenfalls haben wir bis jetzt noch keine Erklärung. Wir wissen nur, daß der Kommissar außerhalb des Wagens umgebracht wurde: Die Karosserie wies keine Durchschußlöcher auf, und auch in den Sitzen fanden wir keine Kugeln.«

»Und Geschoßhülsen?«

Der Fahrer schüttelte den Kopf. »Keine Spur davon. Liegen vielleicht irgendwo im Gestrüpp.«

Cattani nickte. »Weder Kugeln noch Hülsen«, wiederholte er. »Und nicht einmal Blut auf den Sitzen. Eigenartig.«

»Ja, das stimmt. Kein einziger Blutstropfen – nicht auf dem Boden, nicht auf dem Sitz. Dottor Altero hat bereits einen vorläufigen Bericht angefertigt. Er geht davon aus, daß jemand an Marineo herangetreten ist, den er gut kannte, möglicherweise ein Informant oder Spitzel. Und der hat ihn an einen entlegenen Ort gelockt.«

»Ein Informant oder Spitzel«, wiederholte Cattani später, und seine Stimme klang dabei spöttisch und sarkastisch. »Eine solche Vorstellung ist doch völlig absurd!«

Auf der anderen Seite des Schreibtisches saß ein älterer rundlicher Herr mit kleinen trüben Augen. Er beugte sich vor und plusterte sich auf wie ein zum Kampf bereiter Hahn. »Junger Mann! Sie wurden mir als jemand beschrieben, der es gewohnt ist, sich in erster Linie auf sich selbst zu verlassen. Aber ich habe nicht damit gerechnet, daß Sie eingebildet und arrogant sind. Ich bitte Sie: Obwohl Sie gerade erst hier eingetroffen sind, glauben Sie schon zu wissen, was richtig und falsch ist?«

»Procuratore Scardona«*, sagte der Kommissar ruhig, »lassen Sie uns doch vernünftig sein. Halten Sie es etwa für möglich, daß sich ein so erfahrener Mann wie Dottore Marineo von einem Informanten in die Falle locken ließ?«

Scardona schob einige Akten und Dokumente beiseite und breitete die Arme aus. »Was wollen Sie denn? Selbst kluge Leute machen Fehler.«

»Das mag sein. Aber hier haben wir es mit einem Fall zu tun, der völlig unlogisch erscheint. Wieso soll Marineo derart unvorsichtig gewesen sein? Wenn ein Polizist sich an einem entlegenen Ort mit einem Informanten trifft, so muß er doch Maßnahmen zu seinem eigenen Schutz ergreifen und dafür sorgen, daß sich jemand, dem er vertraut, in Bereitschaft hält.«

Scardona schaute den Kommissar mitleidig an.

»Worte, junger Mann, nichts als Worte. Uns kommt es auf Fakten an. Und die scheinen mir ziemlich klar zu sein. Marineo hat di-

* Procuratore: ital. Staatsanwalt (Anmerkung des Übersetzers).

verse Drohbriefe erhalten. Darauf folgten Anschläge – und ein hochrangiger Beamter bezahlte seine Rechtschaffenheit mit dem Leben.«

»Glauben Sie, Marineo wurde von der Mafia ermordet?«

»Ach, die Mafia. Sie kommen aus dem Norden und sprechen sofort von der Mafia. Wir sind hier nicht in Palermo. Lassen Sie sich nicht von vorgefaßten Meinungen in die Irre führen. Ziehen Sie keine falschen Schlüsse. Befassen Sie sich allein damit, die Mörder zu finden und sie hinter Schloß und Riegel zu bringen.«

»Ich werde mir alle Mühe geben«, versicherte Cattani. »Ich möchte Ihnen nur noch eine Frage stellen, Signor Procuratore: Was ist für Sie die Mafia?«

Scardona spitzte die Lippen.

»Wenn diese Frage im Zusammenhang mit der Ermordung Augusto Marineos gemeint ist: eine Pistole, junger Mann.«

Als Cattani die Tür erreichte, warf er dem Staatsanwalt noch einen letzten Blick zu. Scardona strich sich mit den Händen übers Haar.

Der Kommissar kehrte ins Büro zurück und ging ins Archiv. Dort sah er Marineos Berichte durch. Diebstähle, Schmuggel, Überfälle, der Mord an einer alten Frau, um ihr die Ersparnisse zu stehlen. Eine nach der anderen legte Cattani die Akten beiseite. Schließlich fiel sein Blick auf einen Namen: Sante Cirinnà.

Nach Marineos Beschreibung war dieser achtunddreißigjährige Mann ein Drogenhändler und »sehr gefährlich, skrupellos und von gewalttätigem Wesen«. Offenbar gehörten ihm drei große Geschäfte, die mit Sportwagen und Luxuskarossen handelten, und einige Bars im Hafenviertel. In seinen Berichten führte Marineo aus, Cirinnàs Erfolg gründe sich auf gewisse »Dienste«, die er für »sehr hochrangige und respektable Personen« leiste.

Wirklich interessant. Cattani kramte weiter in den Unterlagen und fand zwei Anklagen zu Lasten Cirinnàs: Bandenbildung und

Drogenhandel. Doch der Beschuldigte hatte sich nicht einmal die Mühe machen müssen, vor dem Richter zu erscheinen. Das Verfahren gegen ihn war eingestellt worden – wegen Mangel an Beweisen.

»Guten Tag, Kommissar; hätte nicht gedacht, Sie hier zu finden.« Altero, der stellvertretende Leiter der Squadra mobile, betrat das Archiv. Er hatte einige Akten bei sich, die er an ihren Platz zurücklegen wollte. Cattani gegenüber verhielt er sich freundlich. Er bot ihm eine Zigarette an und war enttäuscht, als Cattani ablehnte: »Nein, danke, ich habe gerade eine geraucht.«

Altero ließ sich die Abfuhr nicht anmerken und fragte den Kommissar, ob er etwas Bestimmtes suche und er ihm helfen könne.

»Ich habe schon etwas gefunden, was mich interessiert«, entgegnete Cattani kühl.

Er deutete auf die Unterlagen und erklärte, er sei auf einen Namen gestoßen. Und sein Spürsinn, so fügte Cattani hinzu, ließe es ihm angeraten erscheinen, sich eingehender mit der betreffenden Person zu befassen. »San-te Ci-rin-nà.«

Er sprach den Namen ganz langsam aus und beobachtete Altero dabei. Doch dessen Gesicht zeigte nur einen Ausdruck der Verwunderung, und Altero fragte, was es mit diesem Cirinnà auf sich hätte. Cattani erklärte, seine Neugier sei zum einen von den Ermittlungen geweckt worden, die Marineo durchgeführt hatte, und zum anderen von der eindeutig negativen Beurteilung des Beschuldigten.

Ein seltsames Lächeln umspielte die Lippen Alteros.

»Wissen Sie, lieber Cattani, bei den Ermittlungen, die Sie meinen, ging es um Frauen. Es handelte sich um Verleumdungen betrogener Ehemänner, die auf Rache aus waren. Cirinnà ist ein Schürzenjäger, nichts weiter.«

Dieser Ton mißfiel Cattani. »Vielleicht sollte ich mir ein eigenes Urteil bilden«, sagte er scharf.

»Oh, natürlich, ganz wie Sie meinen. Aber wenn Sie mir noch eine Bemerkung gestatten: Mit Cirinnà verlieren Sie nur Zeit.«

Was für ein Typ war dieser Altero eigentlich? Ein Kollege, dem man vertrauen konnte – oder jemand, vor dem man sich besser in acht nehmen sollte? Cattani ahnte, daß trotz der Sonne und des wolkenlosen Himmels der sizilianische Nebel dichter war als der in Mailand. Er schloß die Augen, atmete tief durch und beschloß, bei seinen Untersuchungen größtmögliche Vorsicht walten zu lassen.

Cattani war schweißgebadet, die Hitze machte ihm zu schaffen. »Halten Sie dort an und lassen Sie uns am Kiosk ein Bier trinken«, sagte er, und De Maria, der auch diesmal den Wagen fuhr, kam der Aufforderung sofort nach. Cattani strich mit dem Daumen über den Hals der Flasche, setzte sie an die Lippen und trank.

»Meine Güte, das tat gut.« Erfrischt blickte er sich um, so als wolle er sich mit seiner neuen Heimatstadt vertraut machen. Er stand auf der Hauptstraße, und an den Fronten der alten, prunkvoll verzierten Gebäude glaubte er Spuren des Verfalls zu erkennen. Im Gegensatz zu einigen neuen Geschäften, die mit reich dekorierten Schaufenstern Kunden anlockten.

Er beobachtete alte Leute, die vornübergeneigt dahinschlurften und den Eindruck erweckten, als seien sie im Laufe der Jahre kleiner geworden und ausgetrocknet. Jugendliche protzten mit bunt gefärbten Haaren und trugen Kleidung, die den Modellen von Armani und Versace nachempfunden waren. Das Nacheifern einer großstädtischen Mode, das in der Provinz lächerlich wirkte.

Cattani rückte sich die Sonnenbrille zurecht.

»Was wissen Sie über Sante Cirinnà?« fragte er De Maria plötzlich.

Der junge Beamte starrte auf seine fast leere Bierflasche.

»Ist ein verdammter Mistkerl«, sagte er.

»Marineo war hinter ihm her.«

»Ja, aber er hat ihn nicht erwischt. Bekam nichts gegen ihn in die Hand. Und Cirinnà machte sich deswegen über ihn lustig. In der letzten Zeit hat er Dottore Marineo sogar in aller Öffentlichkeit verspottet. Kommissar, sagte er, mit mir können Sie keinen Ruhm ernten. Ich bin sauber. Aber wissen Sie, was mir wirklich komisch vorkommt, Dottore Cattani? Wenn man an all das denkt, was zwischen den beiden vorgefallen ist, müßte man eigentlich glauben, daß Cirinnà den Kommissar Marineo gehaßt hat. Und doch habe ich ihn gestern bei der Beerdigung Marineos gesehen.«

»Tja«, brummte Cattani. »Vielleicht wollte er damit zeigen, wie sehr er ihn respektierte. Ein schlauer Fuchs. Wer weiß, welche Beziehungen er zu den ›ehrenwerten‹ Leuten in dieser Stadt unterhält...«

De Maria lehnte sich an den Wagen. »Sie empfangen ihn nicht einmal«, erwiderte er. »Sie benutzen ihn, ja. Aber ansonsten pflegen sie keinen Umgang mit ihm.« Sein Tonfall unterschied sich von dem Alteros. »Aber damit gibt sich Cirinnà nicht zufrieden. Macht viel Geschrei. Will sich profilieren. Der typische kleine neureiche Mafioso, der versessen darauf ist, auf der sozialen Rangleiter einige Stufen höherzusteigen.«

Ein Motorrad näherte sich, gefahren von einer jungen Frau, die keinen Helm trug. Sie hielt vor der Bar auf der anderen Straßenseite und stieg ab. Cattani schätzte ihr Alter auf etwa fünfundzwanzig Jahre. Sie war groß, schlank und hatte die Figur eines Fotomodells. Der Kommissar musterte sie anerkennend. Sie ist so schön, daß es einem die Sprache verschlägt, dachte er, obwohl ihr blasses Gesicht von Kummer gezeichnet ist.

»Nicht übel, was?« De Maria zwinkerte. »Soll ich Ihnen sagen, wer das ist? Böse Zungen behaupten, sie sei die Bettgefährtin Cirinnàs. Wenn das stimmt, wird der Traum unseres kleinen Mafioso wahr, denn sie gehört zu einer sehr noblen Familie. Sie heißt Titti Pecci Scialoja und ist die Tochter der Duchessa Eleonora. Hat Geld wie Heu. Und jetzt lebt sie allein in einem riesigen Palazzo.

Ihre Mutter beging Selbstmord. Haben nicht alle Tassen im Schrank, die Adligen.«

Der junge Beamte trank sein Bier aus. »Es ist schon sonderbar«, fuhr er fort. »Zufällig hat sich die Duchessa Eleonora in der gleichen Nacht erschossen, in der Kommissar Marineo umgebracht wurde.«

»In der gleichen Nacht?« wiederholte Cattani. Sein Blick ließ die junge Frau noch immer nicht los. Sie schien auf jemanden zu warten, sah dann und wann auf die Uhr, strich sich durchs Haar und ging unruhig auf und ab.

»Genau«, bestätigte De Maria. »In der gleichen Nacht. Vielleicht wartet sie auf Cirinnà. Sehen Sie, wie blaß sie ist? Die Duchessina spritzt. Nimmt Rauschgift. Kann nicht mehr ohne. Es heißt, sie erhält ihren Nachschub von unserem kleinen Mafioso – auf diese Weise hat er sie von sich abhängig gemacht. Ah, ich habe also richtig getippt: Da kommt er.«

Ein zweites Motorrad, gelenkt von Cirinnà, hielt auf die Bar zu. Der untersetzte Mann wirkte überheblich. Sein Gesicht war breit, Pomade glänzte im schwarzen Haar. Er verhielt sich, als ob er es gewohnt sei, sich durchzusetzen, und seine dunklen Augen funkelten. Er wechselte nur wenige Worte mit der jungen Frau, dann stiegen beide auf ihre Motorräder und fuhren in die gleiche Richtung davon.

Der Kommissar sah ihnen bis zum Ende der Hauptstraße nach. »Ich muß mit ihr reden«, sagte er zu De Maria. »Rufen Sie sie an.«

Der junge Polizist nickte. »Wird erledigt.«

Cattani spielte mit dem Gedanken, noch einen anderen Besuch zu machen, bevor er zur Residenz der Duchessina fahren wollte. »Wo wohnt die Familie Marineos?« fragte er.

»Seine Frau und die Kinder haben Trapani unmittelbar nach der Beerdigung verlassen«, antwortete De Maria. »Sie wohnen jetzt bei Verwandten in Salerno. Bestimmt kommen sie früher oder später zurück, um die Möbel abzuholen.«

»Dann ist die Wohnung also derzeit unbewohnt«, überlegte Cattani laut. »Glauben Sie, wir könnten uns dort einmal umsehen?«

»Warum nicht? Vielleicht finden wir irgendwelche Hinweise.«

Als sie das im Osten der Stadt gelegene Haus, in dem Marineo gewohnt hatte, erreichten, mußten sie feststellen, daß der Eingang versperrt war. Sie warteten einige Minuten, und schließlich öffnete sich die Tür langsam, und eine alte, schwarz gekleidete Frau kam ihnen entgegen.

De Maria trat rasch näher. »Lassen Sie ruhig offen, wir müssen die Zähler ablesen.«

Sie stiegen die Treppe hoch. Im dritten Stock blieben sie vor einer Tür stehen, auf deren Schild der Name Marineo stand. De Maria verlor keine Zeit. Er zog eine Kette aus der Tasche, an der mehrere kleine Stahlklingen und Schlüssel hingen, und entriegelte das Schloß. Dann traten sie ein.

Sie sahen leere Schränke, Unordnung, Staub. In einer Ecke des Wohnzimmers blieb Cattani stehen und blickte auf einen kleinen Schreibtisch. Vermutlich hatte Marineo daran gearbeitet. Er nahm sich die einzelnen Fächer vor und überflog die verschiedenen Papiere. Alte Unterlagen, denen keine Bedeutung mehr zukam. Fotografien der Kinder des ermordeten Kommissars. Ein dünner Aktendecken, der sowohl Empfangsbestätigung der Miete als auch Strom- und Telefonrechnungen enthielt.

Cattani war enttäuscht. Er zog die letzte Schublade auf und ein eingeklemmter Gegenstand fiel herunter. Er kniete sich nieder, löste die Schublade aus den Führungsschienen, griff in das leere Fach und ertastete einen kleinen Block. Es handelte sich um den Rest eines Scheckheftes, von dem nur die Ausstellungsquittungen zurückgeblieben waren. Man konnte nie wissen: Vielleicht erwiesen sie sich als nützlich.

Cattani steckte den Block ein. Mehr fand er nicht in der verlassenen Wohnung Marineos.

2

Cattani mietete ein Apartment in einem Neubau, in dem es nach Stuck und frischem Kalk roch. Als seine Frau und Paola in Trapani eintrafen, sahen sie sich begeistert in ihrem neuen Heim um. Einige Tage verbrachte seine Frau mit der Einrichtung der Zimmer und der Ausstattung der Terrasse, von der aus man einen Blick aufs Meer hatte.

Doch als Else damit fertig war, regte sich wieder die alte Niedergeschlagenheit in ihr. Sie hatte sie verdrängt, doch jetzt kehrte die Verzweiflung zurück. Die Bemühungen, die Wohnung gemütlich zu machen, erschienen ihr vergebens. Ihr Mann behandelte sie wie eine Fremde. Frühmorgens verließ er das Haus, und wenn er zurückkehrte, schliefen Else und Paola bereits.

Einmal wartete sie bis spät in die Nacht in der Küche auf ihn. Und es schien ihr, als müsse sie ihm auflauern, um mit ihm sprechen zu können. Offenbar rechnete er damit, daß seine Frau ihn früher oder später zur Rede stellen würde, denn er war nicht überrascht.

»Ich bitte dich, Corrado: Was ist eigentlich los?«

Ihr Mann runzelte die Stirn und schüttelte den Kopf. »Nichts. Komm, gehen wir ins Bett.«

»Nichts«, wiederholte Else und weinte leise. »Du beachtest mich überhaupt nicht mehr. Seit Wochen haben wir uns nicht mehr geliebt. Du behandelst mich, als sei ich der letzte Dreck.«

Cattani versuchte, freundlich zu sein. »Bedräng mich doch nicht so. Ich bin erst seit kurzer Zeit hier und muß mich ganz auf die Arbeit konzentrieren.«

Er beobachtete sie verstohlen, als sie sich auszog. Sie hatte lange wohlgeformte Beine, und er gestand sich ein, daß sie noch immer einen gewissen Reiz auf ihn ausübte. Andererseits gab es Dinge, die ihn abstießen. Er fand keinen Gefallen mehr an ihren Füßen und Händen, ebensowenig an den großen runden Brüsten. Wie die ihrer Mutter, dachte er angewidert. Doch wenn er ganz ehrlich gewesen wäre, hätte er zugeben müssen, daß er eigentlich nicht wußte, was ihn von Else trennte. Vermutlich war er ihrer überdrüssig. Ich habe es satt, dachte er manchmal, ständig in ein Gesicht zu sehen, das ich schon seit Jahren kenne. Die Vorstellung, den Rest seines Lebens mit ihr zu verbringen, entsetzte ihn geradezu. Kurz bevor er einschlief, dachte er noch: Für einen Mann wie mich wäre es das beste, jedes Jahr die Ehefrau zu wechseln.

Die schöne Else blieb in Trapani natürlich nicht unbemerkt. Blonde sind selten in Sizilien, und viele Blicke folgten ihr, wenn sie durch die Straßen ging. Der Frau Cattani war das durchaus bewußt, und sie fand Gefallen daran. Sie genoß es, bewundert zu werden. Was ihr an dem derzeitigen Verhalten Corrados besonders mißfiel, war, daß er sie vernachlässigte. Die Schönheit allein genügte ihr nicht: Sie brauchte auch jemanden, der Kenntnis davon nahm und sie zu schätzen wußte.

Es war ihre Gewohnheit, jeden Vormittag zusammen mit ihrer Tochter am Strand zu verbringen. Wenn sie dort eintraf, erregte sie sofort Aufmerksamkeit. »Die Frau des Kommissars«, flüsterte man sich zu. Der Schirmverleiher verbeugte sich vor ihr und begrüßte sie mit einem respektvollen: »Signora ... ich wünsche Ihnen einen guten Tag.« Ein Junge stellte ihr die Liege auf, ein anderer öffnete ihr den Sonnenschirm.

»Sie sind wie eine herrliche Blume, und alle Bienen umschwirren Sie.« Diese Worte stammten von Nanni Santamaria, dem Journalisten von Sici-TV, der bei der Untersuchung des Wagens, in dem man den ermordeten Marineo gefunden hatte, zugegen gewesen war.

»Sie sind sehr liebenswürdig«, erwiderte Else, lächelte und schlug die langen Wimpern nieder.

Santamaria verstand sich im Umgang mit Frauen. Er war gut gekleidet und gab sich galant. »Wie wäre es, wenn Sie und Ihre

Tochter mir die Freude machten, mich im Fernsehstudio zu besuchen?« schlug er vor.

»Ja, Mama«, rief Paola. »Das würde mir gefallen.«

Also gingen sie hin. Santamaria war die Zuvorkommenheit selbst, und er überraschte Else, indem er durchblicken ließ, daß er sie bereits recht gut kannte. Er wußte, daß sie in der Schweiz studiert hatte, gern malte und ihren späteren Ehemann in der Wohnung einer »sehr bedeutenden Person« kennengelernt hatte.

Else fühlte sich geschmeichelt. Und vielleicht blieb der Flirtversuch Santamarias deshalb nicht ohne Wirkung auf sie, weil ihr Mann sie nicht mehr beachtete. Unterdessen spielte die zwölfjährige Paola begeistert mit den Monitoren und Kameras, und nach einer Weile richtete sie ihre Aufmerksamkeit auf eine Puppe aus glänzendem Kupfer, die einen Ritter darstellte.

Santamaria reichte sie dem Mädchen. »Du kannst den kleinen Kerl behalten. Er soll dein erster sizilianischer Freund sein.«

Paola strahlte. Sie schloß die Puppe in die Arme, und die einzelnen Teile der kleinen Rüstung klirrten. Santamaria lächelte zufrieden. Und um erneut Eindruck zu machen, setzte er zu einem Vortrag über Puppen an. Er stützte das rechte Knie auf den Boden und erklärte Paola, daß es sich bei dem kleinen Ritter um eine Marionette handele, die von oben mit Hilfe von Fäden gelenkt werde – im Gegensatz zu denen, die man von unten bewege.

Paola versuchte, die kupferne Gestalt gehen zu lassen, doch es gelang ihr nur, das winzige Schwert an den Schild zu stoßen. »Der Umgang damit ist nicht einfach«, erklärte Santamaria. »Bei solchen Marionetten gibt es keine Fäden, die mit den Füßen verbunden sind. Wenn der Ritter marschieren soll, mußt du ihn hin und her neigen. Mit der Zeit wirst du das schon lernen.«

Bei seinen Ermittlungen wollte es Cattani vermeiden, sich von anderen lenken zu lassen. Ich muß auf der Hut sein, dachte er, darf mich nicht beeinflussen lassen. Aus diesem Grund flog er nach

Rom –, um Bericht zu erstatten und um Unterstützung zu bitten. Er wollte den Rücken frei haben, sollte er gegen hochrangige Personen vorgehen müssen.

»Es freut mich sehr, Sie wiederzusehen, lieber Cattani.« Der Mann, der den Kommissar in seiner römischen Wohnung empfing, lächelte offen. Er führte seinen Gast in einen großen, mit dicken Teppichen ausgestatteten Salon, griff nach einem kleinen silbernen Kasten und bot Cattani eine Zigarre an.

»Wie geht's Ihnen und der schönen Else?«

Cattani drehte die Zigarre hin und her. »Mal so, mal so. Wir sind inzwischen seit vielen Jahren zusammen.«

»Ich glaube, ich trage eine gewisse Verantwortung für Ihre Ehe. Immerhin haben Sie sich hier bei mir kennengelernt, und außerdem war ich Ihr Trauzeuge.« Der Mann setzte sich. Er hieß Sebastiano Cannito und hatte weißes zurückgekämmtes Haar. Zwar war er inzwischen fast sechzig, doch in seinem glatten Gesicht zeigten sich keine Falten. Die Jahrzehnte schienen völlig spurlos an ihm vorübergegangen zu sein.

Cattani kam ohne Umschweife auf den Kern der Sache zu sprechen. »Es gibt einige Ungereimtheiten in der Mordsache Marineo. Ich weiß noch nicht genau, um was es sich handelt, aber mir ist aufgefallen, daß einige Leute bestrebt sind, den Fall möglichst rasch abzuschließen.«

»Sie führen die Untersuchung, Cattani. Ich habe Empfehlungsschreiben nach Sizilien geschickt und deutlich gemacht, wie sehr ich Sie schätze.« Cannito zog an der Zigarre und blies eine dichte Rauchwolke von sich. »Was hat denn Ihren Argwohn erregt?«

»Nun, manche Dinge erscheinen mir seltsam, und ich zerbreche mir dauernd den Kopf darüber. Im Wagen wurden weder Kugeln noch Geschoßhülsen gefunden. Und Blutflecken gab es ebenfalls nicht. Die unbekannten Täter haben saubere Arbeit geleistet. Wir aber wissen, daß die Mafia keine Rücksicht nimmt, wenn es ihr darum geht, einen Repräsentanten des Staates aus dem Weg zu räumen. Bisher jedenfalls kümmerte sie sich nicht darum, Spuren zu verwischen. Deshalb frage ich mich, wo Marineo ermordet wurde. Vielleicht an einem Ort, der unbedingt geheim bleiben muß? Möglicherweise wurde die Leiche deshalb weggeschafft.«

»Offenbar gehen Sie bei Ihren Ermittlungen in jeder Hinsicht streng logisch vor«, warf Cannito ein.

»Und hoffentlich bleibt der Erfolg nicht aus.« Cattani beugte sich zu seinem Gesprächspartner vor. »Es gibt da noch einen anderen wichtigen Aspekt. Ich habe ein leeres Scheckheft mit Ausstellungsquittungen gefunden. Doch auf den Abschnitten sind keine Summen eingetragen. Ganz offensichtlich konnte der Inhaber nach Belieben Geld ausgeben, ohne jemals befürchten zu müssen, das Konto zu überziehen.« Er hob den Kopf und sah Cannito an. »Der Block befand sich in einer Schreibtischschublade Marineos.«

Ein Zimmermädchen mit weißer Haube auf dem Kopf trat ein und servierte Kaffee und Gebäck. Der Hausherr nahm einen Schluck und stellte die Tasse auf den Unterteller aus teurem Porzellan zurück. »Ihre Ausführungen erscheinen mir recht interessant. Fahren Sie mit Ihren Ermittlungen fort. Ich bin sicher, Sie finden heraus, wo und warum Marineo umgebracht wurde. Was mich angeht, mein Freund: Sie wissen ja, daß ich seit drei Jahren nur noch Akten wälze. Man hat mich in den Innendienst verbannt.« Er hob die Augenbrauen und zog erneut an der Zigarre. »Ein Unrecht, das ich erleiden mußte. Aber einige einflußreiche Freunde haben mir die Stange gehalten und bereiten insgeheim meine Revanche vor.« Cannito lächelte. »Schon sehr bald werde ich einen ziemlich verantwortungsvollen Posten übernehmen. Und dann kann ich Sie besser unterstützen.« Cannito stand auf, sah Cattani an und fügte hinzu: »Wissen Sie, mein Freund, die Seeleute haben ein geflügeltes Wort, mit dem sie das Geheimnis des Lebens umschreiben: Setze die Segel und folge dem Wind.«

Cattani wandte seine Aufmerksamkeit der jungen Titti Pecci Scialoja zu. De Maria hatte sie angerufen. »Sie können jederzeit kommen«, lautete die gleichgültige Antwort. »Ich bin allein und fast immer hier.«

Cattani und De Maria besuchten sie an einem Donnerstagnachmittag. Titti führte sie über einen großen Hof, eine breite Treppe hinauf, und dann gelangten sie in einen Salon, der verstaubt wirkte. An den Wänden hingen große Porträts, Gobelins und Zierspiegel. Aus der Nähe betrachtet, sah Titti aus wie ein junges Mädchen. Sie hatte große blaue Augen mit dunklen Ringen darunter, die aufgrund der Blässe ihres Gesichts besonders auffielen. Gekleidet war sie in Jeans und in eine weiße, mit goldenen Fäden durchwirkte Bluse. Sie ist noch schöner, als ich sie in Erinnerung hatte, dachte Cattani.

»Ich bin erst seit kurzer Zeit in der Stadt«, begann er. »Ich wollte Sie kennenlernen und ein wenig mit Ihnen plaudern.«

Titti musterte ihn argwöhnisch. »Wissen Sie mit Ihrer Zeit nichts Besseres anzufangen?« fragte sie spöttisch.

»Warum sagen Sie so etwas? Mein Besuch ist freundschaftlicher Natur.«

»Welche Ehre!« Titti deutete eine Verbeugung an.

»Ich bin Ihnen wohl nicht sonderlich sympathisch, oder?«

Die junge Frau schlug die Beine übereinander. Sie war nervös, und auf ihrer Stirn perlte feiner Schweiß. »Signor Commissario«, seufzte sie, »lassen wir die Höflichkeitsfloskeln. Sagen Sie mir, was Sie von mir wollen.«

Cattani nahm in einem Sessel Platz. »Nun«, begann er ernst, »ich würde mich freuen, wenn Sie mir hinsichtlich des Selbstmordes Ihrer Mutter einige Fragen beantworten könnten.«

»Zum Beispiel?«

»Welchen Grund hatte sie, sich das Leben zu nehmen?«

Die junge Frau zuckte mit den Schultern. »Es stand in den Zeitungen: Nervenzusammenbruch.«

»Ich verstehe. Entschuldigen Sie bitte: Wo geschah es? In diesem Zimmer?«

»Ja. Sie hat sich in dem Sessel dort drüben erschossen.«

Titti gewöhnte sich langsam an die Gegenwart des Kommissars und war nicht mehr so angespannt. Sie bot ihm etwas zu trinken an.

Während Cattani das Glas an die Lippen setzte und einen Schluck Whisky trank, beobachtete er sie aufmerksam. Ihre Hände zitterten leicht. »Rauchen Sie?« fragte Cattani. Eigentlich stand ihm gar nicht der Sinn nach einer Zigarette. Es kam ihm nur darauf an, Tittis Vertrauen zu gewinnen.

»Nein, aber Sie können ruhig rauchen, wenn Sie möchten.« Sie reichte ihm eine kleine Schachtel aus Holz, die Cattani öffnete. Sie war zur Hälfte mit Zigaretten gefüllt, und er nahm eine davon. Als er anschließend nach dem Streichholzheft im Kasten griff und es aufklappte, bereitete es ihm große Mühe, sich seine Überraschung nicht anmerken zu lassen. An der Innenfläche sah er einen braunroten Fleck. Blut. In Gedanken beglückwünschte sich Cattani zu dieser Entdeckung.

Er behielt die hölzerne Schachtel einige Sekunden lang in der Hand, und von Titti unbemerkt verschwand das Streichholzheft in seiner Tasche. »Signorina«, sagte er, »es war mir wirklich ein Vergnügen, Sie kennenzulernen.«

Die junge Frau stand auf und versuchte, witzig zu sein. »Ich frage mich, ob ihr Polizisten alle dazu neigt, eure Zeit zu vergeuden.«

»Oh, das Gespräch war sehr interessant«, erwiderte Cattani höflich. »Im Ernst: Ich fand es sehr angenehm, mit Ihnen zu reden.« Er verbeugte sich und küßte ihre Hand.

Nachdem Cattani den Palazzo der Duchessa verlassen hatte, gab er De Maria zwei Aufträge. De Maria sollte in Erfahrung bringen, auf wessen Namen das Konto 804/36 bei der Banca Popolare Artigiana geführt wurde – diese Nummer stand auf den Ausstellungsquittungen des leeren Scheckheftes, das er im Schreibtisch Marineos gefunden hatte. Und außerdem sollte der Erkennungsdienst den Blutfleck im Streichholzheft untersuchen.

De Maria rief bei der Bank an und gab sich als Angestellter der Banco di Sicilia aus. »Uns wurde ein auf Sie bezogener Scheck vorgelegt, doch die Unterschrift läßt sich nicht entziffern. Könnten Sie mir bitte den Namen des Ausstellers nennen und mir mitteilen, ob das Konto gedeckt ist?«

Es knackte in der Leitung, als der Hörer am anderen Ende auf den Schreibtisch gelegt wurde. Kurz darauf bekam De Maria die gewünschten Informationen. Der Name des Kontoinhabers hatte zwar einen guten Klang, war aber zweifellos falsch: Antonio Fiordaliso. Und die zweite Auskunft erwies sich als noch interessanter: Seit dem vierzehnten des Vormonats existierte das Konto nicht mehr. »Es wurde am Tage nach der Ermordung Marineos aufgelöst«, stellte Cattani fest.

Er saß allein in seinem Büro und dachte über die Aspekte des Falles nach, zwischen denen er noch keinen Zusammenhang herstellen konnte, als De Maria eintrat und einige Unterlagen brachte.

»Der Bericht des Erkennungsdienstes«, erklärte er. »Der Fleck in dem Streichholzheft: Die Blutgruppe ist Null Rhesus negativ – offenbar sehr selten.«

»Und welche Blutgruppe hatte die Duchessa Eleonora?« fragte Cattani.

»Keine Ahnung«, erwiderte De Maria und setzte sich. »Doch die Leute aus dem Labor meinten, Marineos Blut sei ebenfalls vom Typ Null Rhesus negativ gewesen.«

Cattani blickte ihn lange an und nickte langsam. »Das kann kein Zufall sein.« Er schlug mit der Hand auf den Tisch.

De Maria glaubte zu wissen, was der Kommissar damit meinte. »Glauben Sie, Marineo ist im Hause der Duchessa ermordet worden?« Der Gesichtsausdruck Cattanis machte deutlich, daß er ins Schwarze getroffen hatte. Verwundert fügte der junge Beamte hinzu: »Man erschoß ihn dort und brachte ihn anschließend fort. Aber wer steckt dahinter? Und warum wurde er umgebracht?«

Cattanis Züge waren angespannt. Er ignorierte die Fragen De Marias und erkundigte sich nach dem Direktor der Banca Popolare Artigiana.

»Er heißt Ravanusa«, informierte ihn De Maria. »Ein hohes Tier.«

»Ein hohes Tier«, wiederholte Cattani ironisch. »Ich würde gern seine Bekanntschaft machen.«

Als er die Bank betrat, kam ihm ein diensteifriger Angestellter entgegen. »Was kann ich für Sie tun, Signor Commissario?«

»Ich möchte ein Konto bei Ihnen eröffnen.«

Der Angestellte verneigte sich übertrieben tief, entschuldigte sich bei Cattani und verschwand hinter einer Tür aus Nußbaumholz. Kurz darauf trat ein gut fünfzigjähriger eleganter Mann auf den Kommissar zu. Sein breites Lächeln konnte nicht über das berechnende und wachsame Funkeln in den dunklen Augen hinwegtäuschen. »Es ist mir eine Ehre, Signor Commissario. Ich heiße Ravanusa. Es freut mich sehr, Sie als einen meiner Kunden begrüßen zu dürfen. Kommen Sie, bitte.«

Er führte Cattani in sein Büro, während der unterwürfige Angestellte in aller Eile einige Formulare ausfüllte und ein Scheckheft vorbereitete. Vorsichtig schob er es in eine lederne Schutzhülle und kehrte dann in Ravanusas Büro zurück. »Es ist alles fertig, Dottore Cattani«, sagte er feierlich. »Es fehlen nur noch einige wenige Unterschriften. Eine hier, und die beiden anderen dort. Das wär's.«

»Vielen Dank für die Mühe«, entgegnete Cattani.

»Ich bitte Sie!« sagte Ravanusa. »Es ist uns immer eine Freude, unseren Kunden zu Diensten zu sein.« Die linke Hand des Direktors war in ständiger Bewegung, und er untermalte seine Worte mit hektischen Gesten. Der Brillant, den er am kleinen Finger trug, glitzerte hell. Scheinheiliger Heuchler, dachte der Kommissar.

»Da ich jetzt das Vergnügen hatte, Ihre Bekanntschaft zu machen«, fügte Ravanusa hinzu, »möchte ich Sie und Ihre Gattin zu dem Fest einladen, das morgen in unserem Kulturklub stattfindet.«

Nach dem Abendessen begann die Kapelle zu spielen, die Gäste verließen die Tische und begaben sich auf die hell erleuchtete Terrasse. Einige Paare tanzten. Cattani und seine Frau mischten sich unter die Leute, die zwanglos umherschlenderten und miteinander plauderten, und schon nach kurzer Zeit verloren sie sich aus den Augen.

Der Kommissar begegnete dem Bankdirektor Ravanusa, der ein Glas Champagner in der Hand hielt und die für ihn typische Eleganz ausstrahlte. »Tanzen Sie nicht, Dottore?«

»Eigentlich habe ich mich noch nie richtig fürs Tanzen begeistern können«, erwiderte Cattani gleichmütig.

»Was macht Ihnen denn dann Spaß, wenn ich fragen darf?« Ravanusa musterte ihn lächelnd.

»Blumen. Und Lilien* gefallen mir besonders.«

»Tatsächlich?« Wenn Ravanusa überrascht war oder ahnte, worauf der Kommissar anspielte, so ließ er sich nichts anmerken. Er lächelte weiterhin auf seine gönnerhafte Art. Ein älterer, lebhafter Mann mit weißen zerzausten Haaren trat auf Cattani zu.

»Ich möchte mich Ihnen vorstellen: Ich bin Baron Platto, Dichter.«

»Ich erinnere mich«, sagte Cattani. »Wir wurden während des Essens miteinander bekannt gemacht.«

* Unübersetzbares Wortspiel: Die Antwort Cattanis bezieht sich auf den Namen Antonio Fiordaliso – »fiordaliso« ist die italienische Bezeichnung für eine Kornblume oder Lilie (Anmerkung des Übersetzers).

»Sie kommen doch aus Mailand, nicht wahr? Kennen Sie vielleicht meinen Kollegen Eugenio Montale?«

»Nicht persönlich. Und leider habe ich nicht einmal etwas von ihm gelesen. Meine Kenntnisse der Dichtkunst beschränken sich auf die Schulzeit.«

Der Dichter schüttelte verächtlich den Kopf, ging zum Büfett und tauschte sein leeres Glas gegen ein volles. Die Musik schuf eine Atmosphäre der Zwanglosigkeit. Lachende, mit Schmuck beladene Frauen schlenderten ziellos umher. In einer Ecke hatten sich einige Jugendliche versammelt und kicherten.

»Dottore Cattani.« Der Kommissar drehte sich um und erblickte einen Mann mit marderhaften Zügen. Zwei junge, hübsche und strahlend lächelnde Mädchen hatten sich bei ihm eingehakt. »Dottore Cattani, erlauben Sie? Ich bin Rechtsanwalt Terrasini, und dies hier sind meine Enkelinnen.«

Die Mädchen sahen Cattani an, und ihr Lächeln wurde noch einfältiger. Ja, natürlich, Enkelinnen, dachte er voller Ironie.

Terrasini ließ die beiden jungen Frauen los und nahm den Kommissar beiseite. »Entschuldigen Sie bitte, wenn ich Sie ausgerechnet hier störe, aber ich bin direkt von dem Fall Marineo betroffen. Sie wissen sicher, daß ich die Witwe des Ermordeten vertrete. Ich wollte Sie fragen, ob Sie bei Ihren Ermittlungen etwas in Erfahrung brachten, ob es Ihnen gelang, Licht in die Sache zu bringen. Verzeihen Sie mir bitte. Mir ist natürlich klar, daß Sie mir keine Einzelheiten nennen können, aber ich wäre Ihnen sehr dankbar, wenn ich von Ihnen Aufschluß über den gegenwärtigen Stand der Dinge bekäme.«

»Es tut mir leid, Avvocato, aber es gibt nichts Neues«, erwiderte Cattani schlicht. Er dachte kurz nach. »Augenblick, da wäre doch etwas.« Terrasini spitzte neugierig die Ohren. »Vor einer Weile trat ein Mann an mich heran und meinte, er wolle mit mir über Marineo sprechen. Ich kann ihn nirgends finden. Er scheint verschwunden zu sein.«

»Nannte er Ihnen seinen Namen?«

»Ja, er stellte sich mir als Fiordaliso vor. Wenn er Ihnen über den Weg laufen sollte, so schicken Sie ihn bitte zu mir. Ich würde gern hören, was er mir zu sagen hat.«

»Wenn ich Ihnen einen solchen Gefallen erweisen kann... Allerdings kenne ich niemanden dieses Namens.«

Cattani sah dem Rechtsanwalt nach, als dieser ziemlich verwirrt fortging. Während er ihn beobachtete, begegnete er dem Blick einer wunderschönen Frau, die abseits stand und ein Whiskyglas in der Hand hielt. Sie war schlank, prächtig gebaut und trug ein langes schwarzes Abendkleid. Ihre Haltung deutete auf Stolz und Selbstsicherheit hin, und sie hatte ein offenes Gesicht. Cattani musterte sie eingehend. Nach einigen Sekunden zog sie einen Mundwinkel hoch, deutete ein hintergründiges Lächeln an und näherte sich dem Kommissar. Fast so, als würde sie von einem Magneten angezogen.

»Warum beobachten Sie mich aus der Ferne?« fragte sie mit einer rauhen und, wie Cattani meinte, verführerischen Stimme. »Fürchten Sie etwa meine Nähe? Ich bin Olga Camastra.«

Eine kluge und scharfsinnige Frau. Im Alter von fünfundzwanzig Jahren hatte sie, mittellos und ohne gesellschaftlichen Rang, den Conte di Camastra geheiratet, einen Mann, der vierzig Jahre älter war als sie. Jetzt aber, nach seinem Tod, konnte sie sich nicht nur mit dem Adelstitel schmücken, sondern auch auf ein Vermögen zurückgreifen. Und da es ihr nicht an Unternehmungsgeist mangelte, hatte sie mit dem geerbten Geld ein Bauunternehmen gegründet. Böse Zungen behaupteten, sie habe ihren Körper investiert, um reich zu werden.

»Nun, Kommissar – mache ich Ihnen tatsächlich angst?«

Cattani sah ihr in die dunklen Augen. »Vielleicht«, erwiderte er ruhig. »Ich glaube, ich kenne Frauen wie Sie.«

Die Contessa lachte laut. »Nehmen Sie kein Blatt vor den Mund. Seien Sie ganz offen. Über wie viele Leichen bin ich gegangen? Wie viele Tote liegen in den Fundamenten der von meiner Firma errichteten Gebäude?«

»Nein, nein.« Cattani wandte kurz den Blick von ihr ab. »Ich meinte nicht diese Art von Gefährlichkeit.« Er sah sie wieder an, noch aufmerksamer diesmal. »Sie sind eine Falle für männliche Herzen. Und in dieser Hinsicht denke ich an viele Opfer.«

Elses anmutige Gestalt löste sich aus der Menge. Nanni Santamaria, der den ganzen Abend über mit ihr getanzt hatte, folgte ihr wie ein Schatten. Als Else ihren Mann bei der Plauderei mit der Contessa überraschte, reagierte sie fast hysterisch. »Ach, da bist du ja. Hast dich wohl vor mir versteckt, was? Ich dachte schon, du seist ohne mich nach Hause zurück.«

»Du weißt doch, daß ich im Gedränge nervös werde«, entgegnete Cattani. »Ich habe mich eben abseits gehalten.« Das ist keine überzeugende Antwort, mein Lieber, dachte Else. Nein, ganz und gar nicht.

»Wenn Sie es genau wissen wollen: Ihr Mann vertraute mir gerade an, Sie entsprächen seinem Idealbild von einer Frau«, warf die Contessa ein. Sie fand Gefallen daran, eifersüchtige Gattinnen zu reizen.

Erst in diesem Augenblick wurde Cattani auf Santamaria aufmerksam, und er musterte ihn von Kopf bis Fuß. Erst macht er meiner Tochter Geschenke, fuhr es ihm durch den Sinn, und dann weicht er nicht mehr von der Seite meiner Frau. Der Kerl geht mir langsam auf die Nerven.

Erneut schob sich die dickliche Gestalt Plattos heran. Der Mann schwankte leicht, und das deutete darauf hin, daß das Glas in seiner Hand nicht erst das zweite oder dritte war. »Wer stirbt, der ruht – und wer lebt, der hat's gut. Gestatten? Baron Platto, Dichter.«

3

Die junge Frau saß auf der Bank und preßte die schmalen Hände auf die Knie. Sie schien sehr besorgt. De Maria näherte sich ihr rasch und bemerkte sofort, daß seine Verlobte nicht gerade in bester Stimmung war.

»Warum machst du so ein Gesicht, Anna?«

»Es geht um meinen Bruder. Er ist in ein anderes Gefängnis verlegt worden, ins Ucciardone von Palermo. Er hat Angst und möchte dich sprechen. Er will dir etwas Wichtiges mitteilen. Gehst du zu ihm?«

»Natürlich«, versprach ihr De Maria. »Ich besuche ihn noch heute.«

Unmittelbar nach seiner Rückkehr aus Palermo rief er Anna an. »Ja, ich war bei ihm. Und seine Auskünfte waren tatsächlich sehr wichtig. Mach dir keine Sorgen. Ich muß jetzt sofort dem Kommissar Bescheid geben.«

In der Wohnung Cattanis klingelte das Telefon. Der Kommissar nahm ab. »Hallo?« Doch er hörte nur ein kurzes Knacken, so als würde am anderen Ende der Leitung der Hörer aufgelegt. Nach einigen Minuten klingelte es wieder.

»De Maria.«

»Aha«, meinte Cattani. »Waren Sie das eben?«

»Nein, ich rufe jetzt zum erstenmal an.«

»Na, spielt auch keine Rolle. Um was geht's?«

»Ich habe Annas Bruder im Gefängnis besucht.« Die Stimme des jungen Beamten klang aufgeregt. »Wir müssen uns sofort treffen, Kommissar. Ich bin in einer Bar auf der Piazza, nur drei Blocks von Ihrer Wohnung entfernt, an der Bushaltestelle.«

»Bin gleich da.«

Als De Maria auflegte, betrat ein untersetzter junger Mann mit kantigem Gesicht die Bar. In einer Hand hielt er eine Plastiktüte. Der Beamte ging zum Tresen, und der junge Mann näherte sich ihm langsam von hinten. Als er ihn fast erreicht hatte, griff er in die Plastiktüte und holte eine Pistole heraus. Mit ausdrucksloser Miene zielte er auf De Marias Nacken und drückte ab. Der Beamte taumelte gegen die Theke und sank zu Boden.

Die anderen anwesenden Personen waren wie erstarrt. Keiner rührte sich. Bis auf den Besitzer der Bar, der wie ein Verrückter schrie. Der junge Mann packte ihn am Kragen und zischte: »Halt die Klappe!« Und bevor er die Pistole in der Plastiktüte verstaute, legte er noch einmal auf De Marias Kopf an und schoß erneut.

Ohne Eile verließ er die Bar, bog um die nächste Ecke und verschwand. Genau in dem Augenblick, als Cattani aus der anderen Richtung kam. Schon von weitem hörte er die Entsetzensschreie der Gäste.

Für De Maria kam jede Hilfe zu spät.

»Das ist doch alles Blödsinn«, wiederholte der junge Mann und seufzte. Er kauerte in einer Ecke, und ab und zu lächelte er nervös, was jedesmal ein kurzes Zucken in der linken Gesichtshälfte hervorrief.

Cattani sah sich in der einfach ausgestatteten Gefängniszelle um. »Jetzt hör mir mal gut zu«, sagte er leise und bedächtig, »hier kann dich niemand hören. Sag mir, was du De Maria mitgeteilt hast. Du brauchst nichts zu befürchten.«

»Haben Sie denn immer noch nicht begriffen? Sie sind auf dem falschen Dampfer. Ich habe niemandem etwas anvertraut.« Ganz offensichtlich hatte er Angst.

»Und warum hast du De Maria um ein Gespräch gebeten?«

»Es ging um eine Familienangelegenheit.« Der junge Mann zuckte mit den Schultern. »Meine Schwester ist allein; wir sind Waisen. Und obgleich ich hier meine Strafe absitzen muß, habe ich die Pflicht, Anna zu schützen. De Maria traf sich des öfteren mit ihr, und ich wollte nur wissen, welche Absichten er hat.«

Der Kommissar verlor allmählich die Geduld. »Leo wurde erschossen, weil du ihm etwas verraten hast. Etwas, von dem er nichts wissen durfte. Und wenn du auch nur eine Spur von Anstand hast, solltest du mir sagen, um was es sich handelte.«

»Aber, Signor Commissario«, entgegnete der junge Strafgefangene weinerlich, »ich habe nicht die geringste Ahnung, was Sie meinen. Ich habe De Maria doch nur gefragt, ob er daran denkt, meine Schwester zu heiraten. Das schwöre ich Ihnen.«

Cattani musterte ihn finster. »Du hast deine Wahl getroffen. Ich hoffe für dich, daß es die richtige ist.« Der junge Mann gab keine Antwort. »Aber wenn du es dir anders überlegst, dann benachrichtige deine Schwester. Sie wird mir Bescheid geben.«

Anna Caruso räumte gerade die Küche auf, als der Kommissar klingelte. Sein Besuch schien sie nicht zu überraschen, und schweigend trat sie beiseite, um ihn hereinzulassen. Sie war erst zwanzig, aber in der Trauerkleidung wirkte sie wesentlich älter.

»Ich bin gekommen, weil ich Sie um Hilfe bitten möchte«, sagte Cattani. »Hat Ihr Verlobter Ihnen mitgeteilt, um was es in seinem Gespräch mit Ihrem Bruder ging?« Die junge Frau sah ihn nicht an. »Es tut mir sehr leid, mich ausgerechnet jetzt an Sie wenden zu müssen«, fügte Cattani hinzu. »Aber wissen Sie: Ich war ein guter Freund von De Maria. Und wenn Sie mir irgendwelche Hinweise geben könnten, gelingt es mir vielleicht, den Kerl zu fassen, der ihn erschossen hat.«

»Ich weiß nichts«, erwiderte Anna scharf.

»Sie müßten mir doch eigentlich sagen können, warum Ihr Bruder um ein Gespräch mit De Maria bat.«

»Es ging um eine Familienangelegenheit«, murmelte Anna. »Er wollte ihn fragen, ob er die Absicht habe, mich zu heiraten.«

»Sie kommen mir also mit der gleichen Antwort wie Ihr Bruder«, stellte Cattani fest und hatte Mühe, sich zu beherrschen. »Ist Ihnen klar, daß ich Sie wegen Verletzung der Anzeigepflicht belangen könnte?«

Daraufhin hob Anna den Kopf und warf dem Kommissar einen Blick zu, in dem Kummer und Hoffnungslosigkeit lagen. »Glauben Sie etwa, das würde mir jetzt noch etwas bedeuten?«

Ein steifer, afrikanischer Wind trieb große Regenwolken dahin. Der Himmel färbte sich schwefelfarben, und die Böen wehten Sand aus der Sahara herbei. Auf Sizilien kommt es häufig vor, daß nach einem Regenguß gelber Wüstenstaub auf Straßen, Plätzen und abgestellten Wagen zurückbleibt und die afrikanische Hitze das Leben in den Städten und Dörfern lähmt.

Cattani war schlecht gelaunt, als er sich auf den Rückweg in sein Büro machte. Der Wetterwechsel machte ihn noch reizbarer. Seine Strategie schien ihn in eine Sackgasse geführt zu haben. Ganz gleich, was er auch unternahm – er fand keinen Ausweg aus der verfahrenen Situation. Immer dann, wenn er hoffte, ein Erfolg zeichne sich ab, wurde seine Hoffnung zerschlagen, und er mußte von vorne beginnen. Und jetzt? Was sollte er nun unternehmen?

Er stellte den Wagen auf dem Parkplatz des Polizeipräsidiums ab, nahm die Pistole an sich, die unter dem Amaturenbrett befestigt war, und betrat das Gebäude. Dort begegnete er seinem Stellvertreter Altero und machte ein Gesicht, als habe er in seiner Familie einen Trauerfall zu beklagen.

»Leider hat sich nichts Neues ergeben. Wir wissen nur, daß De Maria von einem jungen Mann erschossen wurde.«

Sie stiegen in den Aufzug. »Wir führen derzeit noch einige andere Ermittlungen durch«, versicherte ihm Altero, so als wolle er sich dafür entschuldigen, daß bisher noch keine konkreten Ergebnisse vorlagen.

Als sie Cattanis Büro erreichten, drehte sich der Kommissar abrupt um und sah Altero scharf an. »Seien Sie einmal ganz ehrlich: Verbergen Sie irgend etwas vor mir?«

»Warum fragen Sie mich das?« Altero versteifte sich, und sein Gesicht lief rot an.

»Ich denke nur an die Nacht, in der Marineo ermordet wurde: Eine Frau meldete sich bei Ihnen.«

»Tatsächlich? Ich erinnere mich nicht mehr. Vielleicht war es meine Frau.«

»Und Sie eilen natürlich jedesmal sofort nach Hause, wenn Ihre Frau anruft, nicht wahr?«

»Hören Sie, Cattani«, Altero war verärgert. »Sie verdächtigen mich seit Ihrem ersten Tag hier bei uns, und der Grund dafür ist mir ein Rätsel. Wenn Sie glauben, sich nicht auf mich verlassen zu können, dann suspendieren Sie mich doch vom Dienst. Leiten Sie von mir aus ein Untersuchungsverfahren gegen mich ein. Ich habe nichts zu verbergen. Ich ertrage es nur nicht, von Ihnen wie ein Feind behandelt zu werden.«

»Sie können jetzt gehen«, erwiderte Cattani. »Kümmern Sie sich um Ihre Arbeit. Aber erwarten Sie kein blindes Vertrauen von mir. Im Augenblick traue ich nicht einmal mir selbst.«

Lachend lief Paola ihrem Vater entgegen und umarmte ihn. »Hallo, Papa, sieh nur, was Mama gemacht hat. Es ist wunderschön.« Sie deutete auf die Terrasse. »Komm, ich zeige es dir.«

Sie führte ihn an ein Gestell, auf dem eine Leinwand stand. Es war ein abstraktes Bild in kräftigen, kontrastreichen Farben. Else gesellte sich zu ihnen.

»Du malst also wieder«, stellte Cattani gleichgültig fest. »Seit Jahren hast du keinen Pinsel mehr in die Hand genommen. Nun, das ist sicher ein gutes Zeichen.«

»Gefällt dir das Bild denn nicht, Papa?« fragte Paola.

»Doch, doch, es ist wirklich schön«, Cattani seufzte.

Sein Desinteresse entging Else nicht. Sie ließ ihn nicht aus den Augen und beobachtete ihn wachsam.

Cattani konnte keinen klaren Gedanken fassen, er fühlte sich erschöpft und ausgelaugt, sehnte sich nach Ruhe.

»Ich habe mich zu einer Ausstellung entschlossen«, verkündete

Else, deren Blick nach wie vor auf ihrem Mann ruhte. »Wenn ich hart arbeite, kann ich in ein oder zwei Monaten genügend Bilder malen.«

»Hast du es so eilig? Und was ist mit der Galerie?«

»Oh, kein Problem«, entgegnete Else lebhaft. »Darum kümmert sich Nanni Santamaria. Er hat bereits eine Galerie für mich gefunden, direkt im Stadtzentrum.«

Cattani spürte, wie ihm das Blut ins Gesicht schoß. »Und anschließend macht er mit seinem drittklassigen Fernsehsender Werbung für dich, und alle Leute der guten Gesellschaft eilen herbei, um deine Bilder zu kaufen, weil du die Ehefrau des Kommissars bist.«

»Oder vielleicht deswegen, weil sie schön sind.« Else begann vor Wut zu zittern, und um ihren Gefühlen freien Lauf zu lassen, riß sie das Bild vom Gestell und schlug es mehrmals gegen die Wand – bis nur noch Fetzen davon übrigblieben.

»Was ist denn mit dir los?« fragte Cattani verblüfft. »Ich fand es wunderbar.«

»Ja, ich habe gesehen, wie es dir gefallen hat. Du bist unausstehlich.«

»Warum setzt du mir so zu?« Cattani sprach ruhig und ernst. »Siehst du denn nicht, daß ich vollkommen fertig bin? Die Leute, mit denen ich zusammenarbeite, werden umgebracht; ich weiß überhaupt nicht mehr, wo mir der Kopf steht. Und du regst dich auf, wenn ich dir nicht sofort versichere, daß du ein wahres Kunstwerk geschaffen hast. Was erwartest du denn von mir? Daß ich dich mit Picasso vergleiche?«

Else starrte ihn an. »Oh, es tut mir leid, Liebling.« Sie umarmte ihren Mann. »Ich habe mich wirklich dumm benommen. Aber, weißt du, ich möchte nicht nur Luft für dich sein.« Cattani strich ihr übers Haar. »Wenn du zärtlich bist wie jetzt, bin ich glücklich.«

An der Tür klingelte es. »Bitte entschuldigen Sie die Störung,

Signor Commissario, aber ich muß Sie dringend sprechen.« Es war der Priester Manfredi Santamaria, der Bruder des Journalisten. Er war bekannt dafür, daß er sich um die Armen und Notleidenden kümmerte und in seinen Predigten leidenschaftlich vom »Schandfleck der Mafia« sprach. Auf seine Initiative hin war ein Zentrum für die Behandlung von Drogensüchtigen gegründet worden.

»Ich habe Ihnen das hier mitgebracht.« Er reichte Cattani eine weiße Schachtel.

»Pralinen«, sagte der Kommissar. »Hat jemand Geburtstag?«

»Nein«, erwiderte Manfredi ernst. »Und ich empfehle Ihnen, sie nicht zu essen. Sie sind voller Heroin.«

»Woher haben Sie das Zeug?«

»Einer der jungen Leute im Behandlungszentrum hat sie mir gegeben.«

Cattani nahm die Packung. Sie wirkte völlig unverdächtig, und vorn stand in großen Lettern der Name des Herstellers: »Gebrüder Capitummo.« Eine bekannte, mit Preisen ausgezeichnete Firma.

»Was bedeutet das?« fragt der Kommissar verwirrt.

»Ganz einfach«, erklärte der Priester. »Diese Schachtel ist der Beweis dafür, daß es hier einen profitablen Drogenhandel gibt. Durch den Export solcher Pralinen werden große Mengen Heroin in die Vereinigten Staaten geschmuggelt.«

»Wollen Sie wissen, ob ich Drogen nehme?« fragte die Duchessa Titti Pecci Scialoja spöttisch. »Die ganze Stadt weiß, daß ich spritze.«

Sie saß im Wagen des Kommissars, und sie fuhren Richtung Palermo. Er hatte die junge Frau zum Abendessen eingeladen. »Aber nicht in Trapani«, sagte er ihr am Telefon. »Außerhalb der Stadt, wo wir ungestört sind.«

Aus den Augenwinkeln beobachtete er Titti. Er war sich nicht im klaren, ob sein Interesse an ihr beruflicher oder privater Natur war. Vielleicht spielte beides eine Rolle. Manchmal überraschte er sich dabei, wie er mit besonderer Zärtlichkeit an die blonde, verletzlich wirkende Duchessa dachte. Dann wieder fiel sie ihm nur im Zusammenhang mit seinen Ermittlungen ein. Der Name Titti ging ihm nicht mehr aus dem Sinn.

Obgleich die Aufmerksamkeit des Kommissars vor allem der jungen Frau galt, fuhr er ruhig und sicher.

»Na los«, forderte ihn Titti auf. »Halten Sie mir eine Predigt. Weisen Sie mich darauf hin, daß Drogen schädlich sind und Körper und Geist zerstören.«

Cattani warf ihr einen Blick zu. »Sie sind alt genug, um das zu wissen. Mich interessiert vor allen Dingen, von wem Sie das Zeug bekommen. Von Cirinnà, nicht wahr?«

»Warum ausgerechnet von ihm?«

»Machen Sie mir nichts vor.«

»Weshalb fragen Sie, wenn Sie bereits Bescheid wissen?« Die junge Frau betrachtete die Landschaft. Nach einer Weile sagte sie leise: »Sie haben recht. Er besorgt es mir.«

Sie erreichten das Restaurant und parkten.

»Und jetzt?« hakte Titti nach. »Wollen Sie mich jetzt darauf hinweisen, daß Cirinnà gefährlich ist und eine Frau aus guter Familie keinen Umgang mit ihm pflegen sollte?«

»Ja, das stimmt eigentlich.« An der Tür berührte Cattani Tittis Rücken, um sie aufzufordern, vor ihm einzutreten.

Das Essen war hervorragend. Sie ließen sich eine Flasche kühlen sizilianischen Wein kommen. Titti hob das gefüllte Glas und betrachtete einige Sekunden lang den goldenen Glanz. Dann stießen sie an.

»Trinken wir auf Ihre Genesung«, schlug der Kommissar vor.

Titti sah ihn verwirrt an.

»Sie können wieder gesund werden«, sagte Cattani fest. »Dazu ist eine enorme Anstrengung notwendig, und Sie müssen auch

Geduld haben. Aber Sie werden es schaffen, ich bin sicher. Zunächst einmal müssen Sie sich von Cirinnà trennen; Sie dürfen ihn nie wiedersehen.«

Titti trank einen Schluck Wein. »Es wäre durchaus möglich, daß Sie noch gefährlicher sind als Cirinnà.« Sie zwinkerte hintergründig.

»Wie meinen Sie das?«

»Sie sind klug, mutig, selbstbewußt und sicher. Und eine Frau könnte rasch Gefallen an einem Mann wie Ihnen finden.«

Cattani schenkte die Gläser wieder voll.

»Wenn Sie kein Vertrauen zu mir haben... Es gibt da einen Priester, der sich auf solche Dinge versteht. Er wäre sicher bereit, Ihnen zu helfen.«

»Na also«, lachte Titti. »Jetzt kommt auch noch die Kirche ins Spiel.«

Während der Rückfahrt gewann der Kommissar in Cattani die Oberhand.

»Darf ich Ihnen eine etwas indiskrete Frage stellen?« Er sah die junge Frau an seiner Seite kurz an.

»Ich höre.«

Ohne Umschweife kam er auf den Kern der Sache zu sprechen. »Hielt sich mein Vorgänger Marineo des öfteren in Ihrem Haus auf?«

»Sie meinen, ob er Eleonora und mich besuchte? Gelegentlich...«

»Und war er an jenem Abend bei Ihnen, an dem er ermordet wurde?« Cattani wirkte so ernst, daß Titti nicht einmal den Versuch machte, das zu leugnen. Ihre Hände begannen zu zittern.

»Nun«, ihre Stimme klang heiser, »ich bin gespannt, welche Überraschung Sie jetzt für mich parat haben.«

»Es handelt sich dabei um ein Streichholzheft mit einem Blutfleck.«

»Ich mache mir nichts aus Zigaretten.«

»Aber Marineo rauchte. Es waren seine Streichhölzer, und das Blut stammte von ihm. Nachdem seine Leiche fortgebracht worden war, haben Sie – vielleicht war es auch eins der Hausmädchen – das Streichholzheft in das Kästchen mit den Zigaretten gelegt.«

Es hatte zu nieseln begonnen. Cattani schaltete die Scheibenwischer ein, und das rhythmische Surren machte die plötzliche Stille erträglicher.

Nach einer Weile fuhr der Kommissar fort: »An jenem Abend starben in Ihrem Wohnzimmer zwei Personen. Marineo und Ihre Mutter. Ein sonderbarer Zufall, finden Sie nicht? Doch wenn man genauer darüber nachdenkt, ist die ganze Sache gar nicht mehr so seltsam.« Cattani zögerte, um seinen nächsten Worten eine besondere Wirkung zu verleihen. »Marineo und Ihre Mutter liebten sich, nicht wahr?«

»Schluß damit!« entfuhr es Titti. »Bringen Sie mich nach Hause.«

Sie kauerte sich auf dem Sitz zusammen, kehrte Cattani den Rücken zu und lehnte den Kopf ans Seitenfenster. Sie schwieg.

Als der Wagen vor dem Palazzo hielt, rührte sich Titti nicht. Der Kommissar schaltete den Motor aus. Es regnete nicht mehr, doch die Straße war noch naß, und das Licht der Lampen spiegelte sich auf dem feuchten Asphalt.

»Es tut mir leid«, sagte Cattani. »Ich bin wohl nicht sonderlich taktvoll gewesen.«

Titti schwieg weiter und schien völlig erstarrt.

»Ich bitte Sie in aller Form um Entschuldigung«, fügte er hinzu, in der Hoffnung, die junge Frau damit aus ihrer Apathie zu wekken.

Titti bewegte sich plötzlich, und ein dumpfes Klacken war zu hören, als sie die Wagentür öffnete. Sie stieg noch nicht aus. Kühle Luft wehte herein. Die junge Duchessa fröstelte, und langsam wandte sie sich Cattani zu. Dann umfaßte sie seinen Arm, hob den Kopf und hauchte ihm einen Kuß auf die Lippen. Sie stieg aus, und ohne ein Wort zu sagen, ging sie durch das Halbdunkel der Nacht davon, die Hände tief in den Taschen des Regenmantels vergraben.

In dem großen und leeren Haus hallten Tittis Schritte laut. Sie ging in jedes Zimmer und schaltete alle Lampen ein. Aber das Licht konnte die Finsternis in ihrem Herzen nicht verscheuchen. Sie versuchte, ihre innere Unruhe mit Alkohol zu betäuben, schenkte sich ein großes Glas Whisky ein und leerte es in einem Zug. Dann schloß sie die Augen und genoß die Wärme, die sich in ihr ausbreitete. Melancholische Gedanken gingen ihr durch den Kopf, und sie griff erneut zur Flasche und füllte ein zweites Glas. Sie ließ es ans erste klirren, so als stieße sie mit jemandem an.

Als das Telefon klingelte, zuckte sie zusammen.

»Der Bulle läßt dich wohl nicht in Ruhe, was?« fragte Cirinnà wütend. »Was wollte der Kerl?«

Titti murmelte: »Nichts. Er hat mich nur gefragt, ob ich seinen Assistenten kannte, den jungen Polizisten, der erschossen wurde.«

»Und was für eine Antwort hast du ihm gegeben?«

»Ich habe ihm gesagt, daß ich ihm nicht weiterhelfen könnte.«

»Du darfst dem Typ nicht trauen, klar?« Cirinnà spielte den Beschützer. »Wenn du irgendwelche Schwierigkeiten bekommen solltest, kümmere ich mich um die Sache.«

Titti hörte ihm widerwillig zu und schloß die Augen. Sie hatte Mühe, die Worte zu verstehen, die aus der Hörmuschel an ihr Ohr drangen.

»Er ist dir doch wohl nicht zu nahe getreten, oder?« Cirinnà klang wirklich eifersüchtig.

»Nein«, gab Titti nach kurzem Zögern zurück. »Mach dir keine Sorgen. Zwischen uns ist nichts gewesen.«

Sie preßte sich die Hand an die rechte Schläfe. Eine schmerzhafte Migräne kündigte sich an.

»Kann ich zu dir kommen, jetzt sofort?«

»Nein, besser nicht. Es geht mir nicht besonders.«

In Cirinnàs Stimme schlich sich ein drohender Unterton. »Verbirgst du etwas vor mir?«

»Nein, nichts, ich schwöre es.« Titti winkelte den Ellenbogen an und stützte den Kopf auf die Hand.

Cirinnà blieb argwöhnisch. »Hör mal, wenn du mich auf den Arm nehmen willst, mußt du in Zukunft auf Nachschub verzichten, liebe kleine Duchessa.«

»Das kannst du mir doch nicht antun!« Titti begann am ganzen Leib zu beben, und Tränen stiegen ihr in die Augen. »Ich brauche das Zeug.«

Voller Genugtuung lauschte Cirinnà Tittis verzweifeltem Schluchzen. Was für eine armselige Närrin, dachte er. Ich habe dich in der Hand. Ohne mich, Sante Cirinnà, bist du aufgeschmissen. Ich kann dich vernichten, wenn ich will – und das solltest du niemals vergessen.

Aber er war noch nicht zufrieden, und um den Sieg in einen Triumph zu verwandeln, fügte er zärtlich hinzu: »Titti, du weißt doch, daß ich dich nicht leiden sehen kann. Ich liebe dich. Und du... hast du mich ebenfalls lieb?« Ein besorgter Klang mischte sich in seine Stimme. Einerseits war Cirinnà hart und unnachgiebig, andererseits war er bis über beide Ohren in die junge Duchessa verliebt.

Gespannt wartete er auf die Wirkung seiner Worte. Nach langem Schweigen hörte er ein leises Wimmern. »Ja, ich habe dich auch lieb.«

Cirinnà lächelte zufrieden und legte auf.

4

In einer Schublade fand Else Cattani ein altes Fotoalbum. Sie setzte sich in einen Sessel und betrachtete die Bilder. Die ersten zeigten sie als junges Mädchen. Freunde, die Familie, das Haus, in dem sie ihre Kindheit verbracht hatte. Dann richtete sie ihre Aufmerksamkeit auf eine besonders große Fotografie, die eine ganze Seite einnahm: ihr Mann Corrado und sie selbst, in liebevoller Umarmung. Die jüngere Else wirkte sehr glücklich. Das Gesicht Corrados erinnerte an einen Halbwüchsigen und bildete einen auffallenden Kontrast zu seinem Ernst und seiner männlichen Kraft, die sie damals so fasziniert hatte. Das Bild war in Zürich aufgenommen worden, einige Monate nach ihrer Hochzeit.

Das Foto weckte Erinnerungen in Else, und sie begann zu grübeln. Die ersten Jahre – voller Liebe und Verständnis. Die schönste Zeit ihres Lebens. Dann aber ging es mit der Ehe bergab. Deutlich erinnerte sich Else daran, daß sie früher stundenlang Arm in Arm im Bett gelegen hatten. Sie entsann sich nicht mehr, wann und warum jene wundervolle Zeit zu Ende gegangen war. Und sie wußte auch nicht, ob Corrado schuld daran war oder sie selbst die Verantwortung dafür trug.

Als ihr Mann nach Hause zurückkehrte, saß Else noch immer im Sessel, das aufgeschlagene Fotoalbum auf den Knien. »Man hat dich mit einer jungen Frau gesehen«, sagte sie leise und müde.

Cattani winkte ab. »Eine Zeugin, deren Aussagen ich für meine Ermittlungen brauche.«

»Und lädst du alle deine Zeuginnen zum Abendessen ein?«

»Hör mal, Else, fang bitte nicht schon wieder an. Du weißt nicht, wie man bestimmte Personen behandeln muß, um Hinweise zu bekommen.«

Sie lächelte bitter. »Warum hast du mich geheiratet?«

»Was für eine Frage! Weil ich dich liebte.«

»Und jetzt?«

»Und jetzt, und jetzt.« Cattani seufzte. »Ich weiß überhaupt nicht mehr, was mit mir los ist. Ich habe das Gefühl, mich in einem gewaltigen Strudel zu befinden. Vielleicht kann ich mich aus ihm befreien. Vielleicht aber auch nicht.«

Am nächsten Morgen ging Else zu Santamaria, um sich nach den Vorbereitungen für die Ausstellung zu erkundigen. Bei jedem Treffen verhielt sich der Journalist draufgängerischer. »Ach, Signora«, sagte er, »Sie sind wirklich eine Frau, die einen Mann glücklich machen kann.«

Else machte sich nicht die Mühe, die immer deutlicheren Annäherungsversuche Santamarias zurückzuweisen. Im Gegenteil: Sie genoß seine Aufmerksamkeiten. Wenn es geschehen muß, dachte sie, dann soll es geschehen.

Titti schien völlig aufgelöst, als sie sich bei Cattani meldete. »Bitte kommen Sie sofort zu mir«, stieß sie atemlos hervor.

Als Cattani im Palazzo der Duchessa ankam, erschrak er, in welch jämmerlichem und mitleiderweckenden Zustand sie sich befand. Sie hockte auf dem Boden, an eine alte Kommode gelehnt, das schöne Haar zerzaust, die fiebrig glänzenden Augen weit aufgerissen. »Ich ziehe einen Schlußstrich unter die Sache«, murmelte sie vor sich hin. »Ich mache reinen Tisch. Ja, jetzt packe ich aus, sage alles, was ich weiß. Ich halte es nicht mehr aus, hab' endgültig genug.«

Die Arbeit eines Polizisten ist alles andere als ein Vergnügen. Manchmal glaubt man, alle Spielarten des menschlichen Elends zu kennen, aber immer wieder bohren sich einem neuen Nadeln ins Herz. Cattani war entsetzt, als er Titti sah. Er half ihr auf die Beine und führte sie zu einem nahen Sessel. Er bemerkte einen bläulichen Fleck in ihrer linken Armbeuge. Sie hatte sich Heroin gespritzt.

»Wo bist du, Commissario?« Sie versuchte, einen Arm zu heben, doch nur die kalte Hand bewegte sich.

»Ganz ruhig«, Cattani sagte es sanft und bitter zugleich. »Ich bin hier.«

Titti nahm ihn wie durch einen dichten Nebel wahr. »Ich möchte aussagen.« Sie griff nach seinem Arm, um sich aufzurichten.

»Bewegen Sie sich nicht. Bleiben Sie sitzen und ruhen Sie sich ein wenig aus. Sie sind zu schwach, um reden zu können.«

Titti fügte sich und schloß die Augen. Der Kommissar löste ihre Hand von seinem Arm, brachte der jungen Duchessa ein Glas Wasser und setzte es ihr an die Lippen. Sie trank in kleinen Schlucken, und anschließend schien es ihr besser zu gehen. Sie lächelte.

»Laß mich nicht allein, Commissario.« Ihre Stimme zitterte. Sie rutschte aus dem Sessel, kauerte sich neben Cattani auf den Boden und legte den Kopf auf seine Knie. Behutsam griff sie nach seinen Händen und küßte sie.

»Ich gefalle dir, Commissario, nicht wahr?« fragte sie und lachte leise.

»Ja, ich gebe es zu: Du gefällst mir wirklich.« Cattani ging jetzt ebenfalls zum »Du« über.

»Dann nimm mich in die Arme. Mir ist so schrecklich kalt.«

Er strich ihr zärtlich übers Haar, und für eine Weile war er ganz in Gedanken versunken. Dann schob er die junge Frau sanft, aber bestimmt von sich. »Du wolltest mir doch etwas sagen, oder?« fragte er vorsichtig.

Tittis Lächeln wuchs in die Breite. »Einen Polizisten als Freund zu haben, scheint einige Probleme mit sich zu bringen. Wenn man vor ihm auf die Knie sinkt, verwandelt er sich in einen Inquisitor. Na gut. Du hast inzwischen herausgefunden, daß sich Marineo und meine Mutter liebten. Du bist nicht auf den Kopf gefallen.« Sie klang etwas gönnerhaft. »Sie sind beide in diesem Haus ums Leben gekommen. Und du möchtest wissen, auf welche Weise, nicht wahr?« Sie hob den Kopf und schaute ihn bedeutsam an, so als sei sie davon überzeugt, daß er von den wirklichen Hintergründen noch nicht einmal etwas ahnte.

Cattani dachte fast ununterbrochen darüber nach. Immer wieder zerbrach er sich den Kopf über die seltsamen Vorgänge – ohne jemals mehr in ihnen entdecken zu können, als eine tragische Liebesgeschichte. Er vermutete, daß einer der beiden – wahrscheinlich die Duchessa Eleonora – den anderen umgebracht und sich anschließend selbst erschossen hatte. Doch es blieb zu klären, aus welchem Grund und von wem die Leiche Marineos fortgebracht worden war. Im Augenblick hielt er die Beantwortung dieser Fragen für nicht so dringlich. Viel wichtiger erschien ihm die Tatsache, es mit einem Mord und einem Freitod zu tun zu haben. Als er jetzt von Titti erfuhr, was sich in Wirklichkeit zugetragen hatte, verschlug es ihm die Sprache. Sie schilderte ihm, wie sowohl Marineo als auch ihre Mutter umgebracht worden waren. Beide Morde waren von einer Person begangen worden. Titti, die alles mit angesehen hatte, war die einzige, die dafür sorgen konnte, daß man den Mörder zur Rechenschaft zog – eine recht unbequeme Zeugin.

»Du bist in Gefahr«, sagte Cattani. »Ich muß mir irgend etwas einfallen lassen, um deine Sicherheit zu gewährleisten.«

Am Abend erstrahlten helle Lichter im Palazzo des Kulturklubs. Nach und nach trafen die Männer und Frauen aus der guten Gesellschaft Trapanis ein. In der kleinen Bar tranken sie erlesenen Cognac oder Wein, und dann begaben sie sich lachend in den Saal, in dem Glücksspiele stattfanden.

Die Überraschung war nicht schlecht, als Cattani und Titti dort Arm in Arm auftauchten.

»Weißt du, was man sagen wird?« murmelte die junge Duchessa zärtlich. »Bestimmt flüstern sich die Leute zu: ›Ein armer Kerl, der Commissario – jetzt hat er sich mit dieser Verrückten eingelassen.‹«

»Nein«, erwiderte Cattani und lächelte. »Ich vermute, sie denken: ›Die Dekadenz breitet sich weiter aus: eine adlige Sizilianerin, die sich mit einem Bullen abgibt.‹«

Cattanis Entscheidung, sich in aller Öffentlichkeit mit Titti zu zeigen, gründete sich keineswegs auf die Lust zu provozieren. (»Laß uns einmal groß auftreten«, hatte er der jungen Duchessa vorgeschlagen.) Er verfolgte vielmehr einen Plan und hatte sich jeden einzelnen Schritt genau überlegt. Er wollte den Mörder beunruhigen, ihn aus der Reserve locken. Er wollte bei ihm den Eindruck entstehen lassen, als habe sich zwischen ihm, dem Kommissar, und der Duchessa etwas angebahnt. Und wahrscheinlich wird er fürchten, daß Titti mir die Wahrheit verraten könnte, dachte Cattani.

Eine Falle – gefährlich nicht nur für den, der sie stellte, sondern auch für den, dem sie galt. Wenn der Mörder tatsächlich die Nerven verlor und in die Falle tappte, dann war mit drastischen Reaktionen zu rechnen.

Der erste, der sich von seiner Verblüffung erholte, war Rechtsanwalt Terrasini. »Willkommen«, begrüßte er das Paar mit der Gelassenheit eines Mannes, den so leicht nichts aus der Fassung bringt. »Ihr Besuch ehrt mich sehr.«

Der Bankdirektor Ravanusa kam mit einem Glas Gin Tonic in der Hand auf sie zu. »Ich fühle mich geschmeichelt, Signor Commissario. Was für eine schöne Überraschung, Sie hier begrüßen zu können.« Dann wandte er sich an die Duchessa und deutete eine Verbeugung an. »Signorina Titti... meine Hochachtung.« Er richtete seine Aufmerksamkeit wieder auf Cattani. »Signor Commissario, ich hoffe, Sie sind mir nicht böse, wenn ich Ihnen unser kleines Laster verrate. Wissen Sie, wir haben hier ein Zimmer, in dem wir uns am grünen Tisch die Zeit vertreiben, beim Kartenspiel, ganz zwanglos, unter Freunden. Verstehen Sie mich bitte nicht falsch, aber wir würden uns sehr freuen, wenn Sie die Liebenswürdigkeit hätten, uns ein wenig Gesellschaft zu leisten.«

Cattani lächelte freundlich und winkte ab. »Machen Sie sich keine Sorgen, Signor Ravanusa. Gegen eine Partie Poker habe ich nichts einzuwenden.«

Die Wände des Spielsaals waren mit religiösen Motiven bemalt. Ein riesenhafter San Michele tötete die Schlange, und direkt daneben wurde Jonas vom Wal verschluckt. Jemand fuhr zur Hölle und wurde von einer Schar kleiner Teufel umtanzt. Die farbenprächtigen Darstellungen standen in krassem Kontrast zu den am Tisch versammelten Spielern, wirkten in dieser Umgebung grotesk und monströs.

Auch die Contessa Olga Camastra war anwesend und musterte Cattani und seine Begleiterin neugierig. Der Kommissar beobachtete sie und entdeckte Überraschung und leisen Spott in ihren Zügen. Sein Blick verweilte auf ihrem Gesicht, und er erlag einmal mehr dem Zauber ihrer Anmut. Sie wäre selbst dann eine Schönheit, dachte er, wenn sie sich in Lumpen kleidete.

»Commissario«, sagte Olga, als sich Cattani ihr näherte, »es überrascht mich, Sie in diesem Sündenpfuhl zu sehen.« Sie öffnete ihr goldenes Etui und bot ihm eine Zigarette an.

»Auch ich kann ein wenig Ablenkung gebrauchen«, erwiderte Cattani, während er die Zigarette der Contessa und anschließend seine eigene anzündete.

Titti schmiegte sich demonstrativ an ihn, doch Olga beachtete sie nicht. »Commissario«, sagte sie, »besuchen Sie mich auf der Baustelle, wenn Sie einmal nicht wissen, was Sie mit Ihrer Zeit anfangen sollen. Dann können Sie eine süditalienische Frau bei der Arbeit erleben.« Sie legte die Zigarette in den Aschenbecher, teilte die Karten aus und warf Cattani einen ironischen Blick zu. »Oder haben Sie noch immer Angst vor mir?«

Der Kommissar wurde von einem älteren, gutmütig aussehenden Mann abgelenkt. »Sie kommen doch aus Mailand, nicht wahr? Kennen Sie Eugenio Montale? Nein? Schade, ich bin nämlich ein Kollege von ihm. Gestatten – Baron Platto, Dichter.«

In einer kleinen Herberge direkt neben der Kirche kümmerte sich Don Manfredi Tag und Nacht um das, was er als seinen »Garten der Hoffnung« bezeichnete. Er nahm Drogensüchtige auf und bemühte sich, sie gesund und geläutert zu ihren Familien zurückzuschicken.

»Sie sind ihre einzige Hoffnung«, sagte Cattani. »Bitte helfen Sie ihr.«

»Ich werde mir die größte Mühe geben«, versprach der Priester. »Doch den wichtigsten Schritt hat Titti bereits hinter sich – indem sie auf Ihren Rat einging und zu mir kam.«

»Ja, es gelang mir schließlich, sie zu überzeugen.« Der Kommissar seufzte. »Aus Sicherheitsgründen gebe ich zwei Beamten den Auftrag, vor dem Tor Wache zu halten.«

»Wenn Titti ganz genesen ist, wird sie Ihnen sehr dankbar sein.«

»Vielleicht. Andererseits schäme ich mich ein wenig, denn immerhin benutzte ich sie als Köder, um einen Mörder hereinzulegen.«

An jenem Abend besuchte Cattani jemanden, mit dem er schon seit langem ein Gespräch hatte führen wollen. An der breiten Strandpromenade hielt er auf ein großes Geschäft mit langer Fensterfront zu und öffnete die gläserne Tür. Der Lack von Luxuslimousinen glänzte und schimmerte, und nach einigen Sekunden fiel der Blick Cattanis auf das scharfgeschnittene Gesicht Sante Cirinnàs. Der kleine Mafioso – so hatte De Maria ihn genannt.

Cirinnà knöpfte sich die Jacke zu und strich sich über das vorstehende Kinn.

»Womit kann ich Ihnen dienen? Interessieren Sie sich für ein neues Auto?«

»Nein, Cirinnà, mein Geldbeutel ist zu klein, um mir einen Ihrer Wagen leisten zu können.«

Cattani musterte ihn kühl und versuchte, sich ein Bild von diesem Mann zu machen. Dann bemerkte er zwei weitere Personen im Verkaufsraum. Ein finster dreinblickender Mechaniker, der einen verschmutzten Arbeitsanzug trug, beobachtete ihn verstohlen. Und an einem beigefarbenen Mercedes lehnte ein junger, mißtrauisch um sich blickender Mann. Er hatte die Hände in den Taschen und einen Kaugummi im Mund. Seine karierte Jacke war auffallend weit.

»Warum sind Sie dann zu mir gekommen?« Cirinnà wurde nervös. Das linke Lid zuckte, und er kniff die Augen zusammen und beobachtete den Kommissar wachsam.

»Es geht um eine persönliche Angelegenheit.« Cattani versuchte, Cirinnà in eine entlegene Ecke zu drängen.

»Und worin besteht die?«

»Ich möchte mit Ihnen über die Signorina Pecci Scialoja sprechen.«

»Ah!« Cirinnà verzog das Gesicht und versuchte dann, seinen Ärger zu verbergen. »Und was kann ich für die Duchessina tun?«

»Eine ganze Menge. Sie in Ruhe lassen, zum Beispiel.« Die Sizilianer stehen nicht umsonst in dem Ruf, besonders empfindlich zu reagieren, wenn es um Frauen geht. Das Gesicht Cirinnàs verfärbte sich, und er schnaufte wie ein wütender Stier. »Ach, ich soll sie in Ruhe lassen, wie?« Sein Zorn verwandelte sich in Sarkasmus. »Aber sie... sie braucht meine Hilfe.«

»Nicht mehr«, erwiderte der Komissar scharf. »Auf die Hilfe, die Sie meinen, kann sie jetzt verzichten.«

»Tatsächlich? Die kleine Duchessa ist wohl zu einer Heiligen geworden, wie?«

»Machen Sie sich darüber keine Gedanken. Vergessen Sie sie einfach.«

Cirinnà bebte vor Zorn. Was bildet sich der Kommissar eigentlich ein? dachte er. Glaubt er etwa, er könne mir, Sante Cirinnà, Befehle erteilen?

»Hören Sie, Commissario«, brachte er zwischen zusammengepreßten Zähnen hervor. »Mit welchem Recht verlangen Sie so etwas von mir?«

»Aus persönlichem Interesse«, lautete die Antwort Cattanis. »Ich mag Titti. Und sie erwidert meine Gefühle.«

Cirinnà lachte. »Und was ist mit Ihrer Frau?«

»Das geht Sie nichts an«, sagte Cattani ruhig. »Belästigen Sie Titti nicht länger. Dann gibt es keine Probleme zwischen uns. Einverstanden?«

Cirinnà starrte ins Leere und konnte vor Eifersucht keinen klaren Gedanken fassen. »Ja, ja, schon gut. Und jetzt verschwinden Sie.«

Mit der Fingerkuppe strich Cattani über die Chromleiste eines Rovers. Ganz langsam drehte er sich um und ging auf die Tür zu. Scheißbulle, dachte Cirinnà aufgebracht. Hier kannst du nicht den Allmächtigen spielen. Wir sind hier in Sizilien, in meiner Heimat.

In ihm brodelte es. Die Vorstellung, auf Titti verzichten zu müssen, brachte ihn zur Raserei.

Else griff nach einem Pinsel und stellte sich vor die leere Leinwand. Draußen war es längst dunkel, und durch das geöffnete Fenster des Wohnzimmers sah man das Meer. Das Licht der Lampen an der Strandpromenade spiegelte sich auf dem Wasser, und dieses Bild wollte Else festhalten. Aber sie konnte sich nicht konzentrieren. Nach einer Weile legte sie den Pinsel beiseite, trat auf die Terrasse und fröstelte in der frischen Luft. Sie dachte über die Stadt nach, die ihr noch immer fremd war, und kam zu dem Schluß, daß Trapani eine unüberwindliche Barriere zwischen ihr und ihrem Mann darstellte.

Wo befand sich Corrado jetzt? War er noch immer mit seinen Ermittlungen beschäftigt? Oder trieb er sich mit dieser kleinen Hure herum, mit der Duchessa? Wie dem auch sei, dachte Else betrübt, ich bin ohnehin nicht mehr Teil seines Lebens. Mit dieser Erkenntnis konnte sie sich nur schwer abfinden.

Sie ging zurück ins Wohnzimmer, schenkte sich einen Cognac ein, trank einen Schluck und spürte, wie die Flüssigkeit in ihrer Kehle brannte, wie sich Wärme in ihr ausbreitete. Auf Zehenspitzen schlich sie ins Zimmer ihrer Tochter und vergewisserte sich, daß Paola tief und fest schlief. Anschließend leerte sie das Glas, nahm den Telefonhörer ab und wählte die Nummer Nanni Santamarias.

»Sie haben mich neulich zu einem Glas bei Ihnen eingeladen, erinnern Sie sich? Macht es Ihnen etwas aus, wenn ich jetzt komme?«

»Sie sind herzlich willkommen.« Die Antwort klang erfreut.

Als Else in der Wohnung Santamarias eintraf, hielten sie sich nicht mit Höflichkeitsfloskeln auf, sondern umarmten sich sofort. Sie zogen sich gegenseitig aus, schlüpften ins Bett und liebten sich wortlos. Schließlich lösten sie sich voneinander, und Else zog die Decke bis ans Kinn hoch. Sie zündete sich eine Zigarette an und blickte nachdenklich den blauen Ringen nach, die sie gegen die Decke blies. Sie rührte sich nicht, und Santamaria, der neben ihr lag, hatte das Gefühl, als sei sie unerreichbar weit fort.

Unbehagen regte sich in ihm, und er fragte: »Was ist denn? Hat es dir nicht gefallen?«

»Das schon«, erwiderte Else. »Doch jetzt wird mir klar, aus welchem Grund ich wirklich hierher gekommen bin. Es ging mir nicht in erster Linie darum, mit dir zu schlafen. In Wirklichkeit wollte ich Corrado eins auswischen.« Sie räkelte sich unter der Decke. »Ich möchte so sehr, daß er mich beachtet, aber ich scheine ihm völlig gleichgültig zu sein. Ich interessiere ihn nicht mehr. Und ich greife zu immer drastischeren Mitteln, um seine Aufmerksamkeit zu erregen, um ihn eifersüchtig zu machen.« Sie sah Santamaria an. »Heute abend habe ich mich dazu hinreißen lassen, dich als Werkzeug zu benutzen. Ich bin von mir selbst angewidert.«

Santamaria versuchte, Haltung zu wahren. »Mach dir nichts

draus. Für mich ist die Sache auch so in Ordnung. Und beim nächsten Mal findest du mehr Spaß daran.«

»Es gibt kein nächstes Mal.« Else stand auf und kleidete sich an.

Ohne sich von Santamaria zu verabschieden, verließ sie die Wohnung. Als sie die Tür hinter sich schloß, hörte sie die flehende Stimme des Journalisten: »Kann ich dich morgen anrufen?«

5

Am späten Abend, während seine Frau bei einem anderen Mann im Bett lag, saß Cattani an seinem Schreibtisch und klappte einen Aktendeckel zu. Er rieb sich die vor Müdigkeit geröteten Augen und sah erschöpft aus dem Fenster. Zwei Einsatzwagen der Polizei kehrten mit blitzenden Blaulichtern zurück. Cattani zog seinen Mantel an und verließ das Büro. Winkend erwiderte er den Gruß eines Beamten und trat auf die Straße. Der Himmel war klar, und Tausende von Sternen funkelten. Ihr Anblick erinnerte ihn an seinen Großvater, der einmal, als Cattani noch ein kleiner Junge gewesen war, auf die schimmernden Punkte gedeutet und ihm ihre Namen genannt hatte – Namen, an die sich Cattani längst nicht mehr entsinnen konnte. Er lächelte traurig, als er jetzt daran zurückdachte.

Sein Wagen stand im Halbdunkel am Rande des Parkplatzes. Der Motor sprang beim zweiten Versuch an, und Cattani fuhr durch leere Straßen in Richtung Strandpromenade. Es war eine ruhige Herbstnacht, und gerade schob sich der Vollmond über den Horizont.

Im Rückspiegel sah der Kommissar die Scheinwerfer zweier Motorräder, die sich ihm näherten. Er verringerte die Geschwindigkeit, und sie folgten ihm weiter, ohne ihn zu überholen. Himmel! fuhr es ihm durch den Sinn. Die haben es auf mich abgesehen. Sofort griff er unter das Armaturenbrett, holte seine Dienstwaffe hervor und legte sie griffbereit auf den Beifahrersitz. Immer wieder blickte er in den Rückspiegel und behielt die beiden Lichter im Auge. Es war ihm unmöglich, die Fahrer zu erkennen, denn sie trugen Helme. Vor ihm tauchte eine Unterführung auf, und helles Neonlicht erhellte die nächtliche Dunkelheit.

Jäh riß Cattani das Steuer herum und trat voll auf die Bremse. Mitten auf der Straße stellte sich der Wagen quer, und die beiden Motorräder prallten dagegen. Die Fahrer stürzten, sprangen jedoch sofort wieder auf und schossen einige Male, doch die Kugeln pfiffen als Querschläger davon. Cattani hatte inzwischen die Pistole in der Hand, legte an und drückte zweimal kurz hintereinander ab. Er traf eine der beiden Gestalten am Kopf und in der Brust, und der Mann sank tot zu Boden.

Der Kommissar duckte sich hinter dem Wagen, feuerte auf den zweiten Motorradfahrer und hörte ein schmerzerfülltes Stöhnen. Er beobachtete, wie sich der Getroffene die linke Hand auf die Wunde im rechten Arm preßte. Die Wucht des Geschosses hatte ihm die Waffe aus der Faust geschleudert. Der Mann wollte die Pistole wieder aufheben, doch Cattani war schneller und trat sie fort.

Dann wirbelte er herum und sprang auf seinen Gegner zu. Er versetzte ihm einen Schlag in die Magengrube, und der Kerl krümmte sich zusammen und schnappte nach Luft. Der Kommissar packte ihn an den Schultern und stieß ihn gegen den Wagen. Der Mann blutete stark und wehrte sich nicht mehr. Mit einem Ruck zog ihm Cattani den Helm vom Kopf – und blickte in das wutverzerrte Gesicht Sante Cirinnàs. Jetzt glaubte er auch zu wissen, um wen es sich bei dem zweiten Motorradfahrer handelte. Der Tote war der mißtrauische junge Mann, den er im Laden Cirinnàs gesehen hatte.

Für gewöhnlich reagieren die Beamten der Provinz mit Argwohn auf Telefonate aus Rom. Anrufe aus der Hauptstadt, so behaupten sie, bedeuten entweder Ärger – oder jemand bittet um einen persönlichen Gefallen. Aus diesem Grund verzog Cattani das Gesicht, als der Vermittler sagte: »Rom am Apparat.«

Aber die Miene des Kommissars erhellte sich, als er die Stimme Cannitos hörte, des Mannes, den er vor kurzem besucht hatte. »Es freut mich, wieder mit Ihnen sprechen zu können.«

»Wie geht's Ihnen, Cattani? Man berichtete mir, daß Sie in eine Schießerei verwickelt waren. Erzählen Sie. Was war los?«

Der Kommissar schilderte den Zwischenfall mit knappen Worten und fügte hinzu, es sei nichts weiter als eine Art Arbeitsunfall gewesen. »Wichtig ist«, meinte er, »daß die Ermittlungen dadurch ein gutes Stück vorangekommen sind. Der Mistkerl, der ums Leben kam, trug die Waffe bei sich, mit der De Maria erschossen wurde. Ja, genau die. Die Leute vom Erkennungsdienst sind ganz sicher. Wissen Sie, was die Ermordung De Marias angeht, fehlt mir noch immer das Motiv. Doch ich glaube, der Fall Marineo ist jetzt geklärt.«

»Oh, das sind ja hervorragende Nachrichten«, antwortete Cannito. Er saß in seinem Büro und griff nach einer ledernen Mappe. »Auch für mich scheinen sich die Dinge nun endlich zum Besseren zu wenden. Ja, genau. Der wichtige Posten, den ich Ihnen gegenüber bereits erwähnte. Nun, ich stehe dicht vor dem Ziel, mein lieber Cattani. Es müssen nur noch einige wenige Hindernisse überwunden werden. Formalitäten, nichts weiter.«

Cannito legte die Hand auf die rechte obere Ecke der Mappe und zählte die einzelnen Blätter. Als er bei fünf angelangt war, öffnete er die Mappe, langsam und vorsichtig – fast so, als habe er es mit einer Bombe zu tun, die jeden Augenblick explodieren konnte. Mit zusammengekniffenen Augen blickte er auf das sechste Blatt. Er seufzte erleichtert, als er in der dritten Zeile, direkt auf dem maschinengeschriebenen Wort »Präsident«, ein kleines graues Haar entdeckte. Es war eine seiner Wimpern – Cannito hatte es sich zur Angewohnhiet gemacht, seine geheimen Unterlagen auf diese Weise zu kennzeichnen. Wenn irgendein Neugieriger in den Dokumenten herumschnüffelte, so würde er das Haar anschließend nicht mehr an seinem ursprünglichen Platz finden. Und das genügte als Hinweis.

Cannito war sehr zufrieden, alles so vorzufinden, wie er es zurückgelassen hatte. »Nun«, wandte er sich erneut an Cattani, »Sie sprachen eben von einem Komplizen, den Sie verhaftet haben. Was ist das für ein Typ?«

»Ein aufgeblasener Esel, der sich provozieren ließ. Zwar nur ein kleiner, dafür aber ehrgeiziger Mafioso.«

»Hm, und ... halten Sie es für möglich, daß Sie durch ihn an die wichtigeren Leute herankommen?«

»Die Aussichten dafür sind recht gut«, sagte Cattani. Sein Stellvertreter Altero stand in der Tür, und er bedeutete ihm mit einem Wink, ins Zimmer zu kommen. »Derzeit wissen wir noch nicht, welche Verbindungen es zwischen ihm und den anderen gibt, und bestimmt dauert es noch eine Weile, bis wir etwas Konkretes in die Hand bekommen.«

»Ah, ich verstehe.« Cannito zögerte kurz, so als schätze er eine bestimmte Möglichkeit ein. Dann fügte er hinzu: »Gut, machen Sie weiter so, Cattani. Und benachrichtigen Sie mich bitte, wenn sich etwas Neues ergibt.«

Der Kommissar versprach es, legte auf und sah Altero an, der vor dem Schreibtisch Platz genommen hatte. Er beugte sich vor und wischte Asche fort.

»Wie läuft's?« fragte er.

»Wir haben Cirinnà nach Palermo verlegt, ins Ucciardone«, teilte ihm Altero mit. »Und jetzt sollten wir unsere nächsten Schritte erörtern.«

Cattani nickte freundlich, schien es jedoch nicht sonderlich eilig zu haben und wechselte das Thema. »Offen gesagt: Ich hatte bisher keine sehr hohe Meinung von Ihnen.«

Das Gesicht Alteros verdunkelte sich, aber er war nicht überrascht. »Ich weiß.«

»Jetzt sehe ich die ganze Sache aus einer anderen Perspektive«, fuhr Cattani fort und klopfte mit einem Stift auf den Tisch. »Ich habe gründlich nachgedacht und bin zu dem Schluß gekommen, daß man sogar Verständnis für Ihr Verhalten aufbringen kann.«

Altero wurde unruhig. »Was für ein Verhalten meinen Sie?«

Eine Wespe flog durchs Zimmer und brummte am Fenster. Cattani stand auf und öffnete einen Fensterflügel, und das Insekt entkam nach draußen.

»Ich halte den Augenblick für gekommen, die Karten offen auf den Tisch zu legen«, sagte der Kommissar. »Jener merkwürdige Telefonanruf, den Sie an dem Abend bekamen, als Marineo umgebracht wurde – er stammte von der Duchessa Pecci Scialoja. Sie brauchen gar nicht empört das Gesicht zu verziehen, Altero. Hören Sie mir gut zu. Sie wußten um die Liebesbeziehungen zwischen Marineo und der Duchessa Eleonora. Titti ruft Sie an, und Sie machen sich sofort auf den Weg. Und finden zwei Leichen vor. ›Meine Mutter hat ihn erschossen‹, erzählt Ihnen die junge Frau. ›Marineo wurde nach Salerno versetzt, und meine Mutter war ganz außer sich, ertrug die Vorstellung nicht, sich nach so vielen Jahren von ihm zu trennen. Es kam zu einem heftigen Streit, und schließlich geriet meine Mutter so in Wut, daß sie die Pistole hervorholte, auf Marineo schoß und sich anschließend das Leben nahm.‹ Sie glaubten ihr, Altero. Es klang ja auch alles ganz plausibel. Und was machten Sie? Es kam ihnen unbedingt darauf an, Marineos Ruf zu schützen, und deshalb beschlossen Sie, seine Leiche aus dem Haus der Duchessa verschwinden zu lassen. Sie respektierten Ihren Vorgesetzten als einen ehrlichen Mann und fürsorglichen Familienvater, als eine ehrenhafte Person, die niemals ins Gerede kam. Sie wollten einen Skandal vermeiden. Das Verhältnis Marineos mit Eleonora mußte vertuscht, durfte auch nach seinem Tod nicht bekannt werden. Können Sie mir folgen? Aus diesem Grund trugen Sie die Leiche Marineos in den Wagen, den er zuvor im Hof geparkt hatte. Sie fuhren aus der Stadt und ließen den Fiat Regata auf der Lichtung stehen, wo man ihn später fand. Den krönenden Abschluß gaben Sie diesem Täuschungsmanöver, indem Sie in Ihrem Bericht an den Staatsanwalt die Möglichkeit erwähnten, Marineo sei von einem Informanten in die Falle gelockt worden. Nein, warten Sie, ich bin noch nicht fertig. Auf diese Weise konnte keine Verbindung zwischen den beiden Todesfällen hergestellt werden. Der eine wurde als Mord zu den Akten genommen, der andere als Freitod.«

Alteros Hände zitterten, und sein Gesicht glühte. Zunächst brachte er keinen Ton heraus, dann sagte er heiser und rauh: »Ich bin bereit, die volle Verantwortung zu tragen.«

»Oh, machen Sie sich keine Vorwürfe. Nur durch Zufall habe ich das Streichholzheft im Wohnzimmer der Duchessa gefunden. Ich entdeckte einen Blutfleck darauf, und anschließend erforderte es keine hellseherischen Fähigkeiten, um zu folgern, daß Marineo in dem Palazzo erschossen wurde. Sie konnten das nicht wissen. Sie glaubten der Schilderung Tittis, vertrauten ihr.« Cattani machte eine kurze Pause und fuhr dann fort: »Aber die junge Frau hat Sie angelogen, Altero. Sie machte Ihnen etwas vor. An jenem Abend befand sich nämlich noch eine vierte Person im Haus: Sante Cirinnà. Ja, genau der. Es kam zu einer Konfrontation. Marineo stellte ihn zur Rede. Er liebte Eleonora, und Titti war wie eine Tochter für ihn. Er drohte Cirinnà, ihm das Handwerk zu legen, wenn er das Mädchen nicht in Ruhe lasse, wenn er Titti weiterhin Drogen gebe. Cirinnà ist ein ziemlich jähzorniger Typ, und er geriet sofort in Wut. Er zog seine Pistole und erschoß Marineo.«

Altero starrte den Kommissar groß an, völlig verwirrt angesichts dieser Version. »Und die Duchessa?« fragte er. »Warum hat sie sich umgebracht?«

»Es war kein Selbstmord«, sagte Cattani. »Sie mußte erleben, wie der Mann getötet wurde, den sie liebte, und daraufhin richtete sich ihr Zorn gegen Cirinnà. ›Glaub nur nicht, daß du damit durchkommst‹, sagte sie. ›Ich habe nämlich nicht die geringste Absicht, dich zu decken, du Mistkerl.‹ Und Cirinnà drehte endgültig durch, zielte mit der Waffe, die er noch immer in der Hand hielt, auf die Duchessa und brachte auch sie um. Im Anschluß daran zwang er Titti, Sie anzurufen. ›Setz dich mit Altero in Verbindung‹, sagte er. ›Er weiß von dem Techtelmechtel zwischen Marineo und deiner Mutter. Teil ihm mit, sie hätten sich gegenseitig umgebracht. Soll er zusehen, wie er die Sache in Ordnung bringt. Aber hüte deine Zunge, Duchessina, denn sonst könnte es dich ebenfalls erwischen.‹ Dann drückte er seine Waffe der toten Duchessa in die Hand und machte sich aus dem Staub.«

»Ja«, gestand Altero ein, »es paßt alles zusammen. Aber es ist mir noch immer ein Rätsel, was Sie dazu veranlaßt hat, Marineo zu verdächtigen. Ich dachte, er sei über jeden Zweifel erhaben.«

Cattani zog eine Schublade auf, holte einen Aktendeckel hervor und legte ihn auf den Tisch. Er blätterte in den Unterlagen, bis er fand, was er suchte. »Sehen Sie diesen kleinen Block hier? Es handelt sich um die Quittungen von Schecks, die Marineo unter dem falschen Namen Fiodaliso ausstellte. Mit dem letzten wurde ein Apartment in Salerno bezahlt: Es kostete dreihundert Millionen Lire. Ganz offensichtlich hatte Marineo die Absicht, in seiner Heimatstadt ein recht bequemes Leben zu führen, ohne finanzielle Sorgen. Und sein Tod ist nicht nur auf den Streit um Titti zurückzuführen. Marineo ging zu weit. Er drohte damit, auszusteigen und alles auffliegen zu lassen. Und Sie, mein lieber Altero, wissen ja, daß die Mafia nichts von Gewissensbissen hält.«

Altero konnte es nicht fassen. »Ich bin völlig durcheinander. Es ist, als stürze eine Welt für mich ein.« Er breitete die Arme aus, schüttelte verzweifelt den Kopf und ließ die Schultern hängen. Trotz seiner Größe wirkte er plötzlich geschrumpft. Er zögerte, bevor er hinzufügte: »Aber ich verstehe nicht, warum Sie mir nicht sofort den Auftrag gaben, Cirinnà zu verhaften. Sie haben es riskiert, von dem verdammten Mistkerl umgebracht zu werden.«

»Es blieb mir keine andere Wahl. Wir haben nur eine Augenzeugin für die Ermordung Marineos und der Duchessa Eleonora. Ohne Zweifel hätten wir mit einer skrupellosen Verteidigung rechnen müssen, der es ohne große Probleme gelungen wäre, die Aussagen einer Drogensüchtigen als Halluzinationen abzuwerten. Nein. Ich mußte Cirinnà provozieren, ihn dazu bringen, völlig aus dem Häuschen zu geraten. Seine Reaktionen beweisen, daß Sie seinen Charakter recht gut eingeschätzt haben. Cirinnà ist tatsächlich nichts weiter als ein eingebildeter Schürzenjäger, der nur Stroh im Kopf hat. Ein echter Mafioso hätte sich nicht so aufgeführt wie er. Schlußfolgerung: Wir haben nur einen kleinen Fisch erwischt. Die Haie schwimmen in tieferen Gewässern.«

6

Die alte Mafia hatte sich nie mit Drogen abgegeben. Nicht wegen moralischer Bedenken, sondern vielmehr aus Vorsicht. Alkohol, Glücksspiele, Schutzgelder – diese Dinge galten als zulässig und statthaft. Wenn man nicht übertrieb, drückte die Polizei manchmal sogar beide Augen zu. Mit Drogen jedoch war es völlig anders. Die großen Bosse des organisierten Verbrechens hatten gewußt, daß es enorme Risiken mit sich brachte, sich auf dieses schmutzige Geschäft einzulassen: Politiker, die plötzlich auf die Barrikaden gingen, Polizisten, die einen regelrechten Krieg gegen die Unterwelt begannen. Nein, einen schlafenden Riesen weckte man besser nicht.

Der erste, der in dieser Hinsicht alle Bedenken aufgegeben hatte, war Lucky Luciano gewesen. Er sah den Drogenhandel als ein *Geschäft*, und angesichts der gewaltigen Profite, die damit erzielt werden konnten, hielt er es für einen Fehler, daß die Mafia sich heraushielt. Gegen Ende der dreißiger Jahre hatte er den Heroinhandel unter seine Kontrolle gebracht.

Und deshalb wurde Sizilien zu einem wichtigen Umschlagplatz, von dem aus die »Ware« auf den amerikanischen Markt gelangte. Das Rohopium traf an Bord von Schiffen ein, die aus der Türkei und dem Nahen Osten kamen, und in den geheimen Labors der Mafia verarbeitete man es zu Heroin und machte es versandfertig. Für den Transport des weißen Pulvers ließ man sich immer neue Tarnmethoden einfallen. Es wurde in ausgehöhlten Orangen versteckt, in Eiern, im Innern von Metallteilen. Es gab und gibt zahllose Varianten – und das von Lucky Luciano erfundene System, das Joe Adonis und Frank Coppola später weiterentwickelten, funktioniert noch heute.

»Jetzt gibt es sogar schon Pralinen, die mit Heroin gefüllt sind.« Cattani schüttelte den Kopf. Ein junger Beamter war damit beschäftigt, Dutzende von weißen Schachteln auf den Schreibtisch des Kommissars zu legen. Sie sahen genauso aus wie die, die er von Don Manfredi erhalten hatte.

»Meine Güte, Schluß damit. Ich kann mich ja kaum mehr rühren.«

Die Tür öffnete sich, und Altero trat ein. Er brachte einen ausführlichen Bericht über die Beschlagnahmeaktion, deutete auf die Schachteln und sagte: »Wir haben insgesamt sechzig Container gefunden. Sie waren bereits versiegelt und für den Transport bereit.«

»Scheint ein ziemlich großes Geschäft zu sein«, meinte Cattani. »Und was sagen die Hersteller dazu, die Gebrüder Capitummo?«

»Sie raufen sich das Haar und schwören, sie wüßten von nichts. Irgendein Angestellter, so behaupten sie, habe ihren guten Namen schamlos ausgenutzt. Nette Entschuldigung, nicht wahr?«

»Ja, nicht übel.« Cattani seufzte resigniert. »Und mit der Hilfe eines guten Anwalts kämen sie vor Gericht wahrscheinlich sogar damit durch. Was hat die Durchsuchung der Wohnung Cirinnàs ergeben?«

Altero blätterte in dem Bericht. »Nichts. Zwei Pistolen, die vorschriftsmäßig angemeldet sind. Was die kleinen Dealer angeht, hatten wir mehr Erfolg. Wir haben sie mitten auf der Straße erwischt, vor einer Schule. Darüber hinaus habe ich den jungen Baron Scecilli eingebuchtet – den Verlobten der Tochter Ravanusas. In seinem Garten fanden wir eine regelrechte Marihuana-Plantage.«

Bei dieser Auflistung verzog Cattani enttäuscht das Gesicht. Er stützte die Ellenbogen auf den Tisch und rieb sich die Schläfen. »Ihr Bericht, Altero...«

»Er ist noch nicht zu Ende. Wenn Sie möchten, nenne ich Ihnen auch die anderen Punkte.«

»Nein, danke. Na ja, ich wollte sagen, Ihr Bericht klingt zwar ganz gut, deprimiert mich aber trotzdem. Wir müssen uns die Leute hinter den Kulissen vorknöpfen, diejenigen, die an den Fäden ziehen. Und dazu ist die Entwicklung einer neuen Strategie notwendig. Was nützt es denn, einige kleine Dealer hinter Gitter zu bringen? Nein, es kommt darauf an, den Typen das Handwerk zu legen, die den Drogenhandel kontrollieren. Meinen Sie nicht auch?«

Altero war ein wenig verlegen und schien erleichtert, als das Telefon klingelte und der Kommissar von ihm abgelenkt wurde. Cattani nahm den Hörer ab. Seine Frau war am Apparat, und sie klang so verzagt, daß er sich unwillkürlich versteifte. »Was ist denn?«

»Könntest du nach Hause kommen?«

»Jetzt sofort? Ich habe noch einen Haufen Arbeit zu erledigen.«

»Wann hättest du denn Zeit?«

»Heute abend. In Ordnung? Ist irgend etwas passiert?«

»Nein, nein, nichts«, erwiderte Else. Und zitternd fügte sie hinzu: »Laß es nicht zu spät werden.«

Cattani runzelte die Stirn, senkte den Kopf und strich sich mit dem Finger über die Nasenwurzel. Als er die Schachtel auf dem Schreibtisch sah, veränderte sich sein Gesichtsausdruck. »Schaffen Sie das Zeug weg.«

Der junge Beamte fuhr zusammen. Innerhalb kurzer Zeit legte er die Schachteln in den großen Behälter zurück, in dem er sie gebracht hatte, und machte sich hastig auf und davon. Auch Altero wäre am liebsten auf der Stelle verschwunden und suchte nach einem Vorwand, um das Büro des Kommissars verlassen zu können. Er legte den Bericht auf den Schreibtisch. »Damit Sie ihn in Ruhe durchgehen können«, sagte er und verschwand.

Als Cattani allein war, stand er auf und ging zu einem Metallschrank. Er öffnete die Tür, schob einige Akten beiseite und griff nach einem Hefft. Es enthielt persönliche Notizen, die Cattani schnell überflog. Sie standen nicht in direktem Zusammenhang mit seinen Ermittlungen. Vielmehr beschrieben sie in knappen Worten seine Eindrücke und Überlegungen.

Cattani blätterte, und sein Blick fiel auf eine Seite, die Ravanusa gewidmet war. An einer Stelle hatte er geschrieben: »Verbindungsglied zur amerikanischen Mafia? Macht seine Bank den schmutzigen Profit aus dem Drogenhandel zu sauberem Geld?« Cattani seufzte niedergeschlagen, als er diese Fragen las, auf die er keine Antworten wußte. Er schloß das Heft, wandte sich dem Telefon zu und wählte die Nummer des Zentrums für die Behandlung von Drogensüchtigen.

Die freundliche Stimme Don Manfredis heiterte ihn auf. »Manchmal«, vertraute er dem Priester an, »habe ich das Gefühl, daß diejenigen, die Verbrecher zu stellen versuchen, nur ihre Zeit verschwenden. Es ist so, als seien die Kräfte des Bösen unerschöpflich.«

»Verlieren Sie nicht ausgerechnet jetzt den Mut«, erwiderte Don Manfredi. »Ihr Verhalten hat bei einigen Leuten ziemliche Unruhe gestiftet, doch andere setzen ihre Hoffnungen auf Sie. Ich weiß, niemand gibt Hinweise, die Ihnen bei Ihren Ermittlungen helfen könnten, aber ich darf Ihnen versichern, daß Ihre Bemühungen nicht unbemerkt bleiben. Vielen von uns haben Sie neuen Mut gemacht.«

Cattani zeichnete Pfeile auf ein leeres Blatt Papier. Er ging dabei von einem zentralen Punkt aus, zog lange Striche und versah ihr Ende mit winzigen Dreiecken. Auf diese Weise versuchte er, sich von seiner Nervosität zu befreien.

»Ich habe nicht die geringste Absicht, jetzt aufzugeben«, sagte er fest. »Ich bin hierher gekommen, um meine Arbeit zu machen, und das gilt nach wie vor.« Es klang, als wolle er sich selbst aufmuntern, als ginge es ihm darum, mit diesen Worten neue Entschlossenheit und Kraft zu finden. »Wie geht es dem Mädchen?«

»Viel besser. Titti hat schwierige Phasen durchgemacht, aber inzwischen hat sie sich eingewöhnt. Wenn Sie einen Augenblick warten wollen, hole ich sie an den Apparat.«

Die Stimme Tittis klang vage. »In meinem Innern ist alles leer«, sagte sie. »Und manchmal fühle ich mich völlig schlapp und entkräftet.«

»Don Manfredi meinte eben, du würdest dich langsam erholen.«

»Ach ja? Von Erholung kann hier wohl kaum die Rede sein.«

»Ich komme dich besuchen, sobald ich Zeit finde. Wie läuft's bei euch?«

»Hier ist es schlimmer als in einer Kaserne. Um sieben Uhr aufstehen, dann das Bett machen und das Frühstück vorbereiten. Anschließend waschen, bügeln und im Garten arbeiten. Ich bin das einfach nicht gewöhnt und habe dauernd einen Muskelkater. Hör mal: Wie lange muß ich eigentlich noch in der Verbannung bleiben?«

»Solange wie es nötig ist. Sei ein braves Mädchen, ja?«

»In Ordnung, Bulle«, sagte Titti. »Ich verspreche es.«

Das war die Frau, von der Cattani träumte.

»Gib Ruhe, gib Ruhe. Das sagst du dauernd. Ich kann es nicht mehr hören. Mir hängt es zum Hals raus.« Else stampfte mit dem Fuß auf. »Wenn ich dich brauche, bist du nie da. Wenn ich dich anrufe, redest du dich mit deiner Arbeit heraus. Warum sind wir eigentlich noch zusammen?« Cattani kehrte ihr den Rücken zu und hatte die Hände in die Taschen geschoben. Er starrte aus dem Fenster und beobachtete den Sonnenuntergang. Er konnte seine Frau nicht sehen, wußte jedoch genau, auf welche Weise sie hinter ihm gestikulierte, wie sie die Stirn runzelte und wütend das Gesicht verzog. Während sie ihn anschrie, war deutlich der französische Akzent in ihrer Stimme zu hören. Vor Jahren hatte er diesen besonderen Klang als angenehm empfunden; jetzt konnte er ihn nicht mehr ertragen.

Else – die Frau, an der Cattani nichts mehr lag.

Eine Zeitlang schwieg sie. Wie üblich verrauchte ihr Zorn rasch und wich zärtlicher Melancholie. Sie kam auf ihn zu und blieb dicht hinter ihrem Mann stehen. »Machst du mir denn einen Vorwurf daraus, daß ich dich liebe?«

Diese Worten rührten Cattani. Er drehte sich um, und im rötlichen Schein der Dämmerung beobachtete er Elses Züge.

»Ich möchte dich nicht leiden sehen«, erwiderte er leise. »Aber vielleicht bin ich nicht mehr der richtige Mann für dich.«

Sie schlang die Arme um ihn und legte den Kopf auf seine Schulter. »Ach, Liebling...«

Cattanis Blick fiel auf ein eingerahmtes Bild an der Wand. Ihr Hochzeitsbild. Er dachte an die Vergangenheit, und Wehmut regte sich in ihm.

»Seit einigen Tagen«, sagte Else, »bin ich nicht mehr ich selbst. Ich bin verzweifelt.«

»Wieso denn? Als du mich heute angerufen hast, konnte einem deine Stimme direkt Angst einjagen.«

»Weil ich dir etwas mitteilen wollte, was mich sehr bedrückt.« Else wich ein wenig zurück. »Es ist besser, wenn ich dir jetzt alles sage, denn sonst werde ich noch verrückt.« Sie schob eine Hand unter seinen Jackenaufschlag. »Weißt du, wo ich war, als man versuchte, dich umzubringen? Bei Santamaria. Ja, ich bin mit ihm ins

Bett gegangen. Und jetzt ist mir klar, wie dumm das war. Ich wollte dich aus der Reserve locken, dich auf mich aufmerksam machen.« Sie ließ Cattani nicht aus den Augen, beobachtete ihn so wachsam wie ein Arzt, der nach den Symptomen einer Krankheit sucht.

Cattani hatte sich schon oft gefragt, wie er auf einen Seitensprung seiner Frau reagieren würde. Es überraschte ihn ein wenig, daß er nicht den geringsten Groll empfand. Es ist also passiert, dachte er. Na und? Das Eingeständnis seiner Frau ließ ihn kalt, erleichterte ihn sogar in gewisser Weise. Es war, als befreie es ihn von allen Verpflichtungen gegenüber Else.

Wieder blickte er auf das Bild an der Wand. Es war dunkel geworden, und das Bild stand im Schatten, so daß kaum mehr Einzelheiten zu erkennen waren. Die Züge seiner Frau erschienen ihm undeutlich und verschwommener, so als betrachte er ihr Gesicht durch einen Nebel.

»In der letzten Zeit«, sagte er kühl, »bist du unerträglich gewesen. Vielleicht diente dein Verhalten nur als Ausrede für das, was du getan hast.«

»Das stimmt nicht. Ich konnte es einfach nicht mehr aushalten, ständig allein zu sein.« Else wollte ruhig bleiben, aber wieder wurde sie wütend. »Wenn du mich nicht so vernachlässigt hättest...« Sie ballte die Fäuste und schlug auf die Brust ihres Mannes ein. »Ich hasse dich. Nach so vielen Jahren, die wir gemeinsam verbrachten, läßt du mich im Stich. Ich bin dir von einem Winkel Italiens zum anderen gefolgt. Immer wieder eine neue Stadt, eine neue Umgebung – und neuerliche Einsamkeit. Aber das machte mir nichts, solange du bei mir warst. Ja, solange du dich um mich gekümmert hast, verdroß mich nichts.«

»Du denkst nur an dich selbst«, erwiderte Cattani heftig. »Sprichst dauernd von dir, von deinen Bedürfnissen, deinen Ängsten. Die anderen sind dir gleichgültig. Ist dir in all den Jahren denn nie der Gedanke gekommen, daß ich auch etwas von dir erwarte? Daß auch ich Probleme habe, über die ich gern mit dir sprechen würde?«

Else geriet völlig außer sich. »Du hast mein Leben ruiniert. Dreizehn Jahre lang war ich dir treu und habe mich nur nach dir gerichtet, und jetzt wirfst du mir vor, ich hätte *dich* vernachlässigt. Das darf doch wohl nicht wahr sein!« Sie streckte die Hand aus und schaltete das Licht ein. »Und was jetzt? Soll ich die Koffer packen, verschwinden und dich nicht weiter belästigen? Haben wir bereits diesen Punkt erreicht?«

»Keine Ahnung. Mach, was du willst.«

»Und du wäschst deine Hände in Unschuld, wie? Anstatt mir zu helfen, schickst du mich lieber weg.« Else ließ sich aufs Sofa sinken, schlug die Hände vors Gesicht und begann zu weinen.

Paola trat in die Tür, sie wirkte verstört. Auf den Zehenspitzen und mit kleinen, zögernden Schritten näherte sie sich ihrer Mutter und ging vor ihr auf die Knie, um sie zu trösten. »Nicht weinen, Mama.« Sie sah nicht einmal auf, als sie an die Adresse ihres Vaters gerichtet hinzufügte: »Jedesmal, wenn du zu uns nach Hause kommst, streitest du mit Mama. Es ist besser, du bleibst weg.«

Für Cattani waren diese Worte ein Messerstich ins Herz. Er hatte das Gefühl, vollkommen allein zu sein. Er dachte daran, was ihm die Arbeit bedeutete, an das mangelnde Verständnis seiner Frau, die nun auch seine Tochter gegen ihn aufgebracht hatte. Bitterkeit stieg in ihm hoch, und er wollte das Zimmer verlassen. Aber eine seltsame Taubheit hatte sich in ihm ausgebreitet und machte es ihm schwer, das Gleichgewicht zu halten. Er taumelte und stieß mit dem Arm eine Keramikvase zu Boden, die in Hunderte scharfkantiger Splitter zerbarst.

Dieser Vorgang gewann eine symbolische Bedeutung für ihn. Er begriff, daß in diesem Augenblick nicht nur eine Vase in die Brüche gegangen war, sondern auch eine Ehe.

Als Nanni Santamaria von Cattani ins Polizeipräsidium bestellt wurde, traf ihn fast der Schlag. Er rechnete mit heftigen Vorwürfen – auch mit Drohungen, die ihn zu dem Versprechen veranlassen sollten, der hübschen Frau des Kommissars in Zukunft aus dem Weg zu gehen. Deshalb war er nervös, als er das Büro betrat. Er hielt es für wahrscheinlich, daß er in eine peinliche Lage geraten würde, und wieder dachte er darüber nach, wie er sich aus der Affäre ziehen sollte.

Unruhig rutschte er auf dem Stuhl vor dem Schreibtisch des Kommissars hin und her. Er schlug die Beine übereinander, nur um sie gleich darauf wieder zu strecken. Er mied den Blick des Mannes ihm gegenüber. Er war überrascht, als Cattani ihm mitteilte, er habe ihn deswegen zu sich gebeten, um ihm einen Vorschlag zu machen. »Besser gesagt: Ich möchte Sie um einen Gefallen bitten.« Vielleicht, hoffte der Journalist, hat er gar nicht die Absicht, auf seine Frau zu sprechen zu kommen.

»Wissen Sie«, erklärte Cattani, »es wäre recht nützlich, wenn ich mich mit Hilfe Ihres Fernsehsenders an die Bewohner dieser Stadt wenden könnte. Und in diesem Zusammenhang halte ich ein Interview für besonders geeignet.«

Santamaria war völlig perplex und wurde mißtrauisch. Erst jetzt hob er den Kopf und sah den Kommissar offen an. »Mit anderen Worten. Sie bitten mich darum, Sie zu interviewen?«

»Genau. Allerdings wäre es nicht schlecht, wenn wir uns vorher auf die Fragen einigen könnten.« Santamaria starrte ihn an. Cattani fragte, ob mit dem Vorschlag etwas nicht in Ordnung sei, der Journalist irgendwelche Einwände habe. Santamaria hatte das Gefühl, aus einem Alptraum zu erwachen. Hastig versicherte er, daß er sich sehr über eine Zusammenarbeit mit dem Kommissar freuen würde und es als eine Ehre erachte, Cattani in seinem Studio begrüßen zu dürfen.

7

Die Idee stammte vom Bruder Santamarias, Don Manfredi. »Die Leute achten auf Sie. Sie reden nicht, aber sie hören auf das, was Sie sagen, folgen Ihren Aktionen.« Der Kommissar wollte sich jetzt an die Öffentlichkeit wenden, um eine Art stillschweigende Übereinkunft mit den Bürgern Trapanis zu schließen. Es ging ihm darum, sie über den Stand seiner Ermittlungen zu informieren, ihnen mitzuteilen, welche Ziele er verfolgte. Vielleicht, so hoffte er, faßte irgendwann jemand genug Vertrauen zu ihm, um ihm Hinweise zu geben. Die Kluft zwischen der Polizei und einem großen Teil der Bevölkerung hatte sich immer als ein besonders hinderliches Problem erwiesen.

Cattani räusperte sich, rückte die Krawatte zurecht und bedeutete Santamaria mit einem Wink, daß er bereit sei. Auf den Fernsehschirmen der vielen Familien, die das Programm von Sici-TV verfolgten, erschien das Bild des Journalisten. Santamaria lächelte etwas übertrieben und kündigte »eine sensationelle Sache« an. »Liebe Freunde, ich präsentiere Ihnen ein Interview mit Commissario Cattani, der über die jüngsten von der Mafia verübten Verbrechen sprechen wird.«

Das Bild wechselte und zeigte das ernste Gesicht des Kommissars, während Santamaria die erste Frage stellte. »Natürlich kann ich hier nicht auf die Einzelheiten eingehen«, sagte Cattani. »Einige Ermittlungsergebnisse müssen noch geheim bleiben. Ich darf jedoch feststellen, daß wir in der letzten Zeit ein ganzes Stück vorangekommen sind. Und ohne falsche Bescheidenheit: Ich bin zufrieden.«

Für diejenigen, »die mich noch nicht kennen«, wies er darauf hin, daß er erst vor kurzem nach Trapani versetzt worden war und es sofort mit Mordfällen zu tun bekam. »Mit ein wenig Glück gelang es mir, den Fall Marineo zu lösen, und ich glaube, was die Ermordung De Marias angeht, ist ebenfalls bald alles geklärt.«

Als Cattani eine Pause einlegte, nutzte Santamaria die Gelegenheit, um die nächste Frage zu stellen.

»Was ich jetzt vorhabe?« sagte Cattani. »Ich beabsichtige, mich eingehender mit einigen besonders häßlichen Dingen zu befassen, auf die ich im Verlaufe meiner Untersuchungen aufmerksam geworden bin. Im Augenblick habe ich noch nichts Konkretes in der Hand. Wie der mythische Theseus halte ich einen Faden, und ich werde ihm folgen, um festzustellen, wohin er führt. Dieser Faden heißt ›Geld‹, und aufgrund der Dinge, die ich bereits in Erfahrung bringen konnte, läßt sich schließen, daß er einige bedeutende Bürger dieser Stadt mit anderen Leuten in Rom, Mailand und sogar in Übersee verbindet.«

Zwei Tage nach dem Fernsehinterview wurde Cattani zum Oberstaatsanwalt Scardona bestellt. Dieser Mann behagte ihm nicht besonders. Er hielt ihn für einen Scheinheiligen, der sich zwar eifrig gab, es jedoch vorzog, Problemen auszuweichen, ohne dabei zu sehr aufzufallen – ein Opportunist, der das Blaue vom Himmel versprach und dabei hinter dem Rücken die Finger kreuzte.

Der Staatsanwalt begrüßte Cattani mit einem ironischen Lächeln. »Unser lieber Kommissar ist jetzt also unter die Fernsehstars gegangen.«

Er streckte ihm eine fleischige und schwammige Hand entgegen. »Ist Ihnen eigentlich klar, daß man sogar in Rom Kenntnis von Ihrem großen Auftritt nahm?« fragte Scardona so, als habe er es mit einem unartigen Kind zu tun, das es zu tadeln galt.

»Es kommt noch soweit«, erwiderte Cattani sarkastisch, »daß *ich* auf der Anklagebank ende.«

»Aber nein, nein«, sagte der Staatsanwalt und versuchte, seine vorherige Bemerkung herunterzuspielen. »Man schätzt Ihre Initiative, Commissario. Ja, man ist sehr zufrieden mit Ihnen.«

»Das freut mich zu hören«, entgegnete Cattani knapp. »Und Sie, Signor Procuratore? Was halten Sie davon?«

»Ich muß zugeben, daß ich zu Anfang überhaupt nicht begeistert war. Als ich Sie im Fernsehen sah... Nun, ich war ziemlich überrascht. Was stellt unser Commissario da nur an? fragte ich mich. Inzwischen aber habe ich eingehend darüber nachgedacht, und ich glaube, man kann Ihnen keine Vorwürfe machen. Ihren Bemerkungen mangelte es nicht an einem gewissen Takt, und Sie haben versucht, den Leuten ins Gewissen zu reden. Ja, es war eine gute Idee.«

Als er das Büro des Staatsanwaltes verließ, warf Cattani einen Blick auf seine Uhr und entschied, daß es an der Zeit war, Titti einen Besuch abzustatten. Er wollte sie moralisch unterstützen und verhindern, daß sie sich verlassen fühlte. Wenn sie während der gegenwärtigen kritischen Phase Depressionen bekam, dann konnte das fatale Folgen haben.

Im Behandlungszentrum Don Manfredis begegnete er einigen seltsamen Leuten. Er beobachtete einen hochgewachsenen, dürren jungen Mann mit langen blonden Haaren und einem Stirnband, der im Garten Unkraut jätete. Ein ausgezehrt wirkender Halbwüchsiger mit auffallend kleinen Augen und kindlichen Zügen schob auf der anderen Straßenseite einen mit Paketen beladenen Karren und lächelte dem Kommissar zu. Dann bemerkte Cattani ein Mädchen, das offenbar zu viele Liebesfilme gesehen hatte. Es trug zwei Blumen im Haar, und gekleidet war es in ein weites Seidenkleid. Sie alle wirkten sehr beschäftigt und sonderbar glücklich und zufrieden.

Titti ließ die Bluse sinken, die sie gerade bestickte und folgte Cattani, dem sofort auffiel, daß es der jungen Frau weitaus besser ging.

»Nun«, fragte sie nach einer Weile, »was hältst du von der Kranken?«

»Ich glaube, sie erholt sich langsam.« Cattani lächelte Titti erfreut an.

»Du machst dir dauernd Sorgen um mich. Aber was ist mit dir? Kommst du mit deiner Frau zurecht?«

Der Kommissar senkte den Blick. »Es ist aus«, sagte er. »Endgültig aus. Diesmal raufen wir uns nicht wieder zusammen. Ich habe genug.«

Er schwieg eine Zeitlang, und Titti schien es zu bedauern, unangenehme Gedanken in ihm geweckt zu haben. Sie wechselte das Thema. »Manchmal habe ich schreckliche Angst.«

»Wovor?«

»Vor ihm. Ich fürchte mich davor, ihn plötzlich hier auftauchen zu sehen. Cirinnà ist mit seinen verdammten Drogen zu einem regelrechten Alptraum für mich geworden. Gelegentlich schrecke ich nachts aus dem Schlaf, weil ich glaube, er sei gekommen, um mich von hier wegzubringen.«

Cattani musterte sie und strich ihr mit der Fingerspitze übers Kinn. »Mach dir keine Sorgen. Cirinnà sitzt im Gefängnis, und dort wird er auch die nächsten Jahre verbringen.«

»Ja, aber dieser Mann kann einem selbst dann angst machen, wenn er hinter Gittern ist.«

»Hier draußen vor dem Tor halten Tag und Nacht zwei Polizisten Wache.«

Diese Mitteilung überraschte Titti offenbar. »Ist dir deshalb so sehr an meinem Schutz gelegen, weil ich eine wichtige Zeugin bin?«

»Nein«, antwortete der Kommissar. »Ich möchte, daß dir nichts passiert, weil ich persönliches Interesses an dir habe.«

Titti war verwirrt, zuckte mit den Schultern und gab keine Antwort. Sie betrachtete wachsam die Züge Cattanis, und dann fragte sie: »Was willst du eigentlich von mir?«

Ja, was will ich eigentlich von dir? wiederholte er in Gedanken. Eine gute Frage. Er erwog die verschiedenen Aspekte der Situation und entschloß sich dann für eine zwar ehrliche, doch gleichzeitig ausweichende Antwort: »Ich habe dir sehr gern.«

Als Cattani am Abend nach Hause kam, erwartete ihn keine vorbereitete Mahlzeit. Er machte sich nichts draus und briet sich zwei Spiegeleier – das einzige Gericht, das er zubereiten konnte. Auf diese Weise hatte er als Junge überlebt, wenn seine Mutter einmal längere Zeit fort blieb. Er schenkte sich ein Bier ein und hörte, wie seine Frau in die Küche kam. Er sah sie nicht an und aß in aller Ruhe die Eier.

Else war blaß, und ihre Züge ließen auf eine Erregung schließen, die sie nur mit Mühe im Zaum halten konnte – ein dumpfer Zorn, der sich jeden Augenblick entladen konnte. Sie griff nach einer Tasse, die sie zuvor auf dem Kühlschrank zurückgelassen hatte, öffnete eine Klappe des Wandschranks und versuchte sie an ihren ursprünglichen Platz zurückzustellen. Doch ihre Hände zitterten so sehr, daß ihr die Tasse entglitt, auf den Boden fiel und scheppernd zersprang.

»Was ist denn los mit dir?« platzte es aus Cattani heraus.

Else breitete wortlos die Arme aus, senkte den Blick und starrte auf die Scherben. »Siehst du«, sagte sie dann, »das hast du aus mir gemacht: ein Nervenbündel. Ich bin vollkommen fertig.«

Cattani ließ sich nicht aus der Fassung bringen und entgegnete kühl: »Wenn du dich aussprechen willst, mach es jetzt. Dann können wir nachher einen Schlußstrich unter die Sache ziehen.«

Else erstarrte. Ihre Lippen begannen zu zittern, und plötzlich versetzte sie ihrem Mann eine heftige Ohrfeige. »Ich habe genug von dir. Ich ertrage dich nicht mehr. Nächste Woche nehme ich den Zug und verschwinde.«

Cattani versuchte, ruhig zu bleiben. »Können wir das nicht wie zwei zivilisierte Menschen regeln?« fragte er. »Immerhin geht es auch um das Kind.«

Else seufzte und nickte; ihr wurde klar, daß sie sich einmal mehr wie eine Närrin aufgeführt hatte. Die Ohrfeige war wie ein Ventil für ihre Wut gewesen, und jetzt fühlte sie sich leer, kraftlos und ausgelaugt.

Sie schwiegen den ganzen Abend über. Und als es Zeit war, ins Bett zu gehen, holte Cattani Laken und Decke aus dem Schrank und legte sich aufs Sofa.

8

An einem grauen Novembermorgen fuhren sie zum Bahnhof, und Cattani half seiner Frau, die Koffer im Zugabteil zu verstauen. Sie hatten sich schließlich für eine Trennung entschieden: Wenn einige Wochen verstrichen waren und sie sich beide nach dem Partner zurücksehnten, dann wollten sie die Ehe weiterführen. Wenn nicht – nun, dann gingen sie in Zukunft getrennte Wege.

Else hatte die Absicht, eine Zeitlang in Mailand zu bleiben, wo sie sich heimisch fühlte und Freunde und Bekannte auf sie warteten. Für den Fall aber, daß es keine Hoffnung mehr für ihre Ehe gab, plante sie die Rückkehr in ihre französische Heimat. Was die Tochter anging: Corrado war damit einverstanden, daß Paola ihre Mutter begleitete. »Ich könnte mich nicht ausreichend um sie kümmern«, gestand er ein.

Der Zug sollte gleich abfahren. Einige Nachzügler eilten über den Bahnsteig und stiegen schnell ein. Zum Abschied küßte Cattani seine Frau leidenschaftslos und wandte sich dann zu Paola um. Das Mädchen hatte die Entscheidung seiner Eltern, sich wenigstens vorübergehend zu trennen, mit erstaunlichem Gleichmut aufgenommen, doch nun reagierte es auf eine Weise, die Cattani verblüffte. Paola schmiegte sich an ihren Vater und rief: »Ich will nicht weg von hier und dich verlassen.« Sie brach in Tränen aus. »Papa, ich möchte bei dir bleiben.«

Verwirrt suchte Cattani nach Worten. Er wollte seine Tochter beruhigen. »Mach dir keine Sorgen«, flüsterte er ihr ins Ohr. »Ich besuche dich in Mailand. Und ich verspreche dir, daß du die ganzen Sommerferien hier bei mir verbringen darfst.«

Aber das zwölfjährige Mädchen klammerte sich weiter an ihn. Es konnte nur noch wenige Sekunden dauern, bis der Zug anfuhr. Plötzlich riß sich Paola von ihrem Vater los und stürmte in Richtung Ausgang. Cattani erkannte sofort, daß er sie nicht einholen konnte. Sie lief, als sei der Teufel hinter ihr her, und ihr langes Haar wehte wie eine Fahne.

Else sah ihr enttäuscht und niedergeschlagen nach; wie gelähmt verharrte sie auf dem Trittbrett. »Und jetzt wendet sich auch noch Paola von mir ab.«

Der Bahnhofsvorsteher hob die Pfeife. »Es bleibt uns jetzt keine Zeit mehr für eine weitere Auseinandersetzung«, sagte Cattani rasch. »Paola kann nicht bei mir bleiben. Ich bin außerstande, mich um sie zu kümmern. Du fährst jetzt los, und ich spreche mit ihr und lasse sie mit dem Flugzeug nach Mailand bringen. Vielleicht schon morgen.«

»Türen schließen!« rief der Bahnhofsvorsteher und setzte die Pfeife an die Lippen. Beim dritten Pfiff fuhr der Zug los.

Paola hatte sich beruhigt. Cattani nahm sie mit ins Büro und beobachtete sie, wie sie am Schreibtisch saß und malte. Vielleicht hatte er seine Tochter in der letzten Zeit zu sehr vernachlässigt, und plötzlich wurde ihm bewußt, wieviel ihm an ihr lag. Gleichzeitig begriff er, daß es unmöglich war, sie für immer bei sich zu behalten. Ich würde es einfach nicht schaffen, überlegte er und dachte dabei an die Schule, die Mahlzeiten, die Kleidung. Nein, fügte er in Gedanken hinzu, damit käme ich nicht zurecht.

Er faßte einen Entschluß, ging zu Paola und sagte: »Laß uns eine Vereinbarung treffen. Morgen fliegst du mit dem Flugzeug zu deiner Mutter. Dann und wann kannst du zu mir kommen. Ich bereite mich auf deine Besuche vor, nehme mir einige Tage frei. Und dann bleiben wir die ganze Zeit über zusammen.«

Das Mädchen schüttelte nur den Kopf. »Ich will nicht nach Mailand.«

Cattani verlor langsam die Geduld. »Du wirst dich auf den Weg machen«, sagte er lauter und schärfer. »Ob du das willst oder nicht.«

»Kommt überhaupt nicht in Frage«, erwiderte Paola fest. »Und wenn du mich zwingst, springe ich aus dem Fenster.«

Dem Vater verschlug es die Sprache. Cattani legte seiner Tochter die Hand auf die Schulter, ging neben ihr in die Hocke und musterte sie so eingehend, als sähe er sie zum erstenmal. Er umarmte sie sanft und flüsterte in ihr Ohr: »Ich muß jetzt für eine Weile fort. Du bleibst hier, und später reden wir über alles.«

»Nein«, entgegnete Paola eigensinnig. »Wir haben uns bereits alles gesagt.«

»Was soll das heißen? Möchtest du nicht mehr mit mir sprechen?«

»Doch, das schon. Aber nicht über meine Rückkehr nach Mailand.«

»Na gut, du kleiner Dickkopf. Irgendwie werden wir uns schon einigen.«

Als Cattani Stunden später zurückkehrte, hielt ihm Paola ein Blatt hin. »Ich habe einen Brief an Mama geschrieben«, sagte sie. Ihr Vater nahm ihn entgegen und las: »Liebe Mama, ich glaube, Papa hat mich ebenso lieb wie dich...«

Auf dem Schreibtisch Alteros stapelten sich die Akten. Cattanis Stellvertreter hockte hinter einer hohen Barrikade. Ab und zu streckte er langsam die Hand aus und zog betont vorsichtig ein Blatt aus einem Aktendeckel. Er überflog es, machte sich Notizen und legte es anschließend an seinen ursprünglichen Platz zurück.

»Na, wie weit sind Sie?«

Der Kommissar kam herein, und Altero richtete sich zu seiner ganzen Größe auf und berichtete vom Stand der Ermittlungen. Er ging zwar nicht auf Einzelheiten ein, meinte aber, er habe eine ganze Menge Informationen gesammelt, die die Neureichen der

Stadt beträfen. Er fügte hinzu, derzeit käme es ihm darauf an, eine Auswahl zu treffen und eine Namensliste der Personen anzufertigen, die seiner Ansicht nach besonders verdächtig seien.

Cattani war sehr zufrieden. Für eine umfangreiche Aktion, erklärte er, sei ausführliches Hintergrundmaterial bezüglich der finanziellen Situation der Betreffenden erforderlich. Nur auf diese Weise könne man sich auf diejenigen konzentrieren, die innerhalb kurzer Zeit beträchtliches Kapital angesammelt hatten – um sie zur Rede zu stellen, um zu untersuchen, wie sie angesichts eines so kurzen Zeitraums so reich werden konnten. »Das neue Anti-Mafia-Gesetz gibt uns die rechtliche Handhabe dazu«, sagte der Kommissar. »Vorausgesetzt natürlich, unser lieber Staatsanwalt ringt sich endlich einmal zu einer Entscheidung durch und gibt uns die entsprechenden Befugnisse.«

Eine Ironie des Schicksals, dachte Cattani. Vielleicht fielen die Bosse des organisierten Verbrechens gerade den Dingen zum Opfer, auf die es ihnen so sehr ankam: Geld. Sie dachten in Kontoauszügen, und ihr Weltbild ließ sich mit schwarzen und roten Zahlen beschreiben. Und möglicherweise erwies sich gerade dieser Umstand als ihr schwacher Punkt. Klingt das zu phantastisch? fragte sich der Kommissar. Und er lächelte, als er sich die Antwort gab: Wer behauptet denn, daß aus Phantasie niemals Wirklichkeit werden kann?

Altero war aufgeregt. Er erzählte dem Kommissar, er sei bereits auf einige sehr interessante Dinge gestoßen: Zum Beispiel ständen auf seiner Liste der Neureichen auch Namen, die ihm in diesem Zusammenhang nie in den Sinn gekommen wären, die von Fischern etwa, die er bisher für arme Teufel gehalten hatte, deren »Ersparnisse« sich jedoch auf Milliarden Lire beliefen.

»Lieber Himmel!« entfuhr es Cattani. »Ich habe das Gefühl, diesmal treten wir wirklich einigen Leuten auf die Zehen.«

Altero ließ sich von der Begeisterung seines Vorgesetzten anstecken. Nach den anfänglichen Mißverständnissen war dies die erste wichtige Sache, bei der sie zusammenarbeiteten, und der Stellvertreter Cattanis machte sich mit Eifer und Gewissenhaftigkeit ans Werk. Der Kommissar und er bildeten bald ein gut aufeinander eingespieltes Team. Nach kurzer Zeit schon hatten sie das Gefühl, sich jahrelang zu kennen. Sie kamen sich vor wie zwei Veteranen, die sich anschickten, in einen Krieg zu ziehen.

Voller Zuversicht dachte Cattani an ihre nächsten Aktionen und trat ans Fenster. Während er hinausschaute, ermahnte er Altero, Cirinnà nicht außer acht zu lassen. »Ich möchte wissen, was er anstellt. Welche Personen ihn besuchen.«

Altero erwiderte, daß er bereits dafür gesorgt habe, daß Cirinnà überwacht würde. Die letzten Nachrichten aus Palermo deuteten darauf hin, daß sich der Mafioso vor allem auf seine Verteidigung vorbereitete. Die Namen seiner Anwälte, so meinte Altero, seien im ganzen Land bekannt.

Cattani zuckte mit den Schultern. »Wenn er sein Geld unbedingt zum Fenster rauswerfen will...«

Dann dachte er an jemand anderen, der ebenfalls im palermitanischen Gefängnis saß. Der junge Mann, der De Maria einige wichtige Dinge verraten hatte, fühlte sich bestimmt nicht wohl in seiner Haut. Der Umstand, daß der Polizist unmittelbar nach seiner Rückkehr erschossen worden war, mußte sich für ihn traumatisch ausgewirkt haben. Und Cattani fragte sich, ob es irgendeine Möglichkeit gab, den jungen Mann dazu zu bringen, sich der Polizei anzuvertrauen.

»Ich weiß nur, daß er vor einer Weile mit Fieber in die Krankenstation eingeliefert wurde«, sagte Altero.

»Das wundert mich nicht«, erwiderte Cattani. »Es geht ihm deshalb schlecht, weil er vor Angst nicht mehr ein noch aus weiß.«

Am nächsten Tag erlebte Cattani eine Überraschung: Anna Caruso, die Schwester des jungen Strafgefangenen, kam zu ihm ins Büro. Seit seinem Besuch in ihrer Wohnung, kurz nach der Ermordung ihres Verlobten De Maria, hatte er sie nicht mehr gesehen.

Der Kommissar forderte sie auf, Platz zu nehmen.

Die junge Frau erklärte, nach dem Fernsehinterview Cattanis habe sie ihre Meinung geändert. Früher oder später, so meinte sie, hätte sie ohnehin mit irgend jemandem sprechen müssen, denn das Wissen um bestimmte Dinge belaste sie sehr und lasse sie nicht mehr zur Ruhe kommen.

Cattani bot ihr eine Tasse Kaffee an und ließ sich Zeit, um seiner Besucherin die Möglichkeit zu geben, sich zu beruhigen. Anna schien Vertrauen zu ihm zu fassen, und nach einer Weile erklärte sie, sie stamme aus einer Familie, die immer wieder vom Unglück heimgesucht wurde. Und das träfe auch auf ihren Bruder zu.

»Er hatte Arbeit in Palermo gefunden«, erzählte sie, »aber gerade deswegen sitzt er jetzt schon seit einem Jahr im Gefängnis. Er war als Angestellter in einem Reisebüro tätig, das jedoch nur eine Fassade war. In Wirklichkeit diente es dazu, das schmutzige Geld aus Amerika, mit dem Drogenlieferungen bezahlt wurden, in Umlauf zu bringen. Irgendwann flog die ganze Sache auf. Es kam zu einem riesigen Skandal, die Presse berichtete ausführlich darüber. Mein Bruder mußte als Sündenbock herhalten. Die Geschäftsführer wälzten alles auf ihn ab und meinten, es sei die Schuld dieses unehrlichen und betrügerischen Angestellten. Sie versprachen, nach einigen Monaten für seine Entlassung zu sorgen, aber inzwischen ist schon ein Jahr vergangen, und mein Bruder hält es nicht mehr aus. Er wollte deshalb mit meinem Verlobten sprechen, um ihm zu erklären, was es wirklich mit der Reiseagentur auf sich hatte. Nach dem Tod De Marias geriet er in Panik, und jetzt befürchtet er, es könnte auch ihn erwischen. Bevor ich umgelegt werde, sagte er mir, möchte ich mit dem Kommissar reden. Doch als Gegenleistung verlangt er die Versetzung in ein anderes Gefängnis.«

Cattani fragte Anna, ob sie wisse, wem die Agentur gehört

habe, in der ihr Bruder gearbeitet hatte. »Natürlich«, erwiderte sie. »Dem Bankdirektor Ravanusa. Unmittelbar nach dem Skandal wurde das Reisebüro in aller Eile geschlossen.«

Der Kommissar war verblüfft. Er hatte zwar angenommen, daß De Maria deshalb umgebracht worden war, weil er zuviel wußte, doch die Bedeutung von Annas Worten überstieg seine bisherigen Vermutungen. Er vergewisserte sich, sie richtig verstanden zu haben, und die junge Frau entgegnete: »Ja, es war Ravanusa, der meinen Bruder ins Gefängnis brachte.« Außerdem, überlegte Cattani, reicht eine einfache Kontrolle aus, um jeden Zweifel auszuräumen.

Er beschloß, keine Zeit zu verlieren und sofort nachzufragen. Er bat Anna, am nächsten Tag ihren Bruder zu besuchen. Er hatte einen neuen Trumpf.

»Wann waren Sie das letztemal bei ihm?« fragte er.

»Gestern. Und fast hätte ich ihn nicht wiedererkannt. Schien nur noch aus Haut und Knochen zu bestehen. Er gab mir den Auftrag, mich an Sie zu wenden.« Anna runzelte die Stirn. »Da fällt mir gerade ein: Cirinnà befand sich ebenfalls im Besuchszimmer und empfing dort seine Verwandten.«

»Und hat er gesehen, daß Sie mit Ihrem Bruder sprachen?«

»O ja, das hat er.«

Annas Bruder teilte seine Zelle mit einem kleinen, rotgesichtigen jungen Mann. An jenem Abend, einige Stunden nach dem Gespräch zwischen Anna und Cattani, schaute ein Aufseher durchs Guckloch, schloß auf und winkte dem Gefangenen mit dem roten Gesicht. »Nimm deine Sachen und komm mit.«

Der junge Mann, der auf seinem Bett lag, richtete sich auf. »Was ist denn?«

»Nichts weiter. Du wirst in eine andere Zelle verlegt.«

Annas Bruder fragte, warum man ihn allein ließe.

»Keine Ahnung«, brummte der Aufseher. »Vielleicht hast du

irgendeinen Gönner – eine ganze Zelle für dich allein, meine Güte.«

Am folgenden Morgen fuhr Cattani ins Ucciardone und bat darum, mit Caruso sprechen zu dürfen. Nach einer langen Wartezeit kam der Gefängnisdirektor auf ihn zu. Er war verwirrt und bestürzt und sagte, es sei ein »Unglück« geschehen. Der Aufseher, der geschickt worden sei, um Caruso zu holen, habe eine schreckliche Entdeckung gemacht: Der Strafgefangene Caruso hatte während der Nacht »Selbstmord« begangen. (Der Direktor verlieh diesem Wort eine besondere Betonung.) Aus Lakenstreifen war ein Strick geknüpft und an einem Stab des Fenstergitters befestigt worden. Das andere Ende bildete eine Schlinge um den Hals Carusos. Für den jungen Strafgefangenen kam jede Hilfe zu spät.

Cattani schwieg. Er war entsetzt und fühlte, wie er wütend wurde. Die Sache mit dem »Selbstmord« war natürlich völliger Unsinn. Man hatte Annas Bruder umgebracht, um ihn für immer zum Schweigen zu bringen.

Erschüttert dachte Cattani, daß der gräßliche Tod Carusos zumindest einen positiven Aspekt aufwies: Auf drastische Weise bestätigte er die Aussagen Annas. Und er bewies, daß Ravanusa eine zentrale Rolle in der Mafia spielte.

Manchmal scheint es, als konzentrierten sich alle Rückschläge und Enttäuschungen des Lebens auf einen einzigen Punkt – um das Herz und die Gedanken mit Finsternis und Hoffnungslosigkeit zu erfüllen. In diesem Zustand befand sich Cattani augenblicklich. Voller Grauen dachte er an die vielen Toten, die seinen Weg säumten, ohne daß Aussicht bestand, die Verantwortlichen zur Rechenschaft zu ziehen. Er verfluchte seine Entscheidung, Polizist zu werden, und fragte sich, warum er nicht auf den Rat seines Vaters gehört hatte und Rechtsanwalt geworden war. Dann hätte er sicher längst ein Vermögen gemacht – und er könnte ein ruhiges und bequemes Leben führen.

Cattani neigte nicht zum Trinken. Auch das bedauerte er nun. Er brauchte irgend etwas, um sich zu betäuben, um endlich einmal abzuschalten. Er sehnte sich danach, an etwas anderes denken zu können, sich irgendwie abzulenken.

Plötzlich faßte er einen Entschluß, stieg in den Wagen und fuhr zu Don Manfredi. Er bat den Priester, Titti »für einen Abend freien Ausgang« zu gewähren, und besuchte mit der jungen Duchessa ein Restaurant am Meer. Auf seine Bitte hin erzählte ihm Titti von ihrer Familie. Er hörte still zu, als sie ihm von Kardinälen und Glücksrittern berichtete, von schlauen, durchtriebenen Onkeln und einem lebenslustigen Vater, der das Familienvermögen in zwei Hälften teilte. Eine vermachte er seiner Frau und Titti, und die andere reservierte er für sich selbst, um sie beim Glücksspiel und mit Frauen durchzubringen.

Nach dem Essen begaben sie sich in den Palazzo der Duchessa. Dort betrachtete Cattani die großen Porträts an den Wänden und versuchte, die manchmal recht bizarren Persönlichkeiten wiederzuerkennen, deren Tugenden und Laster Titti ihm geschildert hatte.

Die junge Frau leistete ihm dabei Gesellschaft, deutete mal auf dieses, dann auf jenes Bild. Ab und zu lachte sie, und das machte sie noch attraktiver und reizvoller. Cattani konnte den Blick kaum von ihr abwenden.

»Mir ist klargeworden«, sagte er, »daß ich dich sehr vermisse, wenn du nicht bei mir bist.«

Sie strich über seine Wange und küßte ihn. »Du begibst dich in großer Gefahr, Commissario«, flüsterte sie. »Meine Familie ist für ihr Temperament bekannt. Wer das Feuer der Liebe in uns entzündet, bekommt es mit einem Vulkan der Leidenschaften zu tun.«

Sie schlüpften unter die Decke eines alten Himmelbetts und liebten sich unter den ernsten Blicken der Vorfahren.

Als Cattani am Abend nach Hause zurückkehrte, bemerkte er, daß das Licht eingeschaltet war. Er ärgerte sich, als er sah, daß seine Tochter auf dem Sofa schlief. Der Fernseher lief, und auf der Mattscheibe flimmerten die monströsen Gestalten eines Horrorfilms.

Vorsichtig hob er Paola hoch, konnte es jedoch nicht vermeiden, daß sie aufwachte.

»Bist du zurück, Papa?« fragte sie schläfrig.

»Ja, Schatz. Aber ich dachte eigentlich, um diese Zeit lägst du längst im Bett.«

»Ich hatte ein bißchen Angst. Wenn es das nächstemal später wird, solltest du mich vorher anrufen.«

Er legte Paola ins Bett, deckte sie sorgfältig zu und stellte fest, daß sie bereits wieder eingeschlafen war.

Er wollte gerade ebenfalls schlafengehen, als das Telefon klingelte.

»Du bist also endlich zurück.« Else war am Apparat. »Ich habe bereits mehrmals versucht, dich zu erreichen. Du läßt Paola ständig allein.«

»Ich bin so oft bei ihr, wie ich kann.«

»Du hast dich mit der Duchessa herumgetrieben, nicht wahr?«

»Ich habe sie besucht, ja. Aber du machst einen Fehler, wenn du ihr die Schuld an unserer Situation gibst. Sie hat nichts damit zu tun. Ein Grund ist dein eigenes Verhalten, ein anderer, daß ich mich verändert habe.«

»Ich verabscheue dich.« Else legte auf.

9

Scardona hob andeutungsweise die Augenbrauen. »Sie wollen den Leuten also in die Taschen sehen, wie?« fragte er. »Ihre Absicht ist es, Druck auf die Personen auszuüben, die innerhalb kurzer Zeit reich geworden sind – und eine Erklärung darüber zu verlangen, woher das Geld stammt. Habe ich Sie richtig verstanden?«

Der Staatsanwalt verlagerte sein Gewicht im Sessel und fuhr fort: »Ihrer Ansicht nach gibt uns das Anti-Mafia-Gesetz die rechtlichen Mittel für eine derartige Untersuchung in die Hand. Lieber Commissario, ich möchte Sie darauf hinweisen, daß Gesetze abstrakt sind. Und uns kommt die Aufgabe zu, sie zu interpretieren, zu verstehen, was mit ihnen bezweckt werden soll – und sie dann anzuwenden, wenn wir es für notwendig halten. Nun, meine Pflicht als Staatsanwalt besteht darin, jeden einzelnen Fall zu prüfen und festzustellen, wann und wo die Voraussetzungen dafür gegeben sind, soviel Staub aufzuwirbeln.«

»Ich kann mich Ihren Ausführungen nur anschließen«, erwiderte Cattani. Er deutete auf den Bericht, den er zuvor auf den Schreibtisch Scardonas gelegt hatte. »Ich glaube allerdings, gute Gründe dafür zu haben, Sie um entsprechende Befugnisse zu bitten. Auf der Liste dort steht die Namen der besonders Verdächtigen. Wir haben es mit Fischern zu tun, die praktisch von einem Tag auf den anderen zu Besitzern regelrechter Flotten wurden, mit Maurern, die eigene Baugesellschaften gründeten, mit kleinen Beamten, die sich über Nacht in Milliardäre verwandelten.«

Der Staatsanwalt seufzte verärgert. Der Kommissar ist wirklich stur, dachte er. Mit dem Mittelfinger rückte er sich die Brille zurecht. »Entschuldigen Sie bitte, aber halten Sie es etwa für ein Verbrechen, reich zu werden?« Er musterte Cattani mit der Nachsicht eines geduldigen Vaters. »Die Leute, die Sie meinen, sind vermutlich ehrbare Bürger dieser Stadt. Wahrscheinlich haben sie für ihr Geld hart arbeiten müssen.«

»In einigen Fällen mag das durchaus zutreffen, Signor Procuratore. Aber erlauben Sie mir, diesbezüglich einige Zweifel zu äußern. Halten Sie es nicht für seltsam, daß alle diese Personen großzügige Kredite von der Bank Ravanusas erhielten? Ist es denn üblich, daß eine Bank Fischer und Maurer finanziert, ohne Sicherheiten zu verlangen? Ohne Zinsen zu fordern?« Cattani sah den Staatsanwalt durchdringend an. »Wie dem auch sei: Ich klage niemanden an. Noch nicht. Ich möchte nur feststellen, ob die genannten Personen auf legitime Weise reich geworden sind. Wenn alles in Ordnung ist... nun, um so besser.«

»Das ist es ja gerade, was mir Sorge bereitet«, hielt ihm Scardona entgegen. Cattanis Hartnäckigkeit ging ihm langsam auf die Nerven. »Sie wollen alles über einen Kamm scheren und gleich die halbe Stadt kontrollieren. Und wenn es dabei auch respektable Bürger trifft – nun, das läßt sich eben nicht ändern, wie? Begreifen Sie denn nicht, was das für Folgen haben könnte? Es wird Proteste *hageln*! Und die individuellen Konsequenzen? Haben Sie sich darüber schon Gedanken gemacht? Wir sind hier in Sizilien, mein Freund. In den Augen der Öffentlichkeit werden alle diejenigen, gegen die Sie zwar ermitteln, die sich jedoch nichts zuschulden kommen ließen, gebrandmarkt sein – Leute, mit denen man besser keinen Umgang mehr pflegt. Seien Sie mir nicht böse, Cattani, aber ich muß Ihren Antrag zurückweisen. Sie gefallen mir, Commissario. Sie sind eifrig und haben Mut. Doch versuchen Sie bitte, auch meinen Standpunkt zu verstehen.«

»Den verstehe ich sehr gut«, sagte Cattani. »Aber ich bin auch davon überzeugt, daß mehr nötig ist als nur Mut, um das Krebsgeschwür der Mafia aus unserer Gesellschaft zu entfernen.«

Der Staatsanwalt seufzte erneut, und seine Züge verhärteten sich. »Aus Respekt gegenüber den unbescholtenen Bürgern dieser Stadt kann ich keine Anti-Mafia-Kampagne zulassen, die auch ehrbare Personen in Mitleidenschaft zöge. Bringen Sie mir konkrete Hinweise darauf, daß einige ganz bestimmte Personen der

Mafia angehören; dann bin ich sofort bereit, Ihnen die Kontrollen zu genehmigen, die Sie vornehmen möchten. Doch ohne solche Anhaltspunkte bekommen Sie nicht mein Einverständnis.«

Und nun? Cattani hatte das Gefühl, als seien ihm die Hände gebunden. Ruhelos wanderte er in seinem Büro auf und ab und dachte nach. Er wollte sich nicht mit der gegenwärtigen Lage abfinden, und deshalb suchte er nach einer Möglichkeit, sein Ziel doch noch zu erreichen. Als er alle Aspekte der verfahrenen Situation geprüft hatte, entschied er, einen seiner Trümpfe auszuspielen. Er selbst war nicht dazu in der Lage, ausreichend Druck auf den Staatsanwalt auszuüben und ihn dazu zu bewegen, eine Genehmigung zu erteilen. Aber vielleicht änderte er seine Meinung, wenn sich jemand anderes an ihn wandte.

Cattani setzte große Hoffnung in Cannito, seinen einflußreichen Freund in Rom. Und er machte sich sofort auf den Weg zu ihm. Inzwischen war Cannito auf den neuen, sehr wichtigen Posten berufen worden: Man hatte ihn zum Leiter der Abteilung Z des Geheimdienstes befördert. Er empfing Cattani in seinem großen Büro im Obergeschoß eines alten Palazzo.

Der Kommissar gratulierte ihm. »Ich war sicher, Sie würden es schaffen.«

»Ach, mein Freund, das Leben ist wie eine Leiter«, wehrte Cannito ab. »Mal steigt man hoch, mal runter.« Er sah so gepflegt aus, als käme er gerade vom Barbier.

Cattani kam ohne Umschweife auf sein Anliegen zu sprechen. »Verzeihen Sie bitte, aber unten in Sizilien komme ich mir vor wie der Wolf in der Schafsherde. Niemand will Verantwortung übernehmen, und gewissen Leuten fällt immer etwas Neues ein, um sich herauszureden. Ich dachte, Sie könnten mir vielleicht helfen. Sie sind in der Lage, dort bestimmte Dinge in Bewegung zu setzen, wo ich nicht weiterkomme.«

»Ich verstehe Sie nicht ganz...«

»Lassen Sie mich Ihnen erklären, was ich meine.« Der Kommissar reichte ihm eine Kopie des Berichtes, den er auch dem Staatsanwalt vorgelegt hatte.

Cannito ging ihn durch, und dann und wann nickte er und brummte überrascht: »Meine Güte! Donnerwetter! Das ist wirklich interessant...«

Schließlich klappte er den Aktendeckel zu und stützte die Ellenbogen darauf. »Eine faszinierende Aufstellung«, sagte er und wirkte plötzlich sehr ernst. »Aber ich weiß noch immer nicht, welche Hilfe Sie von mir erwarten.«

»Ich wäre Ihnen dankbar, wenn Sie mit dem Staatsanwalt sprechen könnten«, entgegnete Cattani. »Eine Nachricht aus Rom würde ihn sicher dazu veranlassen, seinen Standpunkt noch einmal zu überdenken.«

Cannito zögerte, und Cattani glaubte, in den Zügen des älteren Mannes eine Spur von Feindseligkeit zu erkennen.

»Lieber Himmel, Sie schrecken wirklich vor nichts und niemandem zurück. Bankdirektoren, Unternehmer. Und Ihrer Ansicht nach sind sie alle durch den Drogenhandel reich geworden?«

»Derzeit würde ich dafür noch nicht die Hand ins Feuer legen«, erwiderte Cattani. »Aber es gibt gute Gründe für einen solchen Verdacht. Und um mir später nicht vorzuwerfen zu müssen, etwas versäumt zu haben, möchte ich mich eingehender mit dieser Angelegenheit befassen. Verstehen Sie?«

»Ja, ja, natürlich.« Cannito starrte einige Sekunden lang ins Leere, stand plötzlich auf, verabschiedete den Kommissar und versprach ihm, mit dem Staatsanwalt zu sprechen. »Ich will versuchen, ein gutes Wort für Sie einzulegen, aber es dürfte nicht leicht sein. Und was Sie angeht: Seien Sie vorsichtig. Sie machen Anstalten, in ein Wespennest zu stechen.«

Am nächsten Tag setzte sich Cannito mit dem Staatsanwalt von Trapani in Verbindung. Scardona schien von dem Anruf geschmeichelt zu sein und meinte, es sei ihm »eine große Ehre, mit Euer Exzellenz« sprechen zu dürfen. Er beeilte sich, ihm zu seiner »längst verdienten Beförderung« zu gratulieren, fügte hinzu, auch »in unserer kleinen Provinzstadt« habe man davon Kenntnis genommen. »Eine gebührende Anerkennung Ihrer Verdienste«, schloß Scardona. »Und ich würde mich sehr freuen, wenn ich Ihnen irgendwie zu Diensten sein könnte.«

Scardona erfuhr von dem Besuch Cattanis in Rom und lachte laut. »Ach, der junge Commissario kommt einem immer wieder mit neuen Überraschungen. Ja, er ist tüchtig und gewissenhaft, und ich bin sehr zufrieden mit ihm. Jetzt aber will er gegen die halbe Bevölkerung der Stadt ermitteln. Verstehen Sie? Ich weiß natürlich, daß er Ihr Schützling ist. Ja, ein außergewöhnlicher Mann, ohne Zweifel.«

Als Cannito antwortete, klang seine Stimme so scharf, daß der Staatsanwalt fast zusammengezuckt wäre. »Schützling? Was sagen Sie denn da? Wir sollten endlich damit aufhören, in der Staatsverwaltung solche Ausdrücke zu verwenden. Cattani ist ein ganz hervorragender Polizist, um den ich mich während seiner Ausbildungszeit gekümmert habe. Das bedeutet aber nicht, daß ich alle seine Einfälle gutheiße. Diese Sache mit der Vermögenskontrolle... Um ganz ehrlich zu sein: Ich halte so etwas für absurd.«

Der Staatsanwalt war so verblüfft, daß es ihm für einige Sekunden die Sprache verschlug. »Wissen Sie«, sagte er vorsichtig, »der Vorschlag verwunderte mich ebenfalls.«

»Aber Verwunderung genügt nicht«, hielt ihm Cannito entgegen, und in seiner Stimme war nun deutlicher Ärger zu hören. »Lehnen Sie ihn strikt ab. Das ist schließlich Ihre Pflicht.«

»Ich kann Ihnen nicht ganz folgen, Exzellenz.« Das Gesicht Scardonas verfinsterte sich. Der hochmütige Tonfall Cannitos machte ihn ungehalten.

»Meine Güte, es liegt doch auf der Hand. Wenn Sie Cattani die

Befugnis geben, seine Ermittlungen auf alle jene Personen auszuweiten, dann sind die Folgen absehbar. Es käme zu öffentlichen Unruhen. Und dafür trügen Sie persönlich die Verantwortung.«

Scardona versteifte sich unwillkürlich. Es erschien ihm unfaßbar, daß Cannito es wagte, in einem solchen Ton mit ihm zu sprechen. Immerhin war er Oberstaatsanwalt. Stolz hob er den Kopf.

»Bitte entschuldigen Sie«, sagte er, und der unterwürfige Ton war aus seiner Stimme verschwunden. »Wir beide repräsentieren unterschiedliche Staatsgewalten. Wenn Sie mit mir den Vorschlag Cattanis erörtern möchten, so bin ich gern bereit, Ihnen zuzuhören. Aber wenn Sie glauben, Sie müßten mir klarmachen, welche beruflichen Pflichten ich habe, so irren Sie sich. Ich stehe kurz vor der Pensionierung, und in aller Bescheidenheit darf ich feststellen, daß ich in all den Dienstjahren genug Erfahrung gesammelt habe, um mir ein eigenes Urteil zu bilden.«

»Was soll das heißen?« fragte Cannito noch herablassender. »Unsere Aufgabenbereiche mögen durchaus unterschiedlich sein, aber trotzdem haben wir Staatsrepräsentanten die gleiche Pflicht. Sie besteht darin, die öffentliche Ordnung zu garantieren und ehrbare Bürger zu schützen. Ich behaupte nicht, es sei ein Fehler, wenn junge Polizisten ganz in Ihrem Beruf aufgehen, und ich mache ihnen auch keinen Vorwurf, wenn sie des öfteren übers Ziel hinausschießen. Allerdings müssen wir als verantwortungsbewußte Personen solchen Leuten dann und wann zeigen, wo ihre Grenzen sind, um zu vermeiden, daß sie irgendwelchen Blödsinn anstellen. Verstehen Sie, was ich meine? Übrigens: Ich wäre Ihnen dankbar, wenn Sie mich in dieser Sache auf dem laufenden halten würden.«

Der Staatsanwalt hob die Brauen. »Mit anderen Worten: Sie möchten, daß ich Ihnen Informationen zukommen lasse.«

»Warum auch nicht? Verstehen Sie mich nicht falsch, mein lieber Scardona. Gehen Sie davon aus, hier in Rom einen Freund zu haben. Ach, und noch eins – Diskretion. Auf Wiederhören.«

Der Staatsanwalt fühlte sich durch Cannitos Arroganz gedemütigt, und er suchte nach einer Möglichkeit, es dem Mann in Rom heimzuzahlen. Scardona öffnete eine Schublade und griff nach einer Schachtel mit Tabletten. Es war ihm längst zur Gewohnheit geworden, jedesmal dann Tabletten zu schlucken, wenn er sich ärgerte und deshalb Magenschmerzen bekam. Er schloß die Augen, wartete darauf, daß die Wirkung der Medikamente einsetzte und atmete schließlich tief durch.

Dann griff er nach dem Telefon und rief Cattani an. »Kommen Sie zu mir«, sagte er nur.

Als der Kommissar vor ihm stand, musterte Scardona ihn über den Rand seiner Brille hinweg. »Ich habe mich entschieden, Ihnen die Befugnisse zu geben, um die Sie mich baten«, sagte er. Und fügte doppeldeutig hinzu: »Ich hoffe nur, Ihnen damit keinen schlechten Dienst zu erweisen.«

»Sie tun mir einen großen Gefallen«, erwiderte Cattani. »Ich habe Ihnen zu danken.«

»Da bin ich mir nicht so sicher«, murmelte der Staatsanwalt halblaut. »Manchmal sind die Dinge nicht so, wie sie zu sein scheinen. Manchmal ähnelt ein freundliches Lächeln einem hämischen Grinsen.«

Cattani verstand nicht, warum der Staatsanwalt plötzlich den Philosophen mimte. »Die Vermögenskontrolle«, sagte er überzeugt, »wird zu einem Wendepunkt im Kampf gegen die Mafia führen.«

Als er gehen wollte, wandte sich Scardona noch einmal an ihn. »Seien Sie vorsichtig, Cattani«, ermahnte ihn der Staatsanwalt. »Und vor allen Dingen: Vertrauen Sie niemandem. Erst recht nicht Ihren Freunden.«

10

Während sich Cattani auf seinen entscheidenden Angriff vorbereitete, wurden seine Gegner unruhig. Der im Gefängnis Ucciardone – einem traditionellen Zentrum der Mafia – einsitzende Cirinnà wurde immer nervöser. Mittlerweile schäumte er vor Wut und hatte den Rechtsanwalt Terrasini zu sich bestellt.

»Ich halte es hier drin nicht mehr aus«, sagte er dumpf. »Finden Sie irgendeine Möglichkeit, meine Freilassung zu bewirken.«

»Du bist ein Trottel«, erwiderte der Anwalt. »Schießt auf den Kommissar und wirbelst dadurch eine Menge Staub auf. Du mußt dich beherrschen, Mann. Darfst nicht gleich bei jeder Gelegenheit platzen. Ruhig Blut.«

»Signor Avvocato, wie sehen Sie die Sache mit der Schießerei?«

»Ach, ist nicht weiter wild. Mach dir darüber nur keine Sorgen. Ein nächtlicher Zwischenfall. Tja, wer weiß, wie es dazu gekommen ist? Ging bestimmt alles drunter und drüber, nicht wahr? Dürfte schwierig sein festzustellen, wer als erster geschossen hat. Die andere Angelegenheit aber ist wesentlich ernster. Es gibt eine Zeugin, die die Ermordung Marineos und Eleonoras beobachtet hat. Und wenn Titti vor Gericht aussagt, können wir praktisch nichts mehr machen.«

In den Augen Cirinnàs blitzte es auf. »Es hängt also alles von der süchtigen kleinen Nutte ab«, entfuhr es ihm. »Ich glaube, bisher hat sie noch nichts verraten – sonst hätte dieser Scheißbulle bestimmt die Gelegenheit genutzt, mich richtig fertigzumachen.«

»Woher willst du das wissen? Kennst du vielleicht Cattanis Pläne?«

Cirinnà blickte den Rechtsanwalt durchdringend an. »Na gut«, sagte er schließlich, und seine Lippen zitterten. »Dann kümmern wir uns eben um die Duchessina. Geben Sie meinen Vettern Bescheid. Sie sollen mich hier besuchen.«

Terrasini schien etwas eingefallen zu sein, denn er holte einen kleinen Block hervor und machte sich Notizen. »Ich schicke sie dir«, erwiderte er. »Aber mach bloß keine weiteren Dummheiten.«

Seit einigen Tagen hatte sich Cattani nicht mehr blicken lassen, und Titti machte sich Sorgen. Andererseits wußte sie, daß sich der Kommissar um äußerst wichtige Dinge kümmern mußte und so eingespannt war, daß er keine Zeit erübrigen konnte. Deshalb versuchte sie, sich in Geduld zu fassen.

Bei seinem letzten Besuch hatte es ihn sehr gefreut, sie heiter und in gelöster Stimmung vorzufinden. »Ich möchte zwar nicht voreilig sein«, hatte Titti lächelnd gesagt, »aber ich glaube, ich habe es geschafft und bin wieder gesund.«

Jetzt sah sie auf die Uhr und wußte, daß Cattani auch an diesem Abend nicht kommen würde. Sie ging ins Bett. Sie befand sich zwar schon seit einigen Wochen im Behandlungszentrum Don Manfredis, doch das frühe Aufstehen am Morgen fiel ihr noch immer schwer. Sie hatte ein Zimmer für sich allein, dessen Einrichtung nur aus einer Liege und einem kleinen Schrank bestand. Als Titti ihre Kammer betrat, bemerkte sie einen Umschlag auf dem Kissen.

Sie erschrak, und dann streckte sie zögernd die Hand aus und griff nach dem Umschlag. Ein schmaler Zettel war daran befestigt, und darauf las sie die handschriftliche Mitteilung: »Ich habe dich nicht vergessen.« Als Titti das Kuvert öffnete und sah, was es enthielt, begann sie am ganzen Leibe zu beben: eine Spritze und eine kleine Tüte mit einem weißen Pulver.

Titti taumelte. Ihr wurde schwindlig und in ihrer Magengrube krampfte sich etwas zusammen. Das Herz klopfte ihr bis zum Hals. Sie zitterte wie Espenlaub. Ihr war plötzlich, als kehre sie in die Vergangenheit zurück, als seien die Wochen bei Don Manfredi spurlos an ihr vorübergegangen. Die Droge zog sie ebenso unwiderstehlich an wie ein Magnet. Sie ballte die Fäuste, biß sich auf die Lippen und gab sich alle Mühe, gegen die Versuchung anzukämpfen – vergebens. Schließlich errang die Sucht die Oberhand über ihren Willen zum Durchhalten, und sie nahm die Spritze, füllte sie und stach sich die Nadel in die Armbeuge. Für eine Zeitlang erfüllte das Heroin sie mit trügerischem Frieden.

Die überraschende Aktion Cattanis rief in der Bank ziemliche Bestürzung hervor. Die Angestellten glaubten, ihren Augen nicht zu trauen, als der Kommissar einen ordnungsgemäßen Durchsuchungsbefehl vorlegte. Cattani kam in Begleitung seines Stellvertreters Altero und dreier Beamter.

Ravanusa bemerkte die plötzliche Unruhe im Kassenraum und verließ sein Büro. Er wirkte so gelassen und gönnerhaft wie immer, als er auf den Kommissar zutrat, und fragte: »Gibt es irgendwelche Probleme?« Dann wurde ihm klar, was der Anlaß für den Besuch Cattanis war, doch er wahrte die Fassung, breitete die Arme aus und sagte nur: »Sehen Sie sich ruhig um, Commissario. Es stehen Ihnen alle unsere Unterlagen zur Verfügung.«

Stundenlang durchstöberten Cattani und Altero alle Winkel und Ecken der Bank. Wenn sie interessante Dokumente fanden, reichten sie sie an die drei Beamten weiter, und die Kontoauszüge, Akten und Journale verschwanden in großen Kartons. In erster Linie kam es dem Kommissar darauf an, Beweismaterial in die Hand zu bekommen, mit dem Verdächtige festgenagelt werden konnten. Es war wichtig festzustellen, warum auf gewissen Konten plötzlich Summen auftauchten, die in die Milliarden Lire gingen, wieviele Kredite man an wen vergeben hatte und zu welchen Kapitalbewegungen es im Verlaufe der Monate gekommen war.

Als Cattani und Altero ins Polizeipräsidium zurückkehrten, glaubten sie, triumphieren zu können. Der Kommissar nahm eine Akte und schlug sie auf, so als wolle er sich ein Bild vom Ausmaß der Beute machen. Doch sein Blick fiel nur auf Zahlenkolonnen, die ihm unverständlich blieben. »Ich glaube«, sagte er ernst, »wir sollten unsere Begeisterung ein wenig dämpfen. Mit den eigentlichen Schwierigkeiten bekommen wir es erst jetzt zu tun. Ich frage mich, ob wir in der Lage sind, auch nur einen Teil von all diesen Dingen zu verstehen.«

»Das kriegen wir schon hin«, erwiderte Altero zuversichtlich. »Im Rechnungswesen kenne ich mich aus.«

Cattani sah die ganze Angelegenheit aus einer anderen Perspektive. »Das Problem besteht darin, daß wir Polizisten nicht mehr auf dem neusten Stand sind. Überlegen Sie mal: Wir gehen noch immer auf die althergebrachte Art und Weise gegen die Unterwelt vor. Während das moderne Verbrechen Computer verwendet.« Und dabei klopfte er mit den Fingern auf einen Karton voller Bankunterlagen.

Manchmal können Eifer und Entschlossenheit Wunder bewirken. Stundenlang befaßte sich Cattani mit den Akten aus der Bank Ravanusas. Mit dem Bleistift in der Hand kontrollierte er die Zahlen, verglich sie miteinander und notierte die Datumsangaben finanzieller Transaktionen. Mit Hilfe der Ziffern, die gewaltige Summen symbolisierten, versuchte er, auf die Motive und Absichten der Personen zu schließen, die das Geld von einem Konto aufs andere transferierten. Er hoffte, die Gründe für die einzelnen Buchungen verstehen zu können.

Dann und wann führte er Verhöre durch, um mehr Aufschluß zu gewinnen.

»Bis vor zwei Jahren«, wandte er sich an den vor ihm stehenden Mann, »hatten Sie viele Schulden. Dann aber, ganz plötzlich, füllt sich Ihr Konto auf. Sie kaufen sich ein nagelneues Fischerboot, bauen sich ein sechsstöckiges Haus und fahren in einem Mercedes durch die Gegend. Würden Sie mir bitte erklären, woher das Geld stammt?«

Der Mann hielt seine zerknitterte Mütze in der Hand und drehte sie hin und her. »Signor Commissario«, erwiderte er in einem gequälten Tonfall. »Ich fische. Ich bin immer draußen auf dem Meer, Tag und Nacht.«

Sicher, dachte Cattani. Und die Fische, die du fängst, müssen wohl aus purem Gold bestehen.

Der Mann konnte nicht ahnen, daß genau in diesem Augenblick sein Motorkutter durchsucht wurde. Und dabei entdeckte man etwas sehr Interessantes. Altero stieg gerade über einige Taue und Trossen hinweg, als ihn einer der Polizisten rief.

»Sehen Sie sich diese nette Überraschung hier an.« Der Beamte deutete auf eine volle Kiste, und mit bloßen Händen schob er die kleinen, oben liegenden Fische beiseite. Darunter lagen weitaus größere, sorgfältig aneinandergereiht. Er griff nach einem davon und zeigte ihn Altero. Der Fisch war bereits ausgenommen worden, und anstelle der Eingeweide sah der Stellvertreter Cattanis einen Plastiksack, der eine mehlige Substanz enthielt: Morphium, dazu bestimmt, in den geheimen Labors der Mafia zu Heroin verarbeitet zu werden. Ein anderer Polizist untersuchte die Vorpiek und fand dabei zwei ähnliche, jedoch wesentlich größere Kisten.

Schon nach kurzer Zeit begannen sich die Befürchtungen des Staatsanwaltes zu bestätigen. Untersuchungen, Beschlagnahmen und die Versiegelung von Geschäftsräumen – das alles hatte die Blockierung ganzer Wirtschaftsbereiche zur Folge. Und die Inhaber der Firmen, die von Cattani und seinen Helfern aufs Korn genommen wurden, sahen sich mit der Unzufriedenheit ihrer Angestellten konfrontiert, die plötzlich ihre Arbeit verloren. Bellemi, Besitzer einer Baufirma, ging noch weiter. Kaum erfuhr er, daß auch gegen ihn ermittelt werden sollte, machte er sein Werk dicht und sperrte Maurer und Handlanger aus.

»Wenn einem dauernd die Polizei über die Schulter blickt«, erklärte er schlicht, »kann man nicht mehr richtig arbeiten. Ich höre endgültig auf und verlasse Sizilien.«

»Doch bevor Sie gehen, könnten Sie mir vielleicht noch eine

Auskunft geben«, warf Cattani ein, der Bellemi in sein Büro gebeten hatte. »Sie haben kürzlich einen Bankkredit zurückgezahlt – mit einem einzigen Scheck, der sich auf eine Summe von dreihundert Millionen Lire belief und von einem gewissen Gelsomino unterschrieben war. Als Indossent trat ein Mann namens Giuseppe Cuttone auf.«

»Das ist mein Vetter. Er ist Mitinhaber des Unternehmens.«

»Es gibt da noch zwei weitere Schecks: Der eine beläuft sich auf vierhundert und der andere auf sechshundert Millionen. Auch diese beiden wurden von Gelsomino unterschrieben und von Cuttone indossiert. Könnten Sie mir Angaben hinsichtlich der Person Gelsominos machen?«

»Ich?« Bellemi zuckte mit den Schultern. »Diese Frage sollten Sie Cuttone stellen.«

»Und wo befindet er sich zur Zeit?«

Bellemi erlaubte sich ein spöttisches Lächeln. »In der Grabnische siebenundneunzig, Signor Commissario. Er starb letzte Woche.« Er breitete die Arme aus und fügte hinzu: »Wirklich Pech für Sie.«

Nach einer Weile begriff Cattani, was der Staatsanwalt mit den Worten »Ich hoffe, ich erweise Ihnen keinen schlechten Dienst« gemeint hatte. Er spürte die Anzeichen einer noch nicht ausgeprägten, doch unmißverständlichen Feindseligkeit. Die Leute behandelten ihn anders, mieden ihn, gingen ihm aus dem Weg. Nach und nach wurde er isoliert. Cattani wußte nicht warum – blindes Vertrauen vielleicht, möglicherweise Eigeninteresse –, aber er mußte die überraschende Feststellung machen, daß sich die Sympathien der Öffentlichkeit immer mehr den Personen zuwandten, die die Verbrechen verübten. Es dauerte nicht lange, und die Betreffenden galten als ehrbare Bürger, die infamen Verleumdungen zum Opfer fielen.

Der Junge, der dem Kommissar in der Bar an der Ecke an jedem

Morgen einen Cappuccino servierte, grüßte ihn nicht mehr. Und als Cattani einige Münzen auf den Tresen legte, verzog der junge Mann angewidert das Gesicht und schob sie zurück.

»Was ist denn los mit dir?« fragte der Kommissar verwundert.

»Ich möchte kein Trinkgeld von Ihnen«, lautete die Antwort.

»Und warum nicht?«

»Weil mein Vater durch Ihre Schuld seine Arbeit verlor. Sie haben die Baustelle schließen lassen, auf der er als Maurer tätig war.«

Cattani fühlte sich zu einer Erklärung verpflichtet. »Leider stammt das Finanzierungskapital dieser Firma aus dem Drogenhandel.«

»Drogen, Drogen«, meinte der junge Mann abfällig. »Was soll das denn? Solche Dinge interessieren mich nicht. Ich weiß nur, daß Sie uns um Brot und Lohn bringen.«

»Was sollte ich denn deiner Meinung nach machen? Die Hände in den Schoß legen und die Augen schließen?«

»Was weiß ich. Aber wenn die Leute nur durch den Drogenhandel überleben können – meinetwegen.«

Der Kommissar sah ein, daß es keinen Sinn hatte, das Gespräch weiterzuführen. Er verließ nachdenklich die Bar.

In seinem Büro setzte Cattani die Prüfung der Bankunterlagen fort. Er verglich die einzelnen Listen und Kontoauszüge miteinander, stellte Querverbindungen her und versuchte, sich in den Buchungslabyrinthen zu orientieren. Immer wieder stieß er auf seltsame Vorgänge. Zum Beispiel fragte er sich, was es mit einigen Transaktionen auf sich hatte, die gleich zwanzig verschiedene Konten betrafen.

Enorme Geldbeträge wurden abgehoben, tauchten nach vier Monaten wieder in den Unterlagen auf, waren dann aber fast doppelt so groß. Als sich Cattani noch einmal die zwanzig Konten vornahm, stellte sich heraus, daß alle Beträge am gleichen Tag abgehoben worden waren. Und die Datumsangaben für die Rückzahlung waren ebenfalls identisch.

Als Cattani einen der Kontoinhaber um eine Erklärung bat, bekam er zur Antwort: »Entschuldigen Sie bitte, aber ich kann mich nicht richtig konzentrieren. Mein Arzt meinte, ich sei einem Nervenzusammenbruch nahe und dürfe mich auf gar keinen Fall aufregen.«

Cattani glaubte, einer sehr interessanten Sache auf der Spur zu sein. Er setzte seine Untersuchungen der auffälligen Transaktionen fort und entdeckte, daß alle abgehobenen Beträge auf zwei andere Konten eingezahlt worden waren, die auf die Namen Gelsomino und Papavero lauteten. Anschließend verschwand das Geld aus der Bank. Vier Monate später dann kehrte sich der Transfer um: Die Summen erschienen erneut in den Auszügen, zusammen mit einem enormen Gewinn, und von den beiden Sammelkonten aus wurden sie auf die anderen zwanzig verteilt.

Cattani verhörte einen weiteren Verdächtigen. »Offenbar setzen Sie und einige andere gemeinschaftliches Kreditkapital für kurzzeitige und außerordentlich lukrative Geschäfte ein. Die Zinsen sind ja geradezu astronomisch. Nun, was sagen Sie dazu?«

»Wissen Sie, Signor Commissario«, erwiderte der Mann, »ich verstehe nicht sonderlich viel von solchen Dingen. Um die Geschäfte kümmert sich einzig und allein mein Steuerberater.«

»Und wo kann ich ihn erreichen?«

»Leider fühlte er sich in unserer Stadt nicht sehr wohl. Vor einigen Tagen verließ er Trapani. Er hält sich nun im Ausland auf.«

Noch immer hatte Cattani keinen konkreten Beweis in der Hand, aber er gab nicht auf. Er versuchte es mit einem dritten Verhör. Er wollte herausbekommen, was es mit den beiden Namen Gelsomino und Papavero auf sich hatte.

Wie nicht anders zu erwarten, stellte sich der Mann dumm. »Ich bin Juwelier, und von Politik halte ich nichts.«

»Was hat denn die Politik damit zu tun?«

»Wenn es Schwierigkeiten gibt, geht es immer um irgendwelche politische Dinge«, sagte der Juwelier schlicht.

»Sie wollen mich wohl auf den Arm nehmen, was?« Der Kommissar spürte, wie ihm das Blut ins Gesicht schoß. »Sie sollten besser nicht riskieren, daß ich die Geduld verliere. Hören Sie gut zu: Gelsomino und Papavero bekamen große Summen von Ihrem Konto überwiesen, und jeweils vier Monate später zahlten sie rund doppelt so hohe Beträge zurück. Ich frage Sie: Mit was für Geschäften läßt sich innerhalb so kurzer Zeit ein hundertprozentiger Profit erzielen?«

Der Mann ließ die Schultern hängen. Sein breites Gesicht wirkte blaß, die Unterlippe zitterte und offenbarte gelbe Zähne. Seine Hände sahen aufgedunsen aus. Er kramte ein Taschentuch hervor und wischte sich den Schweiß von der Stirn. Er holte einige Male tief Luft, konnte sich jedoch nicht zu einer Antwort durchringen.

»Nun?« hakte der Kommissar nach.

Der Juwelier zuckte zusammen, als habe er einen Schlag erhalten. Schließlich brachte er widerstrebend hervor: »Dabei handelt es sich um Bankangelegenheiten, Signor Commissario. Ich weiß überhaupt nichts. Es wurde alles von der Bank geregelt. Ich vertraute ihr und kümmerte mich nicht weiter darum.«

»Die Bank«, wiederholte Cattani. »Mit anderen Worten: Ravanusa.«

Der Juwelier sagte nichts mehr. Er starrte Cattani aus großen Augen an, breitete die Arme aus und ließ sie wieder fallen.

Ravanusa. Ganz gleich, wo Cattani auch ansetzte – irgendwann stieß er immer auf diesen Namen, der ihm inzwischen nicht mehr aus dem Sinn ging. Der Bankdirektor schien ständig im Mittelpunkt zu stehen, war eine Spinne im Zentrum eines weitgespannten Netzes. Was verbarg sich hinter der respektablen Fassade dieses klugen Mannes, der bereits mehrere Skandale hinter sich hatte, ohne daß es dadurch jemals zu einschneidenden Konsequenzen für ihn gekommen wäre?

Als Cattani ihm entgegensah, fiel ihm auf, daß Ravanusa mit leichtfüßigen, federnden Schritten ging, wie eine Raubkatze.

»Hochverehrter Commissario«, sagte Ravanusa in dem für ihn typischen Tonfall, der gleichzeitig ruhig und scharf klang. »Sie vergeuden nur Ihre Zeit. Bei den Überweisungen, die Ihren Argwohn erweckten, handelt es sich um ganz normale finanzielle Transaktionen, die dazu dienen, den Tourismus anzukurbeln, das Baugeschäft und den Handel zu beleben und den landwirtschaftlichen Unternehmen Investitionen zu ermöglichen. Wenn Sie mir diese Metapher gestatten: Sie kräftigen und beschleunigen den ökonomischen Pulsschlag der Stadt.«

»Eine Wirtschaft, die mir wie ein Wunder erscheint – immerhin multipliziert sie innerhalb kurzer Zeit die Anlagen. Sie sollten Ihre ökonomischen Konzepte in einem Lehrbuch zusammenfassen; vielleicht brächte Ihnen das den Nobelpreis ein. Erzielen die von Ihnen finanzierten Firmen ebenfalls so enorme Gewinne?«

»Oh, das weiß ich nicht. Fragen Sie die Contessa Camastra. Sie hat ein Bauunternehmen und kennt sich in diesen Dingen aus.«

Nanni Santamaria berichtete jeden Tag mit seinem Sender Sici-TV über die »aufsehenerregenden Aktionen der Squadra mobile«. Die Mattscheiben zeigten Arbeitslose vor den Toren geschlossener Baustellen. »Wann hört dieser Blödsinn endlich auf!« ereiferte sich ein Maurer. »Wir sind ehrliche Leute. Die wirkliche Mafia befindet sich im Norden.«

Anschließend war das verärgerte Gesicht des Bauherrn Bellemi zu sehen. »Verdammt, dies ist alles andere als Gerechtigkeit«, beschwerte er sich wütend. »Ein Leben lang habe ich hart gearbeitet, und jetzt werde ich in den Ruin getrieben, weil jemand auf meine Kosten Karriere machen will.« Er gestikulierte aufgeregt vor der Kamera, seine Finger wirkten wie dicke Würste. »Überprüfungen und Kontrollen – so heißt es dauernd. Aber zum Teufel auch: Was will man denn kontrollieren? Hier geht alles mit rechten Dingen zu. Die Polizei sollte endlich damit aufhören, ehrbaren Bürgern nachzustellen. Und ich versichere Ihnen: Ich denke bei all diesen Dingen gar nicht so sehr an mich selbst, sondern an meine Angestellten. Die armen Kerle sind jetzt ohne Arbeit. Was soll aus ihnen werden? Irgendwie müssen sie doch ihre Familien ernähren. Ja, sie sind die wirklichen Leidtragenden dieses unerhörten Vorgangs. Meine Güte, was ist denn aus uns geworden? Machen wir uns jetzt gegenseitig fertig?«

Im Hintergrund waren Dutzende von Maurern zu sehen, die den Worten ihres Chefs lautstark beipflichteten. »Wir wollen wieder arbeiten!« riefen sie. »Schluß mit den Repressalien! Wir haben die Nase voll!«

Das Bild wechselte und zeigte nun das luxuriöse Büro des Unternehmers Randazzo. Er saß hinter einem wuchtigen Schreibtisch und gab sich väterlich und gönnerhaft. Er machte vor allen Dingen den jungen Leuten Vorwürfe und spielte dabei natürlich auf den Kommissar an. »Sie sind unvorsichtig, und irgend jemand sollte sie in ihre Schranken weisen. Die Behörden müssen begreifen, daß mit unbesonnenen Handlungen eine ganze Wirtschaft zugrunde gerichtet werden kann, und das hätte fatale Folgen für unsere Stadt und ihre soziale Struktur. Deshalb fordere ich die politisch Verantwortlichen auf, sofort alle notwendigen Maßnahmen zu ergreifen.«

Im Anschluß daran kamen die Politiker zu Wort. »Ich gehöre der Opposition an«, erklärte der Stadtrat Patti und rückte sich immer wieder nervös die dunkle Brille zurecht. »Aber ich glaube, angesichts der derzeitigen Lage sollten wir Dinge wie Majorität und Minorität vergessen und gemeinsam die erforderlichen Entscheidungen treffen. Ich möchte diese Gelegenheit nutzen und zum Ausdruck bringen, wie sehr mich die gegenwärtigen Entwicklungen besorgen. Es geht doch nicht an, die halbe Stadt zu kriminalisieren! Meine Partei hat immer klare Aussagen gemacht: Wir sind gegen die Mafia, gegen den Drogenhandel. Doch jetzt sehen wir uns dazu veranlaßt, mit aller Schärfe gegen das Bestreben zu protestieren, alle Leute in einen Topf zu werfen, sowohl Verbrecher als auch ehrbare Bürger, die sich nichts zuschulden kommen ließen.«

Don Manfredi warf seinem Bruder Nanni einen finsteren Blick zu. »Du solltest dich schämen«, sagte er. »Der Commissario ist ein aufrechter und mutiger Mann, der uns wirklich helfen will, und du verunglimpfst ihn auf eine Weise, die ich nur als abscheulich bezeichnen kann. Mit Hilfe deines Fernsehsenders greifst du ihn jeden Tag an.«

»Na und?« erwiderte Santamaria und lachte. »Er wird trotzdem Karriere machen.«

Der Priester versetzte ihm eine kräftige Ohrfeige.

Der Journalist taumelte und preßte sich die Hand auf die Wange. »Was fällt dir denn ein, Herr im Himmel?« fragte er verblüfft.

Don Manfredi war wesentlich kräftiger gebaut als Nanni. Er packte den kleineren und schmächtigeren Mann am Kragen. »Ich sage dir das nicht als Priester, sondern als dein Bruder: Du bist ein Mistkerl. Mit deiner Kampagne gegen Cattani spielst du der Mafia und den Drogenhändlern in die Hände.«

Der Journalist senkte den Kopf und lehnte sich an den Türpfosten. Kurze Zeit schwieg er und entgegnete dann mit zitternder Stimme: »Was weißt du schon? Du kleidest dich in deine schwarze Kutte und glaubst, dadurch die Moral gepachtet zu haben. Aber hast du auch nur eine vage Ahnung von meinen Problemen? Verdammt, ich kann es mir nicht erlauben, den Helden zu spielen, begreif das doch endlich. Der Fernsehsender gehört nicht mir; alle Anlagen wurden mit dem Ravanusas Geld bezahlt. Wenn ich nicht spure, bin ich erledigt. Verstehst du?«

Am Nachmittag stattete Cattani der Contessa Camastra einen Besuch ab. Er wollte dem Rat Ravanusas folgen und der erfahrenen Geschäftsfrau einige Fragen stellen, um sich ein Bild davon zu machen, wozu die Bankkredite verwendet worden waren. Olga Camastra befand sich auf der Baustelle, und als sie den Kommissar kommen sah, nahm sie die Zigarette aus dem Mund und beobachtete ihn aufmerksam.

»Commissario, was hat das alles zu bedeuten?« fragte sie und zog die Augenbrauen hoch. »Erst schicken Sie mir ein ganzes Einsatzkommando, das meine Büros durchsucht und dann die Feststellung macht, daß alles in Ordnung ist. Wollen Sie meine Buchhaltung jetzt persönlich kontrollieren?«

Einmal mehr überraschte es Cattani, wie sehr ihn diese Frau faszinierte. Verglichen mit ihr wirkte selbst Titti gewöhnlich.

»Nein«, antwortete er, »es geht mir nicht um irgendwelche Überprüfungen. Ich möchte Sie um eine Beratung bitten.«

Als sie sich die Hände reichten, hielt Olga die Hand Cattanis Sekundenbruchteile länger fest als nötig und ließ sie dann langsam los. Ihre Finger strichen an denen des Kommissars entlang. Auf dem Bauplatz schwangen die stählernen Ausleger der Kräne herum.

»Eine Beratung«, wiederholte die Contessa mit verführerischer Stimme. »Was halten Sie davon, wenn wir uns dort drüben unterhalten, in der Trattoria, in der meine Leute ihre Mahlzeiten einnehmen? Ich wollte gerade eine Kleinigkeit essen, und ich würde mich freuen, wenn ich Sie einladen könnte.«

Sie machten sich auf den Weg. Zwei vor dem Eingang der Trattoria stehende Arbeiter wichen sofort zur Seite, als Olga Camastra herantrat. »Guten Tag, Contessa.«

»Guten Tag«, erwiderte Olga und lächelte freundlich. Dann wandte sie sich leise an ihren Begleiter: »Ich komme oft hierher und esse zusammen mit meinen Leuten – um zu zeigen, daß ich demokratisch gesinnt bin. Das ist heutzutage wichtig.«

»Ja«, bestätigte Cattani. »Ein netter Trick. Der alte Adel brachte die Arbeiter mit der Peitsche zur Räson. Der neue beherrscht sie mit Schmeicheleien, hat sich somit an die veränderte Lage angepaßt. Sie erringen ihre Sympathie, indem sie den Anschein erwekken, sich auf ihr Niveau herabzubegeben.«

Olga setzte sich und schob sich das Armband mit der Uhr zurecht. Anschließend griff sie nach der Karaffe und schenkte sich und dem Kommissar Wein ein.

»Nun«, sagte sie und strahlte Cattani an, »wie kann ich Ihnen helfen?«

Cattani musterte sie nachdenklich. »Eigentlich«, entgegnete er kühl, »brauche ich keine Beratung. Ich glaube, mir ist auch so alles klar. Aber vielleicht können Sie meine Vermutungen bestätigen.«

»Und wie lauten die?« fragte Olga. »Darf ich?« Sie ergriff nach Cattanis Zigaretten.

»Ich meine das Geld von Ravanusas Bank«, erklärte der Kommissar und entzündete ein Streichholz. Die Contessa schob sich die Zigarette zwischen die Lippen und beugte sich zu ihm vor. »Ich bin sicher, die Beträge dienen nicht zur Finanzierung legaler Geschäfte. Jene Konten, die auf die Namen Gelsomino und Papavero geführt werden...« Er zündete sich ebenfalls eine Zigarette an. »Mit den darauf deponierten Beträgen werden Drogenlieferungen bezahlt.«

Die Contessa blieb völlig ungerührt. Cattani fuhr fort: »Kapital, mit dem die lokale Wirtschaft angekurbelt werden soll – von wegen. Es handelt sich um Investitionen in das Geschäft mit Heroin. Die ›Ware‹ kommt aus dem Nahen Osten, und auf hoher See nehmen die Fischerboote die Lieferungen an Bord und bringen sie nach Sizilien.«

»Wo haben Sie das gelesen? In einem Kriminalroman?«

»Nein«, sagte Cattani und zog einen Aschenbecher heran. »Es ist die Wirklichkeit. Die Drogen treffen in Form von Morphium hier ein, das in den geheimen Labors der Mafia zu Heroin verarbeitet wird. Anschließend bringt man das fertige Produkt nach Norden und in die Vereinigten Staaten. Es wird in ganz Italien und auch auf den Märkten in den anderen Ländern Europas angeboten. Und bringt Milliarden ein. Steuerfrei.«

»Meine Güte«, sagte die Contessa gespielt verblüfft. »Und wie wird das Heroin verschickt? Mit Brieftauben etwa?«

»Sehr witzig«, erwiderte Cattani. »Nein, dazu werden Orangen, Möbel und Pralinen benutzt. Die Verbrecher haben Phantasie. Manchmal verwenden sie auch Koffer mit doppeltem Boden. Die entsprechenden Kuriere machen sich auf den Weg, um Verwandte in Amerika zu besuchen, und sie kehren mit versteckten Dollarbündeln zurück.«

»Klingt interessant. Und profitabel. Vielleicht sollte ich es selbst mal versuchen.«

Der Kommissar schüttelte den Kopf. »Ganz so einfach ist die Sache nicht. In Italien wäre es sehr gefährlich, das Geld in Umlauf zu bringen. Die Mafia mußte eine Möglichkeit finden, die Herkunft der Summen zu tarnen, sie zum Beispiel als Überweisungen von Emigranten ausgeben. Als recht nützlich würde sich auch eine Reiseagentur erweisen, die behaupten könnte, die Dollars stammten von Touristen. Nun, Ihr Bekannter Ravanusa besaß eine solche Agentur, in Palermo.« Cattani trank einen Schluck Wein. »Der arme De Maria und der Bruder Anna Carusos wurden deshalb ermordet, weil sie herausfanden, wozu diese Agentur diente.«

Die Contessa hob andeutungsweise die Augenbrauen und stützte das Kinn auf die Hände.

Als ihr Schweigen zu lang dauerte, fuhr Cattani fort: »Von Amerika aus können die Drogenlieferungen auch in der Schweiz bezahlt werden. In diesem Fall ist eine Bank notwendig, die das Geld in Italien empfängt. Damit schließt sich der Kreis. Die betreffende Bank setzt das Kapital für Finanzierungen ein, gibt zum Beispiel einem Unternehmen wie dem Ihren günstige Kredite. Und dadurch werden die Profite aus dem schmutzigen Geschäft mit Drogen plötzlich zu sauberem Geld in den Taschen angeblich ehrbarer Bürger.«

»Donnerwetter!« antwortete Olga Camastra und musterte den Kommissar scheinbar bewundernd. »Sie sind ein Genie. Haben Sie schon mit Bankdirektoren gesprochen?«

»Sie machen sich wohl über mich lustig, was?«

Übergangslos wurde die Contessa ernst und blickte nachdenklich auf ihre Hände. Nach einer Weile sagte sie: »Es gibt da eine Sache, die mir ein Rätsel ist.«

»Und die wäre?«

»Warum verschwenden Sie Ihre Zeit als Polizist? Sie haben das Zeug zu einem sehr erfolgreichen Geschäftsmann. Und ich könnte jemanden wie Sie gebrauchen. Wenn wir zusammenarbeiten würden, hätten wir keine Konkurrenz zu befürchten.«

»Wollen Sie mich etwa zum Strohmann für Ihre vielen Unternehmungen machen?«

»Sie verstehen überhaupt nichts.« Olga Camastra sprach diese Worte ruhig und langsam aus, und sie wirkte dabei so selbstsicher und unnahbar, daß der Kommissar unsicher wurde. In der Trattoria herrschte ein ziemliches Durcheinander, Dutzende von Arbeitern sprachen laut miteinander und lachten schallend: Männer mit schmalen Gesichtern und mindestens vier Tage alten Bärten.

»Oder wollen Sie mir den Vorschlag machen, zu Ihrem Geschäftspartner zu werden?« fragte Cattani. »Das könnte ich als einen besonders schlauen Bestechungsversuch verstehen.«

»Sie verstehen überhaupt nichts«, wiederholte die Contessa, diesmal bedauernd.

»Hm.« Cattani stützte die Ellenbogen auf den Tisch und musterte eine ganze Zeitlang aufmerksam das unbewegte Gesicht Olga Camastras. »Wissen Sie«, sagte er, »Sie sind mir sehr sympathisch. Es würde mir das Herz brechen, Sie eines Tages verhaften zu müssen.«

»Oh, oh. Und warum sollten Sie es für notwendig halten, mich hinter Gitter zu bringen?« Sie lachte leise. »Machen Sie sich in dieser Hinsicht nichts vor. Ich bin sauber. Bei mir finden Sie keine Hinweise auf illegale Geschäfte.«

Cattani lächelte und entblößte dabei seine weißen Zähne. »Na schön«, murmelte er und nickte. »Sie sind sauber. Und auch sehr intelligent. Viel klüger als Ihre Freunde.«

»Intelligent, ja«, bestätigte Olga. »Und auch skrupellos. Bereits im Alter von fünfzehn Jahren wußte ich genau, was ich erreichen wollte. Ich bin zuerst zur Geliebten und dann zur Frau eines Mannes geworden, der körperlich ohne den geringsten Reiz, dafür aber enorm reich war. Ich hätte seine Enkelin sein können. Ich liebte ihn nicht, aber als er erkrankte, habe ich ihn fünf Jahre lang hingebungsvoll gepflegt.«

Sie gab einen kleinen Löffel Zucker in den Kaffee und rührte sorgfältig um. »Ich verdanke ihm viel. Durch ihn wurde ich zu einer gebildeten Frau. Er ließ mich studieren und machte mir längere Aufenthalte im Ausland möglich, so daß ich fremde Sprachen lernen konnte. *I speak English very well, with an american accent if necessary... Je parle la langue de Chateaubriand aussi.* Andererseits aber nahm ich nicht am Leben der gehobenen Gesellschaft teil. Ich ziehe es vor, hier auf der Baustelle zu sein und mich von morgens bis abends um meine Interessen zu kümmern. Ich arbeite sehr hart, und ich glaube, ich habe mir das Erbe meines Mannes inzwischen redlich verdient.« Sie trank die Tasse aus, hob den Kopf und fügte hinzu: »Aber jetzt mache ich einen Fehler – indem ich mich mit einem Typ Mann einlasse, den ich immer verabscheut habe.«

»Was für einen Typ meinen Sie damit?«

»Den des Moralisten. Was soll all das Gejammere über das Leid der Drogenabhängigen? Wer aus der Wirklichkeit zu fliehen versucht und süchtig wird, hätte es im Leben ohnehin nicht weit gebracht. Ich kenne einige Beispiele dafür.«

»Etwa Titti Pecci Scialoja?«

»Ja, auch die! Sie wurde verwöhnt, und ständig räumte man ihr alle Hindernisse aus dem Weg. Aus lauter Langeweile ließ sie sich mit einem vulgären Widerling ein. Vielleicht verdiente sie es nicht besser. Und Sie wollen sie jetzt auf den rechten Weg zurückführen?« Die Contessa Camastra schüttelte entschieden den Kopf. »Das wird Ihnen nie gelingen.«

11

Eine alte, vertrocknete Signora, die Seidenfetzen am Leib trägt – so stellte sich Cattani Palermo vor. Er griff nach dem Mantel, den er auf den Beifahrersitz gelegt hatte, und stieg aus. Es war fast Mittag, und an den Ecken der Piazza standen plaudernd Gruppen von Müßiggängern. Ein alter Mann schob einen mit Kartons beladenen Karren, und an der Wand lehnten gelangweilte Jugendliche.

Der Kommissar überquerte die Straße und betrat ein großes, pompöses Hotel. Die Eingangshalle war riesig, und der Blick Cattanis fiel auf bemalte Glaswände und Marmorsäulen. Er drehte sich um und entdeckte sofort, was er suchte. Die Tür in der gegenüberliegenden Wand war nicht ganz geschlossen, und man konnte die langen Sitzreihen eines Saales sehen, in dem eine Konferenz stattfand. Cattani näherte sich und stellte fest, daß sich Hunderte von Personen in dem großen Raum aufhielten. Ein schmächtiger Mann drehte sich um, bemerkte ihn und kam auf den Kommissar mit der flinken Gewandtheit eines Wiesels zu. Es war Nanni Santamaria.

»Vielen Dank, daß Sie gekommen sind, Commissario«, sagte er.

»Ich habe mich ein wenig verspätet«, entschuldigte sich Cattani.

»Aber Sie sind trotzdem rechtzeitig eingetroffen: Er ist fast mit seiner Rede fertig.«

Cattani schien erst jetzt Notiz von dem Mann zu nehmen, der auf der anderen Seite des Saales vor einem Mikrofon stand und seine Worte mit ausladenden Gesten untermalte. Seine Arme bewegten sich wie Krummsäbel.

»Und wie reagieren wir auf die Gefahr einer nuklearen Apokalypse?« rief er. »Mit Friedensmärschen. Nun, meine Freunde, einige von Ihnen geben sich noch immer der Illusion hin, den Atomkrieg mit Demonstrationen verhindern zu können.«

Cattani beobachtete den Redner: Er hatte graues Haar und trug einen blauen Anzug. Der Zipfel eines bestickten Tuches ragte aus der Brusttasche. Er wirkte aalglatt – jedenfalls war das der erste Eindruck Cattanis.

Der Professor blickte auf seine große goldene Uhr und fuhr fort, die Zukunft der Menschheit in düsteren Farben zu malen. »Wir steuern auf eine Katastrophe zu. In unserem Land gibt es Tausende von Personen, die durch Erdbeben obdachlos wurden. Millionen von Arbeitslosen haben inzwischen jede Hoffnung auf eine Beschäftigung verloren. Es gibt immer mehr Homosexuelle, die sich in aller Öffentlichkeit küssen, ohne auch nur eine Spur von Scham zu empfinden. Die Korruption macht nicht einmal mehr vor höchsten Regierungsämtern halt. Meine Damen und Herren, wir alle werden Zeugen des moralischen und ökonomischen Niedergangs unserer geliebten Heimat Italien. Wir sind die letzte anständige und unverdorbene Kraft in diesem Land, und unsere Pflicht besteht darin, zu reagieren und das Chaos zu verhindern.«

Begeisterter Applaus folgte diesen Worten.

»Na, was halten Sie von ihm?« fragte Santamaria.

»Keine Ahnung«, erwiderte Cattani verwirrt. »Ich habe nur die letzten Sätze seiner Ansprache gehört. Wie, sagten Sie, heißt er?«

»Laudeo. Professor Laudeo. Kommen Sie, ich mache Sie miteinander bekannt.«

Als sich die beiden Männer dem Professor näherten, verabschiedete sich Laudeo gerade von einigen Herren, die ihm zu seiner Rede gratulierten. »Ich hoffe, meine Freunde, wir sehen uns Sonntag in Rom wieder.«

Aus der Nähe bemerkte Cattani die gepflegten Hände des Professors, mit denen er sich immer wieder die teure Seidenkrawatte zurechtrückte. Offenbar fand er großen Gefallen daran, im Mittelpunkt des allgemeinen Interesse zu stehen. Er klopfte seinen Anhängern auf die Schultern, lächelte und hatte immer ein freundliches Wort auf den Lippen. Gleichzeitig aber schien er ein wenig verstört, so als sei er mehr Distanz gewöhnt. Er nutzte jede Gelegenheit, um einige Schritte zurückzuweichen und sich von den anderen Leuten zu lösen.

»Professore«, sagte Santamaria unterwürfig, »ich habe doch versprochen, den Commissario nach Palermo zu holen.«

»Ah, der tüchtige Santamaria. Nun, wenn es Ihnen nichts ausmacht, so lassen Sie uns jetzt bitte allein. Kommen Sie, Commissario. Vermutlich wissen Sie es nicht, aber ich gehöre zu Ihren Bewunderern.«

»Ich danke Ihnen«, erwiderte Cattani. »Obgleich ich Ihre Beweggründe nicht ganz verstehe...«

Professor Laudeo führte den Kommissar in einen Korridor, der mit weichem Teppichboden ausgelegt war und von kleinen Lampen in Kerzenform beleuchtet wurde. »Die Bescheidenheit«, hielt er Cattani entgegen, »ist keine Tugend für einen jungen Mann mit Talent. Sie haben was auf dem Kasten, lieber Cattani. Ich verfolge Ihre Karriere, seit Sie die Akademie verlassen haben.«

»Meine Güte! Und warum?«

»Nun, ich habe überall Freunde«, sagte der Professor. Er zog ein silbernes Etui aus der Tasche, klappte es auf und griff nach einer Zigarette. »Und sie machen mich auf fähige Personen in den verschiedenen gesellschaftlichen Bereichen aufmerksam.«

»Und zu welchem Zweck?«

Der Professor führte ihn in Richtung eines Plüschsofas. »Ich bin bestrebt, alle klugen Köpfe in unsere Bewegung aufzunehmen.«

Cattani musterte Laudeo neugierig. »Und welche Ziele hat Ihre Bewegung?«

»Das Wohl Italiens«, erklärte der Professor feierlich. »Ich denke mit Sorge an die Zukunft unseres Vaterlandes. Und ich halte es für wichtig, besonders vielversprechende Leute zu fördern und ihnen dabei zu helfen, wichtige Positionen einzunehmen.«

»Sie schmeicheln mir«, entgegnete Cattani. »Aber vielleicht bin ich auch eine Enttäuschung für Sie.«

Der Professor seufzte. »Hören Sie doch damit auf, sich zu unterschätzen. Mein lieber Cattani, Sie haben das Zeug, es wirklich zu etwas zu bringen. Und ich betrachte es als eine Pflicht unserer Bewegung, Sie zu unterstützen.« Er drückte die Zigarette in einem Aschenbecher aus und sah den Kommissar an. »Ich kann Sie mir durchaus an der Spitze eines wichtigen Polizeipräsidiums vorstellen. Vielleicht in Genua, wer weiß? Möglicherweise in Florenz. Denkbar wäre auch ein bedeutender Posten in Rom.«

Cattani nickte langsam. »Interessant.«

»Unsere Bewegung ist bereit, als Fürsprecher für Sie aufzutreten«, fügte Laudeo hinzu. »Sie sind jemand, auf den man setzen kann. Ein Favorit sozusagen.« Er sah den Kommissar durchdringend an. »Es kommt uns darauf an, Italien vor einer Katastrophe zu bewahren. Wir sind keine Politiker – obwohl Leute zu uns gehören, die wichtige öffentliche Ämter bekleiden. Wir kämpfen gegen die Korruption, den moralischen Niedergang, die Mafia. Unser Ziel ist ein anständiges und aufrechtes Italien. Und zu diesem Zweck brauchen wir Männer wie Sie. Denken Sie in aller Ruhe darüber nach und geben Sie mir Bescheid.«

Am Nachmittag kehrte Cattani nach Trapani zurück, und während der Fahrt dachte er an die Worte Professor Laudeos. Sobald er eine Gelegenheit dazu fand, rief er Cannito in Rom an, berichtete ihm von dem Gespräch in Palermo und bat ihn um einen Rat.

Cannito zeigte sich sofort sehr interessiert. Er erkundigte sich danach, ob der Professor Gegenleistungen dafür verlangt habe, Cattani eine steile Karriere zu ermöglichen.

»Nein«, antwortete der Kommissar. »Er wollte nur, daß ich mich seiner Bewegung anschließe. ›Wir sind wie eine große Familie‹, erklärte er. ›Und wir helfen uns gegenseitig.‹«

»Hat er Ihnen Namen genannt?«

»Eine ganze Menge sogar. Die von Generälen, bekannten Journalisten und Politikern. Er benutzte ihre Vornamen, als er von ihnen sprach – so als wolle er darauf hinweisen, es seien gute Freunde.«

»Was für einen Eindruck haben Sie von ihm gewonnen?«

Ein schiefes Lächeln umspielte die Lippen Cattanis. »Er erschien mir als ein durchschnittlicher Typ«, sagte er. »Andererseits ist er sehr klug, und sein Gebaren deutet auf großen Einfluß hin.«

»Hm. Nun, vielleicht stimmt das. Stellen Sie ihn auf die Probe. Versuchen Sie herauszufinden, ob er sich nur aufspielt oder wirklich der ist, der er zu sein behauptet.«

Nach der Genehmigung der Vermögenskontrollen beschloß Staatsanwalt Scardona, das Feld zu räumen. Er war noch immer verärgert über den Versuch Cannitos, sich in seine Arbeit einzumischen, und außerdem reagierte er mit Verbitterung auf die allgemeine Polemik gegen ihn nach der Schließung der ersten Unternehmen in der Stadt. Kurz entschlossen beantragte Scardona seine vorzeitige Pensionierung.

Darum kümmerte sich sein Stellvertreter Bordonaro um den Fall – ein junger Mann mit großen Augen, intelligentem Gesicht und gepflegtem Bart.

»Ich habe wichtige Neuigkeiten für Sie«, verkündete Cattani, holte einen Aktendeckel aus seinem Koffer und blätterte in den

Unterlagen. »Sehen Sie, hier. Es ist uns gelungen festzustellen, wer die wirklichen Inhaber der Konten sind, die auf die Namen Gelsomino und Papavero geführt werden.« Er zeigte seinem Gegenüber ein mit amtlichen Stempeln versehenes Dokument. »Dies ist ein Schriftgutachten, und es beweist eindeutig, daß die Unterschrift auf den Schecks Gelsominos von Ravanusa stammt. Aber das ist noch nicht alles. Das Konto Papaveros steht Terrasini zur Verfügung. Im großen und ganzen wissen wir jetzt auch, was aus dem Geld wird, wenn es über die beiden genannten Konten die Bank verläßt. Einige Schecks wurden im Norden eingelöst, in Rom und Mailand. Von Scheinfirmen, die es problematisch machen herauszufinden, um wen es sich bei den Empfängern der Summen handelt. Vielleicht enden sie bei anderen Bankiers, bei Geschäftsleuten mit internationalen Verbindungen. Oder bei politischen Organisationen. Denkbar ist alles. Aber die größten Beträge bleiben hier und sammeln sich auf dem Konto Terrasinis an.«

»Lieber Himmel!« entfuhr es Bordonaro. »Er steht zwar in dem Ruf, ein Verteidiger von Mafiosi zu sein, aber ich dachte, damit hätte es sich. Ich wäre niemals auf den Gedanken gekommen, daß er so tief in der Sache steckt.«

»Tja, ich glaube, diesmal braucht *er* einen Anwalt.«

»Sie leisten gute Arbeit«, sagte Bordonaro anerkennend. »Sie haben ziemliche Unruhe in die Stadt gebracht und räumen regelrecht auf. Allerdings frage ich mich noch immer, was einen so vorsichtigen Mann wie Staatsanwalt Scardona dazu veranlaßt haben mag, Ihnen grünes Licht zu geben.«

Cattani war noch immer davon überzeugt, daß die Genehmigung seiner Ermittlungen auf das Eingreifen seines Gönners Cannito zurückging. Er gab sich ebenfalls überrascht und erwiderte: »Das ist auch mir ein Rätsel. Zu Anfang war er entschieden gegen eine solche Aktion.«

Paola hatte sich inzwischen daran gewöhnt, allein in der Wohnung zu sein und auf ihren Vater zu warten. Cattani gab sich Mühe, rechtzeitig genug von der Arbeit zurückzukehren, um das Abendessen zusammen mit seiner Tochter einzunehmen. Für gewöhnlich aßen sie etwas, was die Hausgehilfin für sie zubereitet hatte.

An diesem Freitagabend jedoch kannte Cattani seine Tochter kaum wieder. Paola wirkte zerstreut, und sie meinte, sie hätte keinen Appetit. Ohne ein weiteres Wort ging sie in ihr Zimmer und legte sich aufs Bett. Das Licht ließ sie ausgeschaltet.

Cattani wußte nicht so recht, was er davon halten sollte. Niemals zuvor war er in einer vergleichbaren Situation gewesen. Es fiel ihm schwer, dem Mädchen gleichzeitig Vater und Mutter zu sein.

Er trat ein und fragte leise: »Paoletta, was ist denn mit dir?«

Die Antwort bestand aus einem unverständlichen Murmeln.

»Heraus damit«, sagte Cattani und lächelte ermutigend. »Du möchtest mir irgend etwas sagen, weißt aber nicht so recht, wie du es anstellen sollst, stimmt's? Geht es dir nicht gut? Soll ich einen Arzt rufen?«

»Nein, nein«, erwiderte das Mädchen erschrocken und drehte das Gesicht zur Wand.

Cattani legte ihr die Hand auf die Schulter. »Ich glaube, ich weiß, was du auf dem Herzen hast. Du bist heute zur Signorina geworden*, nicht wahr?«

Paola schwieg, und ihr Vater empfand ihr Schweigen als eine Bestätigung seiner Vermutung. »Aber deswegen brauchst du doch nicht traurig zu sein«, sagte er. »Was hältst du davon, wenn du Mama anrufst und ihr davon erzählst?«

Das Mädchen sah ihn an und richtete sich auf. »Meinst du das im Ernst?«

»Natürlich.«

* »zur Signorina werden« – ein italienischer Ausdruck, der umschreibt, daß ein Mädchen seine erste Menstruation hat (Anmerkung des Übersetzers).

Als Paola am Telefon die Stimme ihrer Mutter hörte, schien sie sofort neuen Mut zu fassen.

»Papa hat gesagt, ich soll dich anrufen. Weil ich dir etwas mitteilen muß. Weißt du ...« Sie neigte den Kopf ein wenig zur Seite, um zu sehen, ob ihr Vater in der Nähe war und sie hören konnte. »Tja, ich bin heute Signorina geworden.«

»Ach, Schatz, das ist ja wunderbar.«

»Ich wollte Papa erst nichts sagen. Ach, der Arme – wußte gar nicht, wie er reagieren sollte. War völlig durcheinander.«

»Und er hat dich wirklich dazu aufgefordert, mich anzurufen?« fragte die Mutter.

»Ja. Er meinte: Ruf Mama an; sie wird sich bestimmt freuen. Weißt du, er ist gar nicht böse.«

»Das habe ich auch nie behauptet. Im Gegenteil: Vielleicht sollte ich mir selbst Vorwürfe machen.« Bei diesen Worten klang Elses Stimme ein wenig verbittert.

»Bist du traurig, Mama?«

»Nein. Aber du fehlst mir sehr. Du veränderst dich, und ich bin nicht bei dir. Ich würde dich gern wiedersehen.«

Als Paola auflegte, fragte Cattani, wie es ihrer Mutter ginge.

»Gut«, entgegnete das Mädchen. »Allerdings schien sie etwas verstimmt.« Sie überlegte und suchte nach den richtigen Worten. »Hör mal, Papa: Stimmt es, daß du eine andere Frau liebst?«

Cattani beugte sich vor, berührte die Wangen seiner Tochter und erwiderte: »Ja, das stimmt wirklich. Eine junge Frau, die allein und sehr krank ist, verstehst du? Und ich möchte ihr helfen, wieder ganz gesund zu werden.«

Nanni Santamaria beeilte sich, Cattani auf der Treppe im Polizeipräsidium einzuholen. »Commissario!« rief er atemlos. »Commissario, warten Sie bitte. Professor Laudeo möchte gern wissen, ob Sie eine Antwort für ihn haben.«

Cattani war stehengeblieben, setzte sich nun aber wieder in Bewegung. »Derzeit noch nicht«, entgegnete er und blickte auf den Journalisten herab. »Und wenn ich eine Entscheidung getroffen habe, setze ich mich selbst mit ihm in Verbindung.«

Wenn, wiederholte Santamaria in Gedanken und fügte hinzu: Was bildet sich der verdammte Kerl eigentlich ein?

Als er Terrasini von der Reaktion des Kommissars auf seine Frage berichtete, verlor der Anwalt für einige Sekunden die Beherrschung. »So verbohrt kann der Typ doch wohl nicht sein!« stieß er zwischen zusammengepreßten Zähnen hervor.

»Vielleicht doch«, wandte Santamaria bedauernd ein. »Ich glaube, Cattani läßt sich nicht einmal von den Schmeicheleien Laudeos einwickeln.«

Terrasini stattete dem in Palermo einsitzenden Cirinnà einen Besuch ab, um ihn über den neuesten Stand der Dinge zu unterrichten.

»Was den Kommissar angeht...« Terrasini breitete die Arme aus. »Es ist einfach nichts zu machen. Nun, jetzt kommt es zunächst einmal darauf an, die junge Duchessa aus dem Verkehr zu ziehen.«

Das Gesicht Cirinnàs verfärbte sich. Der Mafioso bebte vor Wut und versuchte mühsam, sich zu beherrschen. »Titti wird nicht angerührt«, sagte er drohend. »Ich habe ihr Stoff bringen lassen. Solange sie spritzt, brauchen wir uns keine Sorgen zu machen, denn dann gibt sie keine glaubwürdige Zeugin ab. Tut ihr bloß nichts an, klar?«

»Oho, was ist das denn?« Terrasini hob die Augenbrauen. »Hast du dich etwa in sie verliebt? Nun, das Problem besteht darin, daß Cattani sie von der Sucht befreien will. Und wenn ihm das gelingt, sitzen wir ganz schön in der Patsche.«

Cirinnà ballte die Fäuste und fluchte. »Avvocato, Sie sollten sich besser um den Mistbullen kümmern. Titti stellt keine Gefahr für uns dar. Die halte ich unter Kontrolle.«

12

Altero, der Stellvertreter des Kommissars, reichte Cattani eine schußsichere Weste. »Sie sollten das hier anziehen«, schlug er vor. »Es ist immer besser, vorsichtig zu sein.«

Cattani sah sich die Weste an und legte sie dann auf einen Stuhl. Er meinte, so ein Ding nütze nichts; nicht einmal in einem gepanzerten Wagen sei man völlig sicher.

Davon ließ sich Altero nicht erschüttern. Er war der Meinung, die Weste gewähre dem Kommissar zumindest einen gewissen Schutz. Und er fügte hinzu, seiner Ansicht nach sei es alles andere als ratsam, daß der Kommissar allein durch die Straßen Trapanis laufe. Er brauche unbedingt eine Sicherheitseskorte.

»Ach, lassen Sie nur«, erwiderte der Kommissar und winkte ab. »Wenn mich die Mafia umlegen will, dann wird sie sich auch von einer solchen Eskorte nicht davon abhalten lassen.«

»Vielleicht nicht«, gestand Altero ein. »Aber die Killer würden zumindest zögern und es sich zweimal überlegen, bevor sie irgend etwas unternehmen.«

»Hören Sie...« begann Cattani, brach aber sofort wieder ab. Er dachte kurz nach und legte sich die Worte zurecht. »Ich bin kein Ziel mehr für die Mafia. Die Ermittlungen sind schon viel zu weit fortgeschritten. Die Dokumente sprechen für sich. Was hätte es da denn für einen Sinn, mich jetzt aus dem Weg zu räumen?«

Altero warnte seinen Vorgesetzten vor übertriebenem Optimismus. »Man kann nie wissen.«

Cattani zog die Jacke aus und hängte sie über die Rückenlehne seines Sessels. »Wissen Sie, was ich glaube? Die Mafia läßt in erster Linie deshalb Leute umbringen, um fatale Entwicklungen zu vermeiden. Es werden Zeugen umgebracht, um sie an Aussagen zu hindern. In meinem Fall aber haben die Verbrecher den richtigen Augenblick verpaßt. Inzwischen ist es bereits zu spät.«

»Machen Sie sich da nur nichts vor«, seufzte Altero. »Diese Leute kennen kein Erbarmen. Sie werden sich an Ihnen rächen – früher oder später.«

In unmittelbarer Nähe des Polizeipräsidiums gab es eine Konditorei, in der besonders köstlicher Mandelkuchen angeboten wurde, den Paola liebte. An diesem Abend kaufte Cattani einige Stücke, um seiner Tochter eine Freude zu machen. Es regnete, und ein böiger und kalter Wind wehte. Cattani schlug den Mantelkragen hoch, hielt den Kopf gesenkt und dachte daran, zu Hause unter die warme Bettdecke zu kriechen. Eine sehr angenehme Vorstellung.

Es herrschte dichter Verkehr, und der Kommissar fuhr langsam und vorsichtig. Regentropfen hämmerten an die Windschutzscheibe, und an manchen Stellen ähnelte die breite Straße einem See.

Kurze Zeit später erreichte er das Haus und parkte den Wagen. Im Laufschritt eilte er auf den Eingang zu, ging dann durch den Flur und drückte die Ruftaste des Aufzugs. Als er die Tür zu seiner Wohnung öffnete, brannte das Licht im Flur, gleichzeitig war es sonderbar still.

»Paola?« rief er.

Keine Antwort.

Cattani sah ins Zimmer seiner Tochter. »Wo bist du?«

Der Fernseher war ausgeschaltet, das Bad war leer. Der Pulsschlag des Kommissars beschleunigte sich. Er legte das Päckchen mit den Kuchenstücken auf den Tisch und lockerte seine Krawatte. Es war ihm plötzlich sehr warm geworden, und er hatte das Gefühl, als schnüre ihm etwas die Kehle zu. Seine letzte Hoffnung bestand darin, daß sich seine Tochter einen Scherz erlaubte und sich versteckt hatte. Er sah unters Bett, doch dort ließ sich Paola ebenfalls nicht finden.

Das Telefon klingelte. Cattani nahm ab, und das, was er zu hören bekam, bereitete ihm solches Entsetzen, daß er erstarrte.

»Wir haben deine Tochter«, teilte ihm eine düster klingende Stimme mit. »Hör gut zu: Sag niemandem etwas davon, klar? Niemandem! Sonst stirbt deine Tochter – auf eine sehr unangenehme Art und Weise. Wir melden uns wieder.«

Ein kurzes Klicken und die Verbindung war unterbrochen. Cattani preßte die Lippen zusammen, und fast hätten seine Knie nachgegeben. Es bereitete ihm große Mühe, sich vom Telefon abzuwenden und die wenigen Meter bis zum Sofa zu gehen. Mit steifen Bewegungen ließ er sich auf der Couch nieder, sein Blick ging ins Leere.

»Ruhig, ganz ruhig«, flüsterte er und schluckte mehrmals. »Ich darf jetzt nicht die Nerven verlieren. Ich muß mich beherrschen, wenn ich Paola retten will.«

Er schenkte sich einen doppelten Cognac ein und leerte das Glas in einem Zug. Altero hatte recht, dachte er.

Nach einer Weile begriff Cattani, daß er jetzt nicht mehr der Mann sein konnte, der er zuvor gewesen war. Die Entführung Paolas änderte alles, trieb ihn einerseits in die Enge, konnte ihn jedoch andererseits so aus der Fassung bringen, daß er wie ein verwundetes Raubtier reagierte und wild um sich schnappte. Oder sollte er einfach die bittere Pille schlucken, seine Moral vergessen und sich fügen? Was konnte er unternehmen? Immer wieder gingen ihm diese Fragen durch den Kopf, und es fiel ihm schwer, sich zu konzentrieren. Nichts, dachte er. Ich kann überhaupt nichts machen. Die Erpresser sind in einer wesentlich stärkeren Position als ich. Es bleibt mir nichts anderes übrig, als abzuwarten.

Cattani verbrachte die Nacht auf dem Sofa, machte sich nicht einmal die Mühe, die Schuhe auszuziehen. Dann und wann nickte er ein, doch selbst im Schlaf fand er keine Ruhe. Nervös wälzte er sich hin und her, heimgesucht von Alpträumen, in denen es um das Schicksal seiner Tochter ging. Am nächsten Morgen fühlte er sich gerädert, doch er sprang sofort auf, als das Telefon klingelte.

»Guten Morgen.« Es war seine Frau.

»Ach, du bist's.«

»Ich wollte nur fragen, wie es Paola geht. Kann ich kurz mit ihr sprechen, bevor sie sich auf den Weg zur Schule macht?«

Als Cattani keine Antwort gab, fügte Else hinzu: »Hallo? Corrado, bist du noch da?«

Er gab sich Mühe, seine Stimme ruhig klingen zu lassen. »Ja, ja. Mit Paola ist alles in Ordnung. Weißt du, sie hat Freundschaften geschlossen. Und deshalb schläft sie seit ein paar Tagen bei einem anderen Mädchen. Auf diese Weise ist sie nicht mehr so allein.«

»Was ist denn mit dir?« fragte Else. »Du klingst so seltsam.«

»Ach, ich bin nur müde. Die Arbeit macht mich noch völlig kaputt.«

Seine Frau schien nicht überzeugt zu sein. »Stört es dich, mit mir sprechen zu müssen?«

»Nein, das ist es nicht«, erwiderte Cattani. Er hatte die Augen geschlossen und lehnte an der Wand. »Weißt du, ich erwarte einen wichtigen Anruf aus dem Präsidium, und deshalb muß die Leitung frei bleiben.«

»Oh, entschuldige«, sagte Else. »Dann melde ich mich später noch einmal.«

Cattani kochte sich Kaffee und trank langsam zwei Tassen und wartete darauf, daß das Koffein die Müdigkeit aus ihm verdrängte. Dann zog er die Rolläden hoch. Es hatte inzwischen aufgehört zu regnen: Draußen schien die Sonne.

Als kurz darauf das Telefon erneut klingelte, nahm er sofort ab.

»Na, was hast du entschieden, Kommissar?« fragte die gleiche Stimme wie am letzten Abend.

»Was wollt ihr?«

»Zunächst einmal eine Antwort. Wir möchten wissen, ob du bereit bist, unseren Anweisungen Folge zu leisten.«

Cattani rieb sich die blutunterlaufenen Augen. »Ja«, sagte er. »Ja, das bin ich.«

Der Mann am anderen Ende der Leitung lachte spöttisch. »Ausgezeichnet. Das ist die richtige Einstellung. Hör gut zu, du Mistkerl. Du gehst jetzt ins Büro und tust so, als sei überhaupt nichts geschehen. Gib den komischen Typen, mit denen du zusammenarbeitest, ruhig neue Einsatzbefehle. Aber vergiß nicht, daß die wirklich wichtigen Anweisungen ab jetzt von uns kommen, klar?«

»Meine Tochter... Was ist mit meiner Tochter?«

Nach einer kurzen Stille hörte Cattani die zittrige Stimme Paolas. »Papa...«

»Paola, Paola, geht es dir gut?« Cattani wäre fast in Tränen ausgebrochen. Mit schweißnasser Hand umklammerte er den Hörer, und in seinem Innern krampfte sich alles zusammen. »Antworte mir, Paoletta.«

Aber statt Paola meldete sich wieder der Mann, der es offenbar genoß, den Kommissar in der Hand zu haben. »Es ist alles in Ordnung mit ihr«, sagte er. »Es geht ihr bestens. Zumindest jetzt noch...«

Cattani brauchte jemanden, der ihm weiterhalf, und die erste Person, die ihm in den Sinn kam, war Santamaria. Er suchte ihn auf und bat ihn, sich sofort mit Laudeo in Verbindung zu setzen – dem Professor, der ihm eine großartige Karriere in Aussicht gestellt hatte. Jener Mann schien viele Beziehungen zu haben, und vielleicht konnte er an den richtigen Fäden ziehen, um Paola aus der Gewalt der Verbrecher zu befreien.

»Leider ist Professor Laudeo derzeit im Ausland«, sagte Nanni Santamaria. »Aus geschäftlichen Gründen. Ich kann ihn jetzt nicht erreichen.« Er musterte den Kommissar aufmerksam und fügte hinzu: »Was wollen Sie denn von ihm? Ist irgend etwas passiert?«

»Nein, nichts, gar nichts.« Cattani wollte ihm bedeuten, er solle sich nicht in Dinge einmischen, die ihn nichts angingen, zögerte jedoch und blickte den Journalisten durchdringend an. »Hören

Sie: Ich halte den Mund. Ich sage niemandem etwas, aber wenn Sie mir etwas mitteilen möchten, so haben Sie jetzt Gelegenheit dazu. Bitte...«

Als Santamaria diese drängenden und gleichzeitig doppeldeutigen Worte hörte, riß er überrascht die Augen auf. Er schien geradezu erschrocken. »Ich weiß überhaupt nicht, wovon Sie reden. Ich schwöre es Ihnen: Ich habe keine Ahnung.«

Wo sollte Cattani ansetzen, um einen Kontakt mit den Entführern herzustellen? Wo konnte er eine Spur finden, die ihm auch nur einen vagen Hinweis darauf gab, wo man Paola festhielt? Der Kommissar wußte nicht mehr, wo ihm der Kopf stand, und in seiner Verzweiflung versuchte er es mit allen Möglichkeiten.

Er ging ins Gerichtsgebäude, um mit dem Rechtsanwalt Terrasini zu sprechen.

»Was führt Sie hierher, Commissario?« fragte der Anwalt und gab sich so freundlich wie gewöhnlich.

Cattani sah ihn scharf an, hielt nach einem Zeichen Ausschau, einer kaum merklichen Geste vielleicht, die er als Aufforderung dazu verstehen konnte, offen zu sein. Aber Terrasini ließ sich nichts anmerken, und deshalb hielt es der Kommissar für angebracht, besondere Vorsicht walten zu lassen. »Wissen Sie nichts von den jüngsten Entwicklungen?« fragte er.

»Spielen Sie damit auf Ihre Ermittlungen an?« Terrasini zuckte mit den Schultern. »Was soll ich dazu sagen? Sie wirbeln eine Menge Staub auf. Ich hoffe, Sie haben einen guten Grund dafür.«

Cattani wandte den Blick nicht von dem Anwalt ab und hoffte weiterhin auf eine Auskunft. »Und andere Neuigkeiten kennen Sie nicht?«

Terrasini runzelte die Stirn und wirkte verwirrt. »Wie soll ich das verstehen, Signor Commissario? Sie scheinen Rätsel zu lieben...«

Die Contessa Camastra? Vielleicht. Eine selbstsichere Frau, die sich ihrer Qualitäten bewußt war – möglicherweise hatte man sie zur Kontaktperson bestimmt.

Cattani fand sie in ihrem Büro. Sie schickte die Ingenieure fort, mit denen sie gerade ein neues Projekt besprochen hatte, und dann konnte der Kommissar zu ihr.

»Olga«, sagte Cattani, »ich muß mit Ihnen reden.«

Die Contessa sah ihn erstaunt an. »Was ist denn los? Stimmt irgend etwas nicht?«

Cattani zögerte kurz. »Auf welcher Seite stehen Sie? Auf meiner oder der anderen?«

»Was soll das heißen?«

»Wissen Sie denn nicht, was geschehen ist?«

Olga Camastra holte tief Luft, kniff die Augen zusammen und musterte den Kommissar so aufmerksam, als versuche sie, seine Gedanken zu lesen. »Würden Sie sich bitte etwas deutlicher ausdrücken?«

Cattani stand auf. »Schon gut. Entschuldigen Sie.«

Er ging zur Tür, und als er sie öffnete, rief die Contessa ihm nach: »Commissario! Wollen Sie mir denn nicht sagen, was passiert ist?«

Cattani drehte sich um und sah die Frau an. Sie hatte sich ebenfalls erhoben und stand hinter dem Schreibtisch. Ihre Verwirrung schien nicht gespielt zu sein.

Schweigend zog der Kommissar die Tür hinter sich zu.

13

Am folgenden Abend klingelte wieder das Telefon, und der Mann, dessen Stimme Cattani schon zweimal gehört hatte, gab dem Kommissar die ersten Anweisungen. Er verlangte die Freigabe des beschlagnahmten Fischerbootes, das Morphium an Bord gehabt hatte. Der Rechtsanwalt des Eigentümers, so hieß es, habe die Unterlagen einer pharmazeutischen Fabrik ins Präsidium gebracht, und die Dokumente seien vom Gesundheitsministerium abgestempelt worden. Angeblich handelte es sich dabei um die Genehmigung, von Neapel aus einige Pakete Morphium, das zu »medizinischen Zwecken« bestimmt sei, auf dem Seewege nach Trapani zu transportieren. Und Cattani habe sich mit dieser Version abzufinden.

Am nächsten Morgen teilte Cattani der Hausgehilfin mit, sie brauche erst dann wiederzukommen, wenn er ihr Bescheid gebe, denn seine Tochter wohne eine Zeitlang bei einer Freundin.

Anschließend ging er ins Brüo und machte sich an die Arbeit. Nach einer Weile kam Altero zu ihm, legte ihm einige Papiere vor und meinte verächtlich: »Daß dies hier Fälschungen sind, dürfte wohl klar sein. Sehen Sie nur: Angeblich hat eine Firma namens Sicil Farmaci um eine Genehmigung für den Transport des Morphiums gebeten. Lächerlich!«

Der Kommissar gab vor, die Dokumente zu prüfen, und kurz darauf erwiderte er: »Nun, scheint alles in Ordnung zu sein.«

»Wie soll ich das verstehen?« fragte Altero verblüfft.

»Ich sagte, mit den Papieren ist alles klar.« Ruckartig stand Cattani auf. »Warum starren Sie mich so entgeistert an? Glauben Sie etwa, ich hätte den Verstand verloren und sei übergeschnappt? Nein, mein lieber Altero. Ich weiß selbstverständlich, daß diese Unterlagen hier getürkt sind. Aber es dürfte sich als nützlich erweisen, auf das Spiel unserer Gegner einzugehen. Es wird bestimmt nicht lange dauern, bis wir den Spieß umdrehen und die Dokumente als Waffe verwenden können, zum Beispiel gegen jene Firma namens Sicil Farmaci.«

»Und soll ich jetzt die Freigabe des Fischerbootes anordnen?«

»Genau.«

Altero nickte nachdenklich. »Wie Sie meinen, Commissario. Bisher hat sich Ihre Strategie immer als richtig erwiesen.«

Der psychologische Druck, dem sich Cattani besonders tagsüber ausgesetzt sah, war fast unerträglich. Ständig mußte er sich kontrollieren, um sich nichts anmerken zu lassen. Gleichzeitig war er gezwungen, der Mafia einen Erfolg nach dem anderen zuzugestehen, hilflos zu beobachten, wie sie all das zurückbekam, was er ihr zuvor genommen hatte – in vielen Wochen anstrengender Ermittlungsarbeit. Abends gewann die Anspannung manchmal solche Ausmaße, daß er mit den Fäusten solange an die Wand trommelte, bis ihn der Schmerz wieder zur Besinnung brachte. Es gibt keinen schrecklicheren Gegner als einen nicht greifbaren Schatten.

Nach einem solchen Wutanfall hockte sich Cattani erschöpft aufs Sofa, als das Telefon klingelte.

Er nahm den Hörer und erkannte die Stimme seiner Frau. »Störe ich dich? Hast du schon geschlafen?«

»Nein.« Er preßte sich die eine Hand an die Schläfe. Der Anruf Elses zermürbte ihn noch mehr, verlangte eine weitere Anstrengung von ihm, wenn er vermeiden wollte, daß sie Verdacht schöpfte.

»Ich bin besorgt«, sagte Else nach einer Weile. »Ich mußte daran denken, daß du aufgrund deiner Arbeit in Gefahr geraten könntest.«

»Mach dir keine Gedanken«, erwiderte Cattani niedergeschlagen.

»Und Paola?«

»Sie ist noch immer bei ihrer Freundin.«

»Gib mir die Telefonnummer. Ich möchte mit ihr sprechen.«

Cattani klopfte mit den Fingern auf den kleinen Tisch. »Besser nicht«, sagte er. »Wir sollten sie eine Zeitlang in Ruhe lassen. Paola weiß, was zwischen uns vorgefallen ist, und sie braucht Ruhe, um Abstand zu gewinnen.«

Der Tonfall Elses veränderte sich. »Ich nehme es nicht einfach hin, wenn du versuchen willst, mich von ihr zu trennen.«

»Aber nein.« Er gab sich Mühe, besonders umgänglich zu klingen. »In der letzten Zeit waren wir zwar kein sonderlich gutes Ehepaar, aber das bedeutet doch nicht, daß wir schlechte Eltern sind. Wir sollten in erster Linie an unsere Tochter denken, ohne neuerliche Auseinandersetzungen zu beginnen.«

»Was meinst du damit?«

»Nun, die Sorgen um die Zukunft Paolas könnten uns dabei helfen, wieder zueinander zu finden.« Er dachte gar nicht über diese Worte nach; sie rutschten ihm einfach so heraus.

Else schwieg einige Sekunden lang und entgegnete schließlich: »Nimm mich bitte nicht auf den Arm. Wenn du nicht wirklich davon überzeugt bist, solltest du so etwas nicht sagen, denn du würdest mir nur weitere Enttäuschungen zufügen. Ich habe bereits damit begonnen, mich mit unserer Lage abzufinden.«

»Weißt du«, meine Cattani aufmunternd, »wenn Paola zurückgekehrt ist, sprechen wir in aller Ruhe darüber, in Ordnung? Und dann treffen wir eine Entscheidung.«

Else schien skeptisch zu sein. »Im Ernst?«

»Ja, natürlich. Aber laß mir bitte ein wenig Zeit.«

Er legte auf und seufzte erschöpft.

Dann legte er sich aufs Bett, verschränkte die Arme hinterm Kopf und starrte an die Decke. Es war ihm bisher noch nie aufgefallen, aber direkt über ihm zeigte sich ein Fleck auf dem Putz. Ein kleiner schwarzer Punkt, der seine Form zu verändern schien, während er ihn noch betrachtete, der immer größer wurde und schließlich bedrohlich wirkte. Das hat mir gerade noch gefehlt, dachte er. Jetzt halluziniere ich schon...

Später meldeten sich erneut die Entführer. Diesmal verlangten sie die Freilassung Sante Cirinnàs.

»Wie soll ich das anstellen?« entfuhr es dem Kommissar. »Begreift doch endlich, daß nicht alles möglich ist.«

»Jetzt hör mal gut zu«, antwortete die Stimme. »Es ist mir völlig gleich, was möglich oder unmöglich ist. Cirinnà versauert im

Knast, und deshalb wirst du ihn rausholen. Haben wir uns verstanden?« Der Unbekannte schwieg, dann fügte er spöttisch hinzu: »Und wenn du noch irgendwelche Zweifel haben solltest...«

Es knackte einige Male in der Leitung, und dann hörte Cattani die Stimme seiner Tochter.

»Paola, Paola, mein Schatz«, brachte er hervor.

Das Mädchen begann zu weinen. »Wann holst du mich, Papa?«

»Bald, Liebes, sehr bald. Hab keine Angst. Es dauert nicht mehr lange, und dann bist du wieder bei mir, hörst du?«

Aber Paola gab keine Antwort. Bevor der Entführer auflegte, sagte er noch: »Denken Sie an die Sache mit Cirinnà.«

Professor Cristina war ein Arzt, der im Ruf stand, ehrlich und gewissenhaft zu sein – ein Mann ohne Laster, der ganz in seiner Arbeit aufging. Einige seiner Patienten hielten ihn für einen Heiligen, denn die Ärmsten der Armen behandelte er kostenlos.

»Darf ich?« fragte Cristina leise.

Cattani sah einen weißen Haarschopf, winkte und forderte den Arzt auf, ins Büro zu kommen.

Der Professor trat ein und sah sich unsicher um. »Entschuldigen Sie bitte, Signor Commissario, aber ich stehe vor einem ernsten Problem.« Nervös zupfte er an seinem Bart, und der Blick seiner trüben Augen war unstet. »Seit einigen Tagen werde ich bedroht.«

Die Aufmerksamkeit Cattanis war geweckt. Der Arzt erklärte, er sei mehrmals angerufen und dazu aufgefordert worden, ein Gutachten zugunsten des Strafgefangenen Cirinnà auszustellen. »Man verlangt von mir, ein Dokument mit falschen Angaben zu unterschreiben«, sagte er entrüstet und vollführte eine ausladende Geste. »Ich soll bestätigen, daß Cirinnà an ernsten Herzrhythmusstörungen leidet. Das stelle man sich einmal vor! Dem Mann geht es bestens. Ich habe natürlich abgelehnt.« Er rückte sich die große Brille zurecht. »Andererseits aber läßt man mich nun nicht mehr in Ruhe. Immer wieder werde ich angerufen, und man droht mir, mich umzubringen. Bitte, Commissario, wie soll ich mich jetzt verhalten?«

Cattani strich sich übers Kinn. Als er glaubte, die richtigen Worte gefunden zu haben, erwiderte er: »Wissen Sie, solche Fälle bringen mich immer sehr in Verlegenheit. Versetzen Sie sich in meine Lage: Eine anständige Person wendet sich vertrauensvoll an mich und bittet um Hilfe. Und ich... Tja, mir sind die Hände gebunden.« Bedauernd schüttelte er den Kopf. »Die Mafia ist überall, und wie soll ich Sie da schützen? Verstehen Sie? Und wenn ich Ihre Sicherheit garantiere, nehmen sich die Verbrecher vielleicht jemanden aus Ihrer Familie vor. Die sind zu allem fähig. Und aus diesem Grund kann ich Ihnen keinen Rat geben. Ich schätze Sie sehr, aber gerade deshalb möchte ich Unannehmlichkeiten vermeiden.« Cattani legte eine kurze Pause ein, um dem Arzt Gelegenheit zu geben, über seine Bemerkungen nachzudenken. »Betrachten wir die Angelegenheit doch einmal aus einer anderen Perspektive. Was passiert denn, wenn Sie Cirinnà bescheinigen, er sei sehr krank? Nun, dann wird er aus dem Gefängnis in ein Krankenhaus verlegt, wo er weiterhin von der Polizei überwacht wird. Eigentlich verändert sich also gar nicht viel, oder? Glauben Sie mir, Professore, es sind nur Nebensächlichkeiten.«

14

Die Sonne schien bereits warm und kündigte den Frühling an. Seit Tagen hatte es nicht mehr geregnet. Als der Krankenwagen bremste, wurden die Polizisten, die ihn begleiteten, in eine Staubwolke gehüllt. Einige Beamte sprangen mit schußbereiten Maschinenpistolen aus dem Fahrzeug und sicherten den Weg zum Eingang der Klinik Villa Rosalia.

Zwei Krankenpfleger liefen los. Sie rissen die hintere Tür des Wagens auf und zogen die Bahre heraus, auf der Sante Cirinnà lag. Er war zugedeckt, und zwei elastische Riemen verhinderten, daß er den Halt verlor. Man konnte nur sein triumphierendes Gesicht sehen.

Mit großem Widerwillen hatte sich Professor Cristina schließlich dazu bereit gefunden, den Gesundheitszustand des Strafgefangenen als alarmierend zu bezeichnen. Und mit Hilfe seines Untersuchungsberichtes war es den Anwälten nicht weiter schwergefallen, die Entlassung Cirinnàs und seine Einweisung in ein Krankenhaus zu bewirken.

Bei Cirinnàs Familie herrschte Feststimmung. In seinem mit allem Komfort ausgestatteten Zimmer warteten die Verwandten auf ihn. Seine beiden Vettern hatten Champagner mitgebracht. Sie trugen bunte Anzüge mit auffallend breiten Krawatten. Sie ähnelte sich sehr: platte Nasen, kleine blitzende Augen. Selbst die greisenhafte Mutter war gekommen. Cirinnà umarmte sie, hob sie in die Höhe, drehte sich einige Male im Kreis und rief glücklich: »Ach, Mama, es ist, als sei ich neu geboren.«

Die beiden Vettern ließen die Korken knallen und schenkten kristallene Gläser voll. »Zum Wohl. Auf dich, Sante.«

Nach einer Weile trat der Kommissar ein, und es wurde still im Zimmer. Die Verwandten drehten sich zur Tür hin. Die alte Mutter verstand nicht ganz, was der Besuch Cattanis zu bedeuten hatte. Sie glaubte plötzlich, er sei gekommen, um Cirinnà ins Gefängnis zurückzubringen, und sie rief im schweren sizilianischen Dialekt: »Nein, rührt meinen Sohn nicht an. Neeeiiin!«

Es dauerte eine Weile, bis es Cirinnà gelang, die alte Frau zu beruhigen und ihr zu versichern, sie brauche sich keine Sorgen zu machen.

Als kurz darauf die anderen Leute gegangen waren, blieben Cattani und Cirinnà allein. Der Mafioso ergriff als erster das Wort. »Ach, ich komme mir vor, als sei ich aus einem Alptraum erwacht«, sagte er, atmete tief durch und hob den Kopf. »Im Knast hielt ich es einfach nicht mehr aus. Sehen Sie sich nur um. Betrachten Sie den Teppichboden, den Sessel, den Fernseher, das Telefon. Meine Güte, endlich ein Ort, an dem man sich wohlfühlen kann.«

Cattani mied seinen Blick und versuchte, das Gespräch zu beginnen. Die Situation schien ihm absurd, und es widerstrebte ihm, sich bei einem drittklassigen Verbrecher einschmeicheln zu müssen. Er gab sich alle Mühe, seinen Zorn zu unterdrücken, und sagte: »Ich kenne diese Klinik. Meine Tochter sollte hier an den Mandeln operiert werden.«

»Ach!« Cirinnà schien aus allen Wolken zu fallen. »Ich wußte gar nicht, daß Sie eine Tochter haben.«

Cattani kämpfte gegen die Versuchung an, dem Mann an die Kehle zu fahren. »Sie ist zwölf«, preßte er hervor.

»Und ist die Operation inzwischen durchgeführt worden?«

»Noch nicht«, sagte der Kommissar und beobachtete den Mafioso dabei aus den Augenwinkeln. »Das wird sofort nachgeholt, wenn sie nach Hause zurückkehrt.«

»Sie ist derzeit also nicht bei Ihnen?«

»Nein«, bestätigte Cattani.

»Nun, machen Sie sich keine Sorgen. Mandeloperationen sind inzwischen Routineangelegenheiten.« Cirinnà strich sich den Jakkenaufschlag glatt und fügte jammernd hinzu: »Meine Probleme sind weitaus ernster. Das Herz will nicht mehr so richtig, und außerdem hat es die Justiz auf mich abgesehen.« Er winkte kurz mit der Hand, so als wolle er diese düsteren Gedanken beiseite schieben. »Was soll's«, meinte er. »Bestimmt kommt bald alles wieder in Ordnung.«

»An Ihrer Stelle würde ich nicht zu optimistisch sein«, hielt ihm der Kommissar kühl entgegen. »Sie könnten auch im Grab enden.« Unter der offenen Jacke Cattanis war deutlich die im Gürtel steckende Dienstwaffe zu sehen.

Der Mafioso breitete die Arme aus, und in seinen Augen begann es zu funkeln. »Immer mit der Ruhe, Commissario«, zischte er. »Gerade heute morgen habe ich in der Zeitung von dem entführten Jungen gelesen. Ich meine den Sohn des Ölbarons. Man hat ihn zerstückelt, nicht wahr? Scheußlich.« Und nach einer kurzen Pause fragte er beiläufig: »Sie lassen mich doch nicht etwa bespitzeln, oder? Kann ich nach Belieben telefonieren?«

»Ja, das können Sie.« In hilfloser Wut ballte Cattani die Fäuste.

Altero kochte. »Wenn das so weitergeht, lacht bald die ganze Stadt über uns«, ereiferte er sich hitzig. »Ich bin am Geschäft Cirinnàs vorbeigekommen. Dort wird gerade gefeiert. Sekt für alle. Und wir sitzen hier und können nichts unternehmen.«

Cattani versuchte, seinen Stellvertreter zu beruhigen. »Warten Sie nur ab. Wir haben noch nicht alle unsere Trümpfe ausgespielt.«

»Meiner Ansicht nach«, fuhr Altero fort, »sollten wir uns den Professor Cristina vornehmen. Bestimmt hat man ihn erpreßt.«

»Vermutlich«, bestätigte Cattani. »Aber ob seine Bescheinigung nun falsch ist oder nicht – der Arzt könnte uns ohnehin nicht weiterhelfen.«

»Dann lassen wir eben ein Gegengutachten erstellen.«

»Das brächte uns ebenfalls nicht weiter«, wehrte Cattani ab.

Altero konnte es nicht fassen. »Wir hatten diesen Mistkerl von Cirinnà in der Hand«, seufzte er. »Ich möchte wissen, wie es ihnen gelang, den Professor Cristina dazu zu bringen, dieses komische Gutachten zu unterschreiben. Bestimmt haben sie dem armen Kerl einen gehörigen Schrecken eingejagt.«

»Zweifellos«, sagte Cattani.

Als der Kommissar wieder allein war, schloß er die Tür ab, holte tief Luft und entspannte sich. Es fiel ihm immer schwerer, so zu tun, als sei nichts geschehen. Er nahm wieder hinter dem Schreibtisch Platz, und als er auf seine zitternden Hände starrte, spürte er, wie ihm Tränen in die Augen stiegen. »Wo bist du, Paola, wo bist du nur?«

Cattani achtete darauf, seine alten Gewohnheiten beizubehalten – um zu vermeiden, daß jemand Verdacht schöpfte und Gerüchte entstanden, die seine Tochter noch mehr in Gefahr bringen konnten. Deshalb holte er eines Abends Titti ab und fuhr mit ihr zum Kulturclub.

Die junge Duchessa wirkte verängstigt. »Ich habe gehört, daß Cirinnà entlassen wurde«, sagte sie.

»Ja.« Cattani nickte. »Aber mach dir keine Sorgen. Er befindet sich jetzt zwar in einer Klinik, doch er wird Tag und Nacht von Polizeibeamten bewacht.«

Titti trank einen Schluck Campari. »Ich habe mich oft gefragt, warum du ihn an jenem Abend nicht einfach erledigt hast. Er versuchte, dich zu erschießen. Er hätte den Tod verdient.«

»Ich bin Polizist und kein Killer.«

Der junge Mann hinter der Bar näherte sich und meinte, der Kommissar werde am Telefon verlangt.

»Störe ich?« Cattani erkannte die Stimme Cirinnàs. Jemand hatte ihm mitgeteilt, daß sich der Kommissar im Kulturklub aufhielt – in der Begleitung Tittis.

»Was wollen Sie?« fragte Cattani leise und sah sich immer wieder um. »Ich habe alle Forderungen erfüllt. Laßt mich endlich in Ruhe.«

»Oho, jetzt wirst du auch noch frech. Denkst wohl, du hättest es bereits überstanden, was? Nun, da irrst du dich gewaltig. Jetzt geht es erst richtig los.«

»Was soll das heißen?« zischte Cattani wütend.

»Das will ich dir sagen, Scheißbulle.« Die Stimme Cirinnàs klang drohend. »In dieser Stadt muß wieder alles so werden, wie es war, bevor du hierher gekommen bist und damit angefangen hast, uns auf die Nerven zu gehen. Klar? Sperr die Ohren auf: Du bist fertig mit Titti, verstanden? Du wirst dich von ihr verabschieden, und morgen kehrt sie nach Hause zurück. Sie hat ihr Quartier in dem komischen Asyl des Pfaffen zu räumen.«

»Ein Anruf aus dem Präsidium«, erklärte Cattani, als Titti ihn fragte, wer am Apparat gewesen sei.

Die junge Duchessa wirkte an diesem Abend sehr umgänglich und schien bereit zu sein, sich dem Kommissar anzuvertrauen. Sie beugte sich zu ihm und sagte: »Weißt du, was mir durch den Kopf ging, als du am Telefon warst? Was hältst du davon, wenn wir Trapani verlassen, wir beide und deine Tochter? Wir könnten irgendwo anders ein neues Lebens beginnen.«

Cattani setzte sich, schlug die Beine übereinander und öffnete eine Schachtel Zigaretten. »Dir sollte klar sein, daß so etwas völlig unmöglich ist«, hielt er der jungen Frau entgegen.

»Wieso denn? Wenn es um Geld geht – ich habe ein Vermögen geerbt.«

Die Miene Cattanis verdüsterte sich. »Nein, Titti, ans Geld dachte ich dabei nicht. Ich bin hier noch nicht fertig. Ich versuche, drei Morde aufzuklären, und eins der Opfer ist deine Mutter.«

»Und mich entsetzt die Vorstellung, du bist das nächste.«

»O nein. Die Mafia hat den richtigen Augenblick verpaßt. In gewissem Sinne bin ich inzwischen unantastbar geworden. Nein, mir persönlich droht keine Gefahr.«

»Was ist dann der Grund?« Titti neigte den Kopf und musterte ihn aufmerksam. »Du glaubst, ich könnte nicht ganz damit aufhören, Drogen zu nehmen, stimmt's?«

Cattani schüttelte den Kopf. »Nein, nein, du wirst wieder völlig gesund, daran zweifle ich nicht. Da wir übrigens gerade davon sprechen: Das Behandlungszentrum Don Manfredis erscheint mir ein wenig seltsam. Ständig kommen und gehen die sonderbarsten Typen. Vielleicht wäre es besser für dich, nach Hause zurückzukehren. Du kannst ganz beruhigt sein: Ich postiere zwei Polizisten vor dem Tor.«

»Aber jetzt befindet sich Cirinnà in der Klinik, und das bedeutet, er könnte mich anrufen.«

»Na und? Laß dich von ihm nicht einschüchtern. Und gib insbesondere auf eine Sache acht. Wenn er dich nach uns beiden fragt, so teil ihm auf keinen Fall mit, daß du mir erzählt hast, auf welche Weise Marineo und deine Mutter starben. Das ist sehr wichtig.«

Titti wirkte verwirrt und besorgt. »Und wenn er mir Stoff schickt?«

»Erweck den Anschein, als würdest du wieder spritzen«, schlug ihr Cattani vor. »Laß ihn glauben, du seist rückfällig geworden. Und gib das Heroin Don Manfredi. Einverstanden?«

»Liebst du mich?« fragte Titti.

»Ja, ich liebe dich.«

»Das macht alles leichter für mich.«

Die Mafia begnügte sich nicht mit dem Sieg. Sie wollte ihren Triumph auskosten, den Kommissar der Lächerlichkeit preisgeben. Und dafür stellte Nanni Santamaria seinen Fernsehsender Sici-TV zur Verfügung und berichtete über den »neuesten Stand der Ermittlungen«.

Das ernste Gesicht Terrasinis erschien auf den Bildschirmen, und der Rechtsanwalt sagte: »Man hat viel Lärm um nichts gemacht. Staub aufgewirbelt – mehr nicht.«

»Gab es irgendwelche Hintergedanken dabei?« fragte Nanni Santamaria.

»Das ist nicht ausgeschlossen«, erwiderte Terrasini und lächelte doppeldeutig. »Vielleicht ging es bei der ganzen Sache um eine persönliche Angelegenheit, um eine Frau. Wer weiß? Aber es steht mir nicht zu, mich darüber auszulassen.«

Santamaria gab ihm sofort das nächste Stichwort. »Commissario Cattani meint, er habe Hinweise darauf gefunden, daß unsere Stadt ein Zentrum des internationalen Drogenhandels sei.«

Terrasini breitete die Arme aus, so als wolle er verdeutlichen, keine Schuld auf sich geladen zu haben. »Vermutlich weiß der Commissario in Drogenfragen besser Bescheid als ich. Er kennt Süchtige und hilft ihnen, und vielleicht ließ er sich aufgrund einer moralistischen Leidenschaft dazu hinreißen, dort Verbrecher zu sehen, wo es gar keine gibt. Tja, so etwas kommt vor.«

15

Noch einmal zählte der stellvertretende Staatsanwalt die vor ihm liegenden Aktendeckel, doch er kam zum gleichen Ergebnis: Es fehlten zwei. Bordonaro zog an seiner Zigarette, blies den Rauch von sich und strich mit der Fingerkuppe über das Schloß der Schublade. Es wies keine Kratzer auf, war also nicht aufgebrochen worden.

Ungläubig schüttelte er den Kopf und murmelte: »Jemand hat sie verschwinden lassen...« Er überprüfte den Inhalt der verbliebenen Akten. Sein Gesicht verfinsterte sich, und er griff nach dem Telefon und wählte die Nummer Cattanis.

»Es ist unfaßbar«, sagte er. »Aus meinem Schreibtisch sind die Unterlagen Ravanusas und Terrasinis verschwunden. Ja, auch die Auszüge der Konten, die auf die Namen Gelsomino und Papavero geführt wurden... Das Gutachten über die Unterschriften fehlt ebenfalls. Alle Beweise, die Sie mir vorgelegt haben, sind weg. Ich begreife das einfach nicht. Können wir denn nicht einmal mehr unseren eigenen Leuten trauen? Hören Sie, Commissario: Verfügen Sie über Kopien dieser Unterlagen? Sie nützen uns zwar nicht annähernd so viel wie die Originale, aber wir hätten wenigstens etwas in der Hand.«

»Ja«, bestätigte Cattani. »Ich habe Abschriften anfertigen lassen.«

Kaum hatte er den Hörer aufgelegt, öffnete er den Stahlschrank, schob Kassetten beiseite und zog zwei Aktendeckel hervor. Er vergewisserte sich rasch, daß es sich tatsächlich um die Unterlagen Ravanusas und Terrasinis handelte, und anschließend legte er sie in seinen Koffer. Nervös rieb er sich die Hände, so als sei an den Fingern Schmutz zurückgeblieben, den es abzustreifen galt, und dann betätigte er eine Taste.

Die Tür öffnete sich, und ein junger unsicherer Polizist trat ein. »Zu Diensten, Signor Commissario.«

Cattani wies ihn an, Altero in sein Büro zu bestellen. Als sein Stellvertreter vor ihm stand, deutete er auf den geöffneten Schrank und sagte scharf und anklagend: »Wie können wir denn hoffen, erfolgreich gegen die Mafia vorzugehen, wenn sich ihre Helfershelfer selbst hier frei bewegen?« Er gab sich entrüstet. »Sehen Sie nur, wie weit es inzwischen gekommen ist: Die Akten sind verschwunden. Jemand hat sie gestohlen.«

Altero versicherte ihm, der Schuldige würde nicht einfach so davonkommen. »Gestern abend sind wir die Unterlagen gemeinsam durchgegangen«, sagte er. »Mit anderen Worten: Sie müssen in der vergangenen Nacht entwendet worden sein.« Er öffnete die Tür und rief in den Gang. »Wer hatte letzte Nacht Dienst?«

»Settimelli«, antwortete ein Beamter.

»Settimelli ... Settimelli.« Altero versuchte, sich an den betreffenden Mann zu erinnern. »Ach, das ist der Neue. Na, der kann was erleben ...«

Der Wagen rollte langsam über den rissigen Asphalt der Straßen außerhalb von Trapani. Er fuhr durch eine scharfe Kurve und ließ die trüben Lichter der Stadt hinter sich zurück. Es war fast Mitternacht. Konzentriert saß Cattani hinter dem Steuer und achtete auf die Hinweisschilder. Plötzlich trat er auf die Bremse, sah genauer hin und nickte. Die Scheinwerfer erhellten einen krummen Pfahl, den jemand in den Erdwall am Straßenrand getrieben hatte. Eine Tafel aus Pappe war daran befestigt, und darauf stand geschrieben: »Hühner und Eier.«

Einige Meter weiter vorn zweigte ein schmaler Weg nach rechts ab und führte aufs Feld. Cattani lenkte seinen Wagen über den Pfad, und nach etwa dreihundert Metern hielt er erneut an, schaltete den Motor aus und wartete.

Nach fünf Minuten hörte er, wie die hintere Tür geöffnet wurde. Im Schutz der Dunkelheit hatte sich jemand dem Auto genähert und nahm nun im Fond Platz. »Drehen Sie sich nicht um, Commissario.«

Cattani erkannte die Stimme. Es war die, die er mehrmals am Telefon gehört hatte. Ohne den Kopf zu bewegen blickte er in den Rückspiegel, doch die Züge des Mannes blieben in der Finsternis verborgen.

Um das Schweigen zu brechen, sagte Cattani: »Wie habt ihr es geschafft, die Akten aus dem Schreibtisch Bordonaros zu stehlen?«

»Wir haben Freunde«, lautete die lakonische Antwort.

»Und gehört der stellvertretende Staatswalt zu ihnen?«

»Nein«, erwiderte der Unbekannte verärgert. »Was soll diese Fragerei? Haben Sie die Kopien mitgebracht?«

Cattani öffnete den Koffer, holte die beiden Mappen hervor und reichte sie nach hinten, ohne sich dabei umzudrehen. »Ich halte mich an die Übereinkunft«, sagte er. »Und ihr? Wann bekomme ich meine Tochter zurück?«

»Sobald die Angelegenheit endgültig geregelt ist«, erwiderte der Mann im Fond knapp, stieg aus und verschwand in der Nacht.

Am nächsten Morgen herrschte dicke Luft im Polizeipräsidium. Die Leute machten lange Gesichter, und die Anspannung war deutlich spürbar. Nur Altero blieb ruhig und meinte, man solle sich nicht ins Bockshorn jagen lassen. »Wir geben uns nicht geschlagen«, wandte er sich aufmunternd an Cattani. »Lassen Sie uns noch einmal von vorn anfangen.«

Der Kommissar dachte an den Polizisten, der in jener Nacht

Dienst gehabt hatte. »Was ist mit Settimelli?« fragte er. Er bedauerte es, einem jungen Mann Schwierigkeiten zu machen, der mit der ganzen Sache überhaupt nichts zu tun hatte.

»Er befindet sich in meinem Büro«, antwortete Altero. »Zittert wie Espenlaub und schwört, nichts angerührt zu haben. Aber damit kommt er nicht durch. Früher oder später gesteht er, das verspreche ich Ihnen.«

Cattani ging in Alteros Zimmer, sein Stellvertreter folgte ihm. Als sie eintraten, sprang Settimelli auf. Er war blond und schlank – und ängstlich wie ein Hase bei einer Treibjagd.

Hoffnungsvoll sah er Cattani an. »Signor Commissario, ich versichere Ihnen, ich bin nicht einmal in die Nähe des Schrankes gekommen.«

»Nur Sie hatten Gelegenheit, die Akten zu entwenden«, erwiderte Altero kalt.

»Einen Augenblick«, warf Cattani ein und hob die Hand. »Ohne hieb- und stichfeste Beweise sollte niemand angeklagt werden. Vielleicht ist wirklich jemand anderes in mein Büro eingedrungen – auf eine Art und Weise, für die wir bisher noch keine Erklärung haben.«

Als der junge Beamte diese Worte hörte, faßte er wieder ein wenig Mut. »Signor Commissario«, sagte er. »Ich stamme aus einer respektablen Familie, die sich nie etwas hat zuschulden kommen lassen. Bitte, glauben Sie mir: Ich bin kein Dieb.«

»Beruhigen Sie sich«, erwiderte Cattani. »Wir bringen die Sache schon irgendwie in Ordnung.«

Wellen brachen sich an den Klippen, und die Gischt spritzte hoch empor. Ab und zu trafen einige Tropfen auf die Windschutzscheibe des Wagens, der auf einem kleinen freien Platz am Rande der Straße stand. Es dauerte nicht lange, und das Glas hatte sich mit einem feinen Nässefilm überzogen. Cattani sah das Meer nur noch wie durch einen Schleier.

Ein zweites Fahrzeug näherte sich und hielt direkt hinter dem Auto des Kommissars an. Zwei Polizeibeamte in Zivil begleiteten die im Fond sitzende Titti. Die junge Duchessa stieg aus und nahm neben dem Kommissar Platz.

»Jetzt veranstalten wir schon heimliche Treffen«, sagte sie verwundert. »Das ist doch lächerlich.«

»Mach dir keine Gedanken«, entgegnete Cattani. »Irgendwann wirst du alles verstehen.«

»Meine Güte! Was soll denn diese Geheimnistuerei? Früher haben wir uns darüber gefreut, wenn wir zusammen sein konnten. Und jetzt verstecken wir uns. Ach, entschuldige. Du hast bestimmt gute Gründe dafür. Aber ich weiß überhaupt nicht mehr, was ich von all dem halten soll. Cirinnà ruft mich dauernd an, sogar in der Nacht. Denkst du an mich? fragt er. Und ich sage: Ja, ich denke an dich. Liebst du mich? Ja, ich liebe dich. Lieber Himmel, ich glaube, irgendwann falle ich aus der Rolle.«

»Hab Geduld«, sagte Cattani. Er lehnte sich zurück und schloß die Augen.

Titti wandte den Blick von ihm ab und beobachtete Möwen. Sie drehten Kreise am Himmel, und dann ließen sie sich ganz plötzlich fallen und stürzten ins Wasser, um sofort wieder mit einem kleinen Fisch im Schnabel aufzutauchen.

»Geduld«, wiederholte die junge Frau. »Und wie lange muß ich mich noch in Geduld fassen?«

»Solange es notwendig ist.« Cattani hatte das Gefühl, banale Ausdrücke zu benutzen, abgegriffene Wendungen. »Ich habe dich deshalb hierher gebeten«, fügte er hinzu, »um dir etwas Wichtiges zu sagen. Ich möchte dir versichern, daß sich zwischen uns nichts geändert hat. Ich liebe dich nach wie vor. Das darfst du nicht vergessen. Und denk immer daran, ganz gleich, was auch geschehen mag. Hast du verstanden? Ganz gleich, was passiert.«

Titti sah, wie sich die Hände Cattanis so fest um das Lenkrad schlossen, daß die Knöchel weiß hervortraten. Sie spürte die enorme Anspannung in ihm, ahnte, daß seinen Worten eine weitaus größere Bedeutung zukam, als es zunächst den Anschein hatte. Sie berührte ihn am Arm und flüsterte: »Ich liebe dich ebenfalls, Corrado.«

Der junge Kellner war schmächtig und hatte breite, vorstehende Zähne. Seine Schürze war verschmutzt. Wortlos stellte er den Teller mit dem Schnitzel vor Cattani auf den Tisch und wischte sich die fettigen Hände an der Schürze ab.

»Bringen Sie mir bitte noch ein großes Bier«, sagte der Kommissar.

Der junge Mann nickte und schlenderte in Richtung des Tresens davon. Alle Tische der Trattoria waren besetzt, und die Gäste, zum größten Teil Jugendliche, machten viel Lärm. Cattani direkt gegenüber saß ein gut fünfzigjähriger Mann, der eine sizilianische Mütze trug, unter der dichtes Haar hervorquoll. Er hielt den Kopf gesenkt, trank Wein, brummte ab und zu vor sich hin und verzog die Lippen manchmal zu einem schiefen Lächeln.

Cattani schnitt eine Grimasse. Er verabscheute den Krach, konnte es auch nicht ertragen, daß der Fernseher mit voller Lautstärke lief, ohne daß jemand das Programm verfolgte. Darüber hinaus konnte er in den dichter werdenden Dunstwolken, einer Mischung aus Zigarettenrauch und Küchendämpfen, kaum mehr atmen.

Ein Mann mit Schnurrbart kam auf ihn zu. Sein Kiefer bewegte sich rhythmisch: Offenbar hatte er ein Kaugummi im Mund. Als Gruß tippte er sich kurz mit Zeige- und Mittelfinger an die Stirn. »Erlauben Sie, Commissario?« Er zog sich einen Stuhl heran und nahm Platz. »Ich muß mit Ihnen reden.«

Cattani schnitt ein Stück von seinem Schnitzel ab und schob es in den Mund. »Schießen Sie los.«

Der Mann schien ein wenig unsicher zu sein und begann das Gespräch mit einem vorsichtigen »›Der Bote geht straffrei aus.‹«

Er zögerte kurz und fügte hinzu: »Meine Freunde sind nicht zufrieden.«

»Warum denn nicht?« fragte Cattani, ohne vom Teller aufzusehen.

»Es geht um Ihren Stellvertreter.«

»Altero? Was hat er denn angestellt?«

»Er stört, Signor Commissario. Er stört sogar sehr.«

»Er macht seine Arbeit.«

»Mag sein – aber er nervt meine Freunde. Und deshalb ...« Der Mann zerbrach einen Zahnstocher. »Nun, wenn Sie Altero nach Palermo schicken, kümmern wir uns um ihn.«

»Was?« Cattani ließ die Gabel fallen. »Das kommt nicht in Frage«, zischte er. »Es wird kein Blut vergossen. Ist das klar, du verdammter Mistkerl?« Er hob die Hand und zielte mit der Messerspitze auf die Kehle des Mannes. »Ich bringe dich um«, knurrte er und lief dabei vor Wut rot an.

Der Mann ihm gegenüber kaute nun nicht mehr, und aus seinen dunklen, weit aufgerissenen Augen starrte er entsetzt auf das Messer.

»Ich mache dich kalt«, fauchte Cattani.

Ruckartig schob der Mann seinen Stuhl zurück, sprang auf und floh zur Tür.

Spät in der Nacht kehrte Cattani nach Hause zurück und stellte überrascht fest, daß in seiner Wohnung das Licht eingeschaltet war. Zwei Besucher erwarteten ihn.

»Entschuldigen Sie bitte, daß wir uns die Freiheit genommen haben, einfach so einzutreten.« Es waren die beiden Vettern Cirinnàs. Wie üblich trugen sie teure Maßanzüge, und Pomade glänzte in ihrem Haar. »Wir sind gekommen, um einige Sachen für das Mädchen zu holen. Kleider und solche Dinge.«

Cattani hatte sich noch nicht völlig von den Nachwirkungen des Zwischenfalls in der Trattoria erholt. Er griff nach einer kleinen

Keramikstatue, schleuderte sie an die Wand und traf ein Bild, das zu Boden fiel. Glassplitter flogen umher, und einige davon trafen die beiden Vettern.

»Was ist denn mit Ihnen los?« entfuhr es einem von ihnen. Er strich sich übers Haar und entfernte eine Scheibe. »Wir sind in aller Freundschaft gekommen, und Sie führen sich auf wie ein Irrer.«

»Skrupellose Verbrecher seid ihr!« schrie Cattani. »Und von jetzt an könnt ihr nicht mehr auf mich zählen!«

»Schon gut, schon gut«, erwiderte einer der beiden Verwandten Cirinnàs beruhigend. »Vergessen wir die Sache mit Ihrem Stellvertreter. Schwamm drüber. Hat sich erledigt.« Er hielt ein brennendes Zigarillo in der Hand und deutete damit auf Cattani. »Allerdings müssen Sie die Signorina Titti vergessen. Sie halten sich nicht an das Abkommen und treffen sich heimlich mit ihr. Wir verstehen Sie durchaus und sind auch dazu bereit, über einige Dinge hinwegzusehen, aber Sie sollten ebenfalls guten Willen zeigen.«

Der Kommissar spürte, wie seine Hände zu glühen begannen. Nach wie vor war er wütend, und am liebsten hätte er sich auf die beiden Männer gestürzt und ihnen die Schädel eingeschlagen. »Paßt bloß auf«, sagte er leise. »Vielleicht nimmt diese Sache noch ein böses Ende für euch.«

»Ach, malen Sie doch nicht den Teufel an die Wand«, erwiderte der Mann mit dem Zigarillo. »Übrigens: Wir haben eine nette Überraschung für Sie.« Er legte eine kurze Pause ein und sagte dann: »Was halten Sie davon, Ihre Tochter in die Arme zu schließen?«

Die beiden Vettern führten Cattani hinaus, verbanden ihm die Augen und ließen ihn anschließend auf dem Rücksitz ihres Wagens Platz nehmen. Die Fahrt dauerte eine halbe Stunde. Der Kommissar versuchte, sich aufgrund von Kurven und der Geräusche, die von draußen an seine Ohren drangen, den Weg einzuprägen, doch schon nach kurzer Zeit verlor er die Orientierung und gab es auf.

Als der Wagen schließlich anhielt, half man ihm beim Aussteigen, und die Binde wurde ihm abgenommen. Ein Nachtvogel zwitscherte, und plötzlich lief es Cattani kalt über den Rücken. Er befand sich außerhalb von Trapani, mitten auf dem Land. Über ihm verwehrte ein Baumwipfel den Blick auf die Sterne, und in der Ferne erkannte er die Umrisse eines kleinen Hauses. Mehr konnte er in der Dunkelheit nicht ausmachen.

Ein Licht blitzte auf und kam näher. Cattani riß die Augen so weit auf, daß sie schmerzten, und endlich erkannte er seine Tochter, die mit zögernden und vorsichtigen Schritten auf ihn zuhielt. Begleitet wurde sie von einem Mann, der den Weg mit einer Taschenlampe erleuchtete. Cattani beobachtete seine Tochter, musterte sie von Kopf bis Fuß. Jede Einzelheit ließ Dutzende von Bildern an seinem inneren Auge vorüberziehen.

»Papa...« Das Mädchen riß sich von dem Mann mit der Taschenlampe los und stürmte seinem Vater entgegen.

»Ach, kleiner Schatz.« Cattani drückte Paola fest an sich, strich ihr das zerzauste Haar glatt und trocknete ihre Tränen. Immer wieder murmelte er zärtlich: »Paoletta, kleine Paoletta.« Er streichelte sie, und seine Tochter schmiegte sich an ihn und schluchzte.

»Papa, du läßt mich doch nicht hier zurück, oder?« fragte das Mädchen ängstlich. »Ich hocke immer im Dunkeln und weiß nie, ob es Tag oder Nacht ist. Bitte, Papa, nimm mich mit.«

»Gedulde dich noch ein wenig, Schatz«, sagte Cattani. »Nur ein wenig.«

»Wie lange dauert es denn noch?«

»Ein paar Tage.« Inzwischen hatte Cattani seine Fassung halbwegs wiedergewonnen und gab Paola rasch einige Anweisungen. »Du darfst nicht weinen. Ich hole dich bald. Du mußt stark sein. Versprichst du mir das? Papa und Mama kommen wieder zusammen, und dann sind wir wieder eine glückliche Familie.«

»Ja, Papa. Das wäre sehr schön.«

Der Mann mit der Taschenlampe trat heran. An seinen Schuhen klebten dicke Erdklumpen. »Das genügt«, sagte er scharf, griff nach der Hand Paolas und zerrte sie mit sich.

»Neeiin!« schrie das Mädchen. »Laßt mich bei meinem Vater.«

Cattani sah seiner Tochter solange nach, bis sie in der Dunkelheit verschwunden war und er nur noch ihre Stimme hörte: »Papa! Papa!« Er mußte sich beherrschen, um der Versuchung zu widerstehen, Paola nachzulaufen. Einer der beiden Vettern stieß ihm den Lauf einer Pistole in die Rippen und deutete auf den Wagen.

16

Der stellvertretende Staatsanwalt Bordonaro zupfte an seinem Bart und versuchte, die Bedeutung der Mitteilung einzuschätzen, die ihm der vor ihm sitzende Mann gerade gemacht hatte.

»Ja«, bekräftigte der Rechtsanwalt, »es gibt zwei Zeugen, die an jenem Abend die Schießerei zwischen Cirinnà und dem Commissario beobachtet haben. Zwei Personen, die uns in allen Einzelheiten schildern können, was wirklich geschah. Wenn Sie die Freundlichkeit hätten, sie anzuhören... Sie sind bereit, auszusagen.«

Bordonaro schürzte die Lippen. »Zwei Augenzeugen«, wiederholte er. Er war völlig durcheinander. »Und warum melden sie sich erst jetzt?«

»Sie hatten Angst«, erklärte der Rechtsanwalt, so als sei das die natürlichste Sache der Welt. »Angst vor Scherereien.«

»Hm.« Bordonaro wußte noch immer nicht so recht, was er davon halten sollte. Er schob das Gesetzbuch beiseite und legte den Brieföffner in die Schublade. »Nun gut. Stellen Sie mir Ihre beiden Zeugen vor.«

Zwei Männer traten ein. Einer war klein, und infolge des weit vorgewölbten Bauches wirkten seine Beine sehr kurz. Der andere hatte eine untersetzte Statur und ein kantiges Gesicht. Er spielte dauernd am Saum seine Jacke herum und schien unsicher und nervös.

»Jeweils einer«, sagte der Staatsanwalt.

Beide Männer wichen zur Tür zurück und behinderten sich dabei gegenseitig. Schließlich gab sich der Dicke einen Ruck und trat vor.

»Was wir Ihnen sagen wollten, Signor Procuratore«, begann der Zeuge, »ist folgendes: Bisher hat sich die Justiz nicht um uns gekümmert, uns praktisch nur immer mit Füßen getreten. Meine arme Mutter hoffte auf eine Pension, aber sie wurde ihr nicht gewährt. Ach, wir sind wirklich ziemlich mies dran.«

Bordonaro hörte dem Mann mit einer Mischung aus Neugier und Überraschung zu. Nach einer Weile forderte er ihn auf, endlich auf den Kern der Sache zu kommen.

»Wissen Sie«, sagte der Dicke, »an dem Abend, als auf der Straße geschossen wurde, waren mein Kollege und ich – wir sind Lastwagenfahrer – ganz in der Nähe, ja, genau dort, wo es knallte, wenn Sie verstehen, was ich meine. Wir hatten eine Panne mit unserem Lastwagen. Wissen Sie, Signor Procuratore, er hat schon einige Jährchen auf dem Buckel – besser gesagt: unter der Motorhaube –, und wir können uns keinen neuen leisten, weil wir arme Schlucker sind.«

»Ja, ja, das ist mir klar«, erwiderte Bordonaro ungeduldig und nickte. »Fahren Sie fort.«

»Nun, ich sah – und mein Kollege kann das bestätigen –, wie der Signor Commissario auf die beiden Motorradfahrer schoß.«

»Ja«, warf der andere Zeuge ein. »Bei Santa Lucia, die mich mit Blindheit strafen soll, wenn ich lüge, schwöre ich, daß der Mann aus dem Wagen – also der Signor Commissario – erst auf den einen und dann auf den andern Motorradfahrer anlegte, ohne daß sie ihn in irgendeiner Weise bedrohten. Jesus und Maria, sagte ich zu meinem Kollegen, dessen Aussage Sie ja schon gehört haben, Jesus und Maria, sagte ich, der Kerl schießt die beiden Typen einfach über den Haufen!«

Die Schilderung der beiden Augenzeugen machte rasch die Runde. Die Contessa Olga Camastra fühlte sich verpflichtet, Cattani, der inzwischen als gefährlicher Killer galt, Mut zuzusprechen. Sie machte sich auf den Weg zum Präsidium und traf ihn am Eingang des Gebäudes.

»Was geht eigentlich vor?« fragte Olga. »Können Sie mir sagen, was los ist?«

Der Kommissar würdigte sie keines Blickes. »Lassen Sie mich in Ruhe.«

»Warum behandeln Sie mich so? Ich stehe auf Ihrer Seite.«

»Sie sollen mich in Frieden lassen!« entfuhr es Cattani.

Als er sein Büro betrat, stellte Altero ihm die gleiche Frage. »Zum Teufel auch, was ist denn passiert?«

»Ich weiß es nicht, Altero. Ich habe keine Ahnung.«

»Dottore Bordonaro sucht Sie.«

Cattani konnte sich durchaus vorstellen, was der stellvertretende Staatsanwalt von ihm wollte. Ihm war klar, daß die Ereignisse eine Wendung genommen hatten, die sich als katastrophal für ihn erweisen konnte. Und da die Konfrontation mit Bordonaro ohnehin nicht zu vermeiden war, ging er sofort zu ihm, um es hinter sich zu bringen.

»Ich glaube, Sie sind mir eine Erklärung schuldig«, sagte Bordonaro. Er hatte die Hände gefaltet und die Stirn darauf gestützt. »Hier stimmt doch irgend etwas nicht.«

»Wenn ich jetzt noch einmal genauer darüber nachdenke...« erwiderte Cattani. »Ich sah, wie sie in die Taschen griffen. Und ich vermutete, sie wollten Pistolen ziehen.«

»Das haben Sie *vermutet?*« Bordonaro zuckte kaum merklich zusammen. »Das ist ja unerhört!« Er griff nach den Blättern, auf denen die Aussagen der beiden Augenzeugen festgehalten waren. »Hier heißt es sogar, daß man Sie dabei beobachtet hat, wie Sie dem von Ihnen erschossenen jungen Mann eine Waffe in die Hand drückten.«

»Wissen Sie«, entgegnete Cattani, »diese Pistole gehörte einem toten Verbrecher. Als ich vom Erkennungsdienst erfuhr, daß damit der Polizist De Maria umgebracht worden war, hielt ich es für unnütz, einen unwichtigen Halunken zu beschuldigen, den wir nicht mehr zur Rechenschaft ziehen konnten. Statt dessen kam es mir darauf an, Cirinnà hinter Gitter zu bringen.« Cattani saß gerade und reglos auf dem Stuhl, während er die Version der beiden bestochenen Augenzeugen bestätigte, sich damit selbst belastete. Seine Stimme klang ruhig und monoton, so als sei ihm die ganze Sache völlig gleichgültig.

Bordonaro starrte ihn fassungslos an. »Aber das ist doch absurd.« Mit einem Taschentuch wischte er sich den Schweiß von der Stirn. »Wie ich hörte, gründet sich Ihr Haß gegenüber Cirinnà auf die Beziehung zu einer Frau.«

»Das hat sich inzwischen erledigt. Sie spielt keine Rolle mehr.«

»Aber diese Person könnte durchaus die Erklärung dafür sein, warum Sie es auf Cirinnà abgesehen hatten.«

»Ich wiederhole es noch einmal: Diese Sache hat nicht mehr die geringste Bedeutung.«

»Aber das trifft nicht auf die vielen falschen Aussagen zu, die Sie gemacht haben«, hielt ihm Bordonaro entgegen. Er nahm seine Brille ab und legte sie vorsichtig auf den Schreibtisch. »Es tut mir leid. Ich bedaure es wirklich sehr, aber ich sehe mich dazu gezwungen, Sie mit sofortiger Wirkung vom Dienst zu suspendieren und ein Ermittlungsverfahren gegen Sie einzuleiten.«

»Das habe ich nicht anders erwartet«, antwortete Cattani. »Es ist mir jetzt durchaus klar, daß ich den Kopf verlor und Fehler beging.«

Bordonaro sah den Kommissar fragend an.

»Ja«, fügte Cattani hinzu. »Und ich glaube, ich habe auch Ravanusa und Terrasini zu unrecht beschuldigt. Das bereitet mir jetzt Gewissensbisse, denn in Wirklichkeit sind es unbescholtene Bürger. Es gibt keine Beweise gegen sie.«

Seit Anna Caruso ganz allein war, setzte sie alle ihre Hoffnung auf Cattani. In ihrer Vorstellung war er bereits zu einem Held geworden, und sie sah in ihm den einzigen Mann, dem es gelingen konnte, den Tod ihres Verlobten und ihres Bruders zu rächen. Die jüngsten Ereignisse enttäuschten sie zunächst tief, nach und nach wurde sie jedoch wütend. Voller Verzweiflung glaubte sie feststellen zu müssen, daß Cattani sich nicht von den anderen unterschied, daß auch er ein Mann ohne Rückgrat war.

Sie wollte ihm direkt ins Gesicht sagen, was sie von ihm hielt, und sie traf ihn vor dem Polizeipräsidium.

»Was ist jetzt aus Ihren so schön klingenden Versprechen geworden?« fragte sie entrüstet. »Cirinnà ist bald wieder ganz auf freiem Fuß. Was haben Sie sich eigentlich dabei gedacht, die Aussagen der beiden angeblichen Augenzeugen zu bestätigen? Wieviel Geld hat man Ihnen dafür geboten? Wieviel?« Anna konnte ihren Zorn nicht länger kontrollieren, und ihr Gesicht rötete sich vor Empörung. »Und De Maria und mein Bruder? Wer sorgt dafür, daß ihre Mörder zur Verantwortung gezogen werden? Wer?« Sie schrie das letzte Wort und versetzte dem Kommissar eine schallende Ohrfeige. Cattani rührte sich nicht von der Stelle. Und bevor sich Anna von ihm abwandte, sagte sie leise und niedergeschlagen: »Es gab viele Leute, die Ihnen vertrauten.«

Die Journalisten der großen überregionalen Zeitungen, berufsmäßig an Skandalen interessiert, fielen in Heerscharen in Trapani ein. Sie bauschten die Vorfälle auf, und überall in Italien wurde Cattani als der Mörder-Kommissar bekannt. In Mailand war Else sehr bestürzt, als sie das Bild ihres Mannes auf den Titelseiten sah.

Dicke Schlagzeilen berichteten von einem Ermittlungsverfahren, das gegen ihn eingeleitet worden sei. Selbst der Innenminister wurde aktiv und verkündete, er behalte sich weitere Disziplinarmaßnahmen vor.

War es denn wirklich möglich, daß die beiden Augenzeugen die Wahrheit sagten? Oder handelte es sich um Machenschaften, die Cattani diskreditieren sollten? Vielleicht gab es jemanden, der Else helfen konnte, alles besser zu verstehen: Cannito, der einflußreiche Mann aus Rom, in dessen Wohnung sie Corrado kennengelernt hatte – der Mann, dem sich Cattani noch immer freundschaftlich verbunden fühlte.

Else rief ihn an.

»Ich weiß Bescheid«, erwiderte Cannito ein wenig verärgert. »Man legte mir einen detaillierten Bericht vor, der alle Anklagepunkte enthält. Beruflich habe ich mit dieser Angelegenheit natürlich nichts zu tun, aber es ist allgemein bekannt, daß wir Freunde waren...« Waren. Else begriff, was Cannito damit zum Ausdruck bringen wollte. Er ließ ihren Mann einfach fallen.

»Ich verstehe nicht, wie das geschehen konnte«, sagte sie verwirrt. »Vermutlich ging es ihm darum, die junge Duchessa zu retten, ihr zu helfen.«

»Das nehme ich ebenfalls an«, pflichtete Cannito ihr bei. »Eine Drogenabhängige braucht jeden Tag ihre Dosis. Und um den Nachschub sicherzustellen, hat Corrado vielleicht irgendeine Art von Übereinkunft mit einigen Dealern getroffen. ›Du besorgst mir Stoff, und ich drücke ein Auge zu.‹ Aber solche Vereinbarungen nehmen nie ein gutes Ende, denn irgendwann geben sich die Verbrecher nicht mehr damit zufrieden und verlangen mehr. Und ehe man sich's versieht, steckt man so tief in den schmutzigen Geschäften, daß es keinen Ausweg mehr gibt.«

»Das kann ich mir einfach nicht vorstellen«, erwiderte Else. Sie bedauerte es jetzt, Corrado in Trapani allein zurückgelassen zu haben.

»Die Fakten sind eindeutig«, sagte Cannito. »Cattani hat all diejenigen verraten, die ihm Vertrauen schenkten. Er betrog auch Sie, Else. Es ist jetzt sinnlos geworden, ihm zu helfen. Er hat sich die Schlinge selbst um den Hals gelegt. Ich gebe Ihnen den Rat, sofort das Mädchen zu holen und anschließend ein neues Leben zu beginnen. Sie sind ja noch jung. Brauchen Sie einen Anwalt?«

»Einen Anwalt, um gegen meinen eigenen Mann vorzugehen?« fragte Else verbittert. »Ist es schon so weit gekommen? Nein, danke...«

Cattani strich sich mit der Hand über das Gesicht und spürte die Bartstoppeln: Seit drei Tagen hatte er sich nicht mehr rasiert. Er rauchte eine Zigarette nach der anderen und ging in seiner Wohnung unruhig auf und ab. Er wußte nicht mehr, wo ihm der Kopf stand.

Irgendwann klingelte es an der Tür.

Cattani lag nichts daran, mit irgend jemandem zu sprechen. Widerwillig fragte er: »Wer ist da?«

»Rate mal.« Er erkannte die Stimme Tittis.

»Warum bist du gekommen?« Er ärgerte sich.

»Um dich zu sehen.«

Cattani brummte. »Geh wieder. Ich möchte allein sein.«

Die junge Frau ließ sich davon nicht beeindrucken. »Wenn du nicht öffnest«, sagte sie, »mache ich es mir hier bequem, direkt vor deiner Tür.«

Wütend drehte Cattani den Schlüssel um. Als er die Tür aufriß, starrte Titti ihn verblüfft an: Sie bemerkte den Bart, stellte fest, daß seine Augen trüb geworden waren. »Lieber Himmel!« hauchte sie. »Du darfst dich nicht so gehenlassen.«

Die ganze Wohnung stank nach Zigarettenrauch, und Titti öffnete ein Fenster. Das Wohnzimmer sah aus, als hätte dort eine Schlacht stattgefunden: Hemden auf dem Boden, überfüllte Aschenbecher, Socken und zerknüllte Zeitungen auf dem Sofa.

»Ich räume ein wenig auf«, sagte sie. »Und du bleibst da und ruhst dich aus.« Sie warf einen Blick in das Zimmer Paolas. »Wohnt deine Tochter noch immer bei einer Freundin?« fragte sie verwundert.

»Ja«, erwiderte Cattani knapp. Er war in ständiger Bewegung, ging dauernd umher – als befürchtete er, zu einer leicht zu treffenden Zielscheibe zu werden, wenn er irgendwo Platz nahm.

»Ich bleibe hier, bis sie zurückkommt«, sagte Titti fest.

Cattani drehte sich um, sah sie an und verzog zornig das Gesicht. »Du verschwindest auf der Stelle«, schrie er. »Hau ab.« Dann riß er sich zusammen und fügte in einem freundlicheren Tonfall hinzu: »Es ist zu deinem Besten. Bitte, geh nach Hause. Ich bin erledigt. Ich kann dich nicht mehr beschützen.«

»Macht nichts«, erwiderte sie leichthin. »Das bedeutet nur, daß ich auf mich selbst achtgeben muß. Früher oder später hätte ich das ohnehin lernen müssen.«

Zum erstenmal spürte Cattani, daß sich unter der weichen Schale Tittis ein harter Kern verbarg. Jetzt offenbarte sie die Entschlossenheit, die über Jahrhunderte hinweg den alten sizilianischen Adel gekennzeichnet hatte.

»Nein«, sagte Cattani. »Du mußt dich von mir fernhalten.« Seine Stimme klang jetzt fast flehend. »Ich bin fertig, Titti. Man verachtet mich. Man macht sich über mich lustig.«

»Aber ich kenne die Wahrheit und lasse dich nicht im Stich. Mir ist gleich, was die anderen in dir sehen.«

»Es geht nicht um die andern.« Cattani ballte die Fäuste, und sein Gesicht rötete sich. »*Ich* bitte dich darum, mich in Ruhe zu lassen. *Ich* fordere dich dazu auf zu gehen.«

Titti blieb stur. »Ich störe dich bestimmt nicht«, versprach sie. »Ich hocke mich in eine Ecke, und du wirst mich nicht einmal bemerken.«

Der Kommissar konnte sich nicht länger beherrschen und schlug so heftig auf den Tisch, daß die schmutzigen Kaffeetassen auf den Untertellern klirrten. »Verschwinde endlich!« brüllte er. »Du kannst nicht hier bei mir bleiben. Ich will allein sein.«

»Cirinnà ist der Grund, nicht wahr?« fragte Titti traurig. »Er macht dir ebenfalls angst. Er kommt jetzt bald frei, und deshalb beginnst du zu zittern. Aber ich fürchte mich nicht mehr vor ihm. Du hast ihn an jenem Abend geschont, aber ich werde keine Rücksicht nehmen. Wenn er es wagen solle, zu mir zu kommen, jage ich ihm eine Kugel in den Kopf.«

»Red keinen Unsinn.« Cattani sah sie besorgt an.

»Ich meine es ernst«, bekräftigte die junge Faru. »Und wer sollte mir deswegen einen Vorwurf machen? Immerhin hat er meine Mutter umgebracht.«

Sie ging auf die Tür zu und verließ die Wohnung.

Cattani ging ins Badezimmer und betrachtete sein Abbild im Spiegel. Die Augen taten ihm weh. Er drehte den Hahn auf und befeuchtete das Gesicht. Hinter seiner Stirn jagten sich die Gedanken, und er ging noch einmal alle Einzelheiten der Begegnung mit Titti durch. Er kam zu dem Schluß, sich gräßlich aufgeführt zu haben, und trocknete sich ab.

Anschließend lief er auf die Straße und blickte nach rechts und links, doch im trüben Licht der Lampen war niemand zu sehen. »Titti!« rief er. »Wo bist du?«

Die Scheinwerfer eines Wagens leuchteten einmal kurz auf. Cattani ging auf das Fahrzeug zu und erkannte die junge Duchessina hinter dem Steuer.

Er strich über Tittis Wangen. »Ich liebe dich«, sagte er leise. »Das darfst du nicht vergessen. Ich möchte nur vermeiden, dich in eine Sache zu ziehen, die dich eigentlich gar nicht betrifft.«

Tittis Stimme war kaum mehr als ein rauhes Flüstern, als sie fragte: »Cirinnà ist der Grund, nicht wahr?«

»Nein, nein«, widersprach Cattani hastig und zuckte mit den Schultern. »Meine Situation ist wesentlich komplizierter. Irgendwann wirst du das verstehen. Vielleicht schon bald.«

Im Polizeipräsidium konnte sich Cattani nicht mehr blicken lassen. Er blieb in seiner Wohnung, wanderte nervös umher und wartete ständig auf einen Telefonanruf von den Entführern. Inzwischen hatte er nicht nur den Erfolg langwieriger Ermittlungsarbeit zunichte gemacht, sondern auch sich selbst zerstört. Cirinnà wurde nicht mehr des Mordversuchs beschuldigt und konnte damit rechnen, bald entlassen zu werden. Warum also hielt man Paola weiterhin fest? Cattani fluchte.

Manchmal nahm er den Hörer ab, um sich zu vergewissern, daß mit dem Apparat alles in Ordnung war. Wenn er es nicht mehr aushielt, verließ er das Haus, setzte sich in seinen Wagen und fuhr aus der Stadt. An einem verlassenen Küstenstrich ging er den Strand entlang, nahm ab und zu einen Kiesel zur Hand, drehte ihn hin und her und warf ihn dann ins Wasser.

Als er von einem solchen Ausflug zurückkehrte, wartete in seiner Wohnung eine Person auf ihn, bei deren Anblick er verblüfft die Augen aufriß. Er war so überrascht, daß er wie angewurzelt stehenblieb.

»Ich bin schon seit einer Stunde hier«, sagte Else und lächelte. Sie wirkte so sanft und liebevoll wie vor vielen Jahren. »Willst du mich nicht umarmen?«

Cattani wußte nicht, wie er reagieren sollte, und in seinen Augen begann es nervös zu funkeln. »Du ... bist also zurück«, erwiderte er unsicher.

»Ja. Ich konnte dich nicht allein lassen. In den Zeitungen stand, daß man dich vom Dienst suspendiert und ein Verfahren gegen dich eingeleitet hat. Du brauchst jemanden, der dir zur Seite steht.« Sie legte ihm die Hand auf die Schulter. »Du bist blaß«, fügte sie hinzu. »Und du wirkst verstört.«

Cattani lächelte gequält. »Du siehst ebenfalls müde aus«, erwidete er. »Setz dich.« Dann blickte er sie argwöhnisch an. »Hat während meiner Abwesenheit jemand angerufen?«

»Nein.« Else strich ihm zärtlich übers Haar. »Ich glaube nicht an das, was man jetzt über dich sagt. Dafür kenne ich dich zu gut. Du bist nicht der schießwütige Polizist, als den man dich darstellt. Ja, sicher, du hattest eine Affäre mit der jungen Duchessa. Aber du würdest dich niemals dazu hinreißen lassen, das Gesetz zu brechen. Nein, das ist völlig ausgeschlossen.«

Cattani achtete nicht auf ihre Worte. Er hörte Else zwar zu, doch die Bedeutung ihrer Bemerkungen entzog sich seinem Verständnis. Er trat gegen das Sofa und fragte erneut: »Und es hat bestimmt niemand angerufen, während ich fort war?«

»Nein, das habe ich dir doch schon gesagt.«

»Verdammt, ich habe mich wie ein Narr aufgeführt.« Er sprach jetzt mit sich selbst, war bereits so sehr daran gewöhnt, allein in der Wohnung zu sein, daß er seine Frau nicht mehr bemerkte. »Himmel, ich durfte nicht wegfahren.«

»Was ist los mit dir?« fragte Else. »Von wem erwartest du einen Anruf?«

Cattani befeuchtete die spröden Lippen und starrte ins Leere. »Sie haben es für heute versprochen«, murmelte er.

»Was denn?« Else wurde nun ebenfalls nervös.

»Sie freizulassen.«

»Wen?« Sie war jetzt in höchstem Maße alarmiert.

Der Kommissar drehte sich langsam zu ihr um und flüsterte: »Paola.«

»Paola?« Else erblaßte. »Was soll das heißen?« Sie griff nach Cattanis Schultern. »Um Himmels willen, was ist denn geschehen? Was hat das alles zu bedeuten?«

Mit der Fingerkuppe strich Cattani seiner Frau übers Kinn. »Else«, sagte er leise und ernst. »Paola ist entführt worden.«

»Neeiin!« rief sie verzweifelt. Sie schloß die Augen und schlug die Hände vors Gesicht. »Wie konnte das passieren?«

»Meine Ermittlungen waren der Grund. Einige Leute wollten sich an mir rächen.«

Else schwankte. Cattani schlang ihr einen Arm um die Hüfte,

führte sie ins Schlafzimmer und half ihr dabei, sich auf dem Bett auszustrecken. Während er ihr die Bluse aufknöpfte, sah er, wie sie weinte. Er nahm ein Taschentuch und trocknete ihre Wangen.

»Paola wurde einige Tage nach deiner Abreise verschleppt«, erklärte er und streichelte Else. »Ich habe dich angelogen, als ich sagte, sie wohne bei einer Freundin. Es blieb mir keine andere Wahl. Die Entführer drohten damit, sie umzubringen, sollte ich etwas verlauten lassen.«

Else sah ihn an. »Das ist also der Grund«, murmelte sie. Plötzlich verstand sie alles.

Cattani schilderte ihr alle Einzelheiten und versuchte sie zum Schluß aufzumuntern: »Sie müßte bald nach Hause zurückkehren.«

»Und wenn nicht?«

»So lautete das Abkommen.«

»Und mit wem hast du es geschlossen? Mit den Verbrechern?«

»Sie werden jetzt kein Risiko mehr eingehen«, behauptete Cattani. »Sie haben alles bekommen, was sie wollten. Wenn sie jetzt einen Fehler machen, stellen sie ihren Erfolg in Frage.«

»Und was ist, wenn sie in ihr eine Zeugin sehen, die zum Schweigen gebracht werden muß?« Else sprang auf und bebte am ganzen Leib. »Wo ist Paola?« schrie sie plötzlich. »Ich will meine Tochter zurück!«

Cattani preßte ihr die Hand auf den Mund, zog sie an sich und flüsterte ihr ins Ohr: »Bleib ruhig, ganz ruhig. Paoletta wird zu uns zurückkehren, bestimmt.«

Es war ein lauer Abend, und die große Limousine fuhr langsam über die breite Straße. Am Rande eines Parks hielt der Wagen an, und einer der beiden Vettern Cirinnàs stieg aus und sah sich wachsam um. Niemand befand sich in der Nähe. Dann öffnete er die Tür zum Fond und sagte: »Komm.«

Paola war vor Angst wie erstarrt, und trotz der Aufforderung des Mannes rührte sie sich nicht. Etwas schärfer fügte er hinzu: »Komm endlich.« Er griff nach ihrem Arm. »Siehst du die Bank?« Er deutete in die entsprechende Richtung. »Dort kannst du dich hinsetzen und warten.«

Das Mädchen setzte sich zögernd in Bewegung – ein vager Schatten im blassen Licht der Straßenlampen. Einige Minuten später klingelte in der Wohnung Cattanis das Telefon. Der Kommissar zuckte zusammen, riß den Hörer von der Gabel und hörte schweigend zu. Dann legte er wieder auf. »Sie haben sie freigelassen!« rief er.

Sie machten sich sofort auf den Weg. Cattani brachte kein Wort hervor, während er den Wagen steuerte, und auch seine Frau sagte nichts. Es schien, als wagten sie nicht einmal zu atmen.

Sie sahen sich an dem Ort um, den die Entführer am Telefon genannt hatten, und nach einigen Sekunden bemerkte der Kommissar eine reglose Gestalt auf der Bank. »Paola!« rief er überglücklich, und er lief los, um seine Tochter in die Arme zu schließen.

Ihr Blick war leer, und sie schien ihn überhaupt nicht zu erkennen. Als Cattani sie berührte, stieß sie ihn zurück. Paola schrie plötzlich hysterisch und streckte abwehrend die Arme aus, so als fühle sie sich von ihrem Vater bedroht. »Faß mich nicht an«, gellte sie entsetzt.

Cattani war völlig verwirrt. »Paola, ich bin's, Papa.« Doch das Gesicht seiner Tochter war vor Angst verzerrt.

Als Else näher kam, erzitterte das Mädchen und stürzte ihr entgegen. »Oh, Mama«, schluchzte es und begann zu weinen.

Cattani machte sich zunächst nichts aus dem sonderbaren Verhalten Paolas, führte es auf einen Schock zurück. Außerdem war er zu aufgeregt, um Verdacht zu schöpfen. Noch ahnte er nicht, was seiner Tochter zugestoßen war...

Zu Hause ließ er sie mit Else allein, denn er glaubte, daß ihr die Mutter am besten dabei helfen konnte, wieder zu sich zu finden. Seine Anspannung wich grenzenloser Erleichterung, und er war davon überzeugt, daß es von nun an nur besser werden konnte. Sicher würde es ihm irgendwie gelingen, auch sein Leben wieder in Ordnung zu bringen. Möglicherweise bekam er sogar die Erlaubnis, seine Ermittlungen fortzuführen. Bei dieser Vorstellung lächelte Cattani grimmig. Er war fest entschlossen, sich an den Verbrechern zu rächen.

Else kam aus dem Zimmer Paolas, ihr Gesicht war eine Grimasse. »Weißt du, warum sie dich zurückgestoßen hat?« fragte sie heiser. »Sie hat Angst vor dir, weil du ein Mann bist. Paola wurde vergewaltigt.«

17

Der laue Wind wehte bereits den Duft des Frühlings heran. Cattani atmete tief durch. Er stand auf dem Bahnsteig, zusammen mit Else und seiner Tochter. Hinter ihm pfiff ein Eisenbahnbeamter, er drehte sich zu ihm und bemerkte aus den Augenwinkeln, daß sich ihm eine junge Frau mit rabenschwarzem Haar näherte.

Es war Anna Caruso, und sie kam mit langen und selbstsicheren Schritten auf ihn zu. Als sie vor ihm stand, reichte sie Cattani die Hand. »Commissario, ich muß mich bei Ihnen entschuldigen. Ich konnte Sie nicht abreisen lassen, ohne Sie zuvor für die Ohrfeige um Verzeihung zu bitten.«

Er zuckte mit den Schultern. »Ist schon vergessen«, sagte er. Dann nahm er Anna beiseite und fragte: »Würden Sie mir einen Gefallen tun? Außer Ihnen vertraue ich niemandem. Es wäre sehr nett, wenn Sie Titti Pecci Scialoja aufsuchen und ihr erklären könnten, daß ich Trapani verlasse, um mich um meine Tochter zu kümmern. Sie braucht die Hilfe eines Spezialisten. Aber ich kehre zurück, sobald ich Gelegenheit dazu habe. Und dann melde ich mich bei ihr.«

»Sie hätten in dieser Stadt aufräumen können«, erwiderte die junge Frau. »Aber Sie wurden daran gehindert. Ich hoffe, daß Sie Ihren Dienst bald wieder antreten können.«

»Wer weiß?« sagte Cattani. »Vielleicht werde ich nicht noch einmal nach Trapani versetzt.«

Der Mafioso Sante Cirinnà verließ das Krankenhaus an einem Donnerstagnachmittag. Nach den von Cattani bestätigten Aussagen der beiden Augenzeugen konnte die Anklage gegen ihn nicht mehr aufrechterhalten werden, und deshalb blieb dem Staatsanwalt keine andere Wahl, als seine endgültige Entlassung anzuordnen. Die Polizisten, die ihn in der Klinik überwacht hatten, wurden zurückbeordert, und Cirinnà konnte als freier Mann gehen, begleitet von seinen Verwandten und Freunden, die ihn in einem Triumphzug nach Hause brachten.

Nach dem Freudenfest zog Cirinnà einen neuen Anzug und zweifarbige, auf Hochglanz polierte Schuhe an und parfümierte sich ausgiebig. In dieser Aufmachung trat er vor den Spiegel und betrachtete sich in unterschiedlichen Posen: von links und rechts, im Profil, mit einem dünnen Lächeln und einem breiten Grinsen. Er fand sich unwiderstehlich.

Dann stieg er in seinen Mercedes und forderte seinen Vetter, der als Fahrer in seinen Diensten stand, auf, ihn zu Titti zu bringen. Vor dem Tor des Palazzo begegnete er Anna Caruso. »Was willst du denn hier?«

»Ich möchte mit der Signorina Titti sprechen«, erwiderte sie.

»Du kannst ihr nichts mitteilen, was für sie von Interesse wäre.« Cirinnà rückte sich den Krawattenknoten zurecht. Als Anna keine Anstalten machte fortzugehen, fügte er hinzu: »Los, verschwinde. Hau endlich ab, wenn du nicht ebenso enden willst wie dein Bruder und dieser blöde De Maria.« Und im sizilianischen Dialekt: »Frauen haben nichts auf der Straße zu suchen. Euer Platz ist hinter dem Herd.«

Titti war ein Häufchen Elend. Cirinnà betrat den Salon, in dem er Marineo und die Duchessa erschossen hatte, und ließ seinen Blick über das dort herrschende Chaos schweifen. Überall lag etwas herum, auf den Sesseln und kleinen Tischen, selbst auf den verstaubten Schränken. Kleine Putzbrocken hatten sich von den Wänden und der Decke gelöst.

»Titti... Titti...« murmelte Cirinnà, umarmte sie, legte sie auf den Rücken und versuchte, die Hand unter ihren Rock zu schieben. »Wie schön du bist...«, gurrte er. Die junge Frau versuchte, sich von ihm freizumachen, und wich zur Seite. »Titti... Titti...«, wiederholte Cirinnà zärtlich. »Ach, du hast bestimmt schon auf deinen geliebten Sante gewartet, nicht wahr? Hast dich nach mir gesehnt, was?« Er zwinkerte.

Titti winkelte beide Arme an und stieß ihn von sich. Cirinnà mußte sich an einem Stuhl festhalten, um nicht zu stürzen. »Oh, ich bewundere dein Temperament«, sagte er. Und dann, mit verführerisch klingender Stimme: »Ich habe dir Stoff mitgebracht. Möchtest du?«

»Ich brauche das Zeug nicht mehr.«

»Um so besser. Es freut mich, daß du nicht mehr süchtig bist, denn ich habe vor, dich bald zu heiraten.«

Titti lachte schallend. »Ich soll deine Ehefrau werden?«

»Natürlich. Und alle Leute werden uns beneiden, weil wir beide reich sind.«

»Cirinnà, es kommt dir doch nur darauf an, in die gehobene Gesellschaft aufzusteigen. Du bist auf meinen Adelstitel scharf.«

»Was sagst du denn da?« Er schüttelte den Kopf. »Ich möchte dich heiraten, weil ich dich liebe.« Er hob den Arm und drehte sich im Kreis. »Im Hochzeitskleid siehst du bestimmt wunderschön aus.«

»Schlag dir das aus dem Kopf«, hielt ihm Titti ruhig entgegen.

»Ach, bestimmt bist du nur ein bißchen müde«, meinte Cirinnà und lächelte. »Du weißt gar nicht, was du sagst. Aber morgen, wenn du dich erholt hast, wirst du begeistert sein.«

»Na gut«, entgegnete die junge Frau und verzog spöttisch das Gesicht. »Bis morgen. Warten wir bis morgen.« Ihr Blick ging in die Ferne, und es schien, als habe sie jegliches Interesse an dem verloren, was in ihrer Umgebung geschah.

Der Morgen des nächsten Tages kündigte sich mit einem hellen Schimmern über dem Meer an. Die breiten massiven Konturen des Palazzo hoben sich deutlich von denen der angrenzenden Gebäude ab. Ein Straßenkehrer, der müßig den Bürgersteig fegte, bemerkte, daß ganz oben – dort, wo sich der alte Duca eine Mansarde eingerichtet hatte – Licht brannte.

Das erschien ihm seltsam. Zu dieser frühen Stunde lagen die meisten Bürger Trapanis noch in ihren Betten und schliefen. Bisher war dieses Fenster während des Morgengrauens immer dunkel gewesen. Er fegte weiter, und ab und zu blickte er hoch. Als er näher herangekommen war, stellte er überrascht fest, daß das Fenster offenstand. Er stützte die Hände auf den Besen, sah empor und fragte sich, ob irgend etwas nicht mit rechten Dingen zuging. Langsam ließ er den Blick wieder zu Boden gleiten – und zuckte zusammen. Direkt unter dem Fenster lag eine menschliche Gestalt. Der Straßenkehrer konnte sie nun deutlich sehen, denn er war kaum zehn Meter davon entfernt, und außerdem befand sich eine Straßenlampe in unmittelbarer Nähe.

Zögernd trat er heran – und riß erschrocken die Augen auf, als er Titti erkannte, das lange Haar auf dem Boden ausgebreitet. Sie hatte sich aus dem Fenster in den Tod gestürzt. Das kalkweiße Gesicht strahlte eine sonderbare Ruhe aus. Die Beine waren angezogen, die Arme an den Leib gepreßt. Titti sah aus, als hätte sie endlich Frieden gefunden.

Paolas Genesung machte nur langsam Fortschritte, denn das Trauma, das sie erlitten hatte, schien wesentlich tiefgreifender zu sein, als man bisher angenommen hatte. Stundenlang saß sie reglos auf einem Stuhl, und ihr Blick reichte in eine Welt, die nur für sie existierte.

Else kümmerte sich hingebungsvoll um sie. Dann und wann griff das Mädchen nach ihrer Hand und hielt sie schweigend fest. »Sie wird sich langsam wieder erholen«, wandte sich Else an ihren Mann. »Wir müssen ihr dabei helfen, mit ihren schrecklichen Erlebnissen fertig zu werden.«

Der Vater jagte Paola noch immer Angst ein. Wenn er sich ihr näherte, starrte sie ihn entsetzt an und erweckte den Eindruck, als wollte sie jeden Augenblick die Flucht ergreifen.

»Sie sollten keinen Druck auf sie ausüben«, sagte der Psychiater. Er begleitete Cattani bei einer Wanderung durch die Parkanlage der Klinik. Die Gipfel der nahen Berge waren schneebedeckt; in der Schweiz herrschte noch Winter.

»Es braucht seine Zeit«, fügte der Arzt hinzu. »Viel Zeit. Paola muß einen enormen Schock überwinden.«

18

Seit Cattanis Abreise war ein Monat vergangen, und in Trapani herrschte Ruhe. Nach und nach ging alles wieder seinen gewohnten Gang. Die Wogen glätteten sich, und darunter breitete sich erneut die Mafia aus – wie eine Virusinfektion in einem Organismus, dessen Immunsystem nicht mehr funktioniert.

Doch der Kommissar hatte noch eine Rechnung zu begleichen. Und eines Tages kehrte er zurück, entschlossen, Vergeltung zu üben. Er suchte die Contessa Camastra auf, und als sie die Tür öffnete, blickte sie in ein finsteres Gesicht.

Sie zögerte und wich erst nach einigen Sekunden zur Seite, um dem Besucher Einlaß zu gewähren. »Ich war entsetzt, als ich davon erfuhr«, erklärte sie. »Ich wußte nichts von der Entführung Ihrer Tochter.«

»Wollen Sie sich vielleicht ein Alibi schaffen?« fragte Cattani schroff. »Paolas Verschleppung und Vergewaltigung dienten auch dazu, Ihre Interessen zu schützen.«

Die Contessa schloß die Augen.

»Sie stecken ebenfalls in der Sache«, fuhr Cattani fort. »Ihre angeblich so sauberen Unternehmen, ihre unverdächtigen Geschäfte – wozu das alles? Ich will es Ihnen sagen: Sie helfen mit, schmutzige Gelder zu verteilen. Sie bekommen Kredite von der Bank Ravanusas und fragen sich nicht, woher die Beträge stammen. Andererseits sind Sie kaum mehr als eine unwichtige Mitläuferin. Ich bin nicht daran interessiert, Sie ins Gefängnis zu bringen.«

Draußen verzogen sich die Wolken, und der durchs Fenster dringende Sonnenschein verlieh dem langen Haar der Contessa goldenen Glanz. »Ich weiß, was in Ihnen vor sich geht«, sagte Olga Camastra. »Und selbst auf die Gefahr hin, daß Sie mir nicht glauben: Ich versichere Ihnen, daß ich mir große Sorgen um Ihre Tochter mache. Ich würde gern wissen, wie es ihr jetzt geht.«

Cattani schenkte diesen Worten keine Beachtung. Der Sonnenschein reichte nicht bis zu ihm, und nach wie vor stand er im dunklen Teil des Zimmers. Er trat auf die Frau zu. »Ich bin gekommen, um Sie zu bitten, Ravanusa und Terrasini eine Nachricht zu übermitteln. Sagen Sie ihnen einfach, daß ich Gerechtigkeit will. Sie werden schon verstehen, was damit gemeint ist.«

Olga Camastra glaubte zu ahnen, auf was es Cattani abgesehen hatte. »Sie bekommen das, was Sie verlangen«, versicherte sie ihm schnell.

»Meinen Sie Geld?« entgegnete Cattani spöttisch und schüttelte den Kopf. »Sie denken wohl nur in Zahlen, was? Ich will Sie nicht beleidigen, aber eins muß ich Ihnen sagen: Sie haben zwar einen Conte geheiratet, aber im Grunde Ihres Wesens sind Sie nach wie vor eine ganz ordinäre Frau. Nein, ich will kein Geld, sondern den verdammten Mistkerl, der meine Tochter vergewaltigt hat.«

Als ihr Besucher gegangen war, trat Olga Camastra ans Fenster und beobachtet, wie Cattani in ein Wohnmobil stieg, das ein römisches Kennzeichen trug. Sein neues Heim in Sizilien.

Die Contessa verlor keine Zeit und machte sich sofort auf den Weg zu Ravanusa. Auch Terrasini befand sich in dem prunkvollen Salon. Er saß in einem breiten Sessel und schob gerade seine goldene Uhr in die Westentasche zurück.

»Verehrte Contessa«, sagte Ravanusa, »regen Sie sich doch nicht grundlos auf. Wir haben Unruhe zu vermeiden.«

»Eine bedauernswerte Angelegenheit«, warf Terrasini ein, »aber zu jenem Zeitpunkt leider unvermeidlich. Bitte haben Sie Verständnis dafür, daß wir Ihnen nicht Bescheid gaben. Sie hätten dem Kommissar – selbstverständlich ohne es zu wollen – einen Hinweis geben und damit alles in Gefahr bringen können.« Er schlug die Beine übereinander. »Wissen Sie, Contessa, wenn uns etwas geschieht, gerät die ganze Stadt durcheinander.«

»Ich ahnte nicht, daß Sie dabei die Hände im Spiel hatten«, erwiderte Olga Camastra. »Ich weiß zwar, was für Geschäfte Sie machen, aber ich hätte nie gedacht, daß Sie zu so etwas imstande sind. Die Entführung und Vergewaltigung eines zwölfjährigen Mädchens...«

»Was denn für eine Vergewaltigung?« Terrasini winkte ab. »Man behandelte das Mädchen gut, und anschließend ließ man es frei.«

»Paola wurde vergewaltigt«, beharrte Olga.

»Davon wissen wir nichts«, warf Ravanusa ein. »Wer behauptet das?«

Als die beiden Männer von der Rückkehr Cattanis hörten, wechselten sie einen bedeutungsvollen Blick. Terrasini wandte sich an Ravanusa. »Geben Sie sofort Cirinnà Bescheid.«

»Bisher haben wir ihn noch nie bei uns zu Hause empfangen«, gab der Bankdirektor zu bedenken.

»Dann wird ihm diese Ehre jetzt zum erstenmal zuteil«, meinte der Rechtsanwalt schlicht.

Als Cirinnà eintraf und die Blicke aller Anwesenden spürte, wurde er sichtlich nervös. Er schob die Hände in die Taschen, zog sie wieder hervor und zupfte an den Säumen seiner Jacke.

Terrasini verlor keine Zeit mit Höflichkeitsfloskeln. »Ich möchte wissen, wer der Idiot war, der auf die Idee kam, das Mädchen zu vergewaltigen.«

Angesichts des kühlen Empfangs hatte Cirinnà mit Schlimmerem gerechnet. Er seufzte erleichtert und versuchte, die Sache herunterzuspielen. »Na gut, irgend jemand hat die Kleine angerührt – aber sollen wir deswegen jetzt nach der Pfeife Cattanis tanzen?«

Niemand antwortete. Terrasini lehnte sich in seinem Sessel zurück, legte die Hände in den Schoß und preßte die Fingerspitzen aneinander. Sein Schweigen war bedeutsamer als jede Bemerkung.

Cirinnà schien wie auf glühenden Kohlen zu stehen. Er zögerte und sagte dann schließlich: »Ja, ich habe verstanden. Sie wollen wissen, wer sich an dem Mädchen vergriffen hat. In Ordnung.« Sein Gesicht glühte. »Aber Sie sollten mich nicht so behandeln. Ich habe meine Pflicht getan.«

Terrasini musterte ihn ernst. »Und gleichzeitig hast du uns enttäuscht«, erwiderte er ruhig und kalt. »Dem Mädchen sollte kein Haar gekrümmt werden. So lautete die Übereinkunft. Durch deine Schuld sitzen wir nun ziemlich in der Patsche. Cattani ist zurückgekehrt, um sich an uns allen zu rächen.«

Olga Camastra hatte genug. »Ich gehe«, sagte sie. »Ich kann das alles nicht mehr ertragen.«

Als sie sich der Tür näherte, hörte sie, wie Terrasini ihr nachrief: »Ich empfehle Ihnen, den Mund zu halten, Contessa.«

Das war zuviel. Sie drehte sich um. »Wenn Sie mir das in einem solchen Ton sagen, könnte ich mich vielleicht fürs Gegenteil entscheiden. Ich will mit diesen gräßlichen Dingen nichts zu tun haben.«

Terrasini regte sich nie auf. Er hatte Nerven aus Stahl. Ganz gleich, welche Probleme sich auch ergaben – für gewöhnlich ließ sich der Anwalt von nichts aus der Ruhe bringen. Diesmal aber schien er die Beherrschung zu verlieren, und scharf sagte er: »Durch diese ›gräßlichen Dinge‹ fließen Milliardenbeträge in Ihre Unternehmen, verehrte Contessa. Sie stellen sich blind und taub, aber Sie sollten endlich begreifen, daß wir alle im gleichen Boot sitzen. Und es gibt keine Rettungsringe an Bord: Wenn das Boot untergeht, muß jeder von uns dran glauben.«

Olga Camastra ließ sich nicht beeindrucken. »Soll ich das etwa als eine Drohung verstehen?« fragte sie leise.

Terrasini lächelte nur und gab sich erneut galant. »Sie sind derzeit ein wenig durcheinander«, meinte er. »Sie sollten sich ausruhen. Doch bevor Sie gehen, sagen Sie uns bitte, wie wir uns mit dem Commissario in Verbindung setzen können. Wo befindet er sich?«

Die Stimme des Rechtsanwaltes klang wieder ruhig, aber sein Blick war durchdringend. Olga Camastra begriff, daß es ratsam war, Auskunft auf die Frage Terrasinis zu geben.

»Ich weiß es nicht genau«, entgegnete sie. »Ich glaube, als Unterkunft dient ihm ein grünweißes Wohnmobil, das ein römisches Kennzeichen hat.«

Cattani hatte sein Wohnmobil auf einer Rasenfläche am Stadtrand geparkt. Um drei Uhr nachts riß eine Explosion die in der Nähe wohnenden Leute aus dem Schlaf. Kurz darauf trafen zwei Polizeibeamte ein und stellten fest, daß die Detonation ein Fahrzeug zerfetzt hatte, von dem kaum mehr als ein paar verbrannte Blechteile übriggeblieben waren.

Am nächsten Tag erhielt Rechtsanwalt Terrasini einen Anruf, der ihn ziemlich überraschte.

»Erkennen Sie meine Stimme, Avvocato?«

Terrasini unterdrückte einen Fluch und gab sich freundlich. »Ah, Commissario, was für eine Freude, wieder mit Ihnen zu sprechen.« Sein Gesicht war aschfahl. Cirinnà und sein Clan hatten erneut versagt.

»Avvocato«, fuhr Cattani fort. »Ihre Helfershelfer haben zwar mein Wohnmobil in die Luft gejagt, aber ich verbrachte die Nacht woanders.«

»Ich verstehe nicht ganz«, erwiderte Terrasini. »Doch wenn ich Ihnen irgendwie behilflich sein kann...«

»Ja, das wäre nett«, sagte Cattani kühl. »Ich gebe Ihnen vierundzwanzig Stunden Zeit, um mir den Mann auszuliefern, der meine Tochter vergewaltigt hat. Wenden Sie sich an Don Manfredi, wenn Sie eine Entscheidung getroffen haben. Er weiß, wo ich mich aufhalte.«

Terrasini stellte sich weiter unwissend. »Commissario, ich weiß nicht, wovon Sie reden. Aber ich bin bereit, mich umzuhören. Ich hole Informationen ein. Und wenn sich dabei etwas ergeben sollte, was für Sie von Interesse ist, dann benachrichtige ich Sie.«

Nach dem Gespräch kam Terrasini zu dem Schluß, daß Cattani eine ernste Gefahr darstellte. Er hielt es für angeraten, eine wichtige Persönlichkeit zu bitten, in dieser Angelegenheit aktiv zu werden – jemanden, der die Sache regeln konnte, ohne daß zuviel Staub aufgewirbelt wurde.

Der Rechtsanwalt wählte die Nummer Professor Laudeos, der sich in Rom aufhielt. »Nein«, lautete die Antwort, »ich kann jetzt auf keinen Fall weg von hier. Eine Rückkehr nach Sizilien ist ausgeschlossen. Ich muß eine Vereinigung leiten, die auf nationaler Ebene operiert. Es ist mir völlig unmöglich, mich um Dinge zu kümmern, die eine ferne Provinzstadt betreffen.«

Der Rechtsanwalt widersprach höflich. »Wir sollten vorsichtig sein. Manchmal kann ein einziges Staubkorn im Getriebe den ganzen Mechanismus lahmlegen.«

»Sie haben die Sache von Anfang an falsch angefaßt«, hielt ihm Laudeo verärgert entgegen. »Und außerdem weiß ich gar nicht, was ich gegen Cattani unternehmen könnte.«

In dieser Hinsicht hatte sich Terrasini bereits etwas überlegt, und er zögerte nicht, seine Idee in Worte zu fassen. »Bestimmt gibt es in Rom Leute, die sich auf solche Dinge verstehen. Man muß sie nur finden. Ja, und wenn der Kommissar dann zurückkehrt... Ein Unfall, den man nicht mit uns in Zusammenhang bringen kann.«

»Damit will ich nichts zu tun haben«, sagte Laudeo scharf.

Terrasini begann zu drohen. »Wenn Cattani sich erneut in unsere Angelegenheiten einmischt... Die römischen Verbindungen der Bank lassen sich leicht feststellen.«

»Die finanziellen Beziehungen zwischen unserer Vereinigung und Ihrer Bank sind völlig legal«, entgegnete Laudeo schroff. »Darüber hinaus war unsere Zusammenarbeit bisher immer korrekt. Sie haben Fehler gemacht, und dafür trage nicht ich die Verantwortung, sondern Sie. Deshalb ist es Ihre Aufgabe, alles in Ordnung zu bringen.«

Cattani setzte sich an den kleinen Küchentisch, um das Abendesen einzunehmen, und Anna Caruso reichte ihm einen Teller mit gebackenen Auberginen. Die junge Frau hatte sich sofort damit einverstanden erklärt, den Kommissar in ihrer Wohnung unterzubringen – in einer Wohnung, die überall schmerzliche Erinnerungen bereithielt. Im Flur hingen zwei Bilder nebeneinander. Das eine zeigte Annas Bruder, das andere den lächelnden und so fröhlich wirkenden Leo De Maria.

»Ich habe mich oft gefragt«, sagte Cattani, »ob ich in der Lage gewesen wäre, Leo vor dem Tod zu bewahren.«

»Quälen Sie sich nicht mit solchen Überlegungen«, erwiderte die junge Frau. »Sie haben sich große Mühe gegeben, um für Gerechtigkeit zu sorgen.«

Der Kommissar senkte den Kopf. »Ich war kurz davor, alles auffliegen zu lassen und die Bosse hinter Gitter zu bringen. Die wichtigsten Beweise hatte ich bereits. Aber wer hätte gedacht, daß sie zu solchen Gemeinheiten fähig sind? Nicht genug mit der Entführung meiner Tochter – sie wurde auch noch vergewaltigt. Vielleicht hätte jemand anderes an meiner Stelle mehr Mut gehabt. Wäre es besser gewesen, die eigene Tochter zu opfern und dafür die Mafia zu zerschlagen und Leuten wie Ravanusa und Terrasini endgültig das Handwerk zu legen? Ich weiß es nicht...«

»Wenigstens haben Sie das Mädchen gerettet.«

Cattani griff nach einer Serviette und wischte sich den Mund ab. »Ja«, bestätigte er. »Aber jetzt bin ich nicht mehr der, der ich einmal war. Ich will mich rächen. Auch meine Gegner haben sich verändert. Terrasinis Stimme am Telefon... Der Kerl hat Angst.«

Es klingelte, und Anna nahm den Hörer ab. »Ja, er ist hier«, sagte sie. Nach einigen Sekunden legte sie wieder auf und wandte sich an den Kommissar. »Es war Don Manfredi. Man hat sich mit ihm in Verbindung gesetzt. Das Treffen soll heute abend an der alten Thunfischfabrik stattfinden.«

Die Fabrik befand sich außerhalb der Stadt. Verwitterte Mauern erinnerten an ein großes Gebäude, in dem die Fischer früher ihren Fang abgeliefert hatten. Auf dem verlassenen Strand lagen einige große Anker, und ihre rostigen Zacken wiesen gegen den Himmel.

Cattani duckte sich hinter einen davon und wartete. Nach einer Weile bemerkte er einen Wagen, der sich langsam näherte und am Rande des Strandes anhielt. Eine Tür öffnete sich, und im Scheinwerferlicht erkannte Cattani die Gestalt Cirinnàs.

Er beobachtete ihn eine Zeitlang, und dann rief er: »Das Licht ausschalten!« Cattani lief los und ging hinter einer Ruine in Dekkung.

»Keine Angst«, hallte die Stimme des Mafioso durch die Nacht. »Es handelt sich nicht um eine Falle.«

Aber Cattani traute ihm nicht. »Schalt die Scheinwerfer aus und komm näher.« Wieder lief er und änderte seinen Standort, um nicht entdeckt zu werden.

»Wo bist du?« Cirinnà beugte sich in den Wagen, und dann erlosch das Licht. »Zeig dich endlich.«

Cattani hatte die Gelegenheit genutzt, hinter Cirinnà zu gelangen. Er schlich sich heran und stieß ihm den Lauf seiner Pistole in die Seite. »Hände hoch und keine Bewegung.«

Hastig durchsuchte er den Mafioso. Er war unbewaffnet.

Cirinnà wirkte beleidigt. »Wenn wir unser Ehrenwort geben«, knurrte er aufgebracht, »dann halten wir es auch. Wir sind nicht ohne Stolz. Ich habe den Mann mitgebracht.«

Cattani wandte sich dem Wagen zu. »Er soll aussteigen«, zischte er.

Cirinnà starrte ihn überrascht an. »Wie denn? Ich habe ihn gefesselt.«

»Wo steckt er?«

»Im Kofferraum. Bereit für den Sarg.«

Cattanis Gesicht verzerrte sich vor Wut. »Ich wollte ihn lebend. Lebend!«

»Meine Güte!« entfuhr es Cirinnà. »Da verlangst du ein bißchen zuviel. Ich kann dir doch schließlich keinen Zeugen ausliefern.«

Er öffnete den Kofferraum, und für einige Sekunden bot sich Cattani ein schauderhafter Anblick. Er sah einen erdrosselten Mann: Die Zunge hing aus dem Mund, und die Augen waren aus den Höhlen getreten. Er hatte die Knie so weit angezogen, daß sie die Brust berührten. Ein Strick fesselte ihm die Hände auf den Rücken, und ein zweiter reichte bis zu den Füßen, führte dann wieder an der reglosen Gestalt empor und formte eine Halsschlinge. Cattani nickte langsam. Auf diese grausame Weise pflegte die Mafia jene Leute zu strafen, die sich etwas hatten zuschulden kommen lassen. Der Betreffende war dazu verdammt, sich selbst umzubringen. Mit jeder Bewegung zog sich die Schlinge enger, bis der Erstickungstod eintrat.

Cattani schob die Pistole ins Gürtelhalfter zurück. »Du hättest ebenfalls einen solchen Tod verdient«, sagte er kalt.

»Mach dir keine falschen Hoffnungen«, erwiderte der Mafioso und grinste. »Ich bin aus anderem Holz geschnitzt.«

»Von wegen – du bist nicht besser als er, ein Tier, weiter nichts.« Die Augen Cattanis hatten sich inzwischen an die Dunkelheit gewöhnt, und er musterte die Züge Cirinnàs. »Du hast mindestens zwei Morde auf dem Gewissen«, fuhr der Kommissar fort. »Marineo und die Duchessa Eleonora.«

Der Mafioso wurde zornig. »Das ist nicht wahr.«

»Ich weiß Bescheid, Cirinnà. Du bist erledigt. Titti hat mir alles erzählt.«

»Aber das kannst du nicht beweisen.« Cirinnà schien Mühe mit dem Atem zu haben: Er schnaufte und keuchte.

»Da wäre ich mir nicht so sicher«, höhnte der Kommissar. »Ich sage gegen dich aus. Und wer von uns beiden wird vor Gericht glaubwürdiger wirken? Na, was meinst du?«

Cirinnà wankte und stützte sich mit einer Hand am Wagen ab.

»Du hast keine Grütze im Kopf, du Mistkerl«, sagte Cattani verächtlich. »Kaum gibt es Schwierigkeiten, setzt dein Gehirn aus. Begreifst du denn nicht, daß dieses Treffen dazu dient, gleich zwei Rechnungen zu begleichen? Man hat dich nicht nur hierher geschickt, um mir diesen Mann zu bringen. Und wenn du immer noch nicht begriffen hast, worum es deinen Auftraggebern ging, so will ich es dir erklären. Sie haben sich gedacht: Entweder räumt Cirinnà für uns den Commissario aus dem Weg, oder Cattani schafft uns den kleinen Mafioso, der langsam lästig wird, vom Halse.«

Nach und nach dämmerte Cirinnà die Erkenntnis, in eine Falle geraten zu sein, und Panik stieg in ihm hoch. Der einzige Ausweg schien in sofortiger Flucht zu bestehen. Er zögerte nicht, wirbelte um die eigene Achse und stürmte durch die Dunkelheit der Nacht davon. Aber Cattani hatte mit dieser Reaktion gerechnet und holte ihn schon nach wenigenMetern ein, stürzte sich auf ihn und riß ihn zu Boden. Sie wälzten sich im Sand, und der Kommissar versetzte seinem Gegner heftige Schläge ins Gesicht und in die Magengrube. Schließlich erschlaffte Cirinnà und leistete keinen Widerstand mehr. Er stöhnte und ächzte.

Cattani zerrte ihn zum Wagen, stieß ihn in den Fond und fesselte ihm Hände und Füße. »Deine Mafiafreunde werden eine Überraschung erleben. Ich ändere ihren Plan auf eine Weise, die sie nicht vorhergesehen haben. Ich habe nicht die Absicht, dich umzubringen. Nein, diesen Gefallen werde ich deinen Auftraggebern nicht erweisen. Ich brauche dich lebend. Du bist das Werkzeug, mit dem ich auch Ravanusa und Terrasini erledigen werde.«

Cattani hielt den Mercedes Cirinnàs vor dem Behandlungszentrum Don Manfredis an. »Ich mache mich jetzt wieder auf den Weg«, wandte er sich an den Priester. »Hier sind zwei Männer. Um den einen soll sich die Polizei kümmern. Der andere ist ein Fall fürs Leichenschauhaus.«

Die Nachricht von der Verhaftung Cirinnàs beunruhigte nicht nur Terrasini und Ravanusa, sondern bereitete auch einem Mann in Rom erhebliche Sorgen.

Kaum erfuhr er davon, setzte sich Professor Laudeo sofort mit Terrasini in Verbindung und erkundigte sich, ob Cirinnà über alle Einzelheiten der Bankgeschäfte unterrichtet sei.

»Die Details kennt er nicht«, erwidete der Rechtsanwalt am Telefon.

»Ach, die Details also nicht?« wiederholte Laudeo aufgebracht. »Mit anderen Worten: Über einige Dinge weiß er Bescheid. Nun, in diesem Fall könnte er uns sehr gefährlich werden. Lieber Himmel, wir sitzen auf einem Pulverfaß – begreifen Sie das denn nicht?«

»Sie haben recht«, gestand Terrasini ein. »Es ist eine ziemlich üble Sache.«

»Ich glaube...« Laudeo zögerte. »Es sollte etwas unternommen werden.«

»Wir haben bereits entsprechende Schritte eingeleitet...«

Unmittelbar nach dem Gespräch mit Terrasini rief Professor Laudeo den Leiter der Abteilung Z an, den Cattani für seinen Gönner hielt.

»Es gibt Neuigkeiten bezüglich der Probleme in Sizilien«, sagte er. »Die Dinge haben sich zwar auf eine recht unangenehme Art und Weise entwickelt, aber mir scheint, in absehbarer Zeit kommt alles wieder in Ordnung.«

»Das freut mich zu hören«, erwiderte Cannito. »Wenn ich daran denke, daß Cattani für all das Durcheinander verantwortlich ist... Ich habe mich in ihm getäuscht. Vielleicht erinnern Sie sich an ihn; ich nannte Ihnen einmal seinen Namen. Und Sie sind sicher, daß kein Anlaß zur Sorge besteht?«

»Nicht der geringste.«

Cirinnà hob den Kopf, als sich die Tür seiner Zelle öffnete. »Ein neuer Gast«, sagte der Wärter. Und der Mafioso sah ein vertrautes Gesicht.

»Chiodo!« rief er. »Haben sie dich ebenfalls geschnappt?«

Der junge Mann zuckte mit den Schultern und lachte mekkernd. Cirinnà und er waren zusammen aufgewachsen. Aber im Gegensatz zu dem ehrgeizigen Mafioso hatte es Chiodo nie zu etwas gebracht. Er hatte langes lockiges Haar, das ihm fast bis zu den Schultern reichte, und er ruderte so ausladend mit den Armen, als wolle er aufsteigen und davonfliegen.

Er schien sich über das Wiedersehen mit Cirinnà zu freuen. »Haha, hätte nicht gedacht, dich hier zu treffen, du alter Halunke.« Er klopfte ihm mehrmals auf die Schulter und den Rükken.

»He, jetzt hör endlich auf damit, Chiodo.« Cirinnà grinste. »Warum bist du eingebuchtet worden?«

»Ein Verkehrspolizist hielt mich an und meinte, ich sei mit dem Motorrad auf der falschen Straßenseite unterwegs. ›Was geht *dich* das denn an?‹ sagte ich zu ihm und versetzte ihm zwei Ohrfeigen – *paff, paff!*«

»Bist noch immer der alte Hitzkopf, was?« lachte Cirinnà. Es sollte ein Kompliment sein.

Als es Zeit für den Rundgang war, machten sich Cirinnà und Chiodo gemeinsam auf den Weg und mischten sich unter die anderen Gefangenen. Plötzlich streckte jemand ein Bein, Cirinnà stolperte und fiel zu Boden. Chiodo stürzte sich auf ihn, und die anderen Männer in der Nähe gaben vor, sich zu prügeln.

Als wieder Ruhe einkehrte, blieb Cirinnà liegen, von mehr als zwanzig Messerstichen getötet. Neben ihm breitete sich eine Blutlache aus.

Die Untersuchung des Zwischenfalls dauerte nicht lange, und man kam zu dem Schluß, daß Cirinnà durch einen unglücklichen Zufall ums Leben gekommen war – im Verlauf einer banalen Schlägerei.

ZWEITER TEIL

19

Die Klinik war weiß wie Schnee, und sie befand sich auf einem Hügel, von dem aus man einen herrlichen Blick auf Genf hatte. Vom Haupteingang aus führten mehrere gewundene Wege durch den gepflegten Rasen. Auch in der Schweiz war jetzt der Frühling eingezogen, und die Patienten des Krankenhauses brachten ihren Kreislauf in Schwung, indem sie gemütlich zwischen den Tannen der Parkanlage schlenderten. Einige spazierten tiefer ins Tal und setzten sich auf die Bänke am Rand eines großen Teiches, in dem Goldfische schwammen. In der Mitte sprudelte ein Springbrunnen, und das beständige Plätschern wirkte beruhigend.

Paola gefiel es hier. Sie griff nach der Hand ihrer Mutter, und während sie sich auf den Weg zum Teich machten, erzählte das Mädchen seinen letzten Traum.

»Ich sah ein kleines Haus«, sagte sie, »das weder Fenster noch Türen zu haben schien. Die Mauern waren voller Ruß. Dann stand ich in der Mitte eines Zimmers und blickte auf die Wände, die sich plötzlich in Männer verwandelten. Ich erschrak, und als sich ein Fenster öffnete, sprang ich hinaus.«

Else drückte ihre Tochter zärtlich an sich. »Ach, Schatz, das war nur ein Traum. Deswegen brauchst du keine Angst zu haben.« Sie setzte sich auf eine Bank, und Paola schmiegte sich an sie.

Das Mädchen dachte nach. »Andererseits... Es kann kein Traum gewesen sein, denn ich erinnere mich jetzt daran, daß ich wach war.«

»Selbst Erwachsene haben manchmal Alpträume«, sagte Else

tröstend. »Mach dir deswegen nur keine Sorgen. Jetzt bin ich bei dir.«

Cattani kam ebenfalls heran und winkte fröhlich. Paola fürchtete sich nicht mehr vor ihm. Sie sehnte sich so sehr nach Geborgenheit, daß sich ihr Trauma nicht länger auf ihren Vater bezog. Statt dessen sah sie in Else und Corrado wieder die Eltern, die sie beschützten.

»Ich habe euch beide lieb«, sagte das Mädchen. »Wann kommen wir wieder zusammen?«

»Das sind wir doch jetzt«, bemerkte Cattani.

Daraufhin drückte sich Paola genauer aus: »Ich meine, wann können wir wieder in einem Haus wohnen, das wir ganz allein für uns haben?«

Der Vater breitete die Arme aus. »Sobald die Ärzte sagen, daß du gesund bist und die Klinik verlassen kannst.«

Paolas Gesicht verdüsterte sich, und sie senkte den Kopf. Dann sprang sie mit einem Satz auf, lief über den Rasen und lehnte sich in einiger Entfernung an einen Baumstamm.

Cattani machte Anstalten, ihr zu folgen, doch Else hielt ihn zurück. »Laß sie nur«, sagte sie. »Sie muß lernen, mit solchen kleinen Krisen selbst fertig zu werden.«

Tausend Lichter spiegelten sich auf dem Wasser des Genfer Sees. Cattani fröstelte, denn der Abend war kühl. Er lehnte sich an das Geländer und sah sich wachsam um. Vor einer Weile hatte ihn ein Unbekannter angerufen und gesagt, er wolle ihn treffen, um »eine wichtige Angelegenheit« mit ihm zu erörtern.

»Da bin ich.« Ein gut fünfzigjähriger, gepflegt aussehender Mann trat auf Cattani zu. Er hatte gewelltes Haar, einen Oberlippenbart und wirkte sehr ernst.

»Mein Name spielt eigentlich keine Rolle«, sagte er. »Aber da ich Ihren kenne, soll meiner kein Geheimnis für Sie bleiben. Ich heiße Ettore Ferretti.« Er trug einen eleganten Mantel.

Cattani musterte den Mann, um sich ein Bild von ihm zu machen. »Warum wollen Sie mich sprechen?« fragte er. »Und weshalb haben Sie gerade diesen Treffpunkt gewählt?«

Ferretti deutete auf den Bürgersteig und setzte sich in Bewegung. »Lassen Sie uns ein paar Schritte gehen.« Seine Stimme war ruhig und tief. Er griff in die Innentasche seiner Jacke, holte ein Foto hervor und zeigte es Cattani. »Kennen Sie diesen Mann?«

»Natürlich«, erwiderte der Kommissar. »Das ist Sebastiano Cannito.«

»Genau«, bestätigte Ferretti. »Er arbeitet für den Geheimdienst, als Leiter der Abteilung Z. Früher einmal war er Ihr Freund und Gönner.« Er sah Cattani an. »Was glauben Sie: Ist er das noch immer?«

Die rätselhaften Fragen Ferrettis gingen dem Kommissar auf die Nerven. Ein wenig schroff entgegnete er: »Ich begreife nicht, was Sie von mir wollen.«

»Das werden Sie gleich verstehen.« Ferretti zeigte ihm ein zweites Bild. »Kennen Sie auch den hier?«

»Ah, ja«, sagte Cattani. »Ich bin ihm in Sizilien begegnet. Ich glaube, er heißt... Laudeo.«

Ferretti blieb stehen und betrachtete die Lichter, die sich auf dem See spiegelten. »Laudeo«, wiederholte er. »Was halten Sie von ihm?«

»Ich habe nur einmal mit ihm gesprochen. Er kam mir wie ein Fanatiker vor, wie jemand, dem es gefällt, großen Einfluß zu haben.«

Ferretti nickte. »Und das stimmt auch. Bei seiner Vereinigung handelt es sich um die Fassade einer Organisation, die nicht nur mächtig, sondern, wie ich meine, auch sehr gefährlich ist.«

»In welcher Hinsicht?«

Ferretti hob die Packung Zigaretten, die er in der Hand hielt. »Bitte«, sagte er. Der Kommissar nahm eine und schob sie sich zwischen die Lippen. Ferretti zündete zuerst die Zigarette Cattanis und dann seine eigene an, und nachdem er eine Rauchwolke von sich geblasen hatte, erklärte er: »Wissen Sie, ich bin davon überzeugt, daß sich dieser Vereinigung insgeheim Leute angeschlossen haben, denen große Bedeutung zukommt: Politiker, Herausgeber von Zeitungen, hochrangige Angehörige der Staatsverwaltung, Generäle, Bankdirektoren und Unternehmer. Und ich zweifle inzwischen nicht mehr daran, daß auch Cannito zu den Mitgliedern gehört.«

»Und?« Cattani sah ihn fragend an.

Ferretti schien besorgt zu sein. »Mit anderen Worten: Die Vereinigung Laudeos kontrolliert die wichtigsten Bereiche des öffentlichen Lebens. Mit Hilfe ihrer Mitglieder kann sie entscheidenden Einfluß ausüben. Wir haben es praktisch mit einer Schattenregierung zu tun, die möglicherweise mächtiger ist als die, die von Senat und Parlament bestätigt wurde.«

»Liegen Ihnen Beweise dafür vor?« erkundigte sich der Kommissar.

»Nein, leider nicht«, gestand Ferretti. »Bisher sind das alles nur Vermutungen, die sich jedoch auf Fakten stützen. In Italien kommt es immer wieder zu Ereignissen, die auf die Existenz einer einflußreichen Organisation hindeuten. Das ist die einzige Erklärung dafür, daß selbst aufsehenerregende Skandale im Sande verlaufen und zwielichtigen Personen wichtige Ämter zugewiesen werden.«

»Nun«, meinte Cattani. »Die Freunde Laudeos helfen sich gegenseitig, um Karriere und Geschäfte zu machen.«

»Wenn es nur darum ginge, brauchte man sich keine Sorgen zu machen. Aber ich glaube, es steckt wesentlich mehr dahinter. Wahrscheinlich verfügt die Organisation über politische Verbindungen auf internationaler Ebene. Und sie bereitet sich auf den letzten und entscheidenden Schritt vor – die Übernahme der staatlichen Institutionen. Ihr Ziel besteht darin, die Kontrolle über das ganze Land zu erringen.«

»Ein Staatsstreich?«

»Möglicherweise. Die Gefahr ist ziemlich groß.«

Cattani schüttelte nachdenklich den Kopf. »Ich weiß nicht, was ich davon halten soll. Und außerdem haben Sie mir noch immer nicht gesagt, warum Sie sich mit all dem ausgerechnet an mich wenden.«

»Ich sorge dafür, daß das gegen Sie laufende Disziplinarverfahren unverzüglich eingestellt wird. Auf diese Weise könnten Sie sofort wieder Ihren Dienst antreten.«

»Darauf bin ich nicht gerade versessen.«

»Es steht eine ganze Menge auf dem Spiel«, gab Ferretti zu bedenken. »Lassen Sie sich das durch den Kopf gehen. Wenn wir beide zusammenarbeiten und uns unterstützen, können wir die Katastrophe vielleicht noch verhindern.«

Cattani legte den Kopf in den Nacken und spürte, wie ihm der Wind über das Gesicht strich. Er fragte sich, ob Ferretti noch aus einem anderen, persönlicheren Grund an ihn herangetreten war.

»Warum gerade ich?«

»Weil Sie anständig und mutig sind«, erwiderte Ferretti. »Es sind Leute wie Sie notwendig, um mit einer solchen Gefahr fertig zu werden. Und außerdem hielten Sie Cannito bisher für einen Freund. In Wirklichkeit aber hat er Sie verraten. Das bedeutet, daß Sie nicht gerade gut auf ihn zu sprechen sind. Eine solche Einstellung kann sicher nicht schaden.«

»Wie stehen Sie zu Cannito?«

Ferretti breitete die Arme aus. »Ich bin sein Stellvertreter.«

Cattani mußte lächeln. »Etwas in der Art habe ich bereits vermutet. Die übliche Fehde in den Reihen des Geheimdienstes. Ein Machtkampf zwischen Ihnen und Cannito.« Er trat nach einem kleinen Stein. »Und in eine derartige Auseinandersetzung wollen Sie mich verwickeln? Nein, danke.«

»Sie irren sich«, hielt ihm Ferretti entgegen. »Ich strebe keine persönlichen Ziele an. Es geht um ganz Italien. Die Lage ist ausgesprochen kritisch. Wir müssen unbedingt etwas unternehmen und verhindern, daß uns einige skrupellose Leute ihre Gesetze aufzwingen.«

»Aber ich kann Ihnen dabei nicht helfen«, sagte Cattani fest. »Ich muß mich um meine Tochter kümmern.«

In Sizilien geriet etwas in Bewegung. Bevor sich Cattani auf den Weg in die Schweiz gemacht hatte, hatte er ein langes Gespräch mit dem stellvertretenden Staatsanwalt Bordonaro geführt. In allen Einzelheiten berichtete er ihm von seinen Ermittlungen in Trapani und schilderte, daß Sizilien eine wichtige Basis für den internationalen Drogenhandel war. Dann erzählte er von den seltsamen Finanzierungen durch die Bank Ravanusas. Und er schloß: »Nur aufgrund der Entführung meiner Tochter habe ich falsche Aussagen gemacht und die Anklagen zurückgezogen.«

Der Stellvertreter des Kommissars, Altero, hatte sich sehr für Cattani eingesetzt. Und die Ergebnisse seiner Nachforschungen und Untersuchungen waren ermutigend. Einen besonderen Erfolg erzielte er, als er herausfand, wo Paola von den Entführern versteckt worden war: in einer Hütte auf dem Land, einer Art Stall, der einem gewissen Angelo Marrocco gehörte.

Doch mit der Verhaftung Marroccos gerieten die Ermittlungen ins Stocken. Der Mann sagte nicht aus. Als Bordonaro ihn fragte, warum er das Mädchen festgehalten habe, schien er aus allen Wolken zu fallen. »Was denn für ein Mädchen? Ich weiß von nichts.«

Drohungen erwiesen sich als nutzlos. Marrocco behauptete, eines Tages hätten sich drei Männer mit der Bitte an ihn gewandt, den Stall benutzen zu dürfen.

»Sollte ich ihnen das etwa verweigern?« fragte er.

Bordonaro hoffte, nun endlich eine wichtige Auskunft zu bekommen. »Und wer waren die Männer?«

Marrocco breitete die Arme aus. »Keine Ahnung. Bestimmte Leute fragt man besser nicht nach ihren Namen.«

Enttäuscht darüber, nicht weitergekommen zu sein, wandte sich Bordonaro an Altero. Der stellvertretende Leiter der Squadra mobile vertrat die Ansicht, man müsse neuerliche Vermögenskontrollen durchführen. »Es wird uns nur dann gelingen, Licht in die Sache zu bringen, wenn wir uns mit den Leuten befassen, die innerhalb kurzer Zeit reich wurden.«

Doch das dauerte Bordonaro zu lange. Er war ein junger, ungeduldiger Mann und hatte es eilig. Zum wiederholten Male befaßte er sich mit dem Protokoll, in dem die Aussagen Cattanis festgehalten waren, und er fragte sich, ob nicht schon auf der Grundlage dieses Dokumentes Anklage erhoben werden konnte. Für die Entführung seiner Tochter machte der Kommissar den Bankier Ravanusa und den Rechtsanwalt Terrasini verantwortlich.

Bordonaro verbrachte einen weiteren Tag damit, die Situation gründlich zu prüfen, und stellte dann Vorladungen aus.

Als erster kam Terrasini an die Reihe, und der Rechtsanwalt zögerte nicht, sofort seinen Standpunkt zu verdeutlichen. »Sie machen einen großen Fehler, Dottor Bordonaro.«

Der Staatsanwalt ließ sich nicht beeindrucken und beschloß, zu bluffen und dadurch einen psychologischen Vorteil zu erringen. Beiläufig sagte er: »Ich habe gute Gründe, Sie zu verhören. Der Untersuchungsgefangene Marrocco hat sich bereit erklärt, mit uns zusammenzuarbeiten.«

Terrasini blieb ungerührt. »Und was geht mich das an?«

Glatt wie ein Aal, dachte Bordonaro und setzte zur zweiten Attacke an: »Commissario Cattani behauptet, Sie seien für die Entführung seiner Tochter verantwortlich.«

Diesmal lachte Terrasini schallend. »Und warum sollte ich einen solchen Unsinn angestellt haben?«

»Das Motiv liegt auf der Hand«, sagte der Staatsanwalt. »Der Commissario bereitete sich darauf vor, Anklage gegen Sie zu erheben und Ihnen die Finanzierung eines umfangreichen Drogenhandels vorzuwerfen.«

»Ah, ja, ich erinnere mich.« Terrasini lächelte. »Ich hatte bei der Bank ein Konto, das unter dem Namen einer Blume geführt wurde.« Er winkte brüsk ab. »Hat sich alles längst erledigt. Zum Schluß gab der Commissario zu, sich geirrt zu haben.«

»Es blieb ihm auch gar keine andere Wahl, weil Sie ihn mit der Entführung seiner Tochter unter Druck setzten«, hielt ihm Bordonaro scharf entgegen.

Terrasini ging zu einer anderen Strategie über, mit der er oft Erfolge erzielt hatte. Er versuchte, die Anklagen abzuwerten, indem er den Mann diskreditierte, der sie gegen ihn vorbrachte. Er sprach leise, so als vertraue er dem Staatsanwalt ein Geheimnis an. »Dottore Cattani sollte nicht anderen Leuten die Schuld für etwas geben, was er eigentlich ganz allein zu verantworten hat. Er hatte Schwierigkeiten mit seiner Frau und vernarrte sich in die Duchessa. Und Sie wissen ja, daß er dadurch einen bestimmten Typen gegen sich aufbrachte – jemanden, der leicht durchdrehte. Ja. Jetzt hat der Commissario natürlich Gewissensbisse. Und behauptet, die Entführung des kleinen Mädchens stünde nicht im Zusammenhang mit seiner Beziehung zur jungen Duchessa. Er meint, seine Arbeit sei der Grund, die Ermittlungen, durch die sich jemand bedroht gefühlt habe. Armer Kerl. Ich kann sogar verstehen, daß er sich auf eine solche Weise herausreden will. Aber wir sollten uns nicht beirren lassen und unser Urteil aufgrund der Fakten treffen.«

Bordonaro hatte genug von diesen Heucheleien. Er verabschiedete Terrasini und nahm sich den Bankdirektor Ravanusa vor.

Im Gegensatz zum Rechtsanwalt wirkte Ravanusa nervös. Unruhig rutschte er auf dem Stuhl hin und her und schien sich alles andere als wohl in seiner Haut zu fühlen. »Meine Güte!« platzte er verärgert heraus. »Mein ganzes Leben lang bin ich ein ehrlicher und hart arbeitender Mann gewesen, und jetzt plötzlich nimmt mich die Justiz aufs Korn!«

»Dies ist kein Verhör«, erwiderte Bordonaro beschwichtigend.

»Ich möchte nur versuchen, einige Dinge zu verstehen. Der Scheck zum Beispiel, mit dem der Untersuchungsgefangene Marrocco einen Laden bezahlte: Er stammte von Ihrer Bank. Was haben Sie dazu zu sagen?«

Ravanusa erregte sich noch mehr. »Wollen Sie mir damit irgend etwas unterstellen?«

»Ganz ruhig«, Bordonaro winkte ab. »Ich unterstelle Ihnen überhaupt nichts. Mir geht es nur um die Tatsache, daß in Ihrer Bank einige merkwürdige Dinge geschehen, die es noch zu klären gilt. Ich denke da etwa an die beiden Konten, die auf die Namen Gelsomino und Papavero geführt wurden. Wer verbirgt sich hinter den Namen?«

Ravanusa zögerte. Er holte mehrmals tief Luft, und als das Schweigen zu lange dauerte, sagte er schließlich: »Daran erinnere ich mich nicht mehr.«

»Und das soll ich Ihnen glauben? Zwei Konten, über die Geschäfte im Werte von Milliarden abgewickelt wurden – und Sie behaupten, nicht mehr zu wissen, wer dahintersteckte?«

»Die Privatangelegenheiten meiner Kunden gehen mich nichts an.«

»Nun, dann möchte ich Ihr Gedächtnis ein wenig auffrischen. Nach den Ergebnissen der von Commissario Cattani durchgeführten Ermittlungen waren die Inhaber der beiden Konten Rechtsanwalt Terrasini und Sie selbst.«

Die Antwort Ravanusas überraschte den Staatsanwalt nicht: »Doch kurze Zeit später hat der Commissario die Anklagen zurückgezogen.«

»Ich weiß«, sagte Bordonaro. »Jetzt aber bestätigt er sie erneut.«

Diese Worte veranlaßten Ravanusa zu einer Bemerkung, mit der der Staatsanwalt nicht gerechnet hatte. »Und Sie glauben einem Mann, der blind vor Haß ist? Einem Mann, dessen Tochter entführt und vergewaltigt wurde?«

Bordonaro hob ruckartig den Kopf und hieb mit der Faust auf den Schreibtisch. »Woher wissen Sie das?«

Ravanusa war verblüfft und begriff zunächst nicht, was für einen Fehler er gemacht hatte. Sein Blick huschte einige Male unstet hin und her und richtete sich dann auf seinen neben ihm sitzenden Verteidiger, der jedoch schwieg. Schließlich erwiderte er stotternd: »Bitte? Was meinen Sie?«

»Die Vergewaltigung des Mädchens«, erklärte Bordonaro. Und er dachte: Jetzt habe ich dich.

Ravanusa schien erleichtert zu sein. »Ach so. Nun, das wissen doch alle.«

»Eben nicht«, hielt ihm der Staatsanwalt entgegen. »Niemand hat Kenntnis davon. Und sie dürften ebenfalls nichts davon wissen.«

»Aber man spricht allgemein darüber«, behauptete Ravanusa.

»Solche Einzelheiten sind bisher in der Öffentlichkeit nicht bekannt geworden. Wer über solche Dinge informiert ist, muß auch den Namen desjenigen kennen, der die Entführung des Mädchens angeordnet hat.«

Ravanusa begann zu schwitzen, und seine Lippen zitterten. »Ich habe damit nichts zu tun.«

»Aber Sie wissen, wer für die Verschleppung der Tochter Cattanis verantwortlich ist.«

»Nein, ich habe keine Ahnung.«

»Sie wußten von der Vergewaltigung, und deshalb dürfte es kein Geheimnis für Sie sein, wer die kleine Paola entführen ließ.«

»Nein, Sie irren sich.«

»Wer war es? Terrasini?«

»Ich weiß überhaupt nichts.«

Der Staatsanwalt spielte seinen letzten Trumpf aus. »Ich muß Sie darauf hinweisen«, sagte er kühl, »daß mir genügend Beweismaterial vorliegt, um Sie verhaften zu lassen.«

Ravanusa erblaßte. Doch sein Verteidiger kam ihm zu Hilfe. Er bat um eine Unterbrechung des Verhörs und blickte in Richtung des Gerichtsschreibers. Bordonaro begriff, daß der Bankdirektor ein vertraulicheres Gespräch mit ihm führen wollte, und daraufhin wandte er sich an den Protokollbeamten: »Wir machen eine fünfminütige Pause. Sie können gehen und einen Kaffee trinken.«

Als sie allein waren, stützte Bordonaro die Ellenbogen auf den Tisch, faltete die Hände und meinte: »So, Commendatore, jetzt können wir uns in aller Ruhe unterhalten...«

20

Contessa Camastra traf als letzte ein. Sie entschuldigte sich für die Verspätung und nahm an dem großen runden Tisch Platz, an dem bereits sechs Personen saßen, und mit einer knappen Geste gab sie den anderen zu verstehen, man könne jetzt beginnen. Die Konferenz fand in einem Nebenzimmer des Palazzo statt, der den Kulturklub beherbergte. Terrasini hatte sie einberufen, und er erklärte nun seine Gründe dafür.

»Signori«, sagte er, »ich habe Sie hierhergebeten, um Ihnen eine wichtige Mitteilung zu machen. Uns bietet sich die Möglichkeit für ein großartiges Geschäft. Mein alter Freund Frank Carrisi hat mich aus Amerika angerufen. Er und einige seiner Bekannten sind dazu bereit, dreihundert Millionen Dollar in die Elektronikindustrie zu investieren. Es geht dabei um die Produktion von Material, dem strategische Bedeutung zukommt.« Terrasini legte eine kurze Pause ein, um seinen Zuhörern Gelegenheit zu geben, über seine Worte nachzudenken. Dann fuhr er fort: »Die Bedeutung einer solchen Transaktion dürfte Ihnen wohl klar sein. Die Gelder werden über eine Bank unseres Vertrauens aus den Vereinigten Staaten transferiert.«

Ein dicklicher und finster blickender Mann schüttelte skeptisch den Kopf und wandte ein: »Wir sollten sehr vorsichtig sein. Solche Summen könnten Verdacht erregen. Die Wogen haben sich noch immer nicht geglättet.«

Ein anderer Mann, dessen Gesicht mit Sommersprossen übersät war, sagte: »Was solche Dinge angeht, könnte uns Commendatore Ravanusa Auskunft geben. Schade, daß er nicht gekommen ist.«

Terrasini gab sich tolerant und meinte, man müsse Verständnis für ihn haben, denn er sei gestern vom stellvertretenden Staatsanwalt verhört worden und noch immer ziemlich verstört.

»Wie dem auch sei«, schloß er. »Wir haben Zeit genug, um gründlich nachzudenken. Unsere amerikanischen Freunde geben uns einen Monat Zeit, um uns zu entscheiden.«

Auch Bordonaro mußte eine Entscheidung treffen. Wie sollte er nach dem Verhör Ravanusas vorgehen? Welche Schritte galt es einzuleiten?

Er bestellte Altero zu sich. »Was meinen Sie?« fragte er ihn.

»Ich weiß nicht so recht. Hat Ravanusa ausgepackt?«

»Nein, nicht im eigentlichen Sinne«, erwiderte Bordonaro. »Er gab zu, daß es bei einigen Bankgeschäften zu Unregelmäßigkeiten gekommen sei. Ja, das schon. Aber dabei handelt es sich doch nur um Nebensächlichkeiten.«

»Und in bezug auf Terrasini?«

»Er machte Anspielungen. Wissen Sie, Ravanusa gab mir folgendes zu verstehen: Wenn ihr mich aus den wirklich heiklen Sachen raushaltet, könnt ihr als Gegenleistung wichtige Informationen erwarten.«

Altero meinte, er habe Verständnis für die Einstellung des Bankdirektors. »Ich glaube, mit den wirklich schmutzigen Geschäften hat Ravanusa gar nichts zu tun. Spekulationen und Kapitalverschiebungen – das ja. Aber nicht er bestimmt, was läuft. Der wirkliche Boß ist Terrasini.«

»Ja«, bestätigte der Staatsanwalt. »In diesem Zusammenhang

drückte sich Ravanusa ziemlich klar aus. Er meinte, die Finanzierungen der Baugeschäfte und sowohl die Vergabe von Krediten als auch der Drogenhandel unterlägen der direkten Kontrolle Terrasinis.«

»Nannte er noch andere Namen?« erkundigte sich Altero.

»Ja, einen. Als ich ihn fragte, ob es Beziehungen zu Personen gebe, die über jeden Verdacht erhaben seien, antwortete er: In Rom gibt es einen sehr einflußreichen Mann, der über alles Bescheid weiß.«

Altero nickte. »Mit anderen Worten: Wir müssen auf der Hut sein.«

»In der Tat«, pflichtete ihm Bordonaro bei. »Ein falscher Schritt könnte alles in Gefahr bringen, was wir bisher erreicht haben. Andererseits hat es keinen Sinn, einfach die Hände in den Schoß zu legen. Ich habe beschlossen, mit dem Mann zu reden, dessen Namen ich von Ravanusa erfuhr. Er heißt Cannito.«

Bordonaro setzte sich mit dem Innenministerium in Verbindung, um die Telefonnummer des Geheimdienstes in Erfahrung zu bringen, und versuchte anschließend Cannito zu erreichen. Der Vermittler bat ihn, sich ein wenig zu gedulden. Der Leiter der Abteilung Z zögerte, den Anruf entgegenzunehmen, denn er konnte sich nicht daran erinnern, den Namen Bordonaro schon einmal gehört zu haben. »Bordonaro... Bordonaro...« brummte er, doch er wußte nicht, um wen es sich handelte.

Daraufhin forderte er den Vermittler auf, Bordonaro zu fragen, von wo aus er anriefe. Sein Interesse erwachte sofort, als er von Trapani hörte, und er ließ das Gespräch zu sich durchstellen.

»Ich würde gern ein vertrauliches Gespräch mit Ihnen führen«, bat Bordonaro.

»Und um was geht es dabei?«

»Um den Fall des Commissario Cattani. Erinnern Sie sich daran?«

Das bestätigte Cannito natürlich. Er war jetzt neugierig auf das, was der stellvertretende Staatsanwalt ihm mitzuteilen hatte. »Können Sie mir am Telefon keine Einzelheiten nennen?« fragte er.

»Es handelt sich um eine heikle Angelegenheit. Ich würde es vorziehen, unter vier Augen mit Ihnen darüber zu sprechen.«

Cannito blätterte in seinem Terminkalender. »Donnerstagnachmittag hier in meinem Büro. Paßt Ihnen das?«

Bordonaro vergewisserte sich, daß er für den genannten Zeitpunkt keine Verpflichtungen hatte. »Donnerstag... in drei Tagen also. Ja, in Ordnung.«

Bordonaro wußte um die Verbindungen zwischen Cannito und Cattani. Er hielt es aber für seine Pflicht, ihn vom neuesten Stand der Ermittlungen zu unterrichten. Doch die Reaktion des Kommissars überraschte ihn: Cattani schien in höchstem Maße besorgt zu sein.

»Nehmen Sie die Verabredung mit Cannito auf keinen Fall wahr«, sagte der Kommissar am Telefon. Und fast beschwörend wiederholte er: »Auf gar keinen Fall.«

»Ich habe bereits einen Termin mit ihm vereinbart. Für Donnerstag.«

»Sagen Sie ab. Lassen Sie sich irgendeine Entschuldigung einfallen.«

»Und weshalb?« fragte Bordonaro.

»Wir müssen uns unbedingt sehen«, erwiderte Cattani. »Am Telefon kann ich Ihnen die Sache nicht erklären. Am besten, wir treffen uns auf halbem Wege. Sie sagten doch, Sie seien am Donnerstagnachmittag in Rom, nicht wahr? Gut. Ich komme mit dem Wagen. Nehmen Sie am Flughafen ein Taxi und lassen Sie sich zur Mautstation Rom Nord bringen. Ich hoffe, ich kann bis fünf dort sein.«

»Einverstanden«, bestätigte Bordonaro.

Cattani gab ihm noch einen weiteren Rat. »Sie sollten den Namen Cannitos für sich behalten. Sprechen Sie mit niemandem über diese Sache, bis Sie mich angehört haben. In Ordnung?«

Bordonaro legte auf und erhob sich. Er nahm die Schlüssel für den Stahlschrank, in dem er besonders wichtige Unterlagen aufbewahrte, und kurz darauf hatte er den Aktendeckel in der Hand, der das Protokoll vom Verhör Ravanusas enthielt. Der stellvertretende Staatsanwalt schlug ihn auf und blätterte, bis er die Stelle fand, an der der Bankdirektor von Cannito gesprochen hatte. Nachdenklich verweilte der Blick Bordonaros eine Zeitlang auf den betreffenden Zeilen, dann legte er die Papiere in seine Aktentasche.

Von der Terrasse Cannitos aus hatte man einen herrlichen Blick auf die römische Altstadt, auf Hunderte von größeren und kleineren Kuppeln, die überall zwischen den Dächern hervorragten und aussahen wie bunt schimmernde Blasen, die auf einer Decke aus feinem Dunst schwammen. Jedesmal wenn Cannito in seiner Wohnung einen Gast begrüßte, der sich zum erstenmal in Rom aufhielt, führte er ihn an die Fenster und zeigte ihm verschiedene Perspektiven auf die Stadt. Als krönenden Abschluß geleitete er den Staunenden anschließend auf die Terrasse, breitete dort stolz die Arme aus und sagte: »Genießen Sie diesen Anblick. Vor Ihnen erstreckt sich das neuralgische Zentrum der Welt. Die westliche Zivilisation nahm hier ihren Ursprung und breitete sich von hier aus auf der Erde aus. Und ich möchte hinzufügen: Ich glaube nicht, daß diese Stadt vollständig ihre Bedeutung als *caput mundi* verloren hat. Irgend etwas ist geblieben. Etwas im Verborgenen, etwas, das man nicht direkt greifen kann.«

Manchmal, wenn er noch größeren Eindruck machen wollte, wandte er sich dem herrlichen Panorama zu und zitierte Titus Livius* auf lateinisch: *»Sed debebatur, ut opinor, fatis tantae*

* Titus Livius, 59 v. Chr.–17 n. Chr.; römischer Geschichtsschreiber (Anmerkung des Übersetzers).

*origo urbis maximique secundum deorum opes imperii principium.«**

In diesem Fall aber hielt es Cannito nicht für nötig, den Mann zu verblüffen, der ihm Gesellschaft leistete. Professor Laudeo war mit Rom ebenso vertraut wie er selbst, und er unterrichtete den Leiter der Abteilung Z gerade von einer höchst wichtigen Angelegenheit – von dem Geschäft, über das Terrasini seinen Freunden gegenüber gesprochen hatte.

»Der Botschafter ist Ihnen sehr dankbar«, sagte Laudeo und sah Cannito an. »Er hat uns einen großen Gefallen getan, und ich glaube, jetzt gibt es keine Schwierigkeiten mehr. Die erste Million Dollar ist bereits überwiesen.«

Ein Diener näherte sich. Er trug eine weiße Jacke und weiße Handschuhe und stellte ein Telefon vor Cannito auf den Tisch. »Ein wichtiger Anruf für Sie.«

Cannito nahm den Anruf entgegen, und während er zuhörte, veränderte sich sein Gesichtsausdruck. »Ja«, antwortete er seinem Gesprächspartner. »Ich verstehe.« Doch in seinen Zügen kam Verwirrung zum Ausdruck.

Nach einer Weile legte Cannito auf, und er wirkte nachdenklich. »Kennen Sie den stellvertretenden Staatsanwalt Bordonaro?«

»Den Namen habe ich schon einmal gehört«, entgegnete Laudeo.

»Nun, der Anruf eben stammte von meinem Sekretär. Er teilte mir mit, Bordonaro habe sich gemeldet und verlauten lassen, er bedaure es sehr, den mit mir für den kommenden Donnerstagnachmittag vereinbarten Termin nicht wahrnehmen zu können.«

»Und?« fragte Laudeo.

»Das kommt mir recht seltsam vor«, fuhr Cannito fort und be-

* »Aber ich glaube, es war das Schicksal, das die Entstehung einer so großen Stadt bestimmte, die zum Mittelpunkt des größten Imperiums auf der Erde wurde, eines Reiches, das gleich nach dem der Götter kommt.«

trachtete in Gedanken versunken die Eiswürfel in seinem Glas. »Bordonaro bat mich mit großem Nachdruck um ein persönliches Gespräch. Er meinte, es ginge um eine sehr wichtige Angelegenheit, die er nicht am Telefon mit mir erörtern könne.« Er trank einen Schluck. »Und jetzt sagt er ganz plötzlich ab.« Die Sache gefiel Cannito überhaupt nicht, und je mehr er darüber nachdachte, desto unruhiger und besorgter wurde er. »Wissen Sie«, fügte er hinzu, »Bordonaro stellt Nachforschungen über die alte Geschichte mit Cattani an.«

Laudeo seufzte. »Hört das denn nie auf?« entfuhr es ihm. »Mit solchen Lappalien dürfen wir keine Zeit verlieren. Dieser Fall muß ein für alle Mal zu den Akten gelegt werden. Und zwar endgültig.«

»Genau«, bestätigte Cannito. »Ich möchte vermeiden, daß in Sizilien Dinge entdeckt werden, mit denen sich eine Verbindung zu uns hier in Rom herstellen ließe.«

Am Nachmittag bestieg Laudeo ein Flugzeug, und am Abend besuchte er Terrasini. Sie aßen in einem Restaurant, in dem nur Leute verkehrten, die zur gehobenen Gesellschaft gehörten. Die Wände waren mit Fresken geschmückt, und vier junge Frauen – gekleidet in Gewänder mit tiefen Ausschnitten – trugen lächelnd das Essen auf und bemühten sich, jeden Wunsch ihrer Gäste zu erfüllen.

»Die Angelegenheit macht uns Sorgen«, sagte Laudeo. »Ich hielt es für angebracht, sofort hierher zu kommen und mit Ihnen darüber zu reden. Was halten Sie von der Sache?«

Terrasini schnupperte an dem Wein, den ihm eine der jungen Frauen eingeschenkt hatte. Er nahm einen kleinen Schluck, hob anerkennend die Augenbrauen und nickte. »Danke«, sagte die Frau erfreut, und Terrasini richtete seine Aufmerksamkeit wieder auf den Professor. »Nicht viel«, beantwortete er dessen Frage. »Denn Bordonaro fliegt trotzdem nach Rom. Zwar hat er die Verabredung mit Cannito abgesagt, doch die Platzreservierung an Bord des Flugzeuges besteht nach wie vor.«

»Ach«, machte Laudeo und kniff die Augen zusammen. »Dann ist die Lage kritischer, als ich befürchtete.«

»Das glaube ich ebenfalls«, entgegnete Terrasini kühl. Als ihm eine der Kellnerinnen einen Teller mit Austern vorsetzte, strich er ihr über die Hand. Die Dame lächelte verführerisch und wich nicht zurück. Sie war blond und hatte lange Wimpern. »Ich habe Sie hier noch nie gesehen«, sagte Terrasini leise.

»Ich bin erst gestern eingetroffen«, erwiderte sie mit deutlichem Akzent. Und als sie ging, wiegte sie sich in den Hüften.

»Bordonaro ist zu neugierig geworden«, meinte der Rechtsanwalt nach einer Weile. »Er hat sich alle Unterlagen Cattanis vorgenommen, und offenbar ist es ihm gelungen, irgend etwas Bedeutsames zu entdecken.« Mit Genuß verspeiste er die letzte Auster. »Aber ganz gleich, um was es sich dabei auch handelt: Wir dürfen nicht zulassen, daß erneut Staub aufgewirbelt wird.«

Die Blondine kehrte mit einem silbernen Tablett zurück, auf dem drei kristallene Gläser und eine Flasche Champagner standen. Sie schenkte ein, und nachdem sie Laudeo und Terrasini jeweils ein Glas gereicht hatte, stieß sie mit ihnen an.

»Auf Sie«, sagte Terrasini und lächelte breit.

Die junge Frau lachte leise, nahm einen kleinen Schluck und hob die schmale Hand wie zum Gruß.

Als sie ging, blickte der Rechtsanwalt ihr verträumt nach und seufzte: »Spitzenklasse.«

Laudeo nickte. »Wirklich nicht übel.« Dann lenkte er das Thema wieder auf die Dinge, die ihn mehr interessierten. »Gibt es Neuigkeiten von Ihrem amerikanischen Freund?«

»Mister Carrisi wird bald nach Italien kommen. Wir haben uns inzwischen beraten und sind zu einer Entscheidung gelangt. Das Geschäft interessiert uns.«

»Ausgezeichnet«, erwiderte Laudeo. »Auch in Rom läuft alles

bestens. Meine Organisation wird sich für das Projekt einsetzen. Cannito engagiert sich sehr, und seine Unterstützung ist von wesentlicher Bedeutung.«

Terrasini trank sein Glas aus. »Es darf jetzt niemand aus der Reihe tanzen«, sagte er. »Und Komplikationen müssen vermieden werden. Selbst der kleinste Zwischenfall kann dazu führen, daß das Geschäft platzt.«

Mit einem Nicken lenkte er die Aufmerksamkeit der Blondine auf sich, die sofort herbeieilte. Terrasini gab ihr zwei Schecks: Mit dem einen bezahlte er die Rechnung, und der andere war für die junge Frau persönlich bestimmt. »Oooh«, machte sie dankbar. Und mit einem koketten Zwinkern steckte sie dem Rechtsanwalt eine Nelke ins Knopfloch.

21

Es war fast Mittag, als Altero den stellvertretenden Staatsanwalt mit seinem Privatwagen abholte, um ihn zum Flughafen von Palermo zu bringen. Er wollte Bordonaro von den letzten Neuigkeiten berichten und gleichzeitig die Gelegenheit nutzen herauszufinden, ob er einen bestimmten Plan verfolgte.

Es herrschte nur wenig Verkehr, und die kurvenreiche Straße führte an Orangenhainen und dem Meer entlang, das sich blau und glatt wie ein Spiegel bis zum Horizont erstreckte. Nach einer Weile öffnete Bordonaro seine Aktentasche und holte einen Umschlag hervor, den er Altero reichte. »Das hier ist für Sie. Eine Kopie von Ravanusas Verhörprotokoll.« Der Staatsanwalt klappte den kleinen Koffer zu. »Ein schlechtes Zeichen: Ich lasse mich bereits von der Angst der Leute anstecken, die glauben, dauernd beschattet zu werden.«

Altero nahm den Umschlag entgegen und schob ihn mit einer Hand in die Innentasche seiner Jacke, während die andere das

Steuer festhielt. Dann machte er eine Bemerkung, aus der hervorging, daß sich seine Befürchtungen nicht von denen des Staatsanwaltes unterschieden. »Was das Original angeht... Sie haben es doch nicht etwa im Büro gelassen, oder?«

»Nein«, entgegnete Bordonaro. »Es befindet sich hier drin.« Er klopfte auf seine Aktentasche.

Am Flughafen wartete Altero, bis das Flugzeug Bordonaros gestartet war, und dann machte er sich auf den Rückweg. Ab und zu hob er die Hand und berührte die Jackentasche – so als wolle er feststellen, ob der Umschlag noch an seinem Platz war.

Er steuerte den Wagen durch einige Kurven und fuhr anschließend über eine lange, leicht abschüssige, gerade Strecke. Als vor ihm eine weitere scharfe Kurve auftauchte, schloß ein anderes Fahrzeug auf ihn zu, ein cremefarbener Alfa Romeo vom Typ Giulietta, in dem drei Männer saßen. Nach der nächsten Serpentine setzte das Auto zum Überholen an, machte dabei jedoch einen plötzlichen Schlenker nach rechts, so als wolle der Fahrer Altero von der Straße drängen. Die Läufe von automatischen Waffen ragten aus den Fenstern.

Zwei Insassen der Giulietta zielten mit Maschinenpistolen auf den stellvertretenden Leiter der Squadra mobile, die Mündungen waren kaum einen Meter von dem Wagen auf der rechten Fahrbahn entfernt. Aus einem Reflex heraus riß Altero das Steuer nach links.

Aber es war zu spät.

Die Waffen entluden sich ratternd, und Kugeln trafen Altero am Kopf und in der Brust. Die Wucht der Geschosse schleuderte ihn zur Seite, auf den Beifahrersitz. Der Wagen kam von der Straße ab, stürzte zehn Meter in die Tiefe, prallte an einen großen Felsen ab und blieb liegen.

Der Alfa Romeo kam mit quietschenden Reifen zum Stehen, und einer der drei Insassen stieg aus und rutschte die Böschung hinunter. Er öffnete die verbeulte Wagentür, durchsuchte den toten Altero, fand den Umschlag in der Jackentasche und nahm ihn an sich. Dann kletterte er den Hang hinauf, wo oben seine beiden Komplizen auf ihn warteten.

Zur gleichen Zeit war Corrado Cattani auf der Autostrada del Sole in Richtung Rom unterwegs. Er blinkte rechts, bog ab und hielt auf dem Parkplatz einer Raststätte. Seit Stunden war er unterwegs, er fühlte sich müde und erschöpft, deshalb wollte er sich die Beine vertreten und eine Kleinigkeit essen.

Im Restaurant herrschte dichtes Gedränge. Cattani bahnte sich einen Weg durch die vielen Autofahrer, die laut miteinander sprachen und Brötchen mit Salami aßen. Schließlich erreichte er den Tresen und bestellte ein Stück Torte.

Während er wartete, daß man ihm einen Kaffee servierte, dachte er an seine Jugendzeit in Rom zurück, an die vielen guten Konditoreien in der Hauptstadt, ihre jeweiligen Spezialitäten. Er seufzte melancholisch, trank den Kaffee und wandte sich dem Ausgang zu. In einem Gestell neben der Tür fiel ihm ein kleiner Plüschbär auf, der inmitten von großen Puppen und teurem Spielzeug hockte. Er nahm ihn in die Hand, betrachtete ihn von allen Seiten und nickte. Bestimmt würde sich Paola über ein Geschenk freuen... Dann setzte er die Fahrt nach Rom fort.

Bordonaro verließ den Flughafen von Fiumicino. Wenn er nicht auf die Idee gekommen wäre, Cattani anzurufen, dachte er, hätte er sich jetzt auf den Weg zu Cannito gemacht – und damit vielleicht einen großen Fehler begangen. Die Warnung des Kommissars vor einer Begegnung mit dem Leiter der Abteilung Z deutete auf eine Gefahr hin, und Bordonaro wußte nicht welche. Cattani würde ihm Auskunft geben.

Der Staatsanwalt stieg in ein Taxi und legte sich die Aktentasche auf die Knie. Er teilte dem Fahrer mit, sein Ziel sei die Mautstation Rom Nord. Der Mann hinter dem Steuer war jung und hatte langes dichtes Haar, das ihm tief in die Stirn fiel, und im römischen Dialekt erwiderte er: »Kein Problem, Dottore. Wir nehmen den Grande Raccordo Anulare*. Dürfte etwa eine Dreiviertelstunde dauern.«

Bordonaro warf einen Blick auf die Uhr. Er hatte sich mit Cattani für fünf Uhr verabredet, und bis dahin blieb noch Zeit genug. Erneut wandte er sich an den Fahrer und fragte: »Könnten Sie auf mich warten? Ich möchte nur kurz mit jemandem sprechen und komme dann wieder.«

»Klar«, lautete die Antwort des jungen Mannes. »Ich parke einfach und warte.«

Kaum waren sie losgefahren, nutzte der Fahrer die Gelegenheit, um sich sein ganzes Leid von der Seele zu reden. Er verfluchte die Privatwagen und meinte, man müsse ihnen den Zugang zum Stadtzentrum verwehren. Dann kam er auf ein anderes Lieblingsthema der Taxifahrer zu sprechen: die Politiker, die ihrer Ansicht nach für alle Probleme der Welt die Verantwortung tragen, für die vergangenen und gegenwärtigen ebenso wie die der Zukunft.

Bordonaro unterließ es geflissentlich, den Fahrer zu weiteren ausschweifenden Vorträgen aufzufordern. Seine Teilnahme an dem Gespräch beschränkte sich auf knappe Bemerkungen wie »Aha«, »Ach« und »Gewiß«. Er wollte nicht unhöflich sein und zumindest den Eindruck erwecken, den Ausführungen des jungen Mannes mit Interesse zu folgen. Immer wieder drehte er den Kopf, sah aus dem Fenster auf die Hügel der römischen Landschaft. Bisweilen fiel sein Blick auf häßliche Häuser am Rande des Grande Raccordo Anulare, und er schüttelte den Kopf und dachte: In einigen Jahrtausenden versuchen die Archäologen vielleicht, sich anhand der Überreste jener Häuser ein Bild von der gegenwärtigen Zivilisation zu machen, und dann kommen sie zu dem

* GRA: der Autobahnring um Rom (Anmerkung des Übersetzers).

Schluß, daß sich niemals zuvor eine Epoche der menschlichen Geschichte durch einen derart krassen Mangel an Geschmack ausgezeichnet hat.

Sie kamen schnell vorwärts, und es dauerte nicht lange, bis sie die Abzweigung der Autobahn nach Florenz erreichten. Ein großer Wagen war ihnen die ganze Zeit über gefolgt und kam nun auf der Überholspur näher, bis er direkt neben ihnen fuhr. Zwei junge Männer saßen darin. Der auf dem Beifahrersitz musterte die Insassen des Taxis finster.

Dann beschleunigte das Fahrzeug, überholte und setzte die Fahrt auf dem Mittelstreifen vor ihnen fort. Es verringerte die Geschwindigkeit, bis der Abstand zum Taxi auf rund zehn Meter zusammengeschmolzen war. Dann trat der junge Mann hinter dem Steuer voll auf die Bremse. Die Reifen quietschten und ließen zwei schwarze Streifen auf dem Asphalt zurück.

Der Taxifahrer war überrascht, und obgleich er im Verlaufe einiger Jahre im haarsträubenden Stadtverkehr Roms einschlägige Erfahrungen hatte sammeln können, konnte er dem großen Wagen weiter vorn nicht mehr rechtzeitig ausweichen. Das Auto prallte an die linke Kofferraumseite, drehte sich und kam an der Leitplanke zum Stehen.

Obwohl der Taxifahrer leicht benommen war, öffnete er sofort die Tür und stieg aus, um den beiden jungen Kerlen seine Meinung zu sagen. Er kam jedoch nicht mehr dazu. Die beiden Männer hatten ihr Auto bereits verlassen – und an ihren Absichten konnte kein Zweifel bestehen. Sie waren mit Maschinenpistolen bewaffnet. Es ratterte kurz, der Taxifahrer wurde an seinen Wagen zurückgeschleudert und sank blutüberströmt zu Boden.

Bordonaro sah, wie sich die jungen Männer umdrehten und auf ihn anlegten. Sekundenlang rührte sich der Staatsanwalt nicht von der Stelle, so als sei er gelähmt. In diesen kurzen Augenblikken begriff er, daß er ein toter Mann war, nicht mehr die geringste Chance hatte. Die ersten Kugeln schleuderten ihn an die Rückenlehne, und die zweite Salve stieß ihn nach rechts. Bordonaro war bereits tot, als sein Kopf an die Scheibe des Seitenfensters schlug. Die Aktentasche rutschte ihm von den Knien und blieb hochkant auf dem Boden liegen. Einer der Verbrecher nahm sie hastig an sich. Hinter den beiden Fahrzeugen hatte sich eine lange Schlange gebildet.

Die beiden Killer sprangen über die Absperrung auf die andere Seite der Autobahn und stiegen dort in ein wartendes Fahrzeug, das sofort davonraste.

Eine knappe halbe Stunde später erreichte Cattani die Mautstation Rom Nord. Er bezahlte die Gebühr und hielt rechts auf einem freien Platz an. Sofort bemerkte er die allgemeine Aufregung. Ganz in der Nähe standen Wagen der Polizei und der Carabinieri, und weitere trafen mit heulenden Sirenen ein. Die beiden Fahrspuren aus Richtung Rom waren völlig leer.

Cattani wandte sich an einen der Beamten. »Was ist los? Hat sich ein Unfall ereignet?«

Der Polizist sah ihn mit einer Mischung aus Argwohn und Unwillen an. »Ein Unfall?« erwiderte er. »Entschuldigen Sie bitte: Wer sind Sie überhaupt?«

Der Kommissar zeigte ihm seinen Ausweis. »Commissario Cattani.«

Das Mißtrauen des Beamten verwandelte sich in Respekt. »Nein, es handelt sich nicht um einen Unfall, Signor Commissario«, sagte er. »Es kam zu einer Schießerei. Ein Staatsanwalt wurde erschossen.« Er machte Anstalten, den Ausweis zurückzugeben, doch Cattani, der blaß geworden war, ignorierte ihn. »Signor Commissario, Ihr Ausweis. Stimmt etwas nicht? Fühlen Sie sich nicht gut?«

»Bitte?« Cattani fiel es schwer, etwas zu sagen. »Ach so. Nein, nein, es ist alles in Ordnung mit mir.«

Sie waren schneller als ich, dachte er, als er wieder in seinen

Wagen stieg. Zu dem Schmerz, einen Freund verloren zu haben, gesellten sich Übelkeit und Verbitterung. Er startete den Motor und fuhr in Richtung Rom. Er hatte ungefähr drei Kilometer zurückgelegt, als er die Stelle erreichte, wo Bordonaro ermordet worden war. Weiß gekleidete Sanitäter legten gerade die Leiche des Taxifahrers auf eine Bahre.

Die Beamten des Erkennungsdienstes machten sich sofort an die Arbeit. Auf den Wink eines Beamten öffneten die Sanitäter die Beifahrertür des Taxis und zogen den Leichnam Bordonaros heraus. Seine Jacke war blutüberströmt, und sein Gesicht von den Kugeln zerfetzt.

Jemand berührte den Kommissar am Arm, und Cattani erkannte Ferretti. Der Mann vom Geheimdienst sah ihn durchdringend an. »Sie waren mit ihm verabredet, nicht wahr?«

»Ja. Wir wollten uns an der Mautstation treffen.«

Ein etwas verwirrter Polizist trat auf sie zu. »Wir haben eben erfahren, daß er gerade erst mit einem Flugzeug aus Sizilien eingetroffen ist. Zu klären bleibt noch, warum er nicht in die Stadt fuhr, sondern auf die Autobahnumgehung.«

Cattani und Ferretti antworteten nicht. Sie wichen ein wenig zur Seite, und Ferretti sagte: »Als ich Sie hier sah, Cattani, begriff ich sofort, welches Ziel Bordonaro hatte. Bestimmt wollten Sie ihm mitteilen, daß wir es mit Personen zu tun haben, die vor nichts zurückschrecken.«

Cattani achtete nicht auf diese Worte, sein Blick ging an Ferretti vorbei. Die Polizei hatte inzwischen den Verkehr auf die andere Fahrbahn umgeleitet, und auf den beiden Fahrstreifen rollten Hunderte von Autos im Schneckentempo dahin. Die Beamten winkten und pfiffen, um den Verkehrsfluß zu beschleunigen.

»Die Ermordung Bordonaros ist noch nicht alles«, fügte Ferretti hinzu. »Heute morgen wurde auch Altero erschossen. Er brachte den Staatsanwalt zum Flughafen von Palermo, und auf dem Rückweg hat es ihn erwischt.«

Cattani senkte den Kopf, ging einige Schritte, stützte einen Fuß auf die Leitplanke und blickte über die Landschaft. Kurz darauf beobachtete Ferretti, wie er ein Taschentuch hervorzog und sich damit übers Gesicht wischte.

Dann holte der Kommissar tief Luft und sagte: »Sie standen beide kurz davor, die Wahrheit herauszufinden. Und deshalb wurden sie aus dem Weg geräumt.«

»Es waren aufrechte, mutige Männer, die Vergeltung verdient haben«, warf Ferretti ein. »Sind Sie jetzt dazu bereit, meinen Vorschlag anzunehmen und mit mir zusammenzuarbeiten?«

Cattani dachte kurz nach. »Nein. Ich habe gerade die letzten beiden Freunde verloren, die ich noch hatte. Ich kann nicht mehr. Ich glaube nicht daran, daß es möglich ist, unter diesen Bedingungen für Gerechtigkeit zu sorgen. Was soll ein kleiner Kommissar denn machen, wenn ihm irgendein hohes Tier dauernd über die Schultern blickt, ihm Hindernisse in den Weg legt, ihn dazu zwingt, Ermittlungen einzustellen?«

Ferretti versuchte, ihm Mut zuzusprechen. »Ich brauche gerade deswegen Ihre Hilfe, um damit endlich Schluß zu machen, den Stall auszumisten.«

»Nein«, wiederholte Cattani fest. »Entschuldigen Sie bitte, aber ich glaube inzwischen, ihr seid alle gleich. Ihr habt nur euren eigenen Vorteil im Sinn. Nein, davon will ich nichts mehr wissen. Ich muß mich um meine Tochter kümmern; es geht ihr immer noch schlecht.«

»Aber Sie haben sie verlassen, um hierher zu kommen und mit Bordonaro zu sprechen«, bemerkte Ferretti.

»Um sein Leben zu retten. Ich wußte, daß er sich in Gefahr befindet, und ich wollte ihm die Augen öffnen, ihn darauf hinweisen, er müsse mit Gegenaktionen rechnen. Aber ich kam zu spät.« Er preßte die Lippen zusammen und breitete die Arme aus. »Jetzt ist es um ihn geschehen.« Er winkte. »Leben Sie wohl, Ferretti.«

Der Kommissar ging auf die Hecke zu, die zwei der Fahrstreifen von den anderen beiden trennte. Er hatte seinen Wagen auf der gegenüberliegenden Seite stehenlassen, geparkt auf dem Seitenstreifen. Einer der Beamten hob sein Signal, pfiff und hielt die Kolonne an, so daß Cattani passieren konnte. Ferretti sah ihm nach. Er folgte ihm einige Meter und rief: »Denken Sie noch einmal darüber nach, Commissario!«

Nachdem Cattani den Seitenstreifen erreicht hatte, setzte sich die lange Autoschlange wieder in Bewegung. Ein frischer Wind ließ den Kommissar schaudern, und das Wissen um die neuerliche Niederlage lastete schwer auf ihm.

Als Cattani nach Genf zurückgekehrt war, rang er den Ärzten die Erlaubnis ab, mit Paola und Else zusammen zum erstenmal einen Ausflug machen zu dürfen. Sie besuchten einen Vergnügungspark, und das Mädchen schien glücklich zu sein. An einem Stand versuchte es, mit kleinen Bällen Ziele zu treffen und auf diese Weise einen Goldfisch zu gewinnen, und anschließend überredete Paola ihre Eltern dazu, im Riesenrad zu fahren.

Cattani und Else wichen nicht von ihrer Seite und erfüllten ihr jeden Wunsch. Sie freuten sich, ihre Tochter so ausgelassen und fröhlich zu sehen. Und wenn sich ihre Blicke begegneten, dann war es, als wollten sie sich stumm mitteilen: Vielleicht hat sie ihren Schock jetzt endlich überwunden; vielleicht ist sie wieder gesund.

Wachsam beobachteten sie das Mädchen, und Paola schien ihrerseits mit großer Aufmerksamkeit das Gebaren ihrer Eltern zu verfolgen. Irgendwann fragte sie plötzlich: »Warum habt ihr euch nicht mehr lieb?«

Cattani seufzte. Eigentlich wollte er eine beruhigende und überzeugt klingende Antwort geben, doch er sagte nur: »Du irrst dich, Paola. Wir haben uns lieb.«

Damit begnügte sich das Mädchen nicht und hakte sofort nach: »Und warum küßt ihr euch dann nie?« Argwöhnisch sah sie zu ihnen hoch.

Cattani wandte sich Else zu, umarmte sie und hauchte ihr einen Kuß auf die Lippen. »Siehst du?« sagte er. »Bist du jetzt zufrieden?«

Paola strahlte. Sie sprang auf ihre Eltern zu und schlang die Arme um sie beide. Dann jedoch schien sie wieder zu zweifeln, denn sie wich ein wenig zurück und fragte, ob sie von jetzt an immer zusammenbleiben würden.

»Oh, mach dir keine Sorgen«, erwiderte Cattani und lächelte. »Wir sind jetzt wieder eine glückliche Familie und bleiben es auch. In Ordnung?«

Paola nickte. »Ich habe euch sehr lieb«, sagte sie.

Bei Verlassen des Vergnügungsparks erzählte das Mädchen, es habe von seinen Schulfreundinnen geträumt. »Ich würde gern zu ihnen zurückkehren«, meinte es.

»Und das wirst du auch bald«, verkündete Else fröhlich und strich Paola übers Haar.

»Was hältst du davon«, fragte Cattani, »wenn ich den Arzt darum bitte, uns öfter ausgehen zu lassen? Dann könnten wir uns prächtig amüsieren.«

»O ja, Papa, bitte. Sprich mit ihm.«

Der Spezialist, der sich um Paola kümmerte – ein liebenswürdiger und ruhiger Mann, der eine dicke Hornbrille trug –, führte am nächsten Tag ein Kontrollgespräch mit dem Mädchen.

Else und Cattani warteten im Gang, und durch das Fenster konnten sie beobachten, wie sich Paola offenbar recht lebhaft mit dem Arzt unterhielt.

»Sieh nur, wie redselig sie wieder geworden ist«, sagte Else. »Wer weiß, was sie ihm jetzt erzählt. Vielleicht sagt sie ihm, daß sich ihre Eltern sehr lieb haben.« Die Worte klangen ein wenig melancholisch. »Aber ob das auch stimmt?« Sie sah ihren Mann an und hielt in seinen Zügen Ausschau nach einer Antwort.

»Hör mal«, erwiderte Cattani, »ich kann es ja verstehen, daß Paola solche Fragen stellt. Aber wenn du dich nach all dem, was geschehen ist, danach erkundigst, ob wir uns noch lieben ... Nun, das erscheint mir übertrieben.«

Rote Flecken bildeten sich auf den Wangen Elses, und sie hatte Mühe, ihren Zorn unter Kontrolle zu halten. »Wenn ich dich richtig verstehe, gibst du dich mir gegenüber nur so herzlich, um Paola nicht zu enttäuschen. Wir bleiben nicht etwa deshalb zusammen, weil wir glauben, einen neuen Anfang machen zu können, sondern nur, weil uns aufgrund des Zustandes unserer Tochter keine andere Wahl bleibt.«

Cattani sah sie nicht an, als er antwortete: »Mir scheint, das ist eine recht genaue Beschreibung unserer Situation.«

»Und du glaubst, eine solche Illusion genüge Paola? Meinst du etwa, sie würde es nicht merken, was wirklich mit uns los ist?«

Cattani wanderte durch den leeren Korridor, in dem eine unheimliche Stille herrschte. Nach einigen Metern machte er kehrt, strich sich über die Stirn und legte seinen Standpunkt dar. »Uns muß es jetzt vor allen Dingen darauf ankommen, dem Mädchen dabei zu helfen, wieder völlig gesund zu werden. Ich werde mir alle Mühe geben, dieses Ziel zu erreichen. Wenn es nötig ist, Paola etwas vorzuspielen, so bin ich dazu bereit. Wenn es erforderlich ist, in die Rolle eines verliebten Ehemannes zu schlüpfen – in Ordnung. Ich halte das für nichts Verwerfliches, erachte das sogar als meine Pflicht ihr gegenüber.«

Else starrte ihn an. »Und wenn Paola wieder gesund ist?«

»Dann spreche ich offen mit ihr und erkläre ihr alles.«

Else hatte das Gefühl, als schnüre ihr etwas die Kehle zu. Doch noch gab sie nicht auf und versuchte, sich einen Rest von Hoffnung zu bewahren. »Wir haben über einen Neuanfang gesprochen. Vielleicht wäre es uns möglich, hier in der Schweiz, fern von allem, was uns belastet, die Basis für ein neues gemeinsames Leben zu schaffen. Zusammen mit Paola.«

Aber Cattani ließ keinen Zweifel daran, wie er die Sache sah. »Es gibt nichts mehr zwischen uns, was sich neu beleben ließe.«

Nach kurzem Schweigen sagte Else tonlos: »Du wirfst mich einfach so weg!«

Cattani verzog das Gesicht. »Nun sei doch vernünftig, Else. Wir hegen einen solchen Groll aufeinander, daß für etwas anderes praktisch kein Platz mehr bleibt. Und selbst wenn es uns gelänge, all das, was zwischen uns vorgefallen ist, zu verdrängen – der kleinste Anlaß würde genügen, um alles wieder auf den Tisch zu bringen, um das Pulverfaß explodieren zu lassen, zu dem unsere Ehe inzwischen geworden ist. Bis zu den nächsten Streitereien wird es bestimmt nicht lange dauern.«

»Du lehnst nur deshalb einen neuerlichen Versuch ab, weil du befürchtest, wir könnten ihn später bedauern. Aber das ist nicht gesagt...«

Cattani verlor die Geduld. »Himmel«, entfuhr es ihm laut, »begreif doch endlich, daß unsere Ehe gescheitert ist! Wir sind fertig miteinander!«

»Neeiin!« Hinter ihnen schrie Paola. Sie hatte das Büro des Arztes verlassen und die letzten Worte ihres Vaters gehört. »Neeiin!« schrie sie noch einmal, wirbelte herum, stürmte los und lief durch den Ausgang auf den Rasen.

Cattani folgte ihr. »Warte auf mich. Ich erkläre dir alles.«

Als er sie einholte, versuchte er, sie festzuhalten, aber Paola wand sich hin und her und schrie hysterisch. Sie rollte mit den Augen, und ihr Gesicht war blaß.

Cattani wollte sie umarmen, aber seine Tochter wehrte ihn ab und rief mit erstickter Stimme: »Rühr mich nicht an! Zieh mich nicht aus! Laß mich in Ruhe!«

Paola hatte panische Angst vor ihrem Vater. Wieder sah sie in ihm den Mann, der sie vergewaltigt hatte – ein Rückfall in ihr Trauma. Der Arzt kam und verabreichte ihr ein Sedativ. Anschließend wandte er sich an die Eltern und bat sie, nicht den Mut zu verlieren.

»Diese Krisen«, sagte er mit der typisch schweizerischen Gelassenheit, »werden sich auch in Zukunft wiederholen. Aber deswegen braucht man nicht zu verzagen. Diesmal waren Sie der Grund für den Rückfall, doch es hätte genausogut etwas anderes sein können, irgendeine Nichtigkeit, die Paola erneut zu einer Gefangenen des Alptraums der Vergewaltigung machte. Ich kann Ihnen jetzt noch nicht sagen, wann Ihre Tochter wieder normal reagieren wird.«

Er wandte sich wieder Paola zu, die sich inzwischen beruhigt hatte. In ihren Pupillen sah Cattani jenen fiebrigen Glanz, der von manchen Medikamenten hervorgerufen wird.

»Hör mir gut zu«, sagte der Arzt. »Deine Mutter würde gern mit dir sprechen, um dir etwas zu erklären.«

Paola gab keine Antwort, schloß einfach nur die Augen. Der Arzt strich ihr kurz über die Wange. »Na gut«, meinte er dann. »Heute hast du also keine Lust, mit deiner Mutter zu reden. Verschieben wir das eben auf morgen. Ruh dich jetzt aus.«

In jener Nacht erwachte Paola und schlug die Augen auf. Ihr Blick war trüb. Sie kroch aus dem Bett, griff nach dem kleinen Plüschbär, den ihr der Vater geschenkt hatte, und verließ das Zimmer.

Sie wanderte durch den leeren Korridor bis zur breiten Glastür des Ausgangs und ging nach draußen. Vor ihr schimmerten die vielen Lichter Genfs.

Am nächsten Morgen machte der Gärtner des Krankenhauses eine entsetzliche Entdeckung. Im großen Teich der Parkanlage schwamm der leblose Körper eines Mädchens. Dicht daneben tanzte der Plüschbär auf den kleinen Wellen.

22

Im Gang traten sich die Reisenden auf die Füße. Einige von ihnen trugen schwere Koffer, andere mit Bindfäden verschnürte Kartons. In den einzelnen Abteilen warteten weitere Fahrgäste darauf, sich in die Schlange einreihen zu können. Die Bremsen quietschten, der Zug wurde langsamer und hielt dann an.

»Trapani«, tönte es aus den Lautsprechern. »Bahnhof von Trapani.«

Cattani verließ den Waggon und hielt auf den Ausgang zu. Obwohl sein Koffer schwer war, schritt er rasch aus und näherte sich einem Taxi. Der Fahrer kam ihm entgegen, griff nach dem Gepäck des Kommissars und verstaute es im Kofferraum. Cattani nannte ihm die Adresse seiner alten Wohnung und betrachtete nachdenklich die Straßen, durch die sie fuhren. Heiß brannte die Sonne von einem wolkenlosen Himmel.

Das Taxi bog in eine Straße, die zu beiden Seiten von grauen Häusern gesäumt wurde. Cattani erinnerte sich an die Bar, die sich in unmittelbarer Nähe seiner Wohnung befand. Er hatte noch nicht gefrühstückt und wollte es jetzt nachholen.

»Halten Sie bitte hier an«, wandte er sich an den Fahrer.

In der Bar wurde es still, als er eintrat. Als Cattani seinen Cappuccino trank, stieß er mit dem Ellenbogen unabsichtlich einen alten Mann an, und der zuckte so heftig vor ihm zurück, als habe er einen elektrischen Schlag erhalten.

Kurz darauf betrat er das Haus, in dem er gewohnt hatte. Er hielt den Kopf gesenkt, als er durch den Flur ging und in den Aufzug stieg. Er vermied es, sich umzusehen. Seine Umgebung hielt viele Erinnerungen bereit, und jede davon war wie eine Nadel, die ihm ins Herz stach. An der Tür befand sich noch immer das Schild mit seinem Namen. Er schloß sie auf, und abgestandene und stikkige Luft schlug ihm entgegen.

Cattani öffnete sofort die Fenster. Die Möbel standen an ihren alten Plätzen – wie leere Behälter, die keine Funktion mehr erfüllten. Im Zimmer Paolas entdeckte er zwei Puppen: Sie hockten auf einem Regal, und ihre starren Augen blickten fröhlich in die Welt. Auf der Terrasse fand er einen kleinen Plastiksack, der zerdrückte Tuben mit Ölfarbe enthielt: Reste der Malleidenschaft seiner Frau.

Der Kommissar gab sich Mühe, diesen Dingen nur beiläufig Beachtung zu schenken. Er wollte sich nicht auf sie konzentrieren, denn das hätte nur Erinnerungen geweckt – Erinnerungen, vor denen sich Cattani fürchtete.

Er fühlte sich leer und ausgehöhlt, und es schien, als würde ihm erst jetzt bewußt, daß sich sein Leben im Verlaufe weniger Monate drastisch verändert hatte. Er blickte in den Spiegel, und es kam ihm vor, als sei er zehn Jahre älter geworden. Als hätte man mich durch die Mangel gedreht, dachte er. Ich bin nicht mehr ich selbst.

Am Nachmittag klingelte überraschenderweise das Telefon.

Cattani nahm den Hörer ab, und argwöhnisch lauschte er einige Sekunden lang, bevor er sagte: »Hallo?«

»Herzlich willkommen.«

Er erkannte die Stimme Olga Camastras. »Ach«, erwiderte er, »Sie sind's. Sie scheinen einen sechsten Sinn zu haben. Hat Ihnen Ihre Kristallkugel gezeigt, daß ich zurückgekehrt bin?«

Die Contessa lachte. »Sie kennen diese Stadt nicht. Hier sprechen sich Neuigkeiten ziemlich schnell herum. Wollen Sie für längere Zeit in Trapani bleiben?«

»Das ist meine Sache«, entgegnete Cattani schroff. »Entschuldigen Sie bitte, aber derzeit habe ich keine Lust, mit Ihnen zu reden.« Er legte auf.

Einige Minuten später klingelte es wieder.

Erneut war die Contessa Camastra am Apparat. »Ich möchte nicht unhöflich sein, aber ich würde gern mit Ihnen sprechen. Ich hätte Ihnen einige Dinge zu sagen.«

»Aber ich habe keine Zeit, Ihnen zuzuhören«, sagte Cattani. »Ich bin hierher gekommen, um meine Sachen abzuholen.«

»Wie wäre es mit heute abend, beim Essen?« fragte die Contessa.

»Nein. Ich bleibe lieber hier in der Wohnung.« Zum zweitenmal unterbrach er die Verbindung.

Am Abend aß er zwei Brötchen, die er sich aus der Bar geholt hatte. In einem der Küchenschränke fand er eine Tafel Schokolade und riß sie auf. Dann schenkte er sich einen großzügigen Whisky ein, machte es sich auf dem Sofa bequem und verfolgte das Fernsehprogramm. Es wurde einer der amerikanischen Filme gezeigt, für die sich insbesondere Frauen interessierten. Die Geschichte selbst taugte ebensowenig wie die Schauspieler: herzenskalte Dollar-Millionäre, die immer perfekt aussahen, verblödete Söhne und habgierige Playgirls, die dicke Bankkonten für Charakterstärke zu halten schienen.

Es klopfte an der Tür. Cattani schob sich den Rest der Schokolade in den Mund und stand auf, um zu öffnen. Er glaubte, es sei der Hausmeister, der ihm die Strom- und Telefonrechnungen bringen wollte.

»Guten Abend«, begrüßte ihn Olga Camastra. Sie strahlte übers ganze Gesicht und wirkte selbstsicher. Cattani sagte kein Wort, und die Contessa wartete keine Aufforderung ab, sondern trat einfach ein.

»Sie mögen das vielleicht als Belästigung empfinden«, meinte sie, »aber ich freue mich wirklich, Sie wiederzusehen.«

»Und da Sie Contessa sind und ich nichts weiter bin als ein armer Plebejer, muß ich Sie natürlich gewähren lassen«, erwiderte Cattani sarkastisch.

Olga Camastra lachte leise. »Wenn Sie die Sache so sehen... Nun, meinetwegen. Hier bei uns kann es sich eine Frau eigentlich nicht leisten, einen alleinstehenden Mann zu besuchen. Wird sie dabei ertappt, bezahlt sie dafür mit ihrem Leben. Auf mich trifft das allerdings nicht zu. Ich kann mir so etwas erlauben. Niemand würde es wagen, mich deswegen zu tadeln. Man hielte es vielmehr für eine Laune der Contessa, für eine verzeihliche Sünde.«

»Ja«, sagte Cattani und nickte. »Sie gehören zur gehobenen Gesellschaft, das ist mir klar.«

Er deutete auf einen Sessel, und die Besucherin nahm Platz. Cattani blieb stehen und fragte: »Also – warum sind Sie so versessen darauf, mit mir zu reden?«

Olga schmollte. »Oh«, machte sie, »Sie haben es sehr eilig, mich wieder loszuwerden, wie? Nun, ich bin gekommen, um festzustellen, warum Sie zurückgekehrt sind.«

Cattani hieb mit der Faust auf den Tisch. »Wer will das wissen?« erwiderte er scharf. »Wer hat Sie geschickt?«

Die Miene der Contessa verhärtete sich. »Warum beleidigen Sie mich auf diese Weise? Mit solchen Dingen gebe ich mich nicht ab. Ich habe mich nur aus persönlicher Neugier an Sie gewandt. Und wenn Sie erlauben: auch aus Höflichkeit. Ich dachte, vielleicht brauchen Sie Hilfe. Zwischen uns hat es nie Kontroversen gegeben. Wenn ich mich irgendwie nützlich machen kann . . . Ich wäre gern dazu bereit.«

Cattani strich sich übers Haar. Was wollte diese Frau von ihm? Konnte er ihr vertrauen? Oder handelte es sich bei ihr um eine Art trojanisches Pferd, das dazu dienen sollte, ihm den Gnadenstoß zu versetzen? Er merkte, daß er nicht mehr in der Lage war, andere Personen einzuschätzen. Er hatte sich so sehr an sein Mißtrauen gewöhnt, daß er unsicher geworden war.

»Wie geht es Ihrer Tochter?« fragte die Contessa. Ihr Interesse schien nicht geheuchelt zu sein.

»Paola«, erwiderte Cattani leise und senkte dabei den Kopf, »hat mich verlassen. Sie verlor den Mut zum Leben.«

»Mein Gott!« Olga Camastra starrte ihn erschüttert an.

Eigentlich wollte Cattani schweigen, doch die Worte kamen ihm von ganz allein über die Lippen. »Eines Morgens«, erklärte er,

»fand man sie im Teich in der Nähe der Klinik. Sie hat sich ins Wasser gestürzt und ist ertrunken.«

»Oh, Himmel, das tut mir leid«, sagte die Contessa. Sie stand auf, wandte sich um und blickte aus dem Fenster. »Wie schrecklich! In dieser Stadt sind entsetzliche Dinge geschehen. Entschuldigen Sie bitte, aber ich bin wirklich bestürzt.«

Cattani war es bisher gelungen, die Erinnerungen in einen fernen Winkel seines Bewußtseins zu verdrängen, doch jetzt traten sie ihm klar vor Augen, und er begann zu zittern.

»Ich möchte nicht weiter darüber reden«, sagte er.

»Verzeihen Sie mir.« Die Contessa warf ihm einen scheuen Blick zu. »Es war sehr dumm von mir, diese Wunde aufzureißen.«

»Hier in Trapani gibt es nichts mehr, an dem mir etwas liegt. Ich bin nur deshalb zurückgekommen, um meine persönlichen Sachen zu holen.«

»Ich verstehe«, sagte Olga Camastra. »Doch einige Leute in der Stadt glauben, Sie seien aus anderen Gründen zurückgekehrt.«

Cattani musterte sie verwirrt. »Aus welchen denn?«

»Um sich zu rächen.«

Der Kommissar seufzte verbittert. »Vergeltung?« Er schüttelte den Kopf. »»Dazu fehlt mir die Kraft. Um Rache nehmen zu wollen, muß man voller Haß sein. Aber in mir ist alles leer. Ich bin nur noch ein Schatten meiner selbst.«

»Sie haben recht. Was würde das nützen? Nur, um weitere Leute ins Grab zu bringen?«

Cattani beobachtete sie aus den Augenwinkeln. »Es hätte nicht viel gefehlt, und mein Name wäre ebenfalls in die Liste der Toten eingetragen worden – durch Ihre Schuld.«

»Ich weiß«, erwiderte die Contessa niedergeschlagen. Ihr Gesicht verfinsterte sich, und sie preßte sich die Fingerspitzen an die Stirn. »An jenem Tag mußte ich mich fügen. Ich wurde gefragt, mit welchem Fahrzeug Sie zu mir gekommen waren. Ich sah Ihr Wohnmobil und war gezwungen, Auskunft zu geben.«

Olga Camastra ging einige Schritte und rieb sich dabei die Hände. Nach kurzem Zögern fuhr sie fort: »Ich habe Sie verraten, ich weiß – aber mir blieb keine andere Wahl. Wenn ich geschwiegen hätte, wäre ich nicht imstande gewesen, das Zimmer lebend zu verlassen.« Zum erstenmal erlebte Cattani, daß die sich sonst so unterschütterlich gebende Frau den Tränen nahe war. »Sie haben keine Ahnung«, schluchzte sie. »Sie wissen nicht, welcher Schrekken in dieser Stadt herrscht.«

»Das alles spielt jetzt keine Rolle mehr. Sie brauchen sich mir gegenüber nicht zu rechtfertigen.«

Sie musterte ihn aufmerksam. »Darauf kommt es mir auch gar nicht an. Ich möchte nur, daß Sie verstehen.«

Cattani lachte bitter. »Warum bin ich es immer, der verstehen und sich mit dem Verhalten anderer abfinden soll?«

Die Contessa strich mit den Fingerspitzen über die Armlehne des Sessels und entgegnete: »Vielleicht war es ein Fehler, hierher zu kommen. Ich hoffte, jemanden wiederzusehen, den ich bewundere und respektiere. Doch Sie sehen einen Feind in mir, werfen mich in einen Topf mit Leuten wie Ravanusa und Terrasini.«

Sie griff nach ihrer Handtasche, drehte sich um und hielt auf die Tür zu. »Entschuldigen Sie die Störung«, verabschiedete sie sich.

Cattani blieb auf dem Flur stehen und lauschte den leiser werdenden Schritten der Contessa nach. Jetzt bedauerte er, daß sie gegangen war.

Terrasini hatte eine weitere Konferenz einberufen, die ebenfalls im Nebenzimmer des Kulturklubs stattfand. Diesmal beschränkte sich seine Einladung auf drei Personen, die bereits an dem runden Tisch saßen. Die Contessa Camastra gehörte dieser kleinen Gruppe nicht an.

»Nun...« sagte der Rechtsanwalt, so als wolle er einen unterbrochenen Vortrag fortsetzen. Er ordnete einige Papiere, die vor ihm auf dem Tisch lagen, und blickte anschließend seine Zuhörer nacheinander an. »Mein Freund Frank Carrisi dankt Ihnen dafür, daß Sie seinem Projekt zugestimmt haben. Jetzt kommt es nur noch darauf an, die Bank zu wählen, mit der das Geschäft abgewikkelt werden soll.«

Terrasini zögerte kurz. »Bestimmt erinnern Sie sich an Dottore Nicola Sorbi. Vor einigen Jahren verließ er unsere Stadt. Er arbeitet in Rom, und sein Finanzierungsinstitut genießt einen ausgezeichneten Ruf.«

Ein älterer Mann mit schneeweißem Haar hob seine zitternde Hand. »Wir kennen Dottore Sorbi... Aber was ist mit Ravanusa? Wie ich hörte, hat er seine Tochter und den Schwiegersohn nach Brasilien geschickt.«

Terrasini spitzte die Lippen. »Armer Kerl«, sagte er. »Ravanusa geht nicht mehr außer Haus. Ich wollte ihn besuchen, doch er ließ sich entschuldigen. Es heißt, er sei sehr krank und könne sich nicht mehr auf den Beinen halten.«

Die drei anderen Personen gaben vor, betroffen zu sein, und brachten ihre besten Wünsche für seine Genesung zum Ausdruck.

»Tja, so ist das Leben«, seufzte Terrasini. »Damit müssen wir uns abfinden. Ravanusa geht es nicht gut, doch seine Bank wird weiterbestehen. Ihr kommt eine wichtige sozialökonomische Funktion zu, und wir dürfen nicht zulassen, daß sie in Gefahr gerät.«

Ein korpulenter Mann mit rötlichem Gesicht warf ein, Ravanusa besitze die Aktienmehrheit, doch darin sah Terrasini kein großes Problem. »Aktien«, erwiderte er, »wechseln dauernd den Eigentümer. Sie werden ständig ge- und verkauft.«

»Und wer soll Ravanusas Aktien erstehen?« fragte der ältere Mann mit den weißen Haaren.

»Mir scheint, dafür käme insbesondere Dottore Sorbi in Frage«, meinte Terrasini.

Der dritte Mann – ein mürrisch wirkender Typ mit niedriger Stirn und hervortretenden Backenknochen – hatte sich bisher

Lautes Lachen und schrille Schreie, Flüche und Verwünschungen – das Echo hallte durch schmutzige Korridore und drang dumpf an die Ohren des Kommissars.

Während des Ausgangs hockte sich Cattani in eine Ecke und zündete sich eine Zigarette an. Er sehnte sich nach der Schweiz, nach der Ruhe des Klinikparks, und er dachte an Paola...

Der Boden des Gefängnishofes bestand aus Beton und bot nicht annähernd genug Platz für alle Strafgefangenen. Die Männer schritten unruhig und nervös umher, wie Raubtiere in einem Käfig, und immer wieder stießen einige von ihnen gegeneinander. Sie machten einen enormen Lärm, und der von ihnen ausgehende Gestank schien sich einer unsichtbaren Patina gleich auf die Mauern gelegt zu haben.

Cattani ließ den Rest der Zigarette zu Boden fallen und trat den Stummel aus. Als er den Kopf hob, sah er einen jungen Burschen, der sich ihm näherte. Seine behaarte und tätowierte Brust war nackt. Strähnen seines langen und schmierigen Haars hingen ihm in die Stirn. Bisweilen bewegte er ruckartig den Kopf und warf auf diese Weise seine Mähne zurück.

»Hallo, Cattani«, sagte er höhnisch. »Erinnerst du dich an mich?«

Der Kommissar runzelte die Stirn.

»Du hast mein Gesicht vergessen, was?« fuhr der junge Mann fort. »Ich bin einer der Dealer, die dein Freund Altero im Hafenviertel hochgehen ließ. Ich heiße Fiorito.«

»Tja«, machte Cattani. »Wenn du mit Drogen gehandelt hast, geschah dir das ganz recht.«

Der Bursche grinste. »Weißt du, Bulle, hier drin zählt ein verdammter Kommissar weniger als ein Floh.«

»Mag schon sein.«

Der junge Strafgefangene gab sich noch nicht zufrieden. Er wollte Cattani beleidigen, ihm Angst einjagen. »Weißt du, was aus Altero geworden ist?«

»Mhm.«

»Und wann kratzt du ab?«

»Wenn meine Zeit abgelaufen ist.«

Als sie in das Gebäude zurückkehrten, reihte sich Fiorito direkt hinter Cattani in die lange Schlange ein. Während die Männer drängelten und schoben, holte der junge Bursche mit der Faust aus, versetzte dem Kommissar einen kräftigen Hieb in die Nierengegend und verschwand rasch in der Menge. Cattani krümmte sich zusammen und ächzte, aber niemand beachtete ihn.

Während der ersten Nacht in der Zelle machte Cattani kein Auge zu. In dem winzigen Raum waren außer ihm noch fünf andere Männer untergebracht. Wenn alle gleichzeitig aufgestanden wären, hätten sie sich gegenseitig behindert.

Cattani starrte in die Dunkelheit. Er fühlte sich niedergeschlagen und ohne Hoffnung. Er glaubte nicht an eine Möglichkeit, seine Unschuld zu beweisen. Er hatte es mit einer mächtigen Organisation zu tun, deren Angehörige bereit waren, gegen ihn auszusagen und ihn vor Gericht als den Mörder Ravanusas darzustellen.

Und dann irgendwann mochten seine Erinnerungen so durcheinandergeraten, daß er selbst glaubte, den Bankier umgebracht zu haben.

Die anderen Männer schliefen, und ihr Schnarchen schien immer lauter zu werden, bis Cattani versucht war, sich die Hände auf die Ohren zu pressen. Er drehte sich auf die andere Seite und sehnte sich nach der Ruhe des Schlafes. In diesem Augenblick öffnete sich die Tür, und jemand betrat die Zelle. In der Dunkelheit schlossen sich zwei Hände um den Hals des Kommissars und drückten so fest zu, daß ihm der Atem wegblieb. Dann löste sich eine Hand von seiner Kehle, und während die andere ihn weiterhin festhielt, hieb eine Faust auf ihn ein.

Jedesmal wenn ihn ein Schlag traf, hatte Cattani das Gefühl, als explodierte etwas direkt hinter seiner Stirn. Er verlor Blut und be-

einen Espresso zu trinken. Während er am Tresen wartete, schob er die rechte Hand in die Tasche und holte einige Münzen hervor. Darunter befand sich auch ein Telefonjeton. Er drehte ihn hin und her und betrachtete ihn nachdenklich. Aus einem unerfindlichen Grund fühlte er sich versucht, Gebrauch davon zu machen. Er trank einen Schluck Kaffee und überlegte, wen er anrufen könnte.

Er begab sich in die Kabine und wählte Olga Camastras Nummer.

»Das ist ja eine nette Überraschung«, sagte die Contessa.

Doch die Stimme Cattanis klang feindselig. »Es war sehr freundlich von Ihnen, überall von meiner Rückkehr zu erzählen«, erwiderte er scharf. »Ich bin bereits von einem Ihrer Freunde eingeladen worden und statte gleich dem Commendatore Ravanusa einen Besuch ab.«

Olga Camastra schien besorgt zu sein. »Hat er Sie selbst zu sich gebeten?« fragte sie. »Ach, es war der Kammerdiener?« Dieser Hinweis verwirrte die Contessa, und nachdem sie kurz nachgedacht hatte, sagte sie: »Besuchen Sie ihn nicht. Ich beschwöre Sie: Halten Sie sich von der Villa fern. Ich glaube, die Sache stinkt.«

Was für eine seltsame Frau, fuhr es Cattani durch den Kopf. Jetzt verlangte sie sogar von ihm, ihren Argwohn zu teilen. Er legte auf, verließ die Bar, stieg in ein Taxi und nannte dem Fahrer die Adresse Ravanusas. Er klingelte am Tor, doch es antwortete niemand. Cattani blickte sich um. Es herrschte nur wenig Verkehr auf der Straße, und der parkende Wagen, der zuvor die Aufmerksamkeit des Kammerdieners erweckt hatte, war verschwunden.

Cattani stellte fest, daß das Tor einen Spaltbreit offenstand. Er zog es ganz auf und betrat den Weg. Kies knirschte unter seinen Schritten. Die Eingangstür der Villa war ebenfalls geöffnet. Er blieb auf der Schwelle stehen, sah in den Flur und fragte: »Ist dort jemand? Commendatore Ravanusa?«

Ein dumpfes Echo hallte wider. Cattani war sich nicht sicher, ob er eintreten oder besser wieder gehen sollte. Nach einer Weile gab er sich einen Ruck, stieg die Marmortreppe hoch und blieb vor dem Eingang des Salons stehen. Sein Blick fiel auf Ölgemälde und wertvolle Wandteppiche.

Erneut rief er: »Commendatore Ravanusa?«

Keine Antwort. Cattani ging in das große Wohnzimmer und entdeckte den Bankier. Er saß in einem Sessel, den Kopf schlaff zur Seite geneigt. An der linken Schläfe hatte er ein blutverkrustetes Loch, gesäumt von einem schwarzen Ring, der darauf hindeutete, daß der tödliche Schuß aus nächster Nähe abgefeuert worden war.

Vermutlich hatte der Bankier seinen Mörder nicht einmal zu Gesicht bekommen. Er wirkte so, als schliefe er, als ruhe er völlig entspannt. Die Zeitung war zu Boden gefallen und voller Blutflekken. Direkt neben dem Sessel stand ein kleiner Beistelltisch, das Glas darauf war noch halbvoll.

Cattani wunderte sich, daß der Mörder die Tatwaffe zurückgelassen hatte. Sie lag auf dem Teppich, nur wenige Zentimeter von den Füßen des Toten entfernt. Für gewöhnlich ließen Mörder ihre Pistolen spurlos verschwinden.

Doch bevor Cattani eingehender darüber nachdenken konnte, wurde er auf etwas anderes aufmerksam. Mit heulenden Sirenen kamen zwei Einsatzwagen der Polizei heran. Der Kommissar trat ans Fenster, schob die dünne Gardine beiseite und beobachtete, wie die beiden Fahrzeuge mit quietschenden Reifen vor dem Tor hielten. Sofort sprangen Beamte heraus, entsicherten ihre Maschinenpistolen, stürmten in einer militärisch wirkenden Aktion auf das Haus zu, wobei sie sich gegenseitig Deckung gaben.

Der befehlshabende Offizier gab ihnen die Anweisung, sich zu teilen und alle Zimmer zu durchsuchen. Anschließend kam er in den Salon, sah die Leiche Ravanusas und die auf dem Teppich liegende Waffe. In diesem Augenblick rief einer der anderen Beamten: »Hände hoch!«

Der Offizier drehte sich um und sah den im Flur stehenden Cattani, der langsam die Arme hob.

Dem Kommissar war inzwischen klargeworden, daß man ihm eine Falle gestellt hatte. Jetzt bedauerte er, nicht auf den Rat der Contessa gehört zu haben.

Aufmerksam musterte er die Polizisten und den Offizier. Nein, er hatte sie noch nie zuvor gesehen. »Kompliment«, sagte er sarkastisch. »Sie sind genau zum richtigen Zeitpunkt gekommen.«

Der Offizier runzelte verwirrt die Stirn. »Was soll das heißen?« brummte er. »Kommen Sie. Erklären Sie dem Untersuchungsrichter, was Sie hier zu suchen hatten.«

Der Untersuchungsrichter hielt sich erst seit kurzer Zeit in der Stadt auf. Er war aus Palermo nach Trapani versetzt worden und hatte nicht die geringste Ahnung davon, was sich hier hinter den Kulissen abspielte – ein junger Mann mit dünnem, schwarzem Haar und einem länglichen Kopf. Er stützte sich dauernd mit beiden Händen auf den Schreibtisch und nahm eine Haltung ein, die an einen Hundertmeterläufer kurz vor dem Start erinnerte.

»Dottor Cattani«, sagte er mit schriller Stimme. »Ich habe hier das Protokoll einer alten Aussage von Ihnen vorliegen. Darin behaupten Sie, Ihre Tochter sei von einer Organisation entführt worden, der auch der verstorbene Ravanusa angehörte.«

»In der Tat«, bestätigte Cattani.

Der Untersuchungsrichter hielt den Kopf gesenkt, rückte sich die Brille mit den runden Gläsern zurecht und blickte den Kommissar vorwurfsvoll an. »In der Tat«, wiederholte er und zog dabei den linken Mundwinkel hoch. »Sie sagen das so, als könne nicht der geringste Zweifel daran bestehen. Aber es gibt keine Beweise.«

Er machte eine kurze Pause und befeuchtete sich mehrmals die Lippen. Dann stellte er die Frage, die er schon die ganze Zeit über hatte stellen wollen: »Was haben Sie in der Villa Ravanusas gemacht?«

Cattani wirkte müde und erschöpft und schien sich mit seiner

Lage abgefunden zu haben. »Er hatte mich um ein Gespräch gebeten«, erwiderte er gleichgültig.

»Und um was ging es dabei?«

»Das konnte er mir leider nicht mehr sagen. Er war schon tot, als ich eintraf.«

Erneut schwieg der junge Untersuchungsrichter und fuhr sich einige Male mit der Zunge über die Lippen. »Sie haßten Ravanusa, nicht wahr? Diese Schlußfolgerung ziehe ich aufgrund der Aussageprotokolle. Ihnen dürfte wohl klar sein, daß das ein einleuchtendes Motiv für einen Mord ist, oder?«

Cattani war zu verwirrt, um zu antworten. Ihn erschütterte die Logik eines Mannes, der ihm nicht ein einziges Mal das Gesicht zeigte, so als scheue er den Blick des Kommissars. Außerdem wußte er nicht, was er hätte sagen sollen, und deshalb schwieg er.

Der Untersuchungsrichter wartete eine Zeitlang und fragte dann: »Nun?«

Cattani zuckte mit den Schultern. »Was soll ich Ihnen antworten? Inzwischen kann mich nichts mehr überraschen.« Er sah den jungen Mann durchdringend an. »Nicht einmal Leute wie Sie.«

Der Untersuchungsrichter kniff die Augen zusammen. »Wollen Sie mich etwa verspotten? Das könnte unangenehme Folgen haben.«

»Für wen?« fragte Cattani müde. »Für mich? Sie haben doch bereits alles: die Leiche, das Motiv, die Tatwaffe und den mutmaßlichen Mörder. Hätte ich denn wirklich noch die Möglichkeit, den Verdacht gegen mich aus der Welt zu schaffen? Nein. Sie haben den Fall doch schon längst abgeschlossen ...«

Der Untersuchungsrichter klagte Cattani des Mordes an, und die Nachricht von der Verhaftung des Kommissars breitete sich wie ein Lauffeuer im Gefängnis aus. In den Zellen kam es zu Unruhen, und Dutzende von Stimmen brüllen: »He, Cattani, Scheißbulle – jetzt hat es dich ebenfalls erwischt.«

Lautes Lachen und schrille Schreie, Flüche und Verwünschungen – das Echo hallte durch schmutzige Korridore und drang dumpf an die Ohren des Kommissars.

Während des Ausgangs hockte sich Cattani in eine Ecke und zündete sich eine Zigarette an. Er sehnte sich nach der Schweiz, nach der Ruhe des Klinikparks, und er dachte an Paola...

Der Boden des Gefängnishofes bestand aus Beton und bot nicht annähernd genug Platz für alle Strafgefangenen. Die Männer schritten unruhig und nervös umher, wie Raubtiere in einem Käfig, und immer wieder stießen einige von ihnen gegeneinander. Sie machten einen enormen Lärm, und der von ihnen ausgehende Gestank schien sich einer unsichtbaren Patina gleich auf die Mauern gelegt zu haben.

Cattani ließ den Rest der Zigarette zu Boden fallen und trat den Stummel aus. Als er den Kopf hob, sah er einen jungen Burschen, der sich ihm näherte. Seine behaarte und tätowierte Brust war nackt. Strähnen seines langen und schmierigen Haars hingen ihm in die Stirn. Bisweilen bewegte er ruckartig den Kopf und warf auf diese Weise seine Mähne zurück.

»Hallo, Cattani«, sagte er höhnisch. »Erinnerst du dich an mich?«

Der Kommissar runzelte die Stirn.

»Du hast mein Gesicht vergessen, was?« fuhr der junge Mann fort. »Ich bin einer der Dealer, die dein Freund Altero im Hafenviertel hochgehen ließ. Ich heiße Fiorito.«

»Tja«, machte Cattani. »Wenn du mit Drogen gehandelt hast, geschah dir das ganz recht.«

Der Bursche grinste. »Weißt du, Bulle, hier drin zählt ein verdammter Kommissar weniger als ein Floh.«

»Mag schon sein.«

Der junge Strafgefangene gab sich noch nicht zufrieden. Er wollte Cattani beleidigen, ihm Angst einjagen. »Weißt du, was aus Altero geworden ist?«

»Mhm.«

»Und wann kratzt du ab?«

»Wenn meine Zeit abgelaufen ist.«

Als sie in das Gebäude zurückkehrten, reihte sich Fiorito direkt hinter Cattani in die lange Schlange ein. Während die Männer drängelten und schoben, holte der junge Bursche mit der Faust aus, versetzte dem Kommissar einen kräftigen Hieb in die Nierengegend und verschwand rasch in der Menge. Cattani krümmte sich zusammen und ächzte, aber niemand beachtete ihn.

Während der ersten Nacht in der Zelle machte Cattani kein Auge zu. In dem winzigen Raum waren außer ihm noch fünf andere Männer untergebracht. Wenn alle gleichzeitig aufgestanden wären, hätten sie sich gegenseitig behindert.

Cattani starrte in die Dunkelheit. Er fühlte sich niedergeschlagen und ohne Hoffnung. Er glaubte nicht an eine Möglichkeit, seine Unschuld zu beweisen. Er hatte es mit einer mächtigen Organisation zu tun, deren Angehörige bereit waren, gegen ihn auszusagen und ihn vor Gericht als den Mörder Ravanusas darzustellen.

Und dann irgendwann mochten seine Erinnerungen so durcheinandergeraten, daß er selbst glaubte, den Bankier umgebracht zu haben.

Die anderen Männer schliefen, und ihr Schnarchen schien immer lauter zu werden, bis Cattani versucht war, sich die Hände auf die Ohren zu pressen. Er drehte sich auf die andere Seite und sehnte sich nach der Ruhe des Schlafes. In diesem Augenblick öffnete sich die Tür, und jemand betrat die Zelle. In der Dunkelheit schlossen sich zwei Hände um den Hals des Kommissars und drückten so fest zu, daß ihm der Atem wegblieb. Dann löste sich eine Hand von seiner Kehle, und während die andere ihn weiterhin festhielt, hieb eine Faust auf ihn ein.

Jedesmal wenn ihn ein Schlag traf, hatte Cattani das Gefühl, als explodierte etwas direkt hinter seiner Stirn. Er verlor Blut und bekam keine Luft mehr. Schließlich gelang es ihm, sich unter dem Angreifer fortzuwinden. Mit übermenschlicher Anstrengung krümmte er sich zusammen und zog die Beine an, bis seine Füße auf einer Höhe mit dem Kopf des Unbekannten waren. Dann trat er zu. Der Angreifer fiel zu Boden, und Cattani stürzte sich auf ihn. Sekundenlang rollten sie auf dem Boden der Zelle hin und her.

Der Kommissar bohrte seinem Gegner die Faust in den Magen und schlug ihn ins Gesicht, aber der Mann schaffte es, sich von ihm zu lösen. Er sprang auf und überraschte Cattani, indem er schallend lachte. »Cattani...« Die Stimme Fioritos. »Es reicht jetzt. Für heute nacht hatte ich genug Spaß.« Er huschte aus der Zelle und verriegelte die Tür von außen.

Cattani schloß mit niemandem Freundschaft, und die anderen Strafgefangenen mieden ihn, als hätte er eine ansteckende Krankheit. Auf dem Gefängnishof hielt er sich abseits der Häftlinge, blieb jedoch immer wachsam, weil er jeden Augenblick mit einer bösen Überraschung rechnete. Sein Gesicht war angeschwollen, und unter dem rechten Auge war ein häßlicher blauer Fleck. Die linke Wange wurde von einem langen, rötlichen Striemen verunstaltet.

Dann kam es zu dem Zwischenfall, den er die ganze Zeit über befürchtet hatte. Aus einer der größeren Gruppen löste sich die Gestalt Fioritos. Er hatte einen Kaugummi im Mund, den Kopf zur Seite geneigt und strich sich immer wieder das Haar aus der Stirn. Mit langsamen, schlaksigen Schritten ging er auf Cattani zu.

»Cattani, du verdammter Hurensohn!«

Der Kommissar stand auf und stellte fest, daß sich die anderen Gefangenen umdrehten, um ihn und seinen Gegner zu beobachten. Sie flüsterten aufgeregt und grinsten. Einige lachten schadenfroh. Inzwischen war Fiorito bis auf fünf Meter herangekommen. Sein Gesicht war haßverzerrt. Aus der Tasche holte er einen zugefeilten Löffel. Wie einen Dolch hielt er ihn in der Hand. Die Wärter gaben vor, nichts zu sehen.

Cattani konzentrierte sich und wandte den Blick nicht von Fiorito. Er spannte die Muskeln an und bereitete sich auf den Angriff des jungen Mannes vor, der jetzt unmittelbar vor ihm stand, die Arme ausbreitete und mit der Spitze des improvisierten Dolches auf ihn zielte. Sie sprangen fast gleichzeitig. Cattani wich zur Seite, und das hinderte Fiorito daran, ihm den zugespitzten Löffelstiel in die Brust zu stoßen. Statt dessen traf er den linken Arm des Kommissars. Der Ärmel riß, und Blut quoll aus einer Schnittwunde.

Als die beiden Männer erneut aufeinanderprallten, verlor Fiorito das Gleichgewicht, und Cattani nutzte die Gelegenheit, ihn zu Boden zu schleudern. Der Angreifer hatte den Löffelstiel verloren und tastete mit der Hand danach. Der Kommissar reagierte rasch und stieß die Waffe fort. Dann griff er nach der Kehle Fioritos und drückte mit aller Kraft zu.

Nach einer Weile entschlossen sich die Wärter endlich zum Eingreifen.

Cattani stand auf, als sich zwei Polizeibeamte näherten. Er wußte nicht mehr, was um ihn herum geschah, als ihm eine Stimme zuflüsterte: »Verschwinde besser. Sonst mußt du ebenfalls dran glauben.«

24

Auf Dauer konnte Cattani nicht überleben – in dieser Hinsicht hatte er keine Zweifel. Er mußte damit rechnen, auf ähnliche Weise umgebracht zu werden wie der Bruder Anna Carusos. Oder vielleicht erwischte es ihn irgendwann auf dem Hof, so wie Cirinnà. Er konnte sich nirgends verstecken. Der Kommissar wälzte sich auf dem schmalen Bett, als er Panik in sich aufsteigen spürte.

Er preßte sich die Hände an die Schläfen und dachte über einen Ausweg nach. Irgendeinen mußte es geben – eine Möglichkeit, dem sicheren Tod zu entgehen. Nach einer Weile traf er eine Entscheidung, stand auf und ging zur Tür. Er hämmerte solange auf das Metall, bis schließlich ein Wärter kam, die Klappe öffnete und ihn finster musterte. Cattani zwinkerte ihm bedeutungsvoll zu und sagte, er müsse ihn unter vier Augen sprechen. Der Beamte zögerte nicht, schloß auf und ließ ihn auf den Gang hinaus.

Der Junge war höchstens dreizehn Jahre alt. In einem halsbrecherischen Slalom fuhr er mit seinem Mofa durch den dichten Verkehr und pfiff dabei fröhlich vor sich hin. Er bog in eine Straße, die zu beiden Seiten von Bäumen gesäumt war. Die Häuser in diesem Viertel Trapanis sahen besonders prächtig und elegant aus. Als er das Gebäude mit der richtigen Nummer erreicht hatte, bremste er und stellte das Mofa auf dem Bürgersteig ab. Dann ging er ins Haus, lief durch die Halle, betrat den Aufzug und fuhr in den dritten Stock.

Dort klopfte er an eine Tür. Ein Bediensteter öffnete ihm, und bevor er noch ein Wort sagen konnte, sprudelte es aus dem Jungen heraus: »Ich muß mit der Contessa Camastra sprechen.«

»Wer bist du denn?«

»Ich heiße Salvatore«, erwiderte der Junge. In seinen lebhaften Augen blitzte es, und er tat stolz und würdevoll, so als wisse er von der Bedeutung der Mission, die man ihm anvertraut hatte. »Ich bin gekommen, um ihr einen Brief auszuhändigen.«

»Überlaß ihn mir«, sagte der Bedienstete.

»O nein«, hielt ihm Salvatore entgegen. »Ich muß ihn ihr selbst geben, denn ich erwarte eine sofortige Antwort.«

Dann kam die Contessa und musterte den Jungen neugierig. Sie nahm den Brief entgegen, öffnete den Umschlag und zog ein Blatt heraus. Ihr Gesichtsausdruck verhärtete sich, als sie feststellte, daß es leer war.

»Hier steht überhaupt nichts geschrieben«, sagte sie und runzelte die Stirn.

»Das macht nichts – die Nachricht ist hier drin gespeichert.« Salvatore tippte sich an die Stirn. »Aber sie kostet eine Million Lire. Die Summe ist für einen Gefängniswärter bestimmt.«

Als Olga Camastra diese Worte hörte, dachte sie sofort an Cattani. »Keine Angst, du bekommst das Geld«, versicherte sie dem Jungen.

Salvatore rührte sich nicht von der Stelle und hielt den Kopf gesenkt, wirkte wie ein junger Hund, der auf einen leckeren Knochen wartete.

»Ich verstehe.« Die Contessa lächelte, zog eine Schublade auf, zählte zehn Hunderttausend-Lire-Scheine und sagte: »Hier ist deine Million.«

Salvatore nickte zufrieden und nannte ihr die Nachricht: »Der Commissario möchte Sie dringend sprechen.«

Der Untersuchungsrichter machte Olga Camastra die Sache nicht leicht. Er verweigerte ihr die Erlaubnis, mit Cattani zu reden, weil er meinte, es sei gegen die Vorschriften. Er wies darauf hin, daß das Ermittlungsverfahren gegen den Kommissar noch nicht abgeschlossen sei, und aus diesem Grund sehe er sich außerstande, einer Person, die mit der ganzen Sache nichts zu tun habe, eine Besuchserlaubnis zu erteilen.

Da sie auf direktem Wege nicht weiterkam, faßte die Contessa den Beschluß, das Hindernis zu umgehen. Sie setzte sich mit Terrasini in Verbindung und bat ihn, den Untersuchungsrichter zu einer Genehmigung zu veranlassen.

Dieses Anliegen schien den Rechtsanwalt etwas zu verärgern, doch andererseits schmeichelte es ihm, daß Olga Camastra sich ausgerechnet an ihn wandte.

Mit geheuchelter Bescheidenheit sagte er: »Aber ich bin doch nur ein einfacher Rechtsanwalt und nicht der allmächtige Gott.«

»Ja, aber Sie kommen gut mit dem Untersuchungsrichter aus.«

Terrasini lächelte. »Ich begreife einfach nicht, warum Sie solches Interesse an Cattani haben.«

In scheinbarer Verlegenheit senkte die Contessa kurz den Blick. »Ich bin eine Frau«, sagte sie leise.

»Ja – und sehr klug«, erwiderte Terrasini. »Aus welchem Grund geben Sie sich einer solchen Laune hin?«

Olga Camastra zuckte mit den Schultern. »Sie haben recht. Es ist eine Laune, nichts weiter.«

Als die Contessa sah, wie es um Cattani stand, war sie in höchstem Maße besorgt.

Sie schloß die Augen. »Wer hat Sie so zugerichtet?«

»Hier sind alle gegen mich«, erwiderte der Kommissar finster. »Und eines Tages werden sie mich umbringen.«

Olga Camastra streckte die Hand aus und berührte sanft das angeschwollene Gesicht Cattanis.

»Sie müssen raus hier«, sagte sie. »Es ist ein Skandal, daß man ausgerechnet Sie verhaftet hat.«

Cattani musterte sie aufmerksam. »Sie könnten mir helfen.«

»Was soll ich tun?«

Der Kommissar strich sich über den blau angelaufenen Unterkiefer. »Es bleibt mir nichts anderes übrig, als Ihnen zu vertrauen«, brummte er. »Wenn Sie mich verraten, bin ich erledigt.«

Die Contessa blickte zur Decke und seufzte. Sie hatte genug von dem ständigen Argwohn Cattanis. »Sie haben tatsächlich keine andere Wahl. Wenn Sie nicht hier drin versauern wollen, müssen Sie das Risiko eingehen.«

Cattani zögerte, auf den Kern der Sache zu kommen. »War die Mitteilung sehr teuer?« fragte er.

»Um Geld brauchen Sie sich derzeit keine Sorgen zu machen«, lautete die Antwort.

»Es war die einzige Möglichkeit«, rechtfertigte sich Cattani.

»Ich wäre Ihnen sehr dankbar, wenn Sie mir einen Gefallen tun könnten – ohne Terrasini auch nur ein Wort davon zu sagen.«

»Hören Sie endlich damit auf, mir Ratschläge zu geben. Sagen Sie mir, wie ich Ihnen helfen kann.«

»Indem Sie ein Telefongespräch führen. Rufen Sie diese Nummer hier an...«

Es war die Privatnummer Cannitos.

Olga Camastra hatte sich inzwischen von Cattanis Mißtrauen anstecken lassen: Sie führte das Gespräch nicht von ihrem Apparat, sondern in einer öffentlichen Telefonzelle.

Ein Mann meldete sich. »Hallo?«

»Der in Sizilien verhaftete Freund braucht Hilfe«, sagte die Contessa knapp.

»Wer spricht dort?«

Olga Camastra hütete sich davor, ihren Namen zu nennen, und erwiderte nur: »Verstehen Sie, wen ich meine?«

»Ja.«

»Er möchte Sie sofort sprechen. Er meint, es sei auch für Sie sehr wichtig.«

»Für mich?«

»Ja«, bestätigte die Contessa. Ihre Stimme klang sicher und fest. »Er weiß, daß sich der in Rom ermordete Staatsanwalt an Sie wenden wollte, bevor er ums Leben kam.« Sie machte eine kurze Pause und fügte dann hinzu: »Aber der Freund ist bereit, den Mund zu halten. Allerdings erwartet er dafür von Ihnen eine Gegenleistung.« Die Contessa wartete die Antwort nicht ab und legte auf.

Cannito saß in einem Zimmer, das für Rechtsanwälte reserviert war. Der Gefängnisdirektor hatte es sich nicht nehmen lassen, den einflußreichen Mitarbeiter des Geheimdienstes persönlich zu begrüßen und ihm diesen Raum zur Verfügung zu stellen.

Als ein Beamter die Tür öffnete und Cattani eintreten ließ, stand Cannito auf, ging dem Kommissar entgegen und umarmte ihn.

»Ach, mein Junge, warum bringen Sie sich immer wieder in Schwierigkeiten?« fragte er.

»Sie wissen ganz genau, daß ich Ravanusa nicht erschossen habe«, erwiderte Cattani.

»Ja, ja«, gestand Cannito ein. »Sie sind es nicht gewesen, das ist mir klar. Aber trotzdem stecken Sie ziemlich in der Patsche.«

Cattani senkte den Kopf. »Es war eine Falle. Der Verdacht sollte auf mich gelenkt werden.«

»Tja«, meinte Cannito. »Der Untersuchungsrichter machte einen Fehler, als er Sie anklagte. Aber keine Angst: Bestimmt klärt sich bald alles auf. Sie müssen Vertrauen in die Justiz haben.«

Spöttisch verzog Cattani das Gesicht. »So wie Altero und Bordonaro? Ja, sie glaubten an die Gerechtigkeit! Wenn ich hier im Gefängnis bleibe, muß ich irgendwann ins Gras beißen. Für die Leute, die an den Fäden ziehen, spielt eine Leiche mehr oder weniger keine Rolle. So etwas regt sie nicht auf. Im Gegenteil: Wenn ich erledigt bin, können sie wieder ruhig schlafen. Ein Toter kann nicht reden.«

»Immer mit der Ruhe«, entgegnete Cannito gelassen. »Machen Sie es nicht schlimmer, als es ist. Niemand will Sie umbringen.«

Cattani musterte ihn kühl. »Ich glaube doch. Vielleicht hält man mich für einen unbequemen Zeugen. Den letzten. Vielleicht weiß man, daß Bordonaro mich angerufen hat, bevor er ermordet wurde.«

Ein Schatten legte sich auf die Züge Cannitos. »Ach, Bordonaro hat mit Ihnen gesprochen? Worüber denn?«

»Er meinte, Ravanusa habe ausgepackt.« Cattanis Gesichtsausdruck verhärtete sich, und er befeuchtete sich die Lippen, bevor er hinzufügte: »Er nannte auch Ihren Namen.«

In Cannitos Gesicht zuckte ein Muskel. »Meinen Namen?«

»Mhm«, brummte Cattani. Dann schüttelte er den Kopf und brachte damit zum Ausdruck, daß er Ravenusas Aussagen für Unsinn hielt. »Aber vermutlich war er bereits so durcheinander, daß er gar nicht mehr wußte, was er sagte. Bestimmt brachte er alles durcheinander.«

»Das glaube ich ebenfalls«, pflichtete ihm Cannito bei. Er sah den Kommissar forschend an, um festzustellen, ob Cattani irgend etwas vor ihm verbarg. »Nun, lassen wir das.« Er beugte sich vor. »Wie kann ich Ihnen helfen?«

Cattani nahm Platz und stützte die Ellenbogen auf den Tisch. »Ich möchte nur ein ruhiges Leben führen, das Gefängnis verlassen und mich irgendwohin zurückziehen. Es geht mir darum, Frieden zu finden und alles zu vergessen. Das meine ich ernst. Und ich bitte Sie: Wenn Sie noch freundschaftliche Gefühle für mich hegen, so setzen Sie sich für meine Freilassung ein. Meine Tochter ist tot. Und ich will niemandem mehr ans Leder. Wenn ich draußen bin, verschwinde ich einfach, und damit ist alles erledigt.«

Diese Worte rührten Cannito. Der Leiter der Abteilung Z seufzte. »Mein Freund, ich werde sehen, was ich für Sie tun kann. Ich bin sofort hierhergekommen, als ich Ihre Nachricht erhielt. Übrigens: Es war ein wenig unvorsichtig von Ihnen, meine Privatnummer weiterzugeben.«

»Das geschah aus Verzweiflung. Ich sah keine andere Möglichkeit, mich mit Ihnen in Verbindung zu setzen.«

»Nun, macht nichts. Ich kann jetzt ohnehin nichts mehr damit anfangen und habe mir eine neue geben lassen. Da wir gerade dabei sind: Wer war die Frau, die mich anrief?«

»Sie werden es mir kaum glauben, aber ich kenne nicht einmal ihren Namen: Es ist die Ehefrau eines Strafgefangenen, mit dem ich Freundschaft geschlossen habe.«

»Ah, ich verstehe. Nun, mein Junge, ich mag Sie wirklich gern.« Cannito legte dem Kommissar die Hände auf die Schultern und riet ihm: »Sie müssen Vertrauen zu mir haben. Volles Vertrauen.«

»Natürlich. Ich verlasse mich auf Sie und lege mein Schicksal ganz in Ihre Hände.«

25

Terrasini hatte die Gewohnheit, seine Besucher in das Luxusrestaurant zu führen, in dem die Gäste von außergewöhnlich hübschen jungen Frauen bedient wurden. Als er es jetzt zusammen mit Cannito betrat, erkannte ihn die Blondine sofort wieder und lächelte strahlend.

Nach einer Weile sagte Cannito vorsichtig: »Was Cattani angeht... Der Aufenthalt im Gefängnis scheint ihm nicht sonderlich gut zu bekommen.«

»Ah, Sie haben ihn also besucht. Am besten, Sie kümmern sich nicht weiter um ihn. Überlassen Sie ihn einfach seinem Schicksal.«

»Das hätte er durchaus verdient«, sagte Cannito. »Andererseits kenne ich ihn schon seit zwanzig Jahren. In gewisser Weise ist er mir ans Herz gewachsen. Wenn ich etwas für ihn tun könnte...«

»Warum denn?« Terrasini schüttelte verärgert den Kopf. »Er ist ein Hitzkopf. Und im Gefängnis dürfte sich sein Gemüt etwas abkühlen.«

Daraufhin ging Cannito in die Offensive. »Bisher habe ich mich nie in Ihre Angelegenheiten hier unten in Sizilien eingemischt. Wenn ich mir jetzt die Freiheit nehme, meine Meinung zum Ausdruck zu bringen, so deshalb, weil viele dumme Fehler gemacht worden sind.«

Sie hatten das Abendessen beendet, und die Blondine brachte den Kaffee. Ihre Augen leuchteten, sie hatte volle Brüste und einen flachen Bauch. »Sie sind ein Engel«, murmelte Terrasini. Er reichte ihr seine Visitenkarte und meinte: »Vielleicht können wir uns einmal privat treffen.«

Die junge Frau strahlte. »Oh, selbstverständlich«, gurrte sie und ließ die Karte in ihrer Tasche verschwinden.

Terrasini sah ihr noch einige Sekunden lang nach und richtete seine Aufmerksamkeit dann wieder auf Cannito. »Sie sprachen von Fehlern. Nun, es sind uns tatsächlich einige unterlaufen, und deshalb ist es besser, nicht das geringste Risiko einzugehen.«

Cannito wohnte in einem Hotel in Palermo. In dieser Nacht wachte er schon nach kurzer Zeit auf und fand keine Ruhe mehr. Immer wieder sah er vor seinem inneren Auge das aufgequollene und zerschlagene Gesicht Cattanis. Es war ihm nicht möglich, sich der Meinung Terrasinis anzuschließen und den Kommissar einfach sich selbst zu überlassen. Er stieg aus dem Bett, trat ans Fenster und beobachtete die leeren Straßen. Palermo wirkte wie eine Geisterstadt. Nach einer Weile wandte sich Cannito um, öffnete seinen Koffer und holte ein Röhrchen mit Schlaftabletten hervor. Eine davon schob er sich in den Mund und kroch unter die Decke zurück. Vergeblich. Immer wieder wälzte er sich von einer Seite auf die andere, seine Nervosität nahm zu. Schließlich stand er erneut auf und zog sich an.

Als er zum zweitenmal aus dem Fenster blickte, sah er, daß am Horizont bereits das erste Licht des neuen Tages schimmerte. Er warf einen Blick auf die Uhr. Vermutlich war Terrasini um diese Zeit schon auf den Beinen.

Er wählte die Nummer des Rechtsanwaltes.

»Entschuldigen Sie bitte, daß ich Sie schon so früh störe«, sagte er. »Aber ich glaube, für den Fall Cattani eine Lösung gefunden zu haben, die sowohl ihm als auch uns zum Vorteil gereicht.«

Terrasini hörte mit wachsendem Interesse zu. Und als Cannito seine Erklärung beendet hatte, meinte er: »Ausgezeichnet. Eine wirklich gute Idee. Es bleibt abzuwarten, was Cattani davon hält.«

Cannito war stolz. Je mehr er darüber nachdachte, desto überzeugter war er, daß seine Strategie genial war. Er frühstückte und machte sich dann auf den Weg nach Trapani, um mit Cattani zu sprechen.

»Ich habe bereits etwas für Sie unternommen«, teilte er dem Kommissar mit und lächelte zuversichtlich. »Es ist mir gelungen, den Rechtsanwalt Terrasini dazu zu bringen, Ihre Verteidigung zu übernehmen.«

Cattani starrte ihn an. Er konnte es nicht fassen. Die Vorstellung, sich dem Mann auszuliefern, der bei der Entführung seiner Tochter eine entscheidende Rolle gespielt hatte, erschien ihm wie ein Alptraum. »Das kommt überhaupt nicht in Frage«, entschied er und erklärte Cannito die Gründe für seine Ablehnung.

»Ruhig Blut, mein Junge«, erwiderte der Leiter der Abteilung Z. »Wie sind Sie nur auf einen so absurden Gedanken gekommen? Terrasini soll die Entführung Paolas angeordnet haben? Ach, das ist doch Unsinn. Ich verstehe ja, was Sie bewegt, doch Sie sollten jetzt vernünftig sein. Terrasini ist ein ausgezeichneter Anwalt, der es versteht, die richtigen Dinge in Bewegung zu setzen. Er kann Sie in wenigen Tagen hier rausholen.«

Cattani erhob sich, schob die Hände tief in die Taschen und wanderte auf und ab.

Auch Cannito stand auf, legte dem Kommissar eine Hand auf die Schulter und hielt es für ratsam, ihm eine Lektion zu erteilen.

»Seien Sie Realist«, sagte er. »Sie können nicht immer nur auf Grundlage Ihrer eigenen Prinzipien handeln. Manchmal muß man sich mit einem Kompromiß abfinden.«

»Aber ist das denn richtig?« erregte sich Cattani. »Ist es richtig, sich in einem solchen Ausmaß zu erniedrigen?«

Cannito breitete die Arme aus und seufzte. »Ach, mein lieber Corrado, lassen Sie sich nicht von solchen Dingen beeinflussen. Ist es richtig? Ist es erniedrigend? Nein, so dürfen Sie die Sache nicht sehen. Manchmal erfordert das Leben eine gewisse Anpassungsfähigkeit von uns. Machen Sie keine Tragödie daraus, wenn Ihnen jetzt keine andere Wahl bleibt, als einen Kompromiß zu akzeptieren. Erinnern Sie sich nicht mehr? Ich mußte ebenfalls einiges über mich ergehen lassen. Ich war beruflich so gut wie erledigt. Nach und nach aber konnte ich mich rehabilitieren, und Sie wissen ja, welchen Posten ich jetzt bekleide. Glauben Sie etwa, ich hätte dabei nicht so manches Mal in einen sauren Apfel beißen müssen? Meine Güte, öfter als mir lieb war! Das Gesetz des Lebens, lieber Corrado, lautet folgendermaßen: Entweder man macht sich ein wenig die Hände schmutzig – gerade so sehr, wie es unbedingt nötig ist –, oder man zieht den kürzeren und geht drauf.«

Cattani drehte sich um und blickte Cannito in die Augen. Der Abteilungsleiter des Geheimdienstes lächelte aufmunternd und zwinkerte kurz, so als wolle er ihm sagen: Seien Sie schlau. Bislang war Cattani diesem einflußreichen Mann fast nur bei offiziellen Anlässen begegnet. Und selbst bei Gesprächen unter vier Augen hatte Cannito Abstand zu ihm gewahrt. Der Kommissar erinnerte sich, in ihm eine sehr selbstsichere und respektable Person gesehen zu haben.

Jetzt aber glaubte er, einen Blick hinter diese Fassade geworfen und den wahren Cannito erkannt zu haben: Er war falsch und durchtrieben.

Aber Cattani wußte auch, daß dies seine letzte Chance war. Wenn er das Angebot Cannitos ablehnte, gab es keine Hoffnung mehr für ihn, das Gefängnis lebend zu verlassen. Er versuchte, sich an das zu gewöhnen, was sein Besucher als ›Kompromiß‹ bezeichnet hatte. »Vertrauen Sie Terrasini?« fragte er.

»Völlig – zumindest in diesem Fall«, versicherte ihm Cannito. Dann senkte er die Stimme und flüsterte: »Wir brauchen ihn. Ohne ihn können wir nichts machen. Oh, und noch eins: Die Sache mit Bordonaro und so weiter sollten Sie endgültig vergessen.«

In den Augen Cannitos glitzerte es. Er streckte die Hand aus und fragte: »Sind wir uns einig?«

Cattani spürte, wie sich in seiner Magengrube etwas zusammenkrampfte. Er starrte auf die ihm dargebotene Hand und ergriff sie. »Ja, das sind wir.«

Cannito umarmte ihn kurz. »Kommen Sie nach Ihrer Entlassung nach Rom und besuchen Sie mich. Ich erwarte Sie.«

Am nächsten Tag kam Terrasini ins Gefängnis. Als Cattani ihn sah, fühlte er sich versucht, ihm an die Kehle zu springen. Einige Sekunden lang beobachtete er den Hals des Rechtsanwaltes: Dünn war er, glitschig wie eine Schlange.

In den Hosentaschen ballte er die Fäuste, und es gelang ihm, sich zu beherrschen. Er erwiderte das Lächeln Terrasinis, doch als er ihm die Hand reichte, kostete es ihn große Mühe, sich seine Abscheu nicht anmerken zu lassen.

In aller Ruhe ließ sich Terrasini auf dem Stuhl nieder, auf dem am Vortage Cannito gesessen hatte. Er schürzte die Lippen, dachte kurz nach und sagte dann: »Ein gemeinsamer Freund hat mich dringend gebeten, Ihre Verteidigung zu übernehmen. Nun, wir kennen uns bereits. Ich weiß, daß Sie ein gewissenhafter Commissario gewesen sind, und deshalb glaube ich nicht, daß Sie das Verbrechen begangen haben, das man Ihnen zur Last legt. Aus diesem Grund bin ich bereit, mich für Sie einzusetzen. Vorausgesetzt natürlich, Sie sind damit einverstanden.«

»Ich bin nicht in der Lage, ein solches Angebot abzulehnen«, erwiderte Cattani tonlos.

»Ausgezeichnet. Dann kommen wir leichter miteinander aus.«

Terrasini holte einen Block aus seiner Ledermappe, die in Florenz für ihn angefertigt worden war, und mit einem silbernen Kugelschreiber machte er sich Notizen. Dann richtete er den Blick auf Cattani. »Wissen Sie«, sagte er, »es war sehr klug von Ihnen, mir Ihre Verteidigung zu überlassen. Denn ich glaube nicht nur, daß Sie unschuldig sind, sondern ich habe auch Beweise dafür.«

Cattani runzelte die Stirn und war sich nicht sicher, ob er den

Anwalt richtig verstanden hatte. Terrasini bemerkte seine Verwirrung und bekräftigte: »Ja, Beweise. Nun, wollen wir doch mal sehen, ob alles zusammenpaßt. Wie ich hörte, haben Sie ausgesagt, Sie hätten Ravanusa bereits tot vorgefunden.«

»Genau.«

»Gut. Und es hielt sich niemand sonst in der Villa auf. Mit anderen Worten: Niemand sah, wie Sie das Haus betraten.«

»Stimmt.«

Terrasini schüttelte den Kopf. »Eben nicht. In diesem Punkt irren Sie sich. Ich weiß, daß der Kammerdiener Ravanusas nach einer rund halbstündigen Abwesenheit in die Villa zurückkehrte. Und er sagte mir, im Salon habe er die Leiche des Bankiers gefunden. Er erschrak und ergriff Hals über Kopf die Flucht.«

Cattani befeuchtete sich die Lippen und wartete darauf, daß Terrasini fortfuhr. »Als der Bedienstete die Straße erreichte«, fügte der Anwalt nach einigen Sekunden hinzu, »sah er ein Taxi kommen, aus dem Sie ausstiegen.«

Du bist wirklich gerissen, fuhr es Cattani durch den Kopf, während er Terrasini musterte. Erst brachte er den Kammerdiener dazu, den Kommissar mit einem Telefonanruf in die Falle zu locken, und jetzt half er ihm aus der Patsche, indem er auf den gleichen Mann zurückgriff. Sein Blick glitt erneut zum Hals des Anwaltes. Schlangenartig, ja. Und selbst die kleinen, glitzernden Augen ähnelten denen einer Viper.

»Tja«, meinte Terrasini, »manchmal ist es ganz einfach, Probleme zu lösen. Die Lage mag aussichtslos erscheinen, die Tür versperrt, hinter der sich die Lösung des Problems verbirgt. Aber es genügt, den richtigen Schlüssel zu finden. Und deshalb sage ich Ihnen: Kopf hoch, Commissario. Es wird nicht lange dauern, bis wir alles in Ordnung gebracht haben.«

Er holte ein Blatt Papier aus der Mappe und reichte es Cattani. »Wenn Sie bitte hier unterschreiben würden... Damit beauftragen Sie mich offiziell, Ihre Interessen wahrzunehmen.«

Durch die Entscheidung, Terrasini als Verteidiger zu wählen, bestand nicht nur Aussicht auf baldige Freilassung, sondern auch das Verhalten der anderen Strafgefangenen ihm gegenüber änderte sich drastisch.

Cattani stand jetzt unter dem Schutz Terrasinis, und niemand wagte mehr, irgend etwas gegen ihn zu unternehmen. Während des Ausgangs wandten sich einige der Männer betont freundlich an ihn und forderten ihn auf, mit ihnen Fußball zu spielen. »Kommen Sie, Dottore Cattani. Verschaffen Sie sich ein wenig Bewegung. Wir haben gehört, Sie waren früher mal ein guter Spieler.«

Jemand warf ihm den Ball zu, und aus einem Reflex heraus fing er ihn und trat ihn zurück.

So tief bin ich jetzt schon gesunken, dachte er. Habe ich überhaupt noch die Möglichkeit, mich aus diesem Sumpf zu befreien?

Der Kammerdiener Ravanusas sagte vor dem Untersuchungsrichter aus, daß Cattani den Bankier gar nicht umgebracht haben konnte. Er gestand, gesehen zu haben, wie Cattani die Villa betrat, aber zu jenem Zeitpunkt sei der Commendatore bereits tot gewesen.

Der junge Untersuchungsrichter sah den Bediensteten nicht an, als er ihn fragte, warum er erst jetzt gekommen sei, um Cattani zu entlasten.

»Bis vor kurzem wußte ich gar nicht, daß er verhaftet worden ist«, erklärte der Kammerdiener in aller Seelenruhe. »Als ich davon erfuhr, bin ich sofort gekommen, um das Mißverständnis aus deer Welt zu schaffen.« Mit der Fingerspitze strich er sich geziert über eine Braue und fügte hinzu: »Was wahr ist, muß auch wahr bleiben.«

Der Untersuchungsrichter ordnete unverzüglich die Haftentlassung Cattanis an.

Terrasini hielt es für angebracht, den Erfolg zu feiern, und entkorkte eine Flasche Champagner.

»Ich bin sehr zufrieden«, sagte er und schien sich aufrichtig zu freuen.

Cattani trank sein Glas aus, kratzte sich am Nacken und meinte: »Avvocato, vielleicht sollten wir jetzt über Ihr Honorar sprechen.«

»O nein!« erwiderte Terrasini geradezu entsetzt. »Das kommt überhaupt nicht in Frage! Es war mir eine Ehre, Ihnen einen Gefallen erweisen zu können.«

Cattani seufzte. »Ich würde es vorziehen, meine Schuld mit Geld zu begleichen...«

»Bitte, bestehen Sie nicht darauf«, sagte Terrasini und gab vor, die Anspielung überhört zu haben. »Ich könnte es als Unhöflichkeit verstehen.« Und dann benutzte er die Sprache, die Cattani so sehr verabscheute. »Unter Freunden können Unhöflichkeiten zu ernsten Verstimmungen führen.«

Terrasini hatte eigene Vorstellungen von Freundschaft, und daran ließ er keine Zweifel aufkommen. »Wissen Sie, was Dinge wie Freundschaft angeht: Der Dienst des Kammerdieners, der Sie entlastet hat, ist unbezahlbar. Man kann einfach keinen Preis dafür bestimmen. Außerdem: Wenn ich ihm Geld anbieten würde, wäre er sicher beleidigt. Ihm genügt es zu wissen, daß er nötigenfalls auf mich zählen kann. Freundschaft, mein lieber Cattani, ist wie eine Garantie – die Bereitschaft, sich gegenseitig zu helfen.«

»Ich verstehe. Was kann ich für Sie tun?«

Terrasini lachte leise. »Wenn ich Sie brauche, so hoffe ich, daß Sie sich an mich erinnern. Mehr verlange ich gar nicht.«

Nein, mehr nicht. Cattani wußte sehr wohl, was Terrasini mit den Worten »wenn ich Sie brauche« meinte. Er benötigte Killer, Polizeibeamte, die sich bestechen ließen, Komplizen aller Art. Der Kommissar schauderte.

»Nun, was haben Sie jetzt vor?« fragte der Rechtsanwalt.

»Ich beabsichtige, nach Rom zu reisen. Ich möchte mich dort niederlassen.«

»Und an wen wollen Sie sich dort wenden?«

»An Cannito.«

»Das ist sehr klug«, lobte Terrasini. »Vermutlich sehen wir uns in der Hauptstadt wieder. Manchmal habe ich dort zu tun. Geschäftlich, verstehen Sie?«

Cattani zögerte und schien mit sich selbst zu ringen. Dann sagte er: »Erlauben Sie mir noch eine Frage: Hat der Kammerdiener dem Untersuchungsrichter auch mitgeteilt, daß er es war, der mich darum bat, Ravanusa zu besuchen?«

»Dottore Cattani«, entgegnete Terrasini mit vorwurfsvoll klingender Stimme, »Sie geben es wohl nie auf, was? Sie wollen dauernd etwas wissen, stellen immerzu Fragen. Sie sind neugierig.«

»Eine schlechte Angewohnheit von mir.«

»Eine ziemlich schlechte sogar.« Terrasini kniff die Augen zusammen. »Sie sollten sich von ihr befreien. Schlechte Angewohnheiten bereiten Ärger. Manche Leute ertragen sie nicht.«

Eine Schlange, ja, dachte Cattani. Jemand, der seine Drohungen in das Gewand freundlicher Worte kleidete.

Bevor Cattani die Stadt verließ, besuchte er Olga Camastra.

»Sie wollen sich von mir verabschieden, nicht wahr?« fragte sie bedauernd.

»Ich lasse mich in Rom nieder. Eine Spedition kümmert sich um die Möbel.«

»Nun, vermutlich haben Sie die richtige Entscheidung getroffen. Trapani hält zu viele bittere Erinnerungen für Sie bereit.«

Cattani klopfte mit den Fingerspitzen auf die Armlehne eines Sessels. »Ich habe viele Fehler gemacht. Als ich hierher kam, dachte ich, ich könne mich frei bewegen, ohne irgendwelche Rücksichten zu nehmen. Aber ich mußte am eigenen Leibe erfahren, wie sehr es darauf ankommt, vorsichtig zu sein und sich anzupassen, sich keine Blöße zu geben.«

Er stand auf und trat ans Fenster. Während er hinaussah, spürte er die Blicke der Contessa auf sich. Vielleicht hatte er ihr unrecht getan. Er hatte sie immer als eine Person eingeschätzt, vor der man sich besser in acht nahm. Aber sie war sofort bereit gewesen, ihm zu helfen; ohne sie hätte er es vermutlich nicht geschafft.

Als er sich jetzt noch einmal alles durch den Kopf gehen ließ, kam er zu dem Schluß, daß er bei seiner früheren schlechten Meinung nur einen Charakterzug Olga Camastras gesehen hatte: den einer kalten, geldgierigen und egoistischen Frau. Jetzt aber verstand er, daß es sich nur um eine Fassade handelte, hinter der sich anderes verbarg – eine Maske, die über das wahre Ich der Contessa hinwegtäuschte. Sie war allein und fühlte sich einsam.

Er hörte, wie sie sich ihm näherte.

Olga streckte die Hand aus und berührte ihn zärtlich am Nakken. Cattani nahm ihr Parfüm wahr und spürte ihren Körper. Langsam drehte er sich um, strich ihr über die Wangen und küßte sie.

Cattani traf zu Beginn des Sommers in Rom ein. Tausende von amerikanischen und japanischen Touristen waren in die Stadt eingefallen. Ihre bunten Hemden und Hüte fielen sofort auf.

Der Kommissar begab sich unverzüglich in Cannitos Büro. Auf dem Korridor begegnete er Ferretti. Sie ließen sich beide nichts anmerken und gaben vor, sich nicht zu kennen. Nach der Begrüßung und dem Austausch von Höflichkeitsfloskeln meinte der Leiter der Abteilung Z, von jetzt an brauche sich Cattani keine Sorgen mehr zu machen. Cannito versicherte ihm, er bekäme keine Schwierigkeiten mehr.

»Ich bringe Sie irgendwo in meiner Nähe unter«, sagte er. »Auf diese Weise habe ich ein Auge auf Sie und kann verhindern, daß Sie wieder in die Patsche geraten.«

»Glauben Sie, ich könnte mich hier nützlich machen?« fragte Cattani vorsichtig.

»Selbstverständlich.« Cannito lächelte aufmunternd. »Ich verschaffe Ihnen einen Posten in meinem Büro und sorge dafür, daß man Ihnen einen besonderen Aufgabenbereich zuteilt.«

»Das ist sehr freundlich von Ihnen.«

Cannito stand auf und geleitete Cattani zur Tür. Dort verabschiedete er ihn und klopfte ihm auf die Schulter.

»Kopf hoch, Junge«, sagte er und zwinkerte ihm zu. »Jetzt beginnt ein neues Leben für Sie.«

Cattani fuhr langsam und blickte immer wieder in den Rückspiegel, um festzustellen, ob ihm jemand folgte. Er bog nach rechts ab, und erneut beobachtete er den Verkehr hinter sich. An diesem Nachmittag war es heiß in Rom, und die vielen Autos sahen aus wie bunte und exotische Blechkäfer.

In der Nähe einer Telefonzelle hielt Cattani an und stieg aus. Er blickte sich unauffällig um, betrat die Kabine und wählte die Nummer, die ihm Ferretti in der Schweiz genannt hatte.

Als er die Stimme Ferrettis hörte, fragte er: »Gilt Ihr Angebot noch?«

Ja, lautete die Antwort, mehr denn je. Cattani hörte eine Zeitlang schweigend zu und legte dann auf.

Als er wieder in seinem Wagen saß, spürte er, wie ihn eine seltsame Aufregung erfaßte. Er war erneut aktiv geworden und hatte keineswegs das abgelegt, was Terrasini als »schlechte Angewohnheit« bezeichnet.

Er fuhr ins Stadtzentrum und suchte nach einem freien Parkplatz. Dann ging er in ein Elektrogeschäft. Eine Frau hob den Kopf und fragte ihn, ob er etwas kaufen wolle.

»Nein«, sagte Cattani. »Ich habe hier eine Verabredung.«

Die Frau zwinkerte und musterte ihn aus ihren kurzsichtigen Augen. Sie vergewisserte sich, daß niemand in der Nähe war, und dann öffnete sie eine Schublade, die ein spezielles Telefon enthielt. Nachdem sie eine Taste betätigt hatte, glühte eine rote Kontrollleuchte auf. Alles in Ordnung.

»Hier entlang«, sagte die Frau. Sie schritt rasch aus und schob einen Vorhang beiseite, hinter dem eine kleine Tür sichtbar wurde. Die Frau öffnete sie, und kaum war Cattani in den Nebenraum getreten, schloß sich die Tür hinter ihm.

Er befand sich in einem großen Schuppen, der in ein Lager für Waschmaschinen, Kühlschränke und Fernseher umgewandelt worden war. Die vielen Geräte bildeten einzelne Blöcke, an denen breite Korridore vorbeiführten. Cattani ging los, und nach einer Weile kam Ferretti hinter einem der hohen Stapel hervor.

»Aus welchem Grund haben Sie Ihre Meinung geändert?« fragte er.

Cattani trat auf ihn zu. »Als ich Cannito die Hand reichte, begann es in mir zu brodeln. Ich begriff, daß ich dabei war, zum Komplizen der Mörder meiner Tochter zu werden.«

»Und diese Erkenntnis veranlaßte Sie, mein Angebot anzunehmen?« Ferretti musterte ihn aufmerksam.

»Ja«, erwiderte Cattani offen, und seine Miene verdüsterte sich. »Ich will den Kerlen das Handwerk legen. Und ich glaube, das entspricht auch Ihren Motiven.«

»Wir haben es mit Leuten zu tun, die vor nichts zurückschrekken«, gab Ferretti zu bedenken.

Cattani lehnte sich an einen Kühlschrank. »Die Lage ist sogar noch weitaus kritischer, als Sie bisher vermutet haben.«

»Was wollen Sie damit sagen?«

»Über Terrasini steht Cannito in direkter Verbindung mit der Mafia.«

Ferretti starrte ihn ungläubig an. »Sind Sie da ganz sicher?«

Cattani lachte bitter. »Und ob! Ich bin der lebende Beweis dafür: Nur durch die Mafia-Beziehungen Cannitos kam ich mit heiler Haut davon.«

26

Um drei Uhr nachmittags klopfte Corrado Cattani an die rote Tür eines kleinen Hauses mit abfallendem Dach, und sein Herz begann heftig zu klopfen. Als er hörte, wie sich der Schlüssel im Schloß drehte, nahm seine Aufregung noch weiter zu. Die Tür öffnete sich, und Else stand ihm gegenüber. Sie war noch schöner, als er sie in Erinnerung hatte. Zunächst war sie versucht, die Tür einfach wieder zu schließen, doch dann wich sie zur Seite.

»Komm rein«, sagte sie.

Cattani folgte der Aufforderung und betrat ein kleines Wohnzimmer. Die Einrichtung bestand aus zwei Sesseln, einem Fernseher und einem schmalen Tisch. In einer Ecke befand sich ein Kamin.

»Du bist also nicht bei deinen Verwandten untergekommen.«

»Nein«, bestätigte Else. »Ich möchte auf eigenen Beinen stehen. Eine Tante hat mir das Haus vermietet.«

Sie entschuldigte sich bei Cattani, ging in die Küche und setzte Wasser für Tee auf. Sie stellte zwei Tassen auf ein Tablett und versuchte sich daran zu erinnern, wieviel Zucker ihr Mann nahm. Ja, zwei Löffel. Dann schnitt sie eine dicke Scheibe von einer Zitrone ab, denn Corrado mochte den sauren Geschmack zusammen mit dem Aroma des Tees. Sie zog Milch vor.

Else war nervös. Am Rande des Tabletts entdeckte sie einen Fleck, und sie nahm einen Lappen und wischte ihn weg. Dann öffnete sie einen Schrank und betrachtete die Schachteln mit Plätzchen. Welche aß Corrado gern? Ah, ja, die Schokoladenkekse. Die ganze Zeit über beobachtete sie ihn aus den Augenwinkeln und überlegte, warum er gekommen war. Er hatte nicht Platz genommen, stand an einer Wand und schaute sich die dort hängenden Bilder an.

»Da bin ich wieder«, sagte sie und kam mit dem Tablett ins Wohnzimmer.

Sie setzten sich und tranken Tee.

»Probier mal diese Plätzchen hier.« Else reichte ihm den Teller.

Corrado schob sich eins in den Mund. »Schmecken ausgezeichnet«, erwiderte er.

Dann schwiegen sie, und es schien, als hätten sie sich nichts mehr zu sagen. Elses Unbehagen wuchs, und um das Schweigen zu beenden, sagte sie: »Ich habe Arbeit in der Bibliothek gefunden. Und du? Was hast du vor?«

»Ich lasse mich in Rom nieder und trete dort wieder in den Dienst. Zur Zeit aber steht noch nichts Konkretes fest.«

Else trank ihre Tasse aus. »Weshalb bist du gekommen?«

»Ich habe einige Sachen mitgebracht, die dir gehören«, sagte Cattani. Er wollte sich eine Zigarette anstecken, wußte aber nicht mehr, ob der Rauch seine Frau störte oder nicht. Also verzichtete er darauf. »Sie sind in den Koffern verstaut. Du kannst sie am Bahnhof abholen. Es befinden sich auch einige Dinge Paolas darunter. Es ist nur angemessen, daß du sie behältst.«

»Danke.«

Cattani griff nach einem zweiten Keks. »Diese französischen Plätzchen sind wirklich exquisit.«

»Ich packe dir welche ein«, schlug Else vor.

»Das ist sehr freundlich von dir. Würdest du mir einen Gefallen tun?«

»Natürlich.«

»Begleite mich zum Friedhof. Ich möchte mich von unserer Kleinen verabschieden.«

Sie nahmen Elses Wagen und fuhren über eine Straße, die zu beiden Seiten von kleinen Häusern mit spitzen Dächern gesäumt wurde. Die französische Kleinstadt, in der Else aufgewachsen war, wirkte sehr gemütlich. Auf den Fensterbänken standen Töpfe mit blühenden Pflanzen, und in den Gartenbeeten wuchsen bunte Blumen.

Vor dem Grab sank Cattani auf die Knie. An der Gedenkplatte

war ein Foto des Mädchens befestigt, das eine lächelnde und fröhliche Paola zeigte.

Else tauschte die verwelkten Blumen gegen frische aus und hörte, wie ihr Mann murmelte:

»Kleine Paola, lange Zeit warst du allein und sehntest dich nach meinem Trost. Und jetzt würde ich dich so gern bei mir haben...«

Wenn man über die alte Via Appia fährt, sieht man zu beiden Seiten viele breite Tore, hinter denen sich prächtige Villen verbergen. Dort wohnt der neue Adel Roms. Es heißt, vor rund zweitausend Jahren sei Petrus in dieser Gegend Gott begegnet. Und mit ängstlicher Stimme soll er ihn gefragt haben: »Quo vadis, Domine? Wohin gehst du, Herr?«

An einem warmen Junimorgen fuhr ein großer Mercedes durch eines dieser Tore und rollte an hohen Pinien vorbei auf eine ziegelrote Villa zu.

Rechts befand sich ein Swimming-pool. Zwei hübsche Mädchen schwammen darin, und am Rande des Beckens saß eine dritte junge Frau. Sie hatte den Kopf zurückgeneigt und sonnte sich.

Als Cannito, Terrasini und Laudeo aus dem Wagen stiegen, wurde die Eingangstür der Villa geöffnet, und der Hausherr ging seinen Besuchern entgegen. Mit ausgebreiteten Armen kam er auf sie zu.

Er hatte einen auffallend großen und kahlen Kopf, auf dem ein dünner Schweißfilm glänzte, und im Vergleich dazu wirkte sein Körper klein. Deutlich sichtbar wölbte sich der Bauch hervor. Er bewegte sich steif und hielt sich dabei kerzengerade, als wolle er auf diese Weise größer aussehen, als er war. Ständig ruderte er mit den Armen.

Terrasini begrüßte ihn lächelnd. »Dottor Sorbi«, sagte er, »es ist mir eine Freude, Sie wiederzusehen.«

Sie begaben sich ins Haus, und als sie den Salon erreichten, forderte Sorbi seine Gäste auf, in den weichen Ledersesseln Platz zu nehmen. Vom Swimming-pool her war das Lachen der jungen Frauen zu vernehmen. Sorbi trat ans geöffnete Fenster und rief: »Seid jetzt bitte ein wenig leiser!«

»In Ordnung, Papa«, lautete die mehrstimmige Antwort, der Gekichere folgte. Sie nannten ihn nur aus Spaß so, und als Sorbi zu seinen Gästen zurückkehrte, erklärte er, daß die Mädchen durchaus einen guten Grund dafür hatten. Sie redeten ihn deshalb mit »Papa« an, weil er tatsächlich wie ein Vater für sie war.

Als das Lachen und Plätschern verstummte, diskutierten die vier Männer in aller Ruhe geschäftliche Dinge.

»Ich darf Ihnen mitteilen«, begann Terrasini, »daß sich unser Freund Carrisi auf dem Weg nach Italien befindet. Er kommt hierher, um uns seine Projekte zu erläutern. Nun, eins steht in jedem Fall fest: Carrisi beabsichtigt, große Summen in unserer Heimat zu investieren.«

Laudeo wandte sich an Sorbi. »Auf welche Weise gelangt das Geld hierher?«

Sorbi räusperte sich. Wenn er über finanzielle Dinge sprach, bewegte sich nur eine Seite seines Mundes. Die andere rührte sich überhaupt nicht, so als sei sie gelähmt.

»Die Beträge werden von Amerika aus in die Schweiz überwiesen und Finanzierungsgesellschaften gutgeschrieben, die ich kontrolliere. Anschließend laufen sie über meine Bank und erreichen Italien.«

Da er unter Freunden war, glaube Laudeo, die Karten offen auf den Tisch legen zu können. »So schließt sich der Kreis«, sagte er. »Ich meine: Die Gelder, die von Italien aus in die Vereinigten Staaten geflossen sind, kehren zu uns zurück.« Er hob kurz die Hand. »Unsere Geschäfte machen sich bezahlt.«

Doch offenbar fand Sorbi keinen Gefallen an derart direkten Bemerkungen. »Immer mit der Ruhe«, erwiderte er, dachte nach und fand eine elegantere Formulierung. »Es handelt sich um fremde Finanzmittel, die durch eine neue Form der Ansparung zusammenkamen. Und sie werden mit guten Renditeaussichten auf unserem Markt investiert.«

»Unser Freund Carrisi«, warf Terrasini ein, »hat vor allen Dingen Interesse an der elektronischen Industrie, insbesondere an dem militärischen Sektor. Er möchte sich mit strategischen Gütern einen Marktanteil im Mittleren Osten sichern.«

»Nun gut«, meinte Laudeo. »Wie können wir ihm helfen?«

Sorbi neigte den großen, kahlen Kopf zurück. »Er braucht Betriebsgelände zu günstigen Pacht- oder Erwerbskonditionen, Kredite mit niedrigen Zinsen und politische Rückendeckung. Ich glaube, vor allem der letzte Punkt ist sehr wichtig. Es geht darum, bürokratische Hindernisse zu überwinden, wenn Sie verstehen, was ich meine.«

Terrasini nickte. »Das ist sogar von besonderer Bedeutung, denn unser Freund Carrisi hat eine amerikanische Mentalität und ist daran gewöhnt, in aller Eile zu arbeiten. Irgendwelche Probleme würden ihn verärgern.«

»Aufgrund meiner Position«, ließ sich Cannito vernehmen, »würde ich mich sehr freuen, ein persönliches Gespräch mit Mister Carrisi führen zu können, sobald er in Italien eingetroffen ist.«

Laudeo schlug vor, ihm einen grandiosen Empfang zu bereiten. »Wenn er irgendwelche Zeitungsartikel oder Interviews wünscht – kein Problem. Es gibt Dutzende von Journalisten, die bereit wären, uns einen Gefallen zu erweisen.«

Davon hielt Sorbi überhaupt nichts: Er preßte die Lippen zusammen und verzog angewidert das Gesicht.

Terrasini deutete seine Mimik richtig und meinte: »Mister Carrisi hält nichts von Publicity.«

Sorbi nutzte die Gelegenheit, seinen Standpunkt besser zu erläutern. »Allerdings dürfte es zum gegebenen Zeitpunkt erforderlich werden, die Presse einzuschalten, um eine positive Stimmung gegenüber dem Projekt zu schaffen.«

In den Augen Laudeos begann es zu funkeln. Er freute sich darüber, daß auch den von seiner Organisation kontrollierten Zeitungen eine wichtige Rolle zukam. Mit einem gewissen Stolz sagte er: »Wir haben die besten Pressemedien in der Hand und brauchen bloß mit dem Finger zu schnippen. Die Journalisten sind uns verpflichtet.«

Etwa zwei Kilometer von der Villa entfernt, in der die Besprechung stattfand, verbarg sich jemand und wartete. Der wachsame junge Mann saß auf einem Hügel und beobachtete den Eingang des Hauses. Als die vier Männer durch die Tür traten, hob er eine Kamera, die mit einem langen Teleobjektiv ausgestattet war, und in rascher Folge machte er Aufnahmen.

Wenn es Cattani und Ferretti für erforderlich hielten, persönlich miteinander zu sprechen, gaben sie sich ein vorher vereinbartes Zeichen und trafen sich in dem Lager mit den Elektrogeräten. Diesmal bat Ferretti um eine Begegnung, um sich zu erkundigen, ob Cannito sein Versprechen eingelöst und Cattani einen Posten in seiner Abteilung gegeben hatte.

»Ich habe nichts mehr von ihm gehört«, sagte Cattani.

»Seltsam.«

»Was raten Sie mir? Soll ich mich mit ihm in Verbindung setzen?«

»Nein«, erwiderte Ferretti sofort. »Das würde nur Verdacht erregen.« Nachdenklich öffnete er die Tür eines Kühlschranks und schloß sie wieder. »Cannito ist wesentlich gerissener, als Sie vielleicht glauben. Ich nehme an, er erwartet eine Initiative Ihrerseits. Irgend etwas, das ihn überzeugt. Worte allein genügen ihm nicht. Er möchte einen Beweis dafür, daß Sie voll und ganz auf seiner Seite stehen.«

»Irgendeine Aktion zu seinen Gunsten«, überlegte Cattani laut.

»Genau«, bestätigte Ferretti.

Cattani nickte. »Ich habe schon eine Idee...«

Am nächsten Tag kehrte Cattani nach Trapani zurück. In der alten Stadt am Meer hatte er die hohe Kunst, sich mit Lügen zu tarnen und andere Leute zu täuschen, gelernt. Und jetzt plante er, sich selbst zu beweisen, welche Meisterschaft er in dieser Hinsicht entwickelt hatte.

Er ging ins Büro des Untersuchungsrichters, der den Haftbefehl gegen ihn ausgestellt hatte. Der junge Mann wirkte noch buckliger als zuvor und mied es noch immer, seine Gesprächspartner anzusehen. Die Zuckungen in seinem Gesicht schienen stärker geworden zu sein.

»Sie wollen also eine neue Aussage machen«, stellte er fest.

Cattani nahm auf dem Stuhl vor dem Schreibtisch Platz. »Ja«, sagte er. »Als ich Dottore Bordonaro damals gewisse Dinge erzählte, war ich ziemlich durcheinander. Immerhin hatte man gerade meine Tochter entführt und vergewaltigt. Ich wußte nicht mehr, wo mir der Kopf stand. Inzwischen habe ich wieder den Überblick und begriffen, daß die Anklagen absurd sind.«

Der Untersuchungsrichter strich sich geziert über das dünne Haar und starrte auf die Schreibtischfläche, so als könnten ihm die dort liegenden Dinge helfen, sich ein Bild von der Lage zu machen. Nach einer Weile seufzte er und entgegnete: »Es freut mich, feststellen zu können, daß Sie Einsicht zeigen und das Gesetz achten.«

»Ich hielt es für meine Pflicht, mich an Sie zu wenden und die Angaben meiner damaligen Aussage zu berichtigen, denn ich habe dadurch einige angesehene Personen in Verruf gebracht. Und ich möchte unbedingt vermeiden, daß Zweifel an ihrer Ehrbarkeit zurückbleiben.«

»Ich verstehe«, sagte der Untersuchungsrichter und blätterte in dem alten Verhörprotokoll Cattanis. Er deutete auf eine bestimmte Stelle. »Hier zum Beispiel behaupten Sie, ein Mann namens Cannito habe immer wieder versucht, Ihre Ermittlungen zu behindern, als Sie noch Leiter der Squadra mobile waren. Stimmt das?«

Cattani schüttelte den Kopf. »Nein. Das ist einer der Punkte, die ich korrigieren möchte. Ich kann mit gutem Gewissen darauf hinweisen, daß Cannito mich immerzu aufforderte, mit meinen Ermittlungen fortzufahren, ohne irgendwelche Rücksichten zu nehmen.«

»Gut, gut«, brummte der Untersuchungsrichter und wirkte außerordentlich zufrieden. »Dann wollen wir mal sehen, was hier sonst noch steht. Nun, Sie erwähnten auch den Rechtsanwalt Terrasini und meinten, er sei in dunkle Geschäfte verwickelt. Aber damit noch nicht genug: Sie behaupten sogar, er sei maßgeblich an der Entführung Ihrer Tochter beteiligt gewesen.«

Er machte eine kurze Pause – so als verschlüge es ihm vor Entrüstung die Sprache. Dann breitete er die Arme aus. »Cattani! Der Rechtsanwalt Terrasini soll die Verschleppung Ihrer Tochter veranlaßt haben? Ist denn das zu fassen? Sie sind ihm zu besonderem Dank verpflichtet. Ohne Terrasini säßen Sie jetzt noch im Gefängnis.«

Cattani gab sich schuldbewußt und nickte. »Ich weiß«, erwiderte er kleinlaut. »Und deshalb kommt es mir sehr darauf an, auch diese Sache richtigzustellen. Es war wirklich dumm von mir, einen so respektablen Mann wie Terrasini zu bezichtigen.«

»Mit anderen Worten: Sie schließen aus, daß Dottore Bordonaro aufgrund der Ermittlungen ums Leben kam, die er infolge Ihrer Angaben führte?«

»Das halte ich für völlig abwegig.«

»Da wäre noch etwas. Hat Bordonaro vor Ihrer Reise nach Rom mit Ihnen telefoniert und Ihnen seine Absichten erklärt?«

Erneut schüttelte Cattani den Kopf. »Nein, das hat er nicht.«

Nach der Aussage kehrte Cattani ins Hotel zurück, wo er eine Nachricht von der Contessa Camastra vorfand.

Er rief sie an. »Es scheint ausgeschlossen zu sein, in dieser Stadt unbemerkt zu bleiben.«

»Warum hast du mir nicht gleich nach deiner Ankunft Bescheid gegeben?« fragte Olga. »Ich habe erst durch Freunde davon erfahren.«

»Ich hätte mich in jedem Fall mit dir in Verbindung gesetzt.«

»Vielleicht nach einer Woche, was?«

»Nun hör schon auf zu nörgeln«, erwiderte Cattani, lachte leise und fügte hinzu: »Ich würde dich gern sehen.«

Olga holte ihn mit ihrem Wagen am Hotel ab, und sie verließen die Stadt und fuhren über eine schmale und kurvenreiche Straße. Die Contessa strahlte.

Auch Cattani fühlte sich gut. Er entspannte sich, lehnte sich zurück und seufzte.

»Nach vielen Monaten der Anspannung komme ich erst jetzt zur Ruhe«, sagte er.

»Mir geht es ebenso«, murmelte Olga. Sie fuhr schnell, aber sicher. Dann und wann warf sie ihm einen Blick zu und lächelte.

Sie war glücklich, hatte das Gefühl, als beschränke sich die ganze Welt auf den Mann an ihrer Seite und sie selbst. Cattani streckte die Hand aus, und Olga griff danach und hielt sie fest. Ihr war, als ginge von seinen Fingern eine besondere Wärme aus, die ihren ganzen Körper erfüllte.

Rechts und links erstreckten sich Olivenhaine. »Wohin bringst du mich?« fragte Cattani.

»Laß dich überraschen.«

Nach einer guten Stunde hielt die Contessa an. Sie befanden sich auf einem Hügel, und um sie herum breitete sich eine karge Landschaft aus. In der Ferne glitzerte das Meer, und die Abenddämmerung spiegelte sich in einen purpurnen Schein auf dem Wasser wider.

»Dies ist mein kleines Paradies«, sagte Olga. »Hier bin ich geboren.«

Das Haus war nicht mehr so wie damals, als sie darin das Licht der Welt erblickt hatte. Es war gründlich modernisiert worden.

»Komm«, forderte sie ihn auf und ergriff seine Hand.

Sie führte ihn in Richtung eines großen Johannisbrotbaums, der aussah wie ein dunkler Schatten.

»Dies war mein Lieblingsbaum«, sagte Olga. »Als Kind bin ich immer wieder in die Krone geklettert, habe mich auf einen der Äste gehockt und das Meer beobachtet.«

Sie zog den Kopf Cattanis zu sich herab und küßte ihn. Dann schlang sie die Arme um ihn und sah ihm in die Augen. »Ich habe mir schon häufig gewünscht, dich so umarmen zu können. Aber du hast dich von mir ferngehalten, bist mir aus dem Weg gegangen.«

Sie liebten sich, und anschließend sagte sie: »Bleib jetzt brav unter der Decke liegen. Ich bringe dir das Abendessen ans Bett.«

Sie hatte eine Kühltasche mit vielen Köstlichkeiten mitgenommen, und ihre Mahlzeit bestand aus geröstetem Brot, frischer Salami, Kaviar und Kuchen.

Anschließend tranken sie Champagner.

»Auf uns«, sagte Olga und hob ihr Glas. Ihre Augen leuchteten.

»Ja, auf uns.«

Olga brachte das Tablett fort und lehnte es entschieden ab, sich helfen zu lassen. »Nein, bleib da.«

Es gefiel ihr, Cattani zu bedienen, sie fühlte sich dabei wie eine richtige Ehefrau.

Als sie ins Bett zurückkehrte, schmiegte sie sich an ihn und murmelte: »Ich weiß, warum du zurückgekehrt bist.«

»Ah! Der Untersuchungsrichter scheint einen guten Draht zu Terrasini zu haben!«

»Ich glaube, du wirst es nie verstehen«, neckte ihn Olga. »Hier unten laufen die Dinge eben einfach anders. Begreif das doch endlich.«

»Nicht nur hier unten. Diese Infektion macht sich auch in anderen Teilen Italiens bemerkbar, und es scheint kein geeignetes Gegenmittel zu existieren.«

»Wie dem auch sei...« Olga lächelte. »Nach deiner neuen Aussage sind alle zufrieden mit dir.«

»Und du?«

»Ich? Ach, ich kümmere mich nicht um solche Dinge.«

Sie drehte sich zu ihm um und strich ihm zärtlich übers Haar.

27

Fürs Wochenende wurde Cattani in das Landhaus Cannitos eingeladen. Sie machten sich von Rom aus mit dem Wagen auf den Weg, und als sie die umbrischen Berge erreichten, fuhren sie über einen kurvenreichen Weg und gelangten schließlich zu einer Villa im Stil der Renaissance, von der aus man einen herrlichen Blick auf grüne Täler hatte.

Der Fahrer öffnete dem Leiter der Abteilung Z die Tür. Als Cattani ebenfalls ausgestiegen war, bewunderte er das Panorama. Sein Blick fiel auf ein schmales Tal, in dem sich ein Fluß wand, der aussah wie eine glitzernde Narbe im Fels. Rechts und links erhoben sich Hügel mit kleinen Dörfern, und hier und dort waren Türme und jahrhundertealte Schlösser zu erkennen.

Cattani atmete tief durch. »Ein herrlicher Ausblick«, sagte er.

»Ich verbringe jedes Wochenende hier«, erwiderte Cannito. »Aber um ganz ehrlich zu sein: Wenn ich länger hier bleiben müßte, würde ich mich vermutlich zu Tode langweilen.«

Eine kleine Frau kam aus dem Haus. Sie hatte weißes Haar und ein glattes, fröhliches Gesicht. Sie umarmte Cannito, wandte sich dann an Cattani und meinte: »Es freut mich, Sie wiederzusehen, Corrado. Es ist viel Zeit vergangen, aber ich habe Sie nicht vergessen.«

Die Frau schmiegte sich an Cannito, der daraufhin zärtlich den Arm um sie legte. Als Cattani ihn zusammen mit seiner Frau sah, glaubte er fast, es mit einem anderen Menschen zu tun zu haben.

Es war rührend, ihn dabei zu beobachten, wie er seine Frau an sich drückte und sie auf die Wange küßte. Wirklich seltsam, dachte Cattani, daß jemand so unterschiedliche Charakterzüge in sich vereinen kann.

»Es freut mich ebenfalls, Sie wiederzusehen, Signora. Ich habe gerade dieses Paradies hier bewundert.«

»Wunderschön, nicht wahr? Hier herrscht Frieden, und ich genieße diese Ruhe. In Rom hielt ich es einfach nicht mehr aus. Das Chaos dort, der ständige Lärm...«

»Wohnen Sie das ganze Jahr über hier?« fragte Cattani.

»Ja, sie hat mich verlassen«, warf Cannito ein. »Ich ziehe sie auf, indem ich behaupte, sie sei zur Einsiedlerin geworden.«

Die Frau lachte. »Ach, er nimmt mich immer auf den Arm. Na ja, mein Mann hat viele Verpflichtungen. Manchmal hatte er in Rom nicht einmal mehr Zeit, mit mir zusammen zu Abend zu essen. Damit wollte ich mich nicht mehr abfinden. Ich sagte: Machen wir es doch so – ich ziehe mich hierher zurück, und du besuchst mich am Samstag und Sonntag. Dann habe ich dich wenigstens zwei Tage in der Woche ganz für mich allein.«

Plötzlich verdüsterte sich ihr Gesicht. Sie hakte sich bei Cattani ein und sagte: »Ich weiß von dem Unglück. Armes Mädchen. Glauben Sie mir: Ich habe so geweint, als sei es meine eigene Tochter gewesen. Übrigens: Wie geht es Else? Hat sie den Schock überstanden?«

»Sie erholt sich langsam davon.«

»Grüßen Sie sie von mir«, bat die Frau. Sie griff nach Cattanis Hand. »Vielleicht hört mein Mann auf Sie: Sagen Sie ihm, er soll nicht soviel arbeiten. Deshalb geht Italien nicht gleich zugrunde.«

»Wer weiß?« entgegnete Cannito doppeldeutig und küßte seine Frau erneut auf die Wange. »Aber wie dem auch sei: Von jetzt an wird Corrado kaum mehr von meiner Seite weichen... Er nimmt eine Stelle in der Abteilung an, die ich leite.«

»Tatsächlich?« Das Gesicht der Frau erhellte sich. »Das freut mich sehr.« Sie richtete den Blick auf Cattani und fuhr fort: »Sebastiano braucht Leute, auf die er sich verlassen kann. Ich kenne die Personen, mit denen er zusammenarbeitet, und ich halte nicht viel von ihnen. Abgesehen von seinem Stellvertreter Ferretti, der wirklich anständig ist... Wann fangen Sie denn an?«

Die Frage überraschte Cattani, und er wußte nicht so recht, was er darauf antworten sollte. »Nun...« begann er unsicher.

Cannito unterbrach ihn. »Das kann er dir noch nicht sagen – ich wollte ihn überraschen.« Er legte seiner Frau die Hand auf die Schulter und fragte: »Na, was hast du denn vorbereitet, um die Rückkehr unseres Wunderknaben zu feiern?«

Seine Frau lächelte geheimnisvoll, wandte sich um und kehrte leichtfüßig ins Haus zurück.

»Sie ist ein Engel«, sagte Cannito, als er ihr nachsah. »Sie hat mich glücklich gemacht.« Er seufzte und fragte: »Nun, haben Sie sich bereits entschieden, ob Sie mit mir arbeiten wollen oder nicht?«

»Ich weiß nicht, ob ich mich an einen Schreibtischposten gewöhnen kann«, erwiderte Cattani zurückhaltend.

»Nach allem, was geschehen ist, wäre es sicher kein Fehler, wenn Sie sich ein wenig im Hintergrund hielten.«

Die Frau kehrte mit einer Flasche Rotwein und zwei Gläsern zurück. Während Cattani trank, betrachtete er durch das ziselierte Kristall Cannitos Gesicht. Es wirkte monströs: Der Kopf schien verzerrt zu sein, und das freundliche Lächeln sah plötzlich aus wie das Zähnefletschen eines Raubtiers.

Der Amerikaner traf mittags ein. Sorbi und Terrasini waren zum Flughafen von Fiumicino gefahren, um ihn abzuholen. Frank Carrisi kam ihnen entgegen; er grüßte sie nicht, sondern begann gleich damit, sich zu beschweren.

»Was für eine Schweinerei.« Er verzog das Gesicht. »Die Paßkontrolle hat eine halbe Stunde gedauert. Dann mußte ich austreten und feststellen, daß die Toilette vollkommen verdreckt ist. Ekelhaft!« Er war nicht besonders groß, dafür aber gut gebaut, und mochte rund fünfzig Jahre alt sein. Er hatte ein rundliches Gesicht und dunkle Augen, in denen es ständig zu irrlichtern schien. Sein Gebaren deutete auf eine Neigung zu Jähzorn und Arroganz hin. Seine Hochmütigkeit wirkte einschüchternd, und als er sich Terrasini und Sorbi näherte, wichen die Leute, die ihm im Weg standen, hastig zur Seite.

»Was ist mit Ihren Koffern, Mister Carrisi?« fragte Sorbi höflich.

»Ich habe nur diese Tasche mitgebracht. Von umfangreichem Gepäck halte ich nichts. Das, was ich brauche, kaufe ich in Rom – auf diese Weise kehre ich mit Kleidung nach Amerika zurück, die das Etikett ›Made in Italy‹ trägt. *Right?*«

Sorbi lachte anerkennend, griff in die Innentasche seiner Jacke und holte ein Scheckheft hervor.

»Das dürfte Ihnen hinsichtlich der Kosten Ihres Aufenthaltes in Italien nützlich sein.«

Der Amerikaner steckte das Heft ein, ohne es sich näher angesehen zu haben. »Okay«, brummte er. Dann wandte er sich an Terrasini und fragte: »Wo sind denn Ihre Freunde?«

»Ich stelle sie Ihnen vor, sobald Sie sich entschieden haben, ihre Bekanntschaft zu machen.«

Terrasini lächelte gewinnend. Carrisi war der einzige Mensch, dem gegenüber er eine gewisse Achtung empfand.

Olga Camastra bahnte sich einen Weg durch das Gedränge und kam auf sie zu.

»Oh, da ist ja unsere Contessa«, sagte Terrasini.

Ruhig und gelassen schritt sie heran, den Kopf leicht nach hinten geneigt.

»Entschuldigen Sie bitte«, sagte sie. »Aber der Verkehr in dieser Stadt ist schlichtweg chaotisch.«

Carrisi musterte sie verwundert. »Wer ist das denn?«

Die Contessa lächelte dünn. »Ich heiße Olga Camastra. Und wenn Sie wissen wollen, was ich so mache: Ich bin im Bausektor tätig und leite ein großes Unternehmen.«

Carrisi lachte schallend. »Was soll ich denn davon halten, Terrasini? Arbeiten Sie jetzt auch schon mit Weibsbildern zusammen? Lieber Himmel!«

»Tja«, machte der Rechtsanwalt, »in diesem Fall können wir ruhig eine Ausnahme machen. Auf ihrem Gebiet nimmt es die Contessa mit jedem Mann auf.«

Olga hielt dem Blick des Amerikaners problemlos stand. »Sie sollten Ihre Einstellungen überprüfen, Mister Carrisi«, sagte sie. »Ihre Geringschätzung Frauen gegenüber ist hier fehl am Platze.«

Carrisi schüttelte den Kopf,und auf seinem welligen, pomadisierten Haar spiegelte sich das Licht der Lampen wider. »Okay, okay«, erwiderte er verzweifelt, so als sei die Welt dem Untergang nahe. »Ein Bauunternehmen haben sie also? Und wollen Sie für mich tätig werden?«

»Ich hoffe, Sie vertrauen mir genug, um mir einen Auftrag zu geben«, entgegnete Olga Camastra auf englisch. »Ich bin gekommen, um Ihnen die Möglichkeit zu geben, mich kennenzulernen.«

»Meine Güte!« entfuhr es Carrisi erstaunt. »Ihr Englisch ist besser als mein Italienisch.«

Sorbi neigte seinen kahlen Kopf ein wenig zur Seite – sicherer Hinweis darauf, daß er ebenfalls etwas zu sagen hatte. Er schlug vor, in die Bar zu gehen und die Ankunft Mister Carrisis mit einer Flasche Champagner zu feiern.

Der Amerikaner sah ihn verblüfft an. »Alkohol? Tagsüber nie. Und erst recht nicht, wenn es Geschäftliches zu besprechen gibt.«

Sorbi lächelte verlegen. »Wir Italiener sehen das nicht ganz so eng.«

»Das ist mir bereits klargeworden«, erwiderte Carrisi und deutete in die Runde. »Darum herrscht bei euch auch ein solches Durcheinander.«

Sie fuhren in die Villa Sorbis.

Später trafen auch Laudeo und Cannito ein – wie Geier, die Aas wittern. Immer wieder machten sie Einwände und wiesen darauf hin, daß die Art von Unternehmen, die Carrisi im Sinn hatte, unzählige Probleme hervorrufen würde. Insbesondere die Kommunisten, so meinten sie, würden auf die Barrikaden gehen. Und aus diesem Grund sei politische Rückendeckung notwendig.

Der Amerikaner schüttelte den Kopf. »Was soll denn dieser Quatsch mit den Parteien? Ich mache Geschäfte. Von Politik halte ich nichts.«

Sorbi neigte seinen kahlen Schädel einige Male bedauernd hin und her und schürzte die Lippen. »Wenn Sie erlauben, Mister Carrisi: Bei einem Projekt von solcher Bedeutung darf man die politischen Aspekte nicht außer acht lassen. Wir könnten es mit geradezu unüberwindlichen Hindernissen zu tun bekommen. Es gibt Leute, die besonders sensibel auf die öffentliche Meinung reagieren und sie zum eigenen Vorteil nutzen.«

»Um uns brauchen Sie sich keine Sorgen zu machen«, warf Laudeo mit betonter Liebenswürdigkeit ein. »Die Mitglieder meiner Organisation sind sehr einflußreich und in der Lage, mit Schwierigkeiten aller Art fertigzuwerden.«

Sorbi lächelte übertrieben. »Wenn Sie sich eingehender mit der komplexen Situation hier in Italien befaßt haben, werden Sie das Angebot zu schätzen wissen, das wir Ihnen machen.«

Die anfängliche Verwirrung Carrisis ging langsam in Zorn über. Der Amerikaner öffnete ein glänzendes silbernes Zigarrenetui. Er holte eine Zigarre daraus hervor, drehte sie einige Male hin und her, schnippte das eine Ende ab und schob sich das andere zwischen die Lippen. Er hatte die Bemerkungen Sorbis und Laudeos zwar gehört, schien aber nicht bereit zu sein, über sie nachzudenken. Offenbar hielt er sie nicht für einen gutgemeinten Rat, sondern für eine persönliche Beleidigung.

In Gedanken verfluchte er die Italiener. Er haßte es, überflüssige Worte verlieren zu müssen. Er war es gewöhnt, mit Leuten zu verhandeln, mit denen er sich innerhalb von Minuten verstand. Je weniger geredet wurde, desto besser. Lange Diskussionen widerten ihn an. Er zündete sich die Zigarre mit einem goldenen Feuerzeug an, auf dem seine Initialen in Platin schimmerten: FMC. Der alten Tradition entsprechend hatte er dem väterlichen Familiennamen auch den seiner Mutter hinzugefügt.

Er blies Rauch von sich und hob die Zigarre. »Wieviel kostet die politische Unterstützung, von der Sie sprachen?«

Laudeo war an weniger offene und direkte Formulierungen gewöhnt, und verlegen sah er die anderen an. »Wir gehen davon aus«, erwiderte er schließlich, »daß die Beträge, die notwendig sind, um das Geschäft abzusichern, etwa fünfzehn Prozent der Gesamtsumme ausmachen.«

»Donnerwetter!« entfuhr es dem Amerikaner.

Laudeo befeuchtete sich die Lippen und lächelte hintergründig. »Andererseits... Ohne unsere Hilfe wäre Ihr Projekt zum Scheitern verurteilt.«

»In der Tat«, bestätigte Sorbi. »So ist hier in Italien nun einmal die Lage. Es gibt Dutzende von verschiedenen Interessen. Und wenn es für einen bestimmten Plan nicht genug Unterstützung gibt, kann er nicht verwirklicht werden. Doch wenn Sie bereit sind, fünfzehn Prozent in das zu investieren, wovon wir eben sprachen, brauchen Sie sich keine Sorgen mehr zu machen. Dann bekommen Sie alles, was Sie wollen.«

Auch die anderen nahmen wieder am Gespräch teil. Carrisi versuchte, sich nichts anmerken zu lassen, aber das Geschwätz der Italiener erfüllte ihn zunehmend mit Abscheu. Nach einer Weile schob er sich die Zigarre zwischen die Zähne, steckte das Feuerzeug ein und stand auf.

»Signori – wir sehen uns später wieder.« Er stand auf und verließ das Haus. Terrasini und seine Begleiter blickten ihm erstaunt nach.

Sorbi schien sich die meisten Sorgen zu machen, und er war so nervös, daß seine Hände zu zittern begannen. Er wandte sich an den Rechtsanwalt. »Was bedeutet das?«

Terrasini gestikulierte vage. »Er will Zeit gewinnen und sich mit seinen Freunden in New York beraten.«

»Mit anderen Worten: Das Geschäft könnte platzen.« Sorbi erblaßte, als er an diese Möglichkeit dachte.

»Das wäre durchaus denkbar«, erwiderte Terrasini ruhig. »Vielleicht entscheidet sich Carrisi, in einem anderen Land zu investieren. Was ich sehr bedauern würde. Dann gingen wir leer aus und hätten wertvolle Zeit verloren.«

Als sie auf den Vorhof der Villa traten, hob der auf der Hügelkuppe versteckte junge Mann seine Kamera, justierte das Teleobjektiv und machte schnell einige Aufnahmen.

Terrasini und Carrisi trafen sich in einem sizilianischen Restaurant in Rom und aßen Langusten.

»Ihre Freunde übertreiben«, klagte der Amerikaner. »Fünfzehn Prozent... Außerdem sind sie arrogant. Und es gefällt mir nicht, wenn Leute glauben, mir gegenüber hochmütig sein zu können. Ganz und gar nicht.«

Terrasini versuchte, Carrisi zu besänftigen. »Es sind einflußreiche Personen. Die Organisation Laudeos ist sehr mächtig und kann viele Dinge in Bewegung setzen.«

Carrisi saugte eine Langustenschere aus. »In Amerika wäre so etwas nicht drin. Dort ist alles weitaus übersichtlicher, wie in einem Supermarkt: hier das Geld, dort die Ware. Niemand versucht irgendwelche Tricks. Aus diesem Grund fühle ich mich in den Vereinigten Staaten so wohl. Ich bin zwar hier geboren, doch inzwischen habe ich mir die amerikanische Mentalität zu eigen gemacht.«

Er griff nach dem Champagnerglas und trank es in einem Zug aus. »Ihre Freunde sind aalglatt. Und von solchen Typen halte ich nichts. Mir kommt es nur auf *business* an, auf Geschäfte, wie Sie sagen.«

Terrasini nickte. »Aber hier bei uns muß man bei solchen Dingen auch die Politik berücksichtigen.«

»Aahh«, machte Carrisi und verzog das Gesicht. »In Amerika kann man mit Politikern ein klares Wort reden. Republikaner oder Demokraten – *no difference.*«

»Dann haben Sie also nicht mehr vor, hier zu investieren?«

»Wenn diese Leute damit fortfahren, mir auf die Nerven zu gehen, dann müßte ich eine solche Entscheidung treffen. Die Welt ist groß, und wer würde gute Dollars ablehnen?«

Terrasini überlegte kurz. »Und wenn wir alles unter uns Sizilianern regelten? Dann fiele es uns bestimmt nicht schwer, eine Übereinkunft zu erzielen.«

»Das wäre wunderbar!« erwiderte Carrisi. »Ach, warum hat sich Sizilien nach dem Ende des Krieges nicht von Italien gelöst? Wissen Sie, Terrasini, ich möchte vermeiden, daß man von Detroit bis nach Las Vegas über mich lacht. Ich will es nicht dauernd mit Schwätzern zu tun haben.«

»Sizilianer verstehen es, den Mund zu halten.«

Innerhalb weniger Sekunden traf der Amerikaner eine Entscheidung. »Okay. Sprechen Sie mit den sizilianischen Freunden. Nehmen Sie die Sache in die Hand.«

»Seien Sie unbesorgt, Frank«, erwiderte Terrasini. »Wenn es bei uns darum geht, ein schwerwiegendes Problem zu lösen, so braucht man dazu drei Dinge: eine Frau, einen Journalisten, der das schreibt, was man ihm sagt, und eine gute Beziehung zum Geheimdienst.«

»Und Sie haben das?«

»Selbstverständlich!« entgegnete der Rechtsanwalt zufrieden.

28

Der Hotelportier reichte Cattani die Schlüssel. »In der Bar wartet ein Signore auf Sie, Dottor«, sagte er.

Es handelte sich um Terrasini. Der Rechtsanwalt saß in einer Ecke und trank einen Kaffee.

»Bitte entschuldigen Sie diese Überraschung«, sagte Terrasini. »Ich habe heute morgen versucht, Sie telefonisch zu erreichen, aber Sie waren nicht da.«

»Ist irgend etwas passiert?« fragte Cattani, als er ihm die Hand schüttelte.

»Nein, nein, nichts. Ich bin nur gekommen, um Ihnen zu gratulieren.«

»Ich verstehe nicht ganz...«

Terrasini öffnete seinen Aktenkoffer, holte einige Papiere hervor und reichte sie Cattani. »Ich meine das hier: Ihre neue Aussage vor dem Untersuchungsrichter in Trapani. Das hat mich sehr gefreut. Insbesondere deswegen, weil niemand Sie darum gebeten hat. Eine großzügige Geste von Ihnen.«

Mistkerl, dachte Cattani und setzte sich. »Nach all dem, was Sie für mich getan haben, hielt ich das für meine Pflicht.«

Terrasini nickte nachdenklich, musterte Cattani und lächelte hintergründig. »Ich frage mich, welches höchste berufliche Ziel es für einen Mann wie Sie geben könnte...«

»Warum wollen Sie das wissen?«

»Aus reiner Neugier. Wie lautet Ihre Antwort?«

Terrasini verhielt sich noch geheimnisvoller als sonst. Er hatte den Kopf zur Seite geneigt und das Kinn vorgeschoben, und sein Parfüm ließ in Cattani Übelkeit aufsteigen.

»Was soll ich sagen?« Cattani lachte kurz. »Da ich im Polizeidienst stehe, müßte mein Wunsch darin bestehen, zum Polizeipräsidenten zu werden.«

Terrasini beobachtete ihn gelassen. »Lachen Sie nicht über solche Dinge. Sie sind klug und gewitzt. Halten Sie es etwa für absurd, irgendwann einmal diesen Posten einzunehmen? O nein: Sie brauchen nur die richtigen Freunde im richtigen Augenblick.«

Cattani überlegte, auf was Terrasini hinauswollte. Welchen finsteren Plan hatte der Rechtsanwalt ausgetüftelt? Er runzelte die Stirn und wurde sehr wachsam. Als Terrasini fortfuhr, klang seine Stimme zwar freundlich, brachte jedoch auch eine subtile Drohung zum Ausdruck. »Was mich angeht: Ich bin ein richtiger Freund. Ja, und die freundschaftlichen Bande zwischen uns beiden sind jetzt unzerreißbar.« Er unterbrach sich und lächelte dünn.

Du bist kein Mensch, sondern eine verdammte Hyäne, dachte Cattani.

»Derzeit kann ich Ihnen nicht mehr sagen«, meinte Terrasini. »Nur soviel: Ich muß in Sizilien einige Dinge in Ordnung bringen, die auch Sie betreffen.«

Cattani kniff die Augen zusammen. »Auch mich?«

»Ja. Aber machen Sie sich keine Sorgen. Ich möchte nur wissen, ob ich auf Sie zählen kann. Nun?«

»Sicher. Aber vielleicht überschätzen Sie mich...«

Terrasini lachte leise. »Wollen Sie mich etwa auf den Arm nehmen?« Die ganze Zeit über sprach der Rechtsanwalt sehr leise, was seinen Worten eine besondere Wirkung verlieh. »Was machen Sie jetzt? Ich meine: Welche Arbeit haben Sie gefunden?«

»Ich werde in der Abteilung tätig, die Cannito leitet.«

»Oh, ausgezeichnet. Es freut mich, daß Cannito Ihnen geholfen hat. Das war auch seine Pflicht.« Er breitete die Arme aus. »Sehen Sie? Ich überschätze Sie keineswegs. In solchen Aufgabenbereichen bietet sich einem leicht die Möglichkeit, Freunden einen Gefallen zu erweisen.«

Cattani fühlte sich wie ein Fisch an der Angel, und er begann – bildlich gesprochen – zu zappeln. »Sie haben doch die besten Beziehungen zu Cannito. Was könnte ich denn noch für Sie tun?«

»Oh, eine ganze Menge.« Terrasini schob die leere Tasse von

sich. »Cannito hat viele Dinge im Kopf, und manchmal vergißt er etwas. Sie hingegen... Verstehen Sie?«

Er stand auf, knöpfte sich in aller Ruhe die Jacke zu, deutete auf die Tasse und fragte lächelnd: »Bezahlen Sie?«

Terrasini hatte bereits die Tür erreicht, als ihm noch etwas einzufallen schien. Er kehrte zurück und flüsterte Cattani zu: »Ich setze mich in Kürze mit Ihnen in Verbindung. Und übrigens: Sie brauchen Cannito nichts von unserer Unterredung zu erzählen. Das ist nicht erforderlich.«

Der Leiter der Abteilung Z, Sebastiano Cannito, strich sich über das glänzende Haar und hob den Kopf, so daß ihm die Sonne direkt ins Gesicht schien. Zusammen mit Laudeo hatte er es sich auf der Terrasse bequem gemacht, und ab und zu nippte er an einem eisgekühlten Minzgetränk.

»Das Verhalten Carrisis macht mir Sorgen«, sagte Cannito. »Der Kerl muß begreifen, daß wir hier nicht in Amerika sind.«

»Ach, bestimmt regt er sich wieder ab«, erwiderte Laudeo. »Ich glaube, er muß erst einige bittere Erfahrungen sammeln, bevor er sich ein Bild von der hiesigen Lage machen kann. Lassen wir ihn also. Wenn er zu dem Schluß gekommen ist, keine andere Wahl zu haben, wird er auf Knien zu uns gekrochen kommen.«

»Und wenn es ihm gelingt, sich durchzusetzen?«

»Wir schlagen alle Türen zu. Und die Schlüssel bleiben in unserer Hand.« Mit Zeige- und Mittelfinger formte Laudeo ein V und drehte die Hand dann so, daß die Fingerspitzen die Armlehne des Sessels berührten. »Ein kaudinisches Joch*. Tja, mein Freund, hier muß er durch.«

Die beiden Männer lachten.

Ein Bediensteter kam und teilte mit, daß Cattani eingetroffen sei.

* Eine Zwangslage, aus der man sich nur durch eine Demütigung befreien kann (Anmerkung des Übersetzers).

»Ich glaube, wir sind uns schon einmal begegnet«, begrüßte ihn Laudeo.

»Ja, vor einiger Zeit in Sizilien.«

»Leider haben wir uns seitdem nicht mehr gesehen«, sagte Laudeo. »Doch ich glaube, in Zukunft werden wir öfter zusammentreffen.« Er klopfte ihm auf die Schulter und fügte lebhaft hinzu: »Sie haben was auf dem Kasten, junger Mann. Das wurde mir bereits bei unserer ersten Begegnung klar.«

Cannito gesellte sich zu ihnen, in der einen Hand hielt er sein Glas. »Nun, haben Sie sich inzwischen entschieden?« wandte er sich an Cattani.

»Ja.«

»Ausgezeichnet. Sie gehören jetzt also zu uns. Wann fangen Sie an? Nächste Woche? Gleich am Montag?«

»Wie Sie meinen.«

In diesem Augenblick klingelte es an der Tür, und Cannito warf einen Blick auf die Uhr. »Pünktlich wie immer«, murmelte er. Er entschuldigte sich bei seinen Gästen und kehrte ins Haus zurück.

Laudeo nutzte sofort die Gelegenheit, um Cattani in sein Netz aus Schmeicheleien einzuspinnen. Er war ein rhetorisch außergewöhnlich begabter Mann und besaß eine Ausstrahlungskraft, der sich kaum jemand entziehen konnte. Andere Menschen waren für ihn nichts als Marionetten, an deren Fäden er zog, wenn sie sich als nützlich erweisen konnten.

»Sie haben wirklich Glück«, sagte er. »Die Zusammenarbeit mit Cannito ist wie ein Sprungbrett für Sie, das Ihnen zu einer steilen Karriere verhelfen kann.«

»Ich hoffe nur, ich bringe die nötigen Voraussetzungen dafür mit«, erwiderte Cattani bescheiden.

»Ach, daran habe ich nicht den geringsten Zweifel. Cannito vertraut Ihnen, und das bedeutet, Sie haben alles, was man braucht. Sie sind intelligent, einsichtig und diskret... Wir sollten in Verbindung bleiben, mein Lieber.«

Die letzten Worte hörte Cattani nicht mehr, denn ihm bot sich ein Anblick, der ihn erstarren ließ. Cannito kam aus dem Haus auf die Terrasse zurück, den Arm freundschaftlich um die Schultern eines Mannes gelegt, den Cattani bereits gut kannte: Ferretti.

Cattani war bestürzt, und seine Gedanken rasten. Ferretti – der Stellvertreter Cannitos, jener Mann, der ihm ein Bündnis vorgeschlagen hatte, mit dem Ziel, Cannito und seinen Mafia-Kumpanen das Handwerk zu legen. Er wirkte gelöst und heiter, und Cattani fragte sich, wer von ihnen welche Rolle spielte. Vielleicht, so überlegte er, hatte Ferretti ihm etwas vorgemacht. Vielleicht waren er und Cannito tatsächlich die dicken Freunde, als die sie sich nun gaben. Steckten sie unter einer Decke? Cattani hielt das jetzt durchaus für möglich, und er verfluchte sich dafür, so vertrauensselig gewesen zu sein.

»Kommen Sie, kommen Sie, Ferretti«, sagte Cannito. »Ich möchte Ihnen Cattani vorstellen, der am Montag in meiner Abteilung anfängt.« Er wandte sich an Cattani. »Das ist Ferretti, der mir ebenso am Herzen liegt wie Sie.«

Sie reichten sich die Hände. Ferretti bedachte sein Gegenüber nur mit einem beiläufigen Blick, doch Cattani starrte ihn durchdringend an, als erwarte er eine sofortige Erklärung.

Doch Ferretti drehte sich einfach um und ging davon.

Im Büro hielt man Ferretti für eine Art Phantom. Manchmal mußten seine Mitarbeiter stundenlang nach ihm suchen, wenn sie ihm irgend etwas mitteilen wollten. Wenn ihn jemand kommen sah, gab er sofort den anderen Bescheid, und dann bildete sich eine lange Schlange vor seiner Tür. Doch wenn sie sein Arbeitszimmer betraten, mußten sie bisweilen feststellen, daß Ferretti bereits wieder verschwunden war. Man erzählte sich scherzhaft, er besitze einen Miniaturhelikopter, mit dem er aus dem Fenster fliegen könne.

Laudeo trat auf ihn zu. »Ich habe eine gute Nachricht für Sie«, sagte er.

Cattani stand nur wenige Meter entfernt und horchte aufmerksam.

»Ihrem Antrag auf Mitgliedschaft in der Organisation wurde stattgegeben«, fuhr Laudeo fort und bedachte Ferretti mit einem stolzen Lächeln. »Das haben Sie Cannito zu verdanken, der für Sie bürgt. Und jetzt möchte ich Sie auf unsere Art und Weise begrüßen.« Er umarmte ihn dreimal. Jedesmal klopften sie sich fest auf den Rücken, und ihre Wangen berührten sich.

Cattani warf Ferretti einen verächtlichen Blick zu, während Cannito applaudierte. »Ein ausgezeichneter Neuzugang«, sagte er zu Laudeo. »Ferretti ist ein äußerst intelligenter Mann.« An Cattani gerichtet fügte er hinzu: »Nehmen Sie sich ein Beispiel an ihm, Corrado. Ferretti hat einen rasiermesserscharfen Verstand und genießt mein volles Vertrauen.«

Cattani rang sich ein bestätigendes Nicken ab, doch in ihm krampfte sich etwas zusammen.

Ziellos wanderte Cattani durch die Straßen der Innenstadt, und immer wieder dachte er an Ferrettis Verhalten, den er bisher für seinen Verbündeten gehalten hatte, dachte an dessen Verbrüderung mit Cannito und Laudeo. Er wußte nicht mehr, wem er glauben sollte. Sie waren alle gleich. Trugen Masken, hinter denen sich Heimtücke und Durchtriebenheit verbargen. Terrasini, Cannito, Laudeo. Und jetzt auch Ferretti. Sie steckten alle unter einer Decke.

Cattani kehrte ins Hotel zurück und streckte sich auf dem Bett aus. Seine Verzweiflung war mit der eines Krebskranken zu vergleichen, der gerade von seinem Arzt gehört hatte, daß es keine Hoffnung mehr für ihn gab.

Nach einer Weile stand er wieder auf, griff nach einem Koffer und begann zu packen. Dann zögerte er, wanderte ruhelos auf und ab und sah sich außerstande, eine Entscheidung zu treffen. Schließlich ging er zum Telefon und wählte Ferrettis Nummer.

»Ich möchte das für Sonntag vereinbarte Treffen absagen«, erklärte er.

Das schien Ferretti zu überraschen. »Warum denn?« Er fürchtete, Cattani habe es sich anders überlegt und sei nun nicht mehr zu einer Zusammenarbeit mit ihm bereit.

»Ich muß verreisen«, erwiderte Cattani vage.

»Dann sehen wir uns eben vorher.«

»Nein...« Cattani zögerte. »Ich glaube, ein Treffen ist nicht mehr nötig.«

»Was soll das heißen? Wann kommen Sie zurück? Montag fangen Sie bei Cannito an.«

Cattani gab vor, die letzten Worte nicht gehört zu haben.

Ferrettis Besorgnis wuchs. »Was ist denn los?« Und als keine Antwort kam: »Haben Sie mir nichts mehr zu sagen?«

»Doch«, entgegnete Cattani. »Doch, es gibt da noch etwas.« Sein Tonfall verriet den in ihm brodelnden Zorn. »Was dachten Sie sich eigentlich dabei, in Laudeos Organisation einzutreten? Sind Sie übergeschnappt? Oder treiben Sie doppeltes Spiel?«

Ferretti neigte ohnehin dazu, sehr leise zu sprechen, doch jetzt war seine Stimme kaum mehr als ein Flüstern. »Wir müssen uns unbedingt sehen. Ich glaube, ich sollte Ihnen einiges erklären.«

»Das spielt jetzt keine Rolle mehr.«

»Da irren Sie sich. Ich muß Sie sprechen, bevor Sie abreisen.«

»Wollen Sie mich etwa aufhalten? Ich rate Ihnen nicht, das zu versuchen.« Cattani wurde noch argwöhnischer.

»Meine Güte! Begreifen Sie denn nicht, daß ich der einzige Verbündete bin, den Sie haben? Hallo?«

Cattani hatte bereits aufgelegt.

Ferretti dachte nach. Er hatte es mit einem Problem zu tun, das sofort gelöst werden mußte. Er griff nach dem Hörer eines anderen Telefons, betätigte eine Taste und sagte:

»Kommen Sie bitte zu mir, Tognoli. Ich habe einen wichtigen Auftrag für Sie.«

Cattani hörte, wie jemand dreimal leise an die Tür klopfte, und schloß auf. Bevor er noch richtig begriff, was geschah, kam ihm Olga Camastra entgegen. Sie strahlte glücklich, und ihre Augen leuchteten. Sie schlang die Arme um ihn und stützte den Kopf an seine Brust. Nach einigen Sekunden wich sie ein wenig von ihm zurück, ohne ihn dabei loszulassen, sah zu ihm hoch und fragte: »Die Überraschung ist mir gelungen, was?«

»Allerdings.« Der kühle Tonfall erstaunte die Contessa. Olga runzelte verwirrt die Stirn, und dann bemerkte sie den offenen Koffer.

»Reist du ab?« Ihre Stimme zitterte, so als fürchte sie eine bestätigende Antwort.

Cattani machte sich aus der Umarmung frei. »Mein Zug fährt um Mitternacht ab.«

»Oh, entschuldige.« Olgas Begeisterung verflüchtigte sich schlagartig und wich einer Bestürzung. »Ich störe dich wohl...«

»Nein.« Cattani schüttelte den Kopf. »Es freut mich, daß du gekommen bist.« Er streckte die Hand aus und strich ihr über die Wange, doch die Geste wirkte keineswegs überzeugend. »Was führt dich denn so plötzlich hierher?«

»Ich hatte Sehnsucht nach dir. Warum besuchst du ihn nicht einfach, habe ich mir gesagt. Und da bin ich.« Sie griff nach seiner Hand, führte sie an die Lippen und küßte sie, doch Cattani blieb nach wie vor abweisend. Es schien, als existiere eine unüberwindliche Barriere zwischen ihnen. Sie seufzte bedauernd. »Nun, eigentlich wollte ich erst morgen nach Sizilien zurück. Aber bestimmt gibt es auch heute abend noch einen Flug.«

»Nein, bleib ruhig«, sagte Cattani aus reiner Höflichkeit.

Olga schüttelte den Kopf. »Ich mache mich besser auf den Weg... Das Fest ist bereits beendet.«

»Bitte, Olga, ich möchte...«

»Daß ich gehe?« unterbrach sie ihn voller Sarkasmus. »Ja, ich verschwinde schon, keine Angst.«

»Versuch doch, mich zu verstehen...«

»Was denn? Daß ich dir auf die Nerven gehe? Das ist mir bereits klargeworden.«

Cattani ging zu ihr und legte unsicher die Hand auf ihre Schulter. »Ich weiß im Augenblick nicht so recht, wo mir der Kopf steht. Das ist alles.«

»Es kommt mir nicht darauf an, immer nur dein Sonntagsgesicht zu sehen, Corrado. Ich möchte auch deine Probleme mit dir teilen.« Olga zündete sich eine Zigarette an und blies verärgert den Rauch von sich. »Aber du weist mich zurück. So als hätte ich nicht die geringste Bedeutung für dich.«

Nervös streifte sie die Asche ab. »Habe ich denn jemals irgend etwas von dir verlangt? Nein. Ich erhebe keinen Anspruch auf dich. Es genügt mir, dann und wann mit dir zusammen zu sein. Aber wenn dir an diesen wenigen Gelegenheiten nichts liegt, hat alles keinen Sinn mehr.« Die Contessa wartete keine Antwort ab, öffnete die Tür und ging. Cattani zögerte kurz, streifte sich dann die Jacke über und folgte ihr. Er holte sie auf der Straße ein, als sie gerade in ein Taxi stieg.

»Was willst du noch?« fragte Olga kühl.

»Geh nicht einfach so fort. Ich möchte, daß du verstehst...«

»Oh, ich verstehe, ich verstehe.« Sie war jetzt wieder in die Rolle der Unternehmerin geschlüpft, die keine Zeit mit unnützen Sentimentalitäten verlor. »Beim nächsten Mal läuft's besser.«

Sie winkte, das Taxi fuhr los und verschwand im dichten Verkehr.

29

Der Mann war jung und gut gekleidet. Er hatte die Hände in die Taschen geschoben und betrachtete die Auslagen eines Schaufensters. Ab und zu drehte er den Kopf, blickte auf die andere Straßenseite und beobachtete Cattani, der dem Taxi nachsah, in dem Olga davonfuhr.

Cattani ließ den Kopf hängen und setzte sich langsam in Bewegung. Als er sich eine Zigarette anzündete, stieß ihn ein Passant an und brachte ihn fast aus dem Gleichgewicht. Er warf dem Betreffenden einen zornigen Blick zu.

Der junge Mann auf der anderen Straßenseite ging ebenfalls los und ließ Cattani nicht aus den Augen. Er sah, wie er unschlüssig vor dem Eingang einer Piano-Bar stehenblieb und wütend den Zigarettenstummel zu Boden warf.

Er folgte Cattani in die Bar. In einem bläulichen Zwielicht waren die Konturen bequemer Sessel vor niedrigen Tischen zu erkennen, und die Lampen glühten matt. Ein Pianist spielte, und die Klavierklänge bildeten eine leise Hintergrundkulisse.

Cattani nahm in einem der Sessel Platz und bestellte einen Gin Tonic. Eine junge Frau näherte sich, setzte sich neben ihn und lächelte ihm einschmeichelnd zu. »Wie wär's mit einem Drink?« fragte sie leise.

Cattani sah sie nicht einmal an, als er erwiderte: »Nehmen Sie sich, was Sie wollen.«

Er spürte, wie sie näher an ihn heranrutschte, sich katzenartig an ihn schmiegte, ihr Parfüm roch betäubend.

»Lieber Himmel!« seufzte sie nach einer Weile. »Wenn Sie weiterhin ein solches Gesicht ziehen, gehe ich wieder.«

In einer anderen Ecke der Bar hatte sich der junge Mann niedergelassen, der Cattani gefolgt war. Von seiner Position aus konnte er ihn ständig beobachten. Er trank seinen Whisky aus, stand auf und näherte sich der Telefonzelle. Zwar war er kräftig gebaut, trotzdem bewegte er sich mit leichtfüßiger Eleganz. Er schloß die Tür hinter sich, griff nach dem Hörer und wählte.

»Ja, er ist hier«, sagte er und nannte die Adresse der Bar.

Unterdessen unternahm die junge Frau einen neuerlichen Versuch, Cattani aufzumuntern.

»Ist Ihnen nicht nach einem Gespräch zumute?« flüsterte sie ihm ins Ohr.

Cattani zuckte nur mit den Schultern.

»Was halten Sie von einem Tanz?« schlug die Frau an seiner Seite vor. »Oder sollen wir zu Ihnen nach Hause, hm?« Sie berührte seine Hand. »Dort wären wir ungestört.« Sie gab sich wirklich Mühe. Dieser verschlossene Mann mit dem düsteren Gesicht weckte Mitgefühl in ihr, und es war ihr aufrichtiger Wunsch, ihm zu helfen, ihn aufzuheitern.

Um nicht zu unhöflich zu wirken, drehte Cattani den Kopf und sah sie an. Die junge Frau hatte lange Wimpern, dunkelbraunes Haar und ein hübsches Gesicht.

»Wie heißen Sie?« fragte er.

Gekonnt schlug sie die Wimpern nieder und hauchte: »Lauretta.«

Sie beugte sich noch näher zu ihm und hoffte auf einen Erfolg ihrer Bemühungen. Doch plötzlich veränderte sich Cattanis Ausdruck – so als empfände er jähen Schmerz.

»Mein Gott!« entfuhr es Lauretta. »Geht es Ihnen nicht gut?«

Cattani achtete nicht auf ihre Worte. Er stand auf, schob sich an der Frau vorbei und starrte auf jemanden, den er gut kannte. Neben dem jungen Mann, der ihm in die Bar gefolgt war, saß niemand anderer als Ferretti. »Warum sind Sie hierher gekommen?« fragte Cattani. »Was wollen Sie von mir?«

Ferretti wandte sich an seinen jungen Begleiter. »Tognoli...«

Der junge Mann stand auf und ging. Cattani nahm dort Platz, wo Tognoli eben noch gesessen hatte, und versuchte, seinen Zorn unter Kontrolle zu halten.

»Hören Sie mir jetzt gut zu«, sagte Ferretti, und seine Stimme war ein dumpfes Zischen. »Sie wissen zuviel. Und Sie haben sich inzwischen schon zu weit vorgewagt, als daß Sie jetzt noch einen Rückzieher machen könnten. Dies ist kein Spiel. Mit anderen Worten: Wenn Sie sich jetzt auf und davon machen, anstatt an dem Punkt fortzufahren, den Sie bereits erreicht haben, ist Ihr Leben keinen Pfifferling mehr wert.«

»Soll das eine Drohung sein?«

»Nein, ein Hinweis auf die wirkliche Beschaffenheit der Situation. Wenn Sie verschwinden, werden Sie zu einer wandelnden Bombe, die jeden Augenblick explodieren kann, woraus sich unvorhersehbare Konsequenzen ergäben. Glauben Sie mir: Niemand kann es sich leisten, eine langwierige und problematische Arbeit in Gefahr zu bringen, nur weil Sie plötzlich die Nerven verlieren. Keiner von uns – weder meine Gegner noch ich – wird es zulassen, daß Sie angesichts der Informationen, die Sie in der letzten Zeit sammeln konnten, einfach so durch die Gegend marschieren. Deshalb können Sie in einem Punkt ganz sicher sein: Irgend jemand wird Sie umbringen.«

Cattani ließ sich davon nicht erschüttern. »Ich ertrage es nicht mehr«, erwiderte er resigniert. »Ich dachte, damit fertig werden zu können, aber ich habe mich geirrt.«

Sie verließen die Bar, und kühle Luft wehte ihnen entgegen. Lachende Jugendliche gingen vorbei.

»Ich habe das Gefühl, als sei ich in einen reißenden Strudel geraten«, sagte Cattani. »Verrat, Unaufrichtigkeit, doppeltes Spiel. In diesem Durcheinander aus Intrigen weiß ich nicht mehr, wer ich bin und auf welcher Seite ich stehe. Man kann nicht eine Frau lieben, um Informationen über die Gegner zu bekommen, wodurch man riskiert, daß sie deshalb irgendwann zur Rechenschaft gezogen und erschossen wird. Man kann Cannito nicht einerseits anlächeln und andererseits auf den günstigsten Zeitpunkt dafür warten, ihm an die Kehle zu fahren. Man kann nicht den Freund

Terrasinis spielen und gleichzeitig Vorbereitungen dafür treffen, ihn fertigzumachen.«

»Gewisse Dinge lassen sich nicht vermeiden«, hielt ihm Ferretti entgegen. »Ich zum Beispiel bin nur deswegen Mitglied der Organisation Laudeos geworden, um die Schachzüge unserer Gegner besser verfolgen zu können. Sie sind ein aufrechter Mann und haben Ihre Prinzipien. Aber wie alle großen Moralisten kennen Sie nur Schwarz und Weiß. Sie haben keinen Blick für die Schattierungen. Ich sehe die Sache folgendermaßen: Wenn es ein erstrebenswertes Ziel gibt, so muß man nötigenfalls Kompromisse eingehen, um es zu erreichen.«

In den Wagen, die durch die Innenstadt fuhren, saßen überwiegend Jugendliche, die einen aggressiven Eindruck machten. Wie an jedem Abend verließen Tausende von vergnügungssüchtigen jungen Männern und Frauen die Außenbezirke Roms, um die Stadtmitte unsicher zu machen. Die Kassettenrekorder in ihren Autos liefen auf voller Lautstärke.

»Sie haben aufs falsche Pferd gesetzt«, sagte Cattani. »Ich bin zu müde, zu verstört.«

»Gerade ein Moralist wie Sie hat die Pflicht, den Kampf nicht einfach aufzugeben«, erwiderte Ferretti. »Es wäre unverzeihlich, sich ausgerechnet jetzt, da wir das Ziel fast erreicht haben, eine Schwäche zu leisten.«

»Ich weiß nicht einmal mehr, wogegen ich kämpfe.«

»Gegen die Korruption. Vor allen Dingen aber gegen jene ruchlosen Leute, die sich durch den Tod anderer bereichern. Gegen die Waffen- und Drogenhändler, gegen alle ihre Komplizen.«

Cattani blieb kurz stehen. Das Licht einer Straßenlampe erhellte sein Gesicht, und Ferrettis Züge blieben im Dunkeln.

»Glauben Sie, auf der richtigen Seite zu sein?« fragte er.

Obwohl Ferretti noch immer im Schatten stand, war deutlich zu sehen, wie es in seinen Augen aufblitzte. »Da bin ich ganz sicher. So sicher, daß ich mein Leben darauf verwettet habe.«

Als Cattani in sein Hotelzimmer zurückgekehrt war, packte er den Koffer wieder aus. Dann legte er sich ins Bett, um zu schlafen. Noch bevor er die Augen geschlossen hatte, klingelte das Telefon.

Else rief aus Frankreich an. Sie klang aufgeregt und sagte, sie habe eine Entdeckung gemacht, von der sie ihm unbedingt berichten wolle. »Ich bin Paolas Sachen durchgegangen und fand dabei ein altes Schulheft von ihr. Auf eine Seite hat sie ein Bild gemalt, das uns drei zusammen zeigt. Ich bin in Tränen ausgebrochen, als ich es sah.«

»Ach, Else«, seufzte Cattani, und einmal mehr wurde ihm bewußt, daß er Paola nie wiedersehen würde, daß sie tot war. »Mit diesem Schmerz müssen wir jetzt für den Rest unseres Lebens fertig werden.«

»Mein Gott, diese Zeit scheint nun schon so lange zurückzuliegen«, antwortete Else schwermütig. »Paola war so fröhlich, hatte uns so lieb.« Während sie diese Worte formulierte, rannen ihr Tränen über die Wangen.

»Weißt du, ich bin schon froh, wenigstens angenehme Erinnerungen bewahren zu können«, sagte Cattani.

Seine Frau beruhigte sich langsam wieder, und er fuhr fort: »Wirf das Heft nicht fort, Else. Ich würde mir das Bild gern einmal ansehen.«

»Natürlich, Corrado. Wann immer du willst.«

»Wir haben viele Fehler gemacht«, sagte er nachdenklich. »Das wird einem immer erst dann klar, wenn es längst zu spät ist.«

»Vielleicht können wir daraus lernen«, gab Else hoffnungsvoll zurück.

»Keine Ahnung. So einfach ist das nicht, Else. Nein, ganz so einfach nicht.«

Es herrschte Stille – eine Stille, in der man nur ab und zu das leise Rascheln von Papier oder das schrille Klingeln eines Telefons hören konnte. Cattani war an die Büros der Squadra mobile gewöhnt, an das Kommen und Gehen von Polizeibeamten, die sich mit lauten Stimmen unterhielten. Im Vergleich dazu erschien ihm die Abteilung Z des Geheimdienstes wie eine unterbelegte Krankenhausstation.

Man hatte ihm ein Zimmer zur Verfügung gestellt, das sich direkt neben dem Cannitos befand. Die Schränke darin ließen sich mit drei Schlüsseln öffnen, und sie enthielten ordentlich nebeneinandergelegte Aktendeckel. Auf den Umschlägen las er sonderbare Buchstabenkombinationen, die er nicht verstand.

Auf dem Schreibtisch lag eine dicke Mappe aus Leder, und daneben standen ein Federhalter aus Silber und eine Keramiklampe. Darüber hinaus enthielt das Zimmer drei Telefone und die Tastatur einer hausinternen Wechselsprechanlage.

Der erste, der Cattani in seinem neuen Büro besuchte, war Cannito.

»Na, was halten Sie davon? Ist alles in Ordnung?«

»Ja. Allerdings weiß ich noch nicht, was ich hier eigentlich soll.«

Cannito lächelte väterlich. »Immer mit der Ruhe, mein Junge. Gehen Sie's langsam an.« Seine Stimme klang, als spräche er mit einem Kind, das gerade ein neues Spielzeug bekommen hatte. »In diesem Zimmer laufen all die Informationen zusammen, die nötig sind, um das ganze Land zu kontrollieren. Das werden Sie bald merken. Ihre Aufgabe besteht darin, die Nachrichten auszuwählen, die Sie aus irgendeinem Grund für wichtiger halten als andere. Verlassen Sie sich auf Ihre Intuition.« Cannito schritt langsam durchs Zimmer und sah sich um, so als wolle er sich ein Bild von dem kleinen Reich machen, das er für Cattani geschaffen hatte. Dann wechselte er plötzlich das Thema. »Übrigens: Hat sich Terrasini wieder bei Ihnen gemeldet?«

Cattani wollte das gerade bestätigen, hielt sich jedoch zurück und schüttelte den Kopf. »Nein.«

»Nun, bestimmt setzt er sich bald mit Ihnen in Verbindung«,

fuhr Cannito fort und verzog nachdenklich das Gesicht. »In meinen Einschätzungen gewisser Personen irre ich mich nie.«

Cattani fühlte sich plötzlich unbehaglich und bemühte sich, seine Stimme ruhig und gelassen klingen zu lassen, als er fragte: »Wie soll ich mich verhalten, wenn er an mich herantritt?«

»Geben Sie mir Bescheid. Anschließend überlegen wir gemeinsam, wie zu reagieren ist.«

»Wie Sie wollen.«

»Hm, vielleicht wäre es sogar angebracht, daß Sie Kontakt mit ihm aufnehmen.« Er griff nach dem Arm Cattanis, und die beiden Männer wanderten auf und ab. Cannito sprach nun wie ein Großvater, der seinen Enkel in die Gefahren des Lebens einweihte und ihm verriet, wie man ihnen aus dem Weg gehen konnte. »Nächsten Mittwoch findet in einem Hotel an der Aurelia ein Empfang statt. Nehmen Sie daran teil. Sie werden dort Terrasini und einigen seiner Freunde begegnen.«

Er hielt auf den Ausgang zu, und als er die Tür erreichte, drehte er sich noch einmal um. »Geben Sie sich locker und gelöst. Vergnügen Sie sich. Und sehen und hören Sie sich gleichzeitig aufmerksam um. Die Leute erörtern ein ehrgeiziges Projekt. Nachher erstatten Sie mir Bericht. In Ordnung?«

Er zwinkerte Cattani zu und verließ das Zimmer.

Das Gebilde sah aus wie ein Schiff, das im Begriff war, in See zu stechen. Die große Plastik drehte sich langsam auf einer breiten, schwenkbaren Plattform, und man konnte die Darstellung langer, gewölbter Werkshallen sehen. Sie wirkten wie Zigarren, die an beiden Enden abgeschnitten und parallel aneinandergereiht worden waren. In der Mitte befanden sich viereckige Gebäude von unterschiedlichen Ausmaßen. Gesäumt wurde die Anlage von kleinen Alleen mit Bäumen: Beim Bau des Modells hatten sich die Spezialisten solche Mühe gegeben, daß man die winzigen Pflanzen für echt halten konnte.

In der weiten Hotelhalle drängten sich Dutzende von Personen um das Modell. Journalisten stellten unaufhörlich Fragen, und Fotografen und Kameraleute spähten durch ihre Objektive und machten Aufnahmen. Blitzlichter flammten auf.

Angesehene Männer in dunklen Anzügen standen neben Frauen, die kunstvolle Frisuren und teuren Schmuck trugen.

Cattani legte die Hände auf den Rücken und ließ seinen Blick über die Gesichter der Anwesenden schweifen. Nach einer Weile bemerkte er Olga. Sie war so schön, daß er sie mit einer Märchenfee verglich. Sie begegnete seinem Blick, und zunächst blieben ihre Züge ausdruckslos. Doch als Cattanis Lächeln andauerte, nickte sie kurz und machte damit deutlich, daß sie ihm verziehen hatte. Als Terrasini feststellte, daß sich auch Cattani unter den Gästen befand, kam er auf ihn zu.

»Was für eine nette Überraschung«, sagte er. »Aber vielleicht langweilen Sie sich.«

»Nein. Im Gegenteil: Ich bin sehr neugierig.«

Terrasini deutete auf die Plastik. »Ein Projekt von enormer Bedeutung. Es wird Hunderte von Leuten beschäftigen, möglicherweise sogar Tausende.« Er klopfte Cattani kurz auf die Schulter. »Auch Sie.«

Dann wechselte er das Thema. »Um zu vermeiden, daß Sie sich langweilen... Hier ist ein hübsches Mädchen.« Er winkte, und eine Blondine mit großen Kinderaugen kam lächelnd näher.

Es war eine der drei jungen Frauen, die sich am Swimming-pool Sorbis vergnügt hatten. »Kommen Sie, Ellis«, sagte Terrasini. »Dottore Cattani freut sich bestimmt über Ihre Gesellschaft.«

Sie gab sich betont fröhlich. Ihre braune Haut war glatt wie Porzellan, und ihre Kleidung – sie trug einen Minirock und dazu eine halbtransparente Bluse – stand in einem auffallenden Kontrast zu der der anderen Frauen.

»Mit dem Ding da«, sagte sie und nickte in Richtung des Modells, »könnte man gut spielen.«

»Ach?« erwiderte Cattani ein wenig überrascht.

»Ja. So eine Art Monopoli. Man tut einfach so, als besitze man Milliarden, für die man geeignete Investitionsmöglichkeiten sucht.«

Cattani lachte leise. »Allerdings gibt es einen wesentlichen Unterschied: Bei diesem Projekt geht es um *echte* Milliarden.«

Auf der anderen Seite des Saales, hinter einem langen Tisch, stand Sorbi auf, griff nach einem Mikrofon und hatte offenbar die Absicht, eine Rede zu halten. Immer wieder zuckte er nervös mit den Schultern und neigte den großen, kahlen Kopf von einer Seite zur anderen.

»Signori«, tönte die Stimme des Bankiers durch den großen Raum. Das Stimmengemurmel im Saal verstummte, und alle Blicke richteten sich auf Sorbi. Er lächelte zufrieden, holte tief Luft und sagte: »Signori, dies ist ein sehr wichtiger Tag für uns alle. Sie haben eine Broschüre erhalten, in der die Einzelheiten des Projekts erklärt sind. Doch erlauben Sie mir bitte noch einige zusätzliche Erläuterungen.« Er machte eine kurze Pause, um sich zu vergewissern, daß er die volle Aufmerksamkeit der Anwesenden genoß. »Diese außergewöhnliche Stadt der Elektronik wird in Sizilien entstehen – als ein sizilianisches Silicon Valley. Finanziert wird alles von meiner Bank, die mit einigen lokalen Kreditinstituten zusammenarbeitet. Während der Anfangsphase werden rund zweitausend Arbeitsplätze entstehen, und wir gehen davon aus, daß später noch einmal fünftausend weitere hinzukommen werden.«

Ein bärtiger, argwöhnisch blickender Journalist hob die Hand. »Welche Kosten sind für die Verwirklichung des Projekts veranschlagt?« fragte er.

»Im Verlauf der ersten beiden Jahre sollen insgesamt achthundert Milliarden Lire investiert werden.«

Der Reporter nickte langsam und kniff die Augen zusammen. »Handelt es sich dabei ausschließlich um italienisches Kapital?«

Sorbi sah ihn durchdrngend an. »Wie ich bereits ausgeführt habe, stammen die Gelder sowohl von meiner als auch einigen sizilianischen Banken. Mit anderen Worten: Bei der Finanzierung des Projekts arbeiten das Festland und Sizilien zusammen.«

Zurückhaltender Applaus ertönte.

Neben Cattani klatschte Ellis. »Ich werde immer ganz nervös, wenn mein Paps über Milliarden spricht. Kennen Sie ihn? Meinen Paps, meine ich...«

»Wen?« fragte Cattani. »Den Redner dort? Nein, leider nicht.«

»Ich nenne ihn immer Paps. Ach, er hat mich ja so lieb.«

›Paps‹ antwortete gerade einem anderen Journalisten, der wissen wollte, wo die Stadt der Elektronik errichtet werden sollte. »In der Nähe einer Ortschaft, die zur Provinz Trapani gehört«, sagte Sorbi. »Die entsprechende Gemeinde hat bereits das Gelände für den Industriekomplex zur Verfügung gestellt. Ich möchte diese Gelegenheit nutzen, um Ihnen den Bürgermeister Salemi vorzustellen, der so freundlich war, hierher zu kommen.«

In der dritten Reihe stand ein dicker Mann mit kleinen Augen auf. Er nahm die Mütze ab und verneigte sich mehrmals, als einige der Anwesenden zögernd klatschten.

Ein dritter, großspurig auftretender Reporter warf ein: »Eigentlich handelt es sich doch um nichts anderes als ein neues Fürsorgewerk.«

Frank Carrisi, der neben Terrasini in der ersten Reihe saß, beugte sich zur Seite und knurrte: »Was ist das denn für ein Blödmann?«

Terrasini schüttelte nur den Kopf und brachte damit zum Ausdruck, der Betreffende sei es nicht wert, sich über ihn aufzuregen.

Sorbi aber war offenbar außerstande, sich ein Beispiel an der Gelassenheit des Rechtsanwaltes zu nehmen. Er wurde unruhig und ruderte mit den Armen.

»Ihre Ironie ist hier fehl am Platze«, erwiderte er scharf. »Wir haben es mit Unternehmern zu tun, die produzieren und Gewinn erzielen wollen. Es geht ihnen nicht um Entwicklungshilfe irgendeiner Art.«

Doch damit gab sich der arrogante Journalist nicht zufrieden. Er stellte eine weitere Frage, die Sorbi in Verlegenheit brachte: »Und woher kommt das ganze Geld?«

Der Bankier fuhr sich mit der Zunge über die Lippen. »Einige in die Vereinigten Staaten ausgewanderte Italiener haben die Summe zusammengebracht. Und da sie noch immer an ihrer alten Heimat hängen, trafen sie die Entscheidung, ihre Ersparnisse in Sizilien zu investieren.«

Doch damit nicht genug: Ein anderer Reporter nahm die Pfeife aus dem Mund, stand auf und erkundigte sich, ob in den elektronischen Laboratorien auch Produkte hergestellt werden sollten, denen militärstrategische Bedeutung zukam.

»Verdammter Hurensohn«, brummte Carrisi.

Sorbi schob nervös das Mikrofon zurecht, wackelte mit dem Kopf und tat so, als hätte er die Frage nicht verstanden. »Was meinen Sie damit?«

Der Reporter mit der Pfeife drückte sich genauer aus.

»In Amerika gibt es ein Gesetz, das den Export von elektronischen Geräten verbietet, die sich für militärische Zwecke verwenden ließen. Aber wenn diese hochmodernen Apparaturen in Sizilien hergestellt werden, so könnten sie problemlos in den Mittleren Osten verkauft werden.«

Zunächst wußte Sorbi nicht, was er darauf antworten sollte. Dann: »Wir achten die Gesetze dieses Landes. Mehr habe ich dazu nicht zu sagen.«

Die im Saal herrschende Spannung war jetzt fast körperlich spürbar, und ein dumpfes Raunen wurde laut. Das, was eigentlich zur triumphalen Ankündigung eines riesigen Projektes hätte werden sollen, drohte in einem Desaster zu enden. Es bestand die Gefahr, daß sich die Vorstellung in eine Art öffentlichen Prozeß verwandelte.

Die Katastrophe erschien unabwendbar, als eine rothaarige Journalistin mit scharfer Stimme fragte, ob es sich bei dem Bürgermeister Salemi, der das Baugelände zur Verfügung gestellt hatte, um jenen Mann handelte, der im Vorjahr unter der Anklage, der Mafia anzugehören, verhaftet worden war.

Terrasini erhob sich ruckartig und trat rasch ans Mikrofon. Der völlig verunsicherte Sorbi überließ ihm dankbar seinen Platz.

»Signor Salemi«, sagte der Rechtsanwalt, »wurde noch während des Ermittlungsverfahrens wieder auf freien Fuß gesetzt, da sich seine Unschuld herausstellte. Selbst die politischen Gegner mußten seine Redlichkeit anerkennen. Darüber hinaus ist Salemi kürzlich praktisch einstimmig in seinem Amt bestätigt worden.«

Doch die Reporterin ließ nicht locker und machte den Eindruck, außergewöhnlich gut informiert zu sein. »Vor zwei Monaten«, führte sie aus, »erhielt Salemi eine neuerliche gerichtliche Vorladung. Dabei ging es wieder um eine Sache, die mit der Mafia in Verbindung stand.«

Unruhe entstand im Saal. Manche Leute protestierten, andere brachten laut ihre Verwunderung zum Ausdruck. Einige Personen standen auf und verließen leise das Zimmer. Der korpulente Salemi rutschte auf seinem Stuhl hin und her und schien versucht, sich auf die Journalistin zu stürzen. Terrasini warf ihm einen warnenden Blick zu, und daraufhin senkte er den Kopf und preßte die Lippen aufeinander.

Terrasini griff nach dem Mikrofon. »Signori«, sagte er, »ich glaube, einige der Anwesenden wollen ein Urteil fällen, noch bevor das Verfahren begonnen hat. Derzeit wird eine Untersuchung geführt. Warten wir doch die Ergebnisse ab, bevor wir darüber diskutieren.«

Einmal mehr meldete sich der bärtige Reporter zu Wort und erkundigte sich, welche Rolle Terrasini im Hinblick auf das geplante elektronische Werk spielte. Als der Anwalt erwiderte, er fungiere als Rechtsberater, lächelte der Journalist hintergründig, und in seinen Augen funkelte es ironisch. »Wenn ich mich recht entsinne, führte Bordonaro, der stellvertretende Staatsanwalt Trapanis, der hier in Rom ermordet wurde, Ermittlungen gegen Sie durch. Es gab eine Aussage, die Ihnen vorwarf, an der Entführung eines Mädchens beteiligt gewesen zu sein.«

Der in der Nähe des Ausgangs sitzende Cattani hielt unwillkürlich den Atem an, und sein Pulsschlag beschleunigte sich. Er beobachtete, wie Terrasini sich betroffen gab und sein ganzes mimisches und rhetorisches Geschick aufbot, um dem Angriff des Journalisten zu begegnen.

»Der Tod Bordonaros bestürzte mich zutiefst, denn wir waren gute Freunde«, erwiderte er. »Ich habe bei seinen Ermittlungen mit ihm zusammengearbeitet, und wie Sie wissen, wurde das Verfahren schließlich eingestellt.« Er holte tief Luft und schüttelte den Kopf, so als wolle er die schmerzlichen Erinnerungen an den Tod Bordonaros verdrängen. »Doch warum erkundigen Sie sich immerzu nach Dingen, die mit dem Projekt eigentlich gar nichts zu tun haben? Unser Unternehmen ist von enormer Bedeutung, und offenbar geht es irgend jemandem gegen den Strich. Deshalb versucht man, es mit übler Polemik in Verruf zu bringen.«

Es gelang Terrasini, die Kontrolle über die Situation zurückzugewinnen. Langsamen Schrittes kehrte der Rechtsanwalt zur vordersten Reihe zurück und nahm wieder neben Carrisi Platz, während Sorbi erneut ans Mikrofon trat. Die Erleichterung war ihm deutlich anzusehen. Der Bankier schob seine schwitzenden Hände in die Taschen und bat die Contessa darum, einige technische Daten des Projektes zu erklären.

Olga Camastra rückte das Mikrofon zurecht. »Mein Unternehmen erhielt deshalb den Auftrag, das Werk zu errichten, weil es einen guten Ruf genießt und im Verlaufe vieler Jahre einschlägige Erfahrungen sammeln konnte.«

Sie wurde von der rothaarigen Reporterin unterbrochen, die sie fragte, ob sie Frank Carrisi kenne.

Die Contessa dachte kurz nach und überlegte, auf was die Journalistin hinauswollte. Dann bestätigte sie zögernd: »Ja, sicher, ich kenne ihn.«

Die rothaarige Frau wandte sich dem Amerikaner zu, der sie finster musterte. »Und Signor Carrisi repräsentiert die Italoamerikaner, die bereit sind, das Projekt mit Hilfe der Bank Sorbis zu finanzieren?«

Zum zweitenmal stand Terrasini auf, und ohne nach dem Mikrofon zu greifen, erwiderte er: »Ja, das stimmt.«

»Kann mir Mister Carrisi nicht selbst Antwort geben?« fragte sie verärgert.

»Es besteht kein Grund zur Aufregung.« Terrasini lächelte. »Signor Carrisi spricht nicht gut italienisch. Das ist alles.«

»Nun gut, dann begnüge ich mich mit Ihnen«, sagte die Reporterin scharf und strich sich Strähnen des roten Haars aus der Stirn. »Stimmt es, daß sich Signor Carrisi vor einigen Jahren in den Vereinigten Staaten vor Gericht verantworten mußte, weil er Beziehungen zur Cosa Nostra unterhielt?«

Terrasini blieb ganz ruhig. »Signor Carrisi ist ein unbescholtener Bürger, der die Gesetze seiner Heimat respektiert.«

Sorbi begriff, daß es keinen Sinn mehr hatte, auf diese Weise weiterzumachen. Er beendete die Pressekonferenz, um den Schaden in Grenzen zu halten. »Freunde«, verkündete er, »solche Polemiken sind durchaus sinnvoll, denn sie wecken Interesse. Inzwischen aber haben wir alle eine trockene Kehle und wären über die Gelegenheit dankbar, einen Schluck zu trinken. Begeben Sie sich bitte ans Büfett.«

Carrisi konnte sich nicht mehr beherrschen. Er kochte vor Wut, und in seinen Augen blitzte es. »Was sind denn das für verdammte Mistkerle?« entfuhr es ihm.

Terrasini ließ sich nichts anmerken, ergriff ihn am Arm und sagte leise und gelassen: »Sie wurden dafür bezahlt. Und ich weiß auch, wer ihnen all die Informationen gegeben hat.«

»Tatsächlich?« knurrte Carrisi. »Dann sollten Sie schleunigst etwas unternehmen.«

Der Rechtsanwalt nickte nachdenklich. »Bestimmt stecken Cannito und Laudeo hinter dieser Sache. Sie werfen uns Knüppel zwischen die Beine, weil sie befürchten, bei dem Geschäft leer auszugehen.« Er bemerkte Cattani inmitten des Gedränges, lächelte und fügte hinzu: »Aber ich schätze, es läßt sich durchaus etwas machen.«

30

Sonnenuntergang. Der Himmel schimmerte rot hinter der prächtigen Kuppel Michelangelos, als es an der Tür Cattanis klingelte. Zunächst hörte er es nicht, da er gerade unter der Dusche stand und das Rauschen alle anderen Geräusche übertönte. Als es zum zweitenmal läutete, streifte er sich rasch den Bademantel über und rief: »Einen Augenblick.«

Es war Olga. Sie lächelte ihn an, eine Hand an der Hüfte abgestützt. Sie wirkte ein wenig unsicher, da sie nicht genau wußte, mit was für einer Art von Empfang sie zu rechnen hatte. Sekundenlang schwiegen sie verlegen. Aus einem Reflex heraus zog sich Cattani den Bademantel enger um die Schultern. Als er lächelte, trat Olga auf ihn zu und umarmte ihn, und er drückte sie fest an sich.

»Diesmal läuft's wirklich besser«, murmelte sie.

Cattani küßte sie und spürte, wie Olga erzitterte. Dann wich die Contessa ein wenig von ihm zurück, und ihr Gesicht strahlte, als sie sagte: »Warte. Ich bin gekommen, um dich abzuholen. Ich habe eine nette Überraschung für dich.«

Sie verließen die Wohnung, und im Taxi fuhren sie durch die Straßen des Stadtzentrums, vorbei am Kolosseum. Schließlich erreichten sie ein Wohnviertel, und dort führte Olga ihren Begleiter in den obersten Stock eines Gebäudes, das von blühenden Bäumen und Sträuchern umgeben war. Vor der Tür einer Wohnung holte sie einen Schlüsselbund aus der Tasche, schloß auf und überließ Cattani den Vortritt.

Das Apartment war groß und gemütlich. Ein weicher Teppich bedeckte den Boden, und in den Ecken standen Sessel und kleine Liegen. Hier und dort bildeten Kissen ein buntes Mosaik. Auf den Scheiben der langen, auf die Terrasse führenden Fensterfront spiegelte sich das letzte Licht der untergehenden Sonne wider. Was die Kunst der Verführung anging, war Olga Camastra konkurrenzlos.

Doch auf Cattani erzielte die Wohnung nicht die beabsichtigte Wirkung. Anstatt Bewunderung zu empfinden, spürte er, wie sich besorgte Unruhe in ihm regte.

Vorsichtig schob er eine der Gardinen beiseite und blickte nach draußen. »Wer von deinen Freunden weiß von diesem Apartment?« fragte er, und bei diesen Worten legte sich ein Schatten über seine Züge.

»Niemand«, erwiderte Olga und runzelte die Stirn. »Nur wir beide. Ich habe es erst vorgestern gekauft und bisher nichts verändert.«

»Hm. Willst du länger in Rom bleiben?«

»So lange wie möglich.«

Cattani drehte sich um und musterte die Contessa. Eine besondere Ausstrahlungskraft schien ihr eigen zu sein, irgend etwas, das sie von allen anderen Frauen unterschied. Sie ging auf ihn zu und umarmte ihn, doch während er sie küßte, war er mit den Gedanken ganz woanders. Sanft klopfte er ihr auf die Schulter und schob sie ein wenig von sich.

»Warum möchtest du hierbleiben? Aus beruflichen Gründen?«

Olga hatte diese Fragen allmählich satt. »Ja«, seufzte sie.

»Ich verstehe nicht, warum die Vorstellung des Projekts so seltsame Reaktionen hervorrief«, sagte Cattani. »Bei der Pressekonferenz fielen die Jouranlisten geradezu über deine Freunde her. Und anschließend berichteten die Zeitungen nur mit wenigen Sätzen über das geplante Werk.«

»Sie brachten fast gar nichts darüber«, bestätigte Olga. »Und dabei handelt es sich zweifellos um ein Zeichen. Einige Leute wollten darauf hinweisen, daß sie in der Lage sind, das Projekt zu blokkieren.«

»Ja. Aber wer steckt dahinter? Wer hat solchen Einfluß auf die Zeitungen?«

»Das solltest du eigentlich wissen: Laudeo und Cannito.«

Das hörte Cattani zum erstenmal. Er hatte zwar vage Vermutungen entwickelt, mehr jedoch nicht. Angesichts der Mitteilung Olgas wurden ihm sofort viele Dinge klar. Jetzt paßt alles zusammen, dachte er. Terrasini hatte Cannito einen üblen Streich gespielt und ihn aus dem Geschäft gedrängt. Doch da er gleichzeitig die Unterstützung des Geheimdienstes brauchte, wandte er sich an ihn, Cattani. »Es geht um Dinge, die auch Sie betreffen.« Mit anderen Worten: Terrasini brauchte ihn. Und Cannito? Er hatte bestochene Journalisten mit dem Auftrag losgeschickt, die Pressekonferenz zu sabotieren – und auch Cattani, auf daß er Zeuge der Show wurde. »Nachher erstatten Sie mir Bericht.« Ein schlauer Fuchs. Offenbar ahnte Cannito auch, daß Terrasini versuchen würde, Cattani auf seine Seite zu ziehen.

Corrado lehnte sich an den Türrahmen und zündete sich eine Zigarette an. Er hatte plötzlich das Gefühl, im Mittelpunkt einer Verschwörung zu stehen, bei der es um viele Milliarden ging.

Er versuchte, auch noch in einem anderen Punkt Klarheit zu gewinnen. »Seltsam«, sagte er. »Ich dachte, Cannito und Terrasini seien Verbündete...«

Olga musterte ihn aufmerksam, und ihrem Gesichtsausdruck war zu entnehmen, daß sie mißtrauisch geworden war. Sie zögerte kurz und gab dann ruhig zur Antwort: »Zwischen ihnen muß es zu einer Kontroverse gekommen sein. Aber ich weiß nicht genau, worum es dabei geht. Es interessiert mich auch gar nicht: Ich bin zufrieden, wenn ich den Bauauftrag bekomme.« Sie schwieg nachdenklich, um dann, nur halb im Scherz, hinzuzufügen: »Du hast doch nicht etwa vor, deinem Freund Cannito von all diesen Dingen zu erzählen, oder?«

Obwohl Cattani unbehaglich war, lachte er. »Du witterst wohl überall Verrat, was?«

Er nahm Olga in die Arme, um ihren Verdacht zu zerstreuen.

Erneut ging Cattani in das Lager mit den Elektrogeräten und traf Ferretti, der den Ellenbogen auf einen Kühlschrank stützte.

»Wenn Laudeo und Cannito zu den Gegenspielern der Sizilianer geworden sind«, überlegte er laut, »muß es zwischen den beiden Gruppen einen Interessenskonflikt geben. Aber ich begreife einfach nicht, was dahintersteckt.«

Cattani nickte und wanderte nachdenklich durch den Gang zwischen den aufeinandergestapelten Geräten. »Das Geschäft scheint sauber zu sein«, meinte er. »Sonst wäre bestimmt nicht die Werbetrommel gerührt worden. Aber wir wissen nicht, was hinter den Kulissen gespielt wird.«

»Genau. Und eins steht fest: Wenn Cannito und Laudeo die sizilianisch-amerikanische Gruppe behindern, muß eine Menge auf dem Spiel stehen. Konnten Sie von der Contessa sonst nichts weiter in Erfahrung bringen?«

»Nein. Ich wollte vermeiden, daß sie argwöhnisch wird.«

Ferretti machte ein paar Schritte, blickte um eine Ecke und fuhr dann fort: »Dieser Konflikt hat eine große Tragweite und verändert die Lage völlig. Die Konsequenz könnte darin bestehen, daß es zu einem Krieg zwischen den beiden Gruppen kommt – zwischen Terrasinis Mafia und Laudeos und Cannitos Organisation, die einen Staatsstreich plant.«

»Und unsere Taktik sollte darin bestehen, die Gegensätze zu verschärfen«, schlug Cattani vor.

»Stimmt. Ganz vorsichtig und behutsam. Hier und dort ein Stich ins Wespennest, ohne daß unsere Gegner etwas davon bemerken...«

Nach der katastrophalen Pressekonferenz lud man Laudeo und Cannito in Sorbis Villa ein, die für das Projekt inzwischen zu einer Art Hauptquartier geworden war.

Carrisi machte keinen Hehl aus seiner Verachtung. »Ihr Preis ist zu hoch. Wir ziehen die Sache ohne Sie durch.«

Cannito schüttelte bedauernd den Kopf. »Es geht hier nicht darum, um irgend etwas zu feilschen. Wir haben Sie deutlich genug auf die politischen Aspekte der Angelegenheit hingewiesen, auf die Notwendigkeit, gewisse Stimmen zum Schweigen zu bringen, die gegen Ihr Unternehmen polemisieren.«

»Worte«, entfuhr es Carrisi. »Ich pfeife auf Worte. Ich weiß nur, daß Sie fünfzehn Prozent von mir verlangen, und das sind genau fünfzehn zuviel.«

Der Amerikaner hatte sich in den römischen Geschäften neu eingekleidet und trug nun eine graue, gestreifte Jacke, die nach seinen Maßen angefertigt worden war. Auf der Brust schimmerte eine große goldene Krawattennadel.

Laudeo meldete sich zu Wort, und seine hohe Stimme klang wie die eines Schlangenbeschwörers. »Versuchen Sie, die Sache aus der richtigen Perspektive zu sehen«, sagte er und lächelte gewinnend. »Fünfzehn Prozent sind eigentlich gar nicht so viel, wenn man bedenkt, daß in dem Preis alles inbegriffen ist: politische Rückendeckung, die Presse, das Fernsehen.«

»Ach!« meinte Carrisi und winkte ab. »*The press.* Die Zeitungen sind *no problem.* Man braucht die Herausgeber nicht zu schmieren, denn das Projekt ist so bedeutsam, daß die Reporter ganz von allein Interesse daran entwickeln werden.«

Laudeo erwiderte leise: »Nun, ich glaube, Ihre Pressekonferenz war nicht gerade ein durchschlagender Erfolg.«

Carrisi hieb mit der Faust auf den Tisch. »Diese vier Misttypen haben alles ruiniert«, erregte er sich und sah Laudeo haßerfüllt an. »Und ich kann mir durchaus vorstellen, wer sie geschickt hat.«

Laudeo tat so, als hätte er die letzten Worte nicht gehört. »Mein ganzer Einfluß war nötig, um zu verhindern, daß die Zeitungen ausführlich Bericht erstatteten. Nehmen Sie das als Beweis für meinen guten Willen. Allerdings hat meine Geduld auch ihre Grenzen.«

Terrasinis Reaktionen waren nicht annähernd so drastisch wie die Carrisis, hatten dafür jedoch eine größere Wirkung. In seiner Stimme ließ sich ein drohender Unterton vernehmen, als er in einem nur scheinbar freundlichen Ton sagte:

»Wir unterschätzen Ihren Einfluß auf die Presse keineswegs, Professor Laudeo. Doch gerade deswegen möchte ich Sie darauf hinweisen, daß es verschiedene Möglichkeiten gibt, auf die Dienste der Einrichtungen zurückzugreifen, die sich mit Informationen befassen.«

Daraufhin hielt Laudeo Entgegenkommen für geraten. »Warum streiten wir uns überhaupt? Es wäre doch viel besser, wenn wir eine Übereinkunft erzielen könnten. Sie, mein lieber Terrasini, haben viele sizilianische Freunde, aber Sie sollten daran denken, daß Italien nicht nur aus Sizilien besteht.«

»Pah!« machte Carrisi und winkte abfällig. »In Amerika interessiert sich niemand für Italien. Nur Palermo zählt. Palermo und New York sind die Hauptstädte der Welt, *right*? Wenn man in Palermo eine Rolle spielt, dann ist man auch wer *all over the world* – wie heißt es bei Ihnen? –, in der ganzen Welt.«

Cannito versuchte, das Gespräch wieder auf die eigentlich wichtige Sache zurückzuführen – auf die Unterstützung, die Laudeo und er dem Projekt gewähren konnten.

»Versuchen Sie bitte zu verstehen«, sagte er. »Es handelt sich nicht um ein Unternehmen, das kaum jemand beachtet, bei dem es nur um ein paar Millionen Lire geht. Nein, wir haben es mit vielen

Milliarden zu tun, und solche Beträge erwecken nicht nur Aufmerksamkeit, sondern auch Neid.«

Der Amerikaner lachte spöttisch. »Ich glaube, die verdammte Politik ist nichts weiter als ein Vorwand. In Wirklichkeit wollen Sie *money*, Geld.«

An derart offene Worte war Cannito nicht gewöhnt, und zornig riß er die Augen auf. »Was erlauben Sie sich?«

»Wollen Sie mir irgend etwas verbieten?« fauchte Carrisi, dessen Wut über die ruinierte Pressekonferenz noch nicht verraucht war. »Jemand wie Sie ist in Amerika keinen Cent wert. Ha, Sie müßten betteln gehen...« Und er streckte den Arm aus und hielt die Handfläche nach oben.

Cannitos Gesicht verfärbte sich. »Sie wissen ja gar nicht mehr, was Sie sagen!« brüllte er. »Begreifen Sie endlich, daß Sie uns brauchen, daß Sie Ihr Projekt ohne uns vergessen können. Und deshalb ist Ihre Arroganz hier fehl am Platze.« Mit dem Zeigefinger deutete er auf Terrasini. »Und was Sie angeht, Avvocato: Glauben Sie nur nicht, Sie könnten sich auf unsere Freundschaft berufen. Sie bekämen es ebenfalls mit uns zu tun.«

Carrisi versuchte, möglichst ruhig zu sprechen. »Mir zittern schon jetzt die Knie«, spottete er. Dann verlor er endgültig die Beherrschung. »Ich lasse mir von niemandem drohen. Und erst recht nicht von Parasiten wie euch!«

Auch Cannito konnte seine Wut nicht mehr bezähmen. »Ich bringe dich um«, stieß er heiser hervor, stand auf und näherte sich dem Amerikaner. Seine Augen waren blutunterlaufen, und es schien, als sei er einem Herzinfarkt nahe. Plötzlich taumelte er und fiel gegen den Tisch...

Olga war in ihrer neuen römischen Wohnung und kochte Spaghetti für zwei Personen. Sie wirkte fröhlich, als sie sich eine karierte Schürze umband und nach dem Besteck griff.

»Ich kam ein wenig später hinzu«, erzählte sie Cattani, der den

Tisch deckte, »und verpaßte dadurch den Anfang der Auseinandersetzung. Aber der Rest... Meine Güte, so etwas habe ich noch nicht erlebt. Cannito war völlig außer sich, brach über dem Tisch zusammen. Und Laudeos Gesicht war kalkweiß.«

Cattani verbarg sein großes Interesse hinter einem schiefen Lächeln. »Und die anderen?«

Olga probierte die Nudeln, kam zu dem Schluß, daß sie noch zu hart waren, und schob erneut den Deckel auf den Topf. Sie drehte sich nicht zu Cattani um, als sie antwortete: »Terrasini war wie immer der ruhigste und ließ sich überhaupt nichts anmerken. Sorbi wollte die Sache nicht noch schlimmer machen und versuchte, die erhitzten Gemüter abzukühlen und einen Kompromiß zu schließen. Doch Carrisi nahm seinen Vorschlag nicht einmal zur Kenntnis. Er lehnt jedes Zugeständnis ab.«

Cattani kramte in einer Schublade. »Entschuldige, Olga, ich kann die Messer und Gabeln nirgends finden.«

»Die habe ich bereits geholt.«

»Ah...« Er schloß die Schublade. »Übrigens: Ich glaube, ich habe nicht ganz verstanden, was mit Cannito geschah.«

»Er hat uns allen einen ziemlichen Schrecken eingejagt«, sagte Olga, während sie die Spaghetti in ein Sieb schüttete. »Er keuchte und bekam keine Luft mehr. Wir dachten schon, er stirbt. Dann schloß er sich im Bad ein, und als er fünf Minuten später zurückkehrte, war wieder alles in Ordnung mit ihm.«

»Oh«, machte Cattani, nickte und lachte leise.

»Ich glaube, unser lieber Cannito kokst.«

»Tja, wäre möglich... Bist du mit den Nudeln fertig?«

»Hier sind sie. Bei der Soße handelt es sich um eine sizilianische Spezialität. Ich habe auch kleingeschnittene Auberginen dazugetan. Ich hoffe, sie schmeckt dir.«

»Da bin ich völlig sicher«, erwiderte Cattani, als er am Tisch Platz nahm und schnupperte. »Bei dem Duft läuft mir das Wasser im Mund zusammen.« Er musterte Olga. »Ich erlebe dich jetzt zum erstenmal als Hausfrau. Bisher hatte ich nicht die geringste Ahnung, wie du dich am Herd machst. Aber ich glaube, du kommst ziemlich gut mit einer solchen Rolle zurecht.«

Olga strich ihm kurz übers Haar. »Jede Frau hat Spaß daran, den Mann zu verwöhnen, den sie liebt.«

Cattani griff nach ihrer Hand und hauchte ihr einen Kuß auf die Finger. »Du bist wunderbar«, sagte er. Dann rollte er mit der Gabel die Spaghetti auf und kam auf das vorherige Thema zurück. »Und wie ging das Treffen der Bosse aus?«

»Im Streit. Der Amerikaner beschimpfte Cannito und Laudeo und nannte sie Erpresser. Er drohte sogar mit einer Anzeige.«

»Und wie reagierten sie daraug?«

»Gar nicht. Sie blieben ganz ruhig. Und daraufhin warf Carrisi sie hinaus und rief ihnen noch Schmähungen nach.«

»Interessant«, sagte Cattani. Er trank einen Schluck Wein und machte ein nachdenkliches Gesicht. »Ich verstehe nicht, wie es zu einer derartigen Konfrontation kommen konnte.«

»Ich schon«, hielt ihm Olga entgegen. »Laudeo und Cannito verlangten für ihre Unterstützung einen Anteil von fünfzehn Prozent an dem ganzen Geschäft. Und Carrisi will ihnen nicht eine einzige Lira geben.«

31

Der alte Alfa Romeo vom Typ Giulietta rollte über die Via Appia und rasselte und schnaufte dabei wie eine Lokomotive. Er passierte das Grab Cecilia Metellas, fuhr noch einige Kilometer weiter und bog dann nach rechts ab. Kurz darauf näherte er sich einem großen Schrottplatz. Rostige und verbeulte Autos waren zu hohen Türmen aufeinandergestapelt, und überall lagen Blech, demontierte Motorenteile und ausgemusterte Auspuffanlagen. Ein Autofriedhof.

Die Bremsen der Giulietta quietschten schrill, und der Motor gab ein spuckendes Brummen von sich, als der Wagen vor dem Tor zum Stehen kam. Es handelte sich dabei um zwei Eisenstangen, die mit Brettern verbunden waren. Ein gut vierzigjähriger Mann stieg aus. Er war dicklich und hatte zerzaustes Haar, und seine Jacke war voller Flecken. Er wirkte nicht sonderlich gepflegt.

Jenseits des Tores liefen zwei große Schäferhunde umher und begannen laut zu bellen. Kurz darauf ertönte ein Pfiff, und hinter ausgeweideten Autos kam ein alter Mann zum Vorschein. In der einen Hand hielt er eine Schweißermaske.

»He, brav!« rief er den beiden Hunden zu. »Nun gebt doch endlich Ruhe.« Er rieb sich die trüben Augen und musterte den Besucher. Der sah sich besorgt nach den Hunden um und wagte sich zögernd einige Schritte vor.

»Lieber Himmel«, sagte er. »Das sind ja wahre Wölfe!«

»Ach, nee«, erwiderte der alte Mann. »Wenn sie jemanden nich' kennen, spiel'n se verrückt. Aber sonst sind sie ganz artig und tun niemandem was.« Er lachte und zeigte dabei schwarze Zahnstummel. Er war so dürr, daß die Hosenbeine wie Fahnen flatterten.

Die besänftigten Hunde kamen heran, beschnupperten den Besucher und leckten ihm sogar die Hände. »Kann ich Ihnen irgendwie helfen?« fragte der Alte.

»Es geht um meinen Wagen«, erwiderte der Mann. Er strich sich über den drei Tage alten Bart. »Ist inzwischen ein echtes Museumsstück. Gestern habe ich ein Schlagloch übersehen, und schon war's passiert – eine Radkappe ging flöten. Haben Sie vielleicht eine, die für mein Modell paßt?«

»Keine Ahnung«, erwiderte der Alte und schürzte die spröden Lippen. »Sie sollten später noch mal wiederkommen, wenn mein Sohn da ist.«

»Ah, ich verstehe.« Der Besucher kratzte sich an der Schläfe. »Ich könnte auch noch 'n paar andere Teile gebrauchen. Tja, sind schwierig zu finden, denn immerhin hat meine Giulietta schon 'n paar Jährchen auf dem Buckel. Baujahr '68. Erinnern Sie sich an achtundsechzig?«

»Klar!« bestätigte der Alte. Mit den ölverschmierten Händen stützte er sich an einem Torpfosten ab und ließ seinen Blick in die Ferne schweifen. »Damals gingen die Studenten auf die Barrikaden, nich' wahr? Und im Herbst kam es zu den großen Streiks.«

»Meine Güte, Sie sind ja eine wandelnde Enzyklopädie. Auf welcher Seite standen Sie denn? Hielten Sie zu den Arbeitern oder den Bossen?«

»Ich? Ach, ich hab' vorm Fernseher gesessen und den Demonstrationen zugesehen, mit 'ner guten Flasche Wein auf'm Tisch. Ha-ha.«

»Tja, und das war sicher nich' das Dümmste«, sagte der Besucher. »Na gut, ich komme also zurück, wenn Ihr Sohn da is'. Bis dann.«

Er fuhr auf die Via Appia zurück und hielt vor dem Tor der Villa Sorbi. Nach einigen Sekunden öffnete es sich, und er lenkte den altersschwachen Wagen auf die Zufahrt. Als er kurz darauf ausstieg und die Tür zuschlug, ertönte ein metallisches Klacken, so als habe sich irgendeine Schraube gelöst. Doch der Mann achtete nicht weiter darauf.

In der Villa wurde er vom Hausherrn und seinen beiden Freunden Terrasini und Carrisi erwartet.

»Das ist Dottore Maurili«, stellte Sorbi seinen Gast vor. »Ein vertrauenswürdiger Mann.«

Maurili nickte den beiden anderen zu. Er fragte nicht erst nach Erlaubnis, sondern griff nach der auf dem kleinen Servierwagen stehenden Flasche Cognac und schenkte sich einen Doppelten ein. Dann ließ er sich in einem bequemen Sessel nieder, lehnte sich zurück und schlug die Beine übereinander.

»Die Sache ist ganz einfach«, sagte er. »Ich wende mich an eine Druckerei, die mir noch einen Gefallen schuldet, bereite dort die ersten Abzüge vor und lasse dann alles in einer anderen drucken. Wir sollten nicht die gleiche Druckerei benutzen, um Kontrollen und anderen Ärger zu vermeiden. Und es genügen tausend oder zweitausend Ausgaben. Zum geeigneten Zeitpunkt schicken wir sie an die Personen, auf die es ankommt: Abgeordnete, Senatoren, Generäle, Industrielle und auch einige ausgewählte Journalisten.«

Maurili setzte das Glas an die Lippen und nahm einen großen Schluck. Die andere Hand war ständig in Bewegung: Immerzu wischte er sich über die Stirn oder rieb sich die Augen. »Geben Sie mir Bescheid, wenn Sie soweit sind«, fuhr er fort. »Lassen Sie mir dann alle Informationen und Unterlagen zukommen – den ganzen Kehricht, haha. Den Rest erledige ich.« Sein großtuerisches Gebaren ließ auf einen Minderwertigkeitskomplex schließen.

»In Ordnung«, sagte Terrasini.

Carrisi schwieg die ganze Zeit über. Er rauchte eine Zigarre, und ab und zu hob er den Blick und musterte Maurili mit unverhohlener Verachtung. Nach einer Weile wandte er sich an Sorbi, deutete mit der Zigarre auf Maurili und fragte: »Haben Sie schon mal auf die Dienste dieses Typs da zurückgegriffen?«

»Aber sicher. Ich glaube, zum letztenmal hat er uns vor rund einem Jahr geholfen.«

»Nein«, warf Maurili ein und fuhr sich mit der Hand durchs zerzauste Haar. »Vor sieben Monaten. Erinnern Sie sich? Es ging um die drei Mistkerle, die Staub wegen Ihrer Bank aufwirbeln wollten. Haha. Wir haben es ihnen richtig gezeigt und sie mit der Veröffentlichung von zwei oder drei recht peinlichen Dingen zurückgepfiffen.«

Maurili lehnte sich zur Seite, lächelte und ließ den Blick in die Ferne schweifen. »Damals benutzten wir Plakate. Mann, was für ein Spaß! Überall an den Mauern Roms konnte man ihre Namen lesen, und darunter stand ausführlich, in welche Machenschaften und Frauengeschichten sie verwickelt waren. Es gab ziemlichen Wirbel.« Er richtete seine Worte in erster Linie an den Amerikaner. Carrisi hielt Rom seit vielen Jahren für die schönste Stadt der Welt, doch nun sah er sich gezwungen, seine Meinung zu ändern. Aus Bewunderung wurde Haß, als er daran dachte, daß hier Leute wie Laudeo, Cannito und der widerwärtige Maurili ihr Unwesen treiben konnten. Ein weiterer italienischer Schwätzer, dachte er.

Maurili hatte inzwischen seinen Cognac ausgetrunken und griff nach einer Schale mit gesalzenen Nüssen. »Nun«, meinte er nach einer Weile und schmatzte, »wen nehmen wir uns diesmal vor?«

»Das erfahren Sie, wenn es soweit ist«, sagte Terrasini.

Daraufhin schüttelte der Besucher heftig den Kopf. »Von wegen! Wenn ich nicht weiß, um wen es sich handelt, kann ich keine Vorbereitungen treffen.«

Die anderen Männer sahen sich unschlüssig an, und nach kurzem Zögern meinte Sorbi: »Na gut: Es geht um Sebastiano Cannito.«

Maurili wollte sich gerade weitere Nüsse in den Mund schieben, doch als er den Namen hörte, erstarrte er. »Himmel«, brachte er leise hervor. »Eine heikle Sache.«

»Und außerdem stört uns auch Laudeos Organisation«, fügte Sorbi hinzu.

Maurili verzog den Mund. »Das ist zu schwierig. Wen soll ich aufs Korn nehmen? Schatten etwa? Wir haben keine Ahnung, wer auf Laudeos Mitgliedslisten steht. Wir müßten blind zuschlagen und dabei das Risiko eingehen, auch jemandem Ärger zu machen, der zu unseren Freunden zählt.«

»Und das erschreckt Sie?«

»Mich?« Maurili schob das Kinn vor. »Mich erschreckt überhaupt nichts. Wenn Ihr Material gut ist, läßt sich alles regeln.«

»In diesem Punkt können Sie unbesorgt sein«, sagte Sorbi.

»Wie Sie meinen... Und die Vergütung?«

»In der üblichen Weise«, entgegnete Sorbi. Und wie immer, wenn er über Geld sprach, bewegte sich nur die eine Hälfte seines Mundes. »Jeweils zehn Millionen.«

Maurili seufzte. »Tja, aber diesmal ist die Angelegenheit alles andere als einfach. Ich könnte sogar dabei draufgehen. Ich glaube, Sie sollten das Honorar erhöhen. Ich schlage vor: die doppelte Summe.« Abrupt stand er auf und trat auf Carrisi zu. »Könnte ich eine Ihrer Zigarren bekommen? Die Dinger riechen ausgezeichnet.«

»Mhm«, machte der Amerikaner, öffnete das Etui und holte eine daraus hervor.

»Das mit den zwanzig Millionen geht klar«, sagte Terrasini.

Maurili zog an der Zigarre, blies den Rauch aus und hustete. »Wann beginnen wir?« fragte er.

In aller Seelenruhe stützte Terrasini den Ellenbogen auf die Armlehne des Sessels. »Bald«, antwortete er. »Schon sehr bald.«

Der Hotelportier griff nach dem Hörer des Telefons, betätigte eine Taste und wartete. »Entschuldigen Sie bitte, Dottor Cattani«, sagte er, »Avvocato Terrasini wartet hier unten in der Halle auf Sie.«

»Sagen Sie ihm, ich komme sofort.«

Cattani streifte sich die Jacke über, nahm einen Umschlag aus der Tischschublade und verließ das Zimmer.

»Hier sind die Unterlagen«, sagte er und reichte Terrasini das Material.

»Ausgezeichnet«, lobte der Rechtsanwalt. Er nahm den dicken Umschlag entgegen und fragte: »Heiße Sachen?«

»Es geht. Es handelt sich um alte Dokumente, die ich im Archiv entdeckt habe. Sie betreffen einen Bauskandal, in den Cannito vor einigen Jahren verwickelt war.«

»Für den Anfang genügt das völlig.« Terrasini nickte. »War dabei Korruption im Spiel?«

»Nicht unbedingt. Cannito deckte damals einige Leute, die in zweifelhaftem Ruf standen. Keine allzu bedeutende Angelegenheit.«

Terrasini lachte leise, legte Cattani die Hand auf die Schulter und führte ihn aus dem Hotel. »Ach, wenn wir beide zusammenarbeiten, sind wir unschlagbar«, sagte er, während sie langsam über den Bürgersteig gingen. Nach einer Weile fügte er in verändertem Tonfall hinzu: »Wenn Sie bei dieser Sache Unkosten hatten, so bin ich gern bereit, dafür aufzukommen ...« Und er griff in die Innentasche seiner Jacke.

»Kommt überhaupt nicht in Frage«, erwiderte Cattani. »Nein, Avvocato, es war nur ein wenig Zeit notwendig, um die Unterlagen zu finden und zu fotokopieren.« Er zuckte mit den Schultern. »Sie wollten schließlich auch kein Geld für Ihren Rechtsbeistand, erinnern Sie sich?«

»Sie haben recht.« Terrasini lächelte. »Freunde helfen sich eben.«

»So ist es«, bestätigte Cattani und war sehr zufrieden damit, daß er sich inzwischen auf perfekte Weise den Verhaltensregeln von Leuten wie Terrasini angepaßt hatte. Der Rechtsanwalt war zweifellos ein schlauer Fuchs, doch er hatte jetzt keine Möglichkeit mehr, ihn zu durchschauen.

Das Heft war etwas größer als eine normale Broschüre, und es trug einen ebenso einfachen wie aussagekräftigen Titel: »Böse Zungen.« Terrasini blätterte darin, las einige Stellen, und manchmal lachte er leise.

Schließlich schloß er es wieder und betrachtete noch einmal den Umschlag. »Meine Hochachtung, Maurili«, sagte er. »Sie haben hervorragende Arbeit geleistet.«

»Ohne falsche Bescheidenheit: Ich bin ein Meister meines Faches.« Maurili grinste. »Morgen schicke ich tausend Ausgaben los. An die üblichen Adressen. Und sie werden die gewünschte Wirkung erzielen, da können Sie ganz sicher sein.«

»In Ordnung.«

Maurili bat den Rechtsanwalt um eine Zigarette.

Terrasini griff nach seinem goldenen Feuerzeug, klappte es auf, beugte sich vor und zündete Maurilis Zigarette an.

»Es war alles andere als einfach«, sagte Maurili und kam damit auf seine Arbeit zurück. »Ich mußte mich auf allgemeine Dinge beschränken, durfte keine Namen nennen und nicht zu sehr in die Einzelheiten gehen. Ja, es war 'n sehr komplizierter Job, bei dem es auf Feinheiten ankam. Ein Kunstwerk. Das verstehen Sie sicher.«

Sorbi nickte. »Sie haben unsere Erwartungen erfüllt.«

Durch die breite Fensterfront war die blonde Ellis zu sehen, die, ausgerüstet mit Handschuhen und Schere, im Garten die Rosen beschnitt.

Maurili schob die Zigarette in den anderen Mundwinkel, und es sah so aus, als lutsche er an einer kleinen Lakritzstange. »Mit den Unterlagen, die Sie mir zur Verfügung stellten, lassen sich noch zwei weitere Ausgaben füllen. Doch anschließend brauche ich Nachschub.«

»Sie bekommen alles, was Sie brauchen«, versicherte ihm Sorbi.

»Gut«, brummte Maurili. »Ich...« Er strich sich durch das wie üblich zerzauste Haar. »Nun, ich mache mich jetzt besser auf den Weg. Tja...« Er paffte. »Äh, ich möchte nur wissen, ob ich noch einmal zurückkommen soll, ich meine: wegen der Bezahlung.«

»Wir haben bereits alles vorbereitet«, erwiderte Sorbi. Er öffnete eine Schublade, holte eine lederne Brieftasche heraus und entnahm ihr einen Scheck.

Maurili steckte ihn ein, ohne einen Blick darauf zu werfen. »Dann bis bald.«

Kaum hatte Maurili die Villa Sorbis verlassen, fuhr er zum nahe gelegenen Autofriedhof. Dort war niemand zu sehen.

»Hallo?« rief er. »Ist hier jemand?«

Das Tor stand offen, Maurili wagte sich einige Schritte vor und betrat das Gelände des Schrottplatzes.

»Macht ihr Ferien?« fragte er laut. »Oder streikt ihr?«

In der Ferne erklang wütendes Bellen, und die beiden Schäferhunde stürmten auf ihn zu. Maurili gelang es gerade noch rechtzeitig, auf die Reste eines alten Alfa Romeo zu springen. Von dort aus kletterte er weiter in die Höhe und schob sich in die Fahrerkabine eines demontierten Lasters. Von der Ladefläche, den Rädern und allen anderen Teilen war weit und breit nichts mehr zu sehen. Nur das Führerhaus existierte noch, und es stand ganz oben auf einem Berg aus Blech.

Maurili bemerkte etwas, das ihm sehr seltsam vorkam. Was hatte inmitten all des Schrotts eine nagelneue Kamera zu suchen, noch dazu eine sehr leistungsstarke? Sie war mit Klammern am Lenkrad befestigt und verfügte über ein langes Teleobjektiv. Maurili beugte sich vor, blickte durch den Sucher und stellte fest, daß die Kamera auf die Villa Sorbis ausgerichtet war.

Als er Stimmen hörte, kroch er hastig aus der Fahrerkabine, und er sah den Alten in Begleitung eines jüngeren Mannes. Es war der Mann, der die Gäste Sorbis und die Nummernschilder ihrer Wagen fotografiert hatte.

»Was, zum Teufel, machen Sie da oben?« rief der junge Mann mit scharfer Stimme.

»Nichts, nichts«, erwiderte Maurili und winkte ab. »Ich bin nur hochgeklettert, um mich vor den beiden Wölfen in Sicherheit zu bringen. Die hatten's nämlich auf mich abgesehen.« Irrtümlicherweise hielt er den jüngeren Mann für den Sohn des Alten und fuhr fort: »Ich habe Ihrem Vater bereits gesagt, daß ich ein paar Ersatzteile für meinen Wagen brauche.« Er sprang zu Boden, und dadurch lösten sich einige Bleche und fielen scheppernd zur Seite. »Und ich bin zurückgekommen, um festzustellen, ob Sie inzwischen etwas finden konnten.«

»Nein«, erwiderte der junge Mann verärgert. »Solche Sachen gibt es hier nicht. Versuchen Sie's an der Prenestina.«

»Wie Sie meinen«, gab Maurili hastig zurück. Er verspürte den

Wunsch, so schnell wie möglich zu verschwinden. »Ich frage dort. Tja, ich glaube, ich sollte mir wohl besser 'n neues Auto zulegen, ha-ha.«

Der junge Mann blieb völlig ernst und streichelte einen der beiden Hunde, die sich wieder genähert hatten. Dann notierte er das Kennzeichen der Giulietta.

Nicht weit entfernt glitzerte der Sonnenschein auf den Fenstern der Villa Sorbis und erzeugte funkelnde Reflexe auf dem Wasser des Swimming-pools, die durch das Teleobjektiv der Kamera gut zu erkennen waren.

32

Nach Mitternacht: Die letzten Autos, in denen sich verliebte Pärchen nicht nur geküßt hatten, waren fortgefahren, und auf der alten Via Appia, der Verkehrsader des antiken Roms, war Ruhe eingekehrt. Nur hier und fort glühte der matte Schein einiger weniger Lampen in der Finsternis.

Ein großer Wagen raste mit hoher Geschwindigkeit durch die Nacht und näherte sich dem Schrottplatz. Der helle Glanz der Scheinwerfer fiel auf das improvisierte Tor. Das Fahrzeug hielt, und vier Männer stiegen aus.

Sie schlichen sich auf das Gelände, und obgleich sie sich leise und vorsichtig bewegten, erwachten die beiden Schäferhunde. Sie hatten keine Gelegenheit, die Eindringlinge anzugreifen. Zwei Männer setzten ihre mit Schalldämpfern versehenen Waffen ein. *Plock, plock*, machte es, und die Tiere lagen tot am Boden. Die nächtlichen Besucher sahen sich um und drangen weiter vor.

In der Mitte des Platzes waren die Konturen eines Wohnwagens zu erkennen. Die Tür öffnete sich, und der junge Mann kam heraus. Zwar war er gerade erst aus dem Schlaf gerissen worden, doch er bewegte sich wie jemand, der wußte, wie sehr es auf rasche Reaktionen ankam. Er duckte sich, in einer Hand hielt er eine Pistole. Ein kleines Blechteil knarrte unter seinen Füßen, und dieses Geräusch genügte den Eindringlingen, um seine Position auszumachen. Erneut machten sie Gebrauch von ihren Waffen, und die Geschosse töteten den jungen Mann auf der Stelle.

Zwei der Mörder hatten Taschenlampen dabei und leuchteten damit ins Innere des Wohnwagens. Der Alte schlief noch. Einer der nächtlichen Besucher zielte aus einer Entfernung von nur wenigen Zentimetern auf die Schläfe des Alten und drückte ab. Der Kopf schlug zur Seite, und ein Krampf erfaßte den Körper. Dann erschlaffte er.

Die beiden anderen Eindringlinge untersuchten die Taschen des jungen Mannes und warfen den Inhalt achtlos beiseite: eine Brieftasche, Zigaretten, ein Feuerzeug. Dann fanden sie eine aus Kunststoff bestehende Erkennungskarte, die den Toten als Mitarbeiter einer Spezialeinheit des Geheimdienstes auswies.

Bevor die vier Männer gingen, schütteten sie Benzin in den Wohnwagen und setzten ihn in Brand.

Als Cattani eintraf, war das Feuer bereits erloschen, und jenseits der Hügel zeigte sich das erste Grau der Morgendämmerung.

Ferretti hatte ihn angerufen und aus dem Bett geholt, und jetzt betrachtete Cattani die Überreste des Wohnwagens. Feuerwehrleute waren noch bei der Arbeit, mit Atemmasken schützten sie sich vor dem beißenden Gestank schwelenden Plastiks.

Die Signallichter der Polizei- und Feuerwehrwagen blinkten, und in dem flackernden roten Licht bewegten sich die Beamten wie sonderbare Phantome.

Ferretti trat aus dem Halbdunkel auf Cattani zu. »Ich habe hier einen Mann aus meiner Gruppe postiert«, sagte er. »Mit dem Auftrag, die Villa Sorbis zu beobachten.« Er deutete auf das Gebäude, dessen Umrisse man unten vor der Anhöhe erkennen konnte. »Er wurde erschossen«, fuhr Ferretti fort. »Ebenso wie der Alte, der hier auf dem Schrottplatz arbeitete. Wir stellen die ganze Sache als eine Auseinandersetzung zwischen Autodieben dar. Das eigentliche Problem ist Cannito. Bestimmt bekomme ich es sofort morgen früh mit ihm zu tun. Er wußte natürlich nichts davon, daß er von einem meiner Mitarbeiter überwacht wurde. Er wird mich zur Rede stellen wollen.«

»Ja.« Cattani nickte. »Und ihm dürfte jetzt klar sein, daß Sie nicht auf seiner Seite stehen.«

»Mhm. Ich kann ihm nichts mehr vormachen, und daher sollte ich die Karten offen auf den Tisch legen.« Ferretti wirkte sehr ernst. »Die Abrechnung steht unmittelbar bevor. Wenn ich draufgehe, müssen Sie ohne mich weitermachen. Im Lager mit den Elektrogeräten habe ich einige Dokumente versteckt, die Cannito belasten. Ich habe nur deshalb noch keinen Gebrauch von ihnen gemacht, weil ich hoffte, auch Material gegen die Organisation Laudeos in die Hand zu bekommen. Doch dafür ist es jetzt zu spät.«

Er schob die Hände in die Taschen und ging in Richtung seines Wagens. Doch nach einigen Schritten blieb er stehen und drehte sich um. »Da ist noch etwas, Cattani«, fügte er mit gedämpfter Stimme hinzu. »Wir müssen unbedingt in Verbindung bleiben. Es ist sehr wichtig, daß ich Sie jederzeit erreichen kann.«

»In Ordnung«, erwiderte Cattani. »Ich bleibe zu Hause und warte auf Ihren Anruf.«

Am nächsten Morgen ging Ferretti früh in sein Büro. Er öffnete den Wandsafe und holte diverse Dokumente heraus. Einige zerstörte er mit Hilfe des Reißwolfs, und andere verstaute er in seiner Aktentasche.

Er wirkte ruhig und gelassen. Er wußte, daß ihm eine harte Konfrontation bevorstand, aus der sich fatale Konsequenzen für ihn ergeben konnten. Aber er unterdrückte seine Nervosität, und während er noch überlegte, welche Maßnahmen es jetzt zu ergreifen galt, kam eine Sekretärin herein und teilte ihm mit, Cannito wünsche ihn unverzüglich zu sprechen.

In den Augen des Leiters der Abteilung Z blitzte es wütend. Ferretti hatte die Tür hinter sich noch nicht geschlossen, als ihn Cannito bereits anfuhr: »Wer hat Sie dazu ermächtigt, die Villa Sorbis zu überwachen? Ich hoffe, Sie hatten gute Gründe dafür...«

»Die hatte ich in der Tat«, erwiderte Ferretti fest.

»Hätten Sie die Freundlichkeit, sie mir zu erklären?«

»Nein.«

»Wie bitte?« Cannito stand auf, stützte sich auf dem Schreibtisch ab und beugte sich vor. »Was soll das heißen? Ich verlange eine Auskunft von Ihnen. Ihr Verhalten ist schlichtweg empörend.« Neben dem Telefon lag eine der Broschüren, die von Maurili stammten und erste Angaben enthielten, die den Leiter der Abteilung Z diskreditierten. Cannito griff danach, gestikulierte ausladend und meinte: »Offenbar muß ich davon ausgehen, daß Sie auch hinter dieser Niederträchtigkeit stecken.«

Er ging um den Schreibtisch herum und näherte sich Ferretti. Sein Gesicht hatte sich verfärbt. »Bisher haben wir noch nie in aller Offenheit miteinander gesprochen«, meinte er. »Ich glaube, das sollten wir jetzt nachholen. Ganz offensichtlich habe ich mich in Ihnen getäuscht.«

»Das stimmt vermutlich.«

»Nun gut. Jetzt bleibt Ihnen nichts anderes mehr übrig, als den Dienst zu quittieren.« Unmittelbar vor Ferretti blieb Cannito stehen, und seine Augen sprühten Feuer. »Ich rate Ihnen, damit keine Zeit zu verlieren, denn sonst sähe ich mich dazu gezwungen, ein Ermittlungsverfahren gegen Sie einzuleiten.«

Ferretti wich dem Blick seines Vorgesetzten nicht aus und erwiderte herausfordernd: »Ich habe nicht die geringste Absicht, aus dem Amt zu scheiden. Leiten Sie das Verfahren ruhig ein. Wenn Sie das für ratsam halten«

Cannito musterte ihn argwöhnisch und fragte sich, was Ferretti mit seinen letzten Worten meinte. Dann drehte er sich um und kehrte an seinen Schreibtisch zurück. »Ich glaube, das wär's«, sagte er knapp.

»Ja, das glaube ich auch.« Ferretti nickte und wandte sich der Tür zu.

»Überlegen Sie es sich gut«, rief Cannito ihm nach.

»Und Sie sollten an all das denken, was Sie in den vergangenen Jahren getan haben.«

Kaum war Ferretti wieder in seinem Büro, setzte er sich mit Cattani in Verbindung und berichtete ihm von dem Gespräch mit Cannito. »Die Lage könnte sich jetzt von einem Augenblick zum nächsten zuspitzen«, sagte er. »Bleiben Sie in Ihrem Zimmer?«

»Ich habe eine Verabredung«, entgegnete Cattani. »Aber die könnte ich absagen.«

»Nein. Spielt keine Rolle. Sagen Sie mir nur, unter welcher Nummer Sie zu erreichen sind. Wie? Fünf, sieben... die letzte Ziffer habe ich nicht verstanden. Neun? Gut. Bis dann.«

Auch Cannito griff sofort nach dem Telefon, und als er wählte, bemerkte er, wie sehr seine Hände zitterten. Nach der kurzen Auseinandersetzung mit Ferretti fühlte er sich erschöpft und ausgelaugt. »Wir müssen uns unbedingt treffen«, sagte er, als sich Laudeo gemeldet hatte. »Die Situation ist sehr ernst. Nein, er hat nicht einmal versucht, mir etwas vorzuspielen. Im Gegenteil: Er drohte mir sogar.«

Der Abend rückte näher, und schon seit zwei Stunden wartete Ferretti im Vorzimmer. Er hatte sich zu einem riskanten Schritt entschlossen und wollte einen Politiker informieren, der Beziehungen zum Geheimdienst unterhielt. Allerdings wußte er nicht, ob sich damit die gewünschte Wirkung erzielen ließ. Er hatte nicht die geringste Ahnung, ob der Name des Mannes auf der Mitgliedsliste der Organisation Laudeos stand. Sollte das tatsächlich der Fall sein, gab es keine Hoffnung mehr für ihn...

Während er wartete, kam Ferretti zu dem Schluß, daß ihm keine andere Wahl blieb, als diesen Versuch zu wagen. Nur wenn es ihm gelang, die Vergehen Cannitos auf höchster Ebene bekanntzumachen, bestand Aussicht, daß er mit dem Leben davonkam. Es blieb ihm nur wenig Zeit. Wenn er die Chance nicht sofort nutzte, war er erledigt, denn er wußte natürlich, daß Cannito bereits etwas gegen ihn unternahm.

Er warf einen Blick auf die Uhr. Schon sieben. Kurz darauf öffnete der Sekretär des Politikers die Tür seines Büros. »Ich habe gerade mit dem Senator telefoniert«, teilte er Ferretti mit. »Er meinte, er müsse sich noch um eine wichtige Angelegenheit kümmern und käme heute abend nicht mehr zurück. Wenn Sie möchten, vereinbare ich einen Gesprächstermin für morgen oder einen der nächsten Tage.«

Die letzten Worte hörte Ferretti schon nicht mehr. Er drückte die breite Glastür auf und verließ das Gebäude.

Zur gleichen Zeit befanden sich Cattani und Olga in einem Modegeschäft unweit der Piazza di Spagna. Die Contessa wählte Kleider aus, und bisweilen verschwand sie in der Umkleidekabine. Nach kurzer Zeit kehrte sie in neuer Aufmachung zurück und fragte, was Cattani davon hielt.

»Dies hier ist wunderschön«, sagte er.

»Dir gefallen alle.« Olga lächelte.

»Es kommt eben ganz auf die Frau an, die so etwas trägt.«

Olga griff nach anderen Sachen und suchte erneut die Kabine auf, gefolgt von der Verkäuferin.

Cattanis Unruhe nahm zu. Geistesabwesend starrte er auf die verschiedenen Kleider, und immer wieder warf er einen Blick auf die Uhr. In der Nähe des Eingangs saß ein junges Mädchen an der Kasse und legte gerade den Hörer des Telefons auf. »Ich habe Ihre Nummer bei einem Freund hinterlassen«, sagte er. »Bitte geben sie mir sofort Bescheid, wenn er sich melden sollte.«

Sekunden später klingelte es, und der Anruf war für Cattani. »Ich muß Sie sprechen«, sagte Ferretti. »Kommen Sie zu mir. Ja, jetzt sofort.«

Olga trat vor den großen Spiegel. Diesmal trug sie ein langes Kleid, das ihre Figur betonte. Sie drehte sich und stellte sich zur Schau.

»Na, wie gefällt dir das?« fragte sie. Als sie keine Antwort erhielt, blickte sie sich verwundert um.

»Dottor Cattani hat einen Anruf erhalten«, sagte die junge Frau an der Kasse, »und ist sofort gegangen. Er bittet Sie um Ihr Verständnis.«

»Ach«, seufzte Olga, schüttelte den Kopf und wandte sich an die Geschäftsführerin. »Er hat dauernd zu tun. Ich glaube, ich muß mich langsam entscheiden: Entweder ich finde mich damit ab, oder ich suche mir einen anderen Mann.«

»Sie sind ein schönes Paar, Signora Contessa«, erwiderte die Geschäftsführerin und lächelte.

Zum erstenmal in seinem Leben hatte Ferretti richtige Angst. Während er den Wagen durch den abendlichen Verkehr lenkte, spürte er, wie seine gewohnte Gelassenheit allmählich Nervosität wich. Er hielt das Steuer fest umklammert, und seine Hände schwitzten. Immer wieder überlegte er, ob er einen Fehler gemacht, ob er irgend etwas übersehen hatte? Gab es jetzt überhaupt noch eine Möglichkeit für ihn, sich zu retten?

Ab und zu blickte er in den Rückspiegel, aber er übersah dabei den Range Rover, der ihm in einer Entfernung von einigen hundert Metern folgte. Ferretti überquerte einen Platz, erreichte kurz darauf eine Kirche und hielt an. Direkt gegenüber befand sich das gußeiserne Tor zu seinem Haus.

Die Straße war fast leer. Nur ein paar Kinder spielten im Licht der Lampen, und Ferretti hörte sie lachen.

Er parkte den Wagen, stieg aus und ging los. Nur noch zehn

Meter trennten ihn vom Tor. Er griff in die Tasche und suchte nach dem passenden Schlüssel. Unterdessen kam der blaue Range Rover heran, wurde langsamer und näherte sich mit aufgeblendeten Scheinwerfern der Kirche.

Plötzlich heulte der Motor auf, und das Auto beschleunigte. Als Ferretti sich umdrehte, sah er den Rover direkt auf sich zukommen. Er versuchte, auf den Bürgersteig zu springen, doch das Fahrzeug erfaßte ihn, und der heftige Aufprall schleuderte ihn an die Mauer.

Langsam sank er aufs Pflaster, und der Wagen setzte mit quietschenden Reifen zurück. Ein Rad überrollte den bewegungslosen Mann und drückte ihm den Brustkorb ein. Ferretti starb einen knappen Meter vor dem Tor, in der erstarrten Hand den Schlüsselbund.

Als Cattani eintraf, standen Dutzende von Schaulustigen vor Ferrettis Haus, und er begriff sofort, was geschehen war. Er bahnte sich einen Weg durch das Gedränge und sah die Leiche. Sie war übel zugerichtet, doch in den reglosen Zügen des Toten kam ein seltsamer Frieden zum Ausdruck.

Das Lager mit den Elektrogeräten hatte noch einen zweiten Eingang, den man durch eine dunkle Gasse erreichte. Cattani sah sich mißtrauisch um, schob den Schlüssel ins Schloß und entriegelte die Tür. Ferretti hatte ihm nicht mehr mitteilen können, wo die Unterlagen versteckt waren, und das bedeutete, daß er den ganzen Raum durchsuchen mußte.

In einer Ecke stand eine hölzerne Bude, die offenbar als Büro für die Lagerbuchhaltung diente. Sie war mit zwei Telefonen, einem Stuhl und einem abgeschlossenen Stahlschrank, eingerichtet. Cattani beschloß, dort mit der Suche zu beginnen. Allerdings wußte er nicht, wie er an den Inhalt des Schrankes herankommen sollte. Zunächst versuchte er, ihn mit Hilfe eines Brieföffners aufzubrechen, dann mit einem Taschenmesser. Vergeblich. Als nächstes nahm er den Schlüssel zur Hand, mit der er die Hintertür aufgeschlossen hatte.

Er paßte, und Cattani zog die Schrankklappe auf. Zu seiner großen Enttäuschung stellte er fest, daß die einzelnen Fächer nur Bedienungsanleitungen für Waschmaschinen und Fernseher enthielten. Er tastete in den Schubladen umher, und nach einer Weile glaubte er, etwas entdeckt zu haben. Seine Fingerspitzen berührten ein kleines, abgeflachtes Objekt, das mit Klebeband unter einem der Fächer befestigt war. Er löste es und betrachtete einen kleinen Schlüssel, von der Art, wie man sie für Koffer verwendete.

Cattani runzelte die Stirn und überlegte, für welches Schloß er gedacht sein mochte. Der Schreibtisch kam nicht in Frage: Dafür war der Schlüssel zu winzig. Und weitere Schränke gab es nicht. Er verließ das Büro, und direkt vor sich sah er einen alten Kühlschrank mit gewölbter Tür. Er wollte sich schon abwenden, als ihm ein schmaler Schlitz an der Seite auffiel. Nachdem er den Schlüssel hineingesteckt und gedreht hatte, ertönte ein leises Klikken.

Das Gerät enthielt sorgfältig geordnete Dokumente und Aktenordner. Cattani ging auf die Knie und starrte fast demütig auf den Schatz, den Ferretti hier angesammelt hatte – und für den er gestorben war. Er wußte, daß seine Pflicht nun darin bestand, seinen Freund mit Hilfe dieses Materials zu rächen.

Er nahm die im obersten Fach liegenden Unterlagen, setzte sich ins Büro und ging Blatt für Blatt durch. Nachdem er die Dokumente gelesen hatte, ordnete er sie zwei Stapeln zu. Seine Aufregung wuchs. Bei jedem Geräusch zuckte er zusammen, und einmal hob er erschrocken den Kopf, weil er glaubte, Schritte gehört zu haben. Das Herz klopfte ihm bis zum Hals, und er griff nach der auf dem Tisch bereitliegenden Pistole. Als alles still blieb, seufzte er erleichtert und setzte die Arbeit fort.

Cattanis Anspannung verhinderte, daß er müde wurde. Die ganze Nacht über sichtete er das von Ferretti gesammelte Beweismaterial. Als er seine Arbeit beendet hatte, nahm er einen Karton, verstaute darin die dickeren Aktenordner und verschloß ihn mit Klebeband. Den kleineren Stapel brachte er in einem zweiten Pappbehälter unter.

Bevor er sich mit seiner Beute auf den Weg machte, schloß Cattani den jetzt leeren Kühlschrank ab und befestigte den winzigen Schlüssel dort, wo er ihn gefunden hatte. Dann vergewisserte er sich, keine Spuren hinterlassen zu haben und verließ das Lager. Draußen vermischte sich das erste Licht des neuen Tages mit dem matten Glanz der Straßenlampen.

Den größeren Karton deponierte Cattani im Fond seines Wagens, und den kleineren legte er neben sich auf den Beifahrersitz. Die Straßen waren noch leer, und eine Zeitlang fuhr er am Tiber entlang, dessen Wasser im Schein der aufgehenden Sonne glitzerte. Dann sah er weiter vorn einen Müllwagen. Er hielt dahinter an, winkte einen der Arbeiter herbei und gab ihm den größeren Karton. Zufrieden beobachtete Cattani, wie er in dem gefräßigen Maul des Lasters verschwand.

Cannito betrat das Büro Cattanis, ohne vorher anzuklopfen. »Kommen Sie«, sagte er. »Fahren Sie mich mit Ihrem Wagen zur Beerdigung Ferrettis.«

Der Leiter der Abteilung Z gab sich zutiefst betroffen. »Ich bin völlig durcheinander«, behauptete er, als er auf dem Beifahrersitz neben Cattani Platz nahm. »Der Tod Ferrettis geht mir sehr nahe.«

Cattani sagte nichts, während er fuhr. Es herrschte dichter Verkehr, und er lenkte den Wagen in einem waghalsigen Slalom an den anderen Fahrzeugen vorbei, um schneller voranzukommen. Cannito berührte ihn am Arm, um seine Aufmerksamkeit zu wekken.

»Abgesehen von dem Kummer, den ich angesichts des schrecklichen Schicksals Ferrettis empfinde«, meinte er, »muß ich jedoch auch eingestehen, daß er mich sehr enttäuscht hat. Ja, mein lieber Corrado, ich glaube, er mißbrauchte mein Vertrauen. In der letzten Zeit ging er mir aus dem Weg. Und das, obwohl er seine Karriere mir zu verdanken hatte. Ach, Undank ist der Welt Lohn. Das alles betrübt mich sehr. Ich fürchte, Ferretti ließ sich sogar bestechen.«

»Ich kannte ihn nicht sonderlich gut«, erwiderte Cattani ausweichend.

»Er war ein ausgezeichneter Mann, jemand, auf den man sich verlassen konnte. Ich hätte meine Hand für ihn ins Feuer gelegt. Und doch... Tja, manchmal erweisen sich gerade diejenigen, die über jeden Verdacht erhaben zu sein scheinen, als die schlimmsten Verräter.« Cannito seufzte. »Nun, jetzt ist er tot. Friede seiner Seele. Ich frage mich, ob es sich nur um einen Unfall handelte oder ob es der Fahrer des Wagens auf ihn abgesehen hatte... Aber wie dem auch sei: Ein Skandal würde niemandem etwas nützen.«

Er entspannte sich sichtlich und fügte hinzu: »Am besten, wir vergessen das alles.« Er klopfte Cattani aufs Bein. »Stehen Sie noch immer mit Terrasini in Verbindung?«

»Unsere Kontakte sind eher sporadischer Natur.«

»Sie sollten die Beziehung zu ihm pflegen«, schlug Cannito vor, und er lachte leise und sarkastisch. »Der Rechtsanwalt ist ein seltsamer Typ, hat sich da etwas in den Kopf gesetzt, das ich nur als absurd bezeichnen kann. Ich begreife überhaupt nicht, was er und sein amerikanischer Freund zu erreichen hoffen.«

»Sie scheinen ihn recht gut zu kennen«, warf Cattani vorsichtig ein.

»Ach«, machte Cannito. »Das waren damals andere Zeiten, mein lieber Corrado. Ja, früher einmal kannte ich Terrasini recht gut. Dann aber veränderte er sich plötzlich und wandte sich von mir ab.« Seine Miene verfinsterte sich, und eine Zeitlang starrte er schweigend auf die Straße. »Inzwischen weht der Wind aus einer anderen Richtung, Corrado. Und es kündigt sich Sturm an.«

33

Else saß im Sessel, hatte die Hände auf die Knie gelegt und hörte ihrem Mann aufmerksam zu. Sein Besuch machte sie seltsam nervös, und in gewisser Weise hätte sie es vorgezogen, daß er nicht mehr zu ihr kommen würde. Seine Anwesenheit riß alte Wunden auf und erschwerte ihr, ein neues Leben zu führen. Aus diesem Grund versuchte Else, Distanz zu Cattani zu wahren – so als sähe sie in ihm plötzlich eine Gefahr, vor der man sich in acht nehmen mußte.

»Ich habe Angst, Else«, sagte Corrado. »Und jedesmal, wenn ich Angst habe, erinnere ich mich an unseren Aufenthalt in Avellino, an das Erdbeben. Alles zitterte, und Risse durchzogen die Wände des Hauses. Wir flohen nach draußen in den Regen. Du hast dich an mich geschmiegt, und daraufhin fühlte ich mich gleich sicherer.«

Was soll das alles? fuhr es Else durch den Kopf. Worauf will er hinaus?

»Jetzt regt sich erneut diese Furcht in mir«, fügte Cattani hinzu. »Eine Furcht, die wie ein Krampf in der Magengrube ist.« Er beugte sich vor und berührte seine Frau am Arm. »Nur du kannst mir helfen.«

Else musterte ihn verwirrt. »Wie denn?«

»Du bist der einzige Mensch, dem ich voll und ganz vertraue«, sagte Cattani. »Nur dir kann ich alles erzählen. Die Erinnerung an Paola verbindet uns für immer.«

Else dämpfte die Hoffnungen Corrados ein wenig. »Ich weiß nicht«, sagte sie und seufzte. »Es gab viele Mißverständnisse zwischen uns.« In ihrem Herzen sehnte sie sich danach, ihrem Mann beipflichten zu können. Sie war versucht, sich ihm wieder zuzuwenden, aber sie wagte es nicht, aus Sorge, eine neuerliche Enttäuschung zu erleben.

Cattani lehnte sich zurück, und Else entsann sich, wie niedergeschlagen und depressiv er kurz nach dem Tode Paolas gewesen war.

»Ich führe einen verzweifelten Kampf«, sagte er. »Und ich bin allein. Der letzte Freund und Verbündete, der mir geblieben war, wurde vor kurzem ermordet.«

Erschrocken beugte ich Else vor. »Bist du ebenfalls bedroht?«

Cattani sah sie an. Ihr Gesicht war ihm nun ganz nah, und der Anblick der Sommersprossen auf ihrer Nase erfüllte ihn mit Melancholie. Else trug zwei Ohrringe, an denen Perlen baumelten, und der Schmuck betonte ihre Eleganz.

»Ja«, bestätigte er. »Das bin ich.« Er öffnete seinen Koffer und holte einen kleinen Karton hervor. »Deshalb möchte ich dir einige wichtige Dokumente anvertrauen. Es handelt sich um Unterlagen, die Cannito und seine Freunde betreffen. Ich habe in Rom Kopien von dem Material. Fertige bitte eine weitere an und hinterlege sie bei einem Anwalt deines Vertrauens.« Er berührte sie an der Schulter. »Wenn mir etwas zustößt, so schick die Papiere an die Adressen, die in dem Umschlag hier enthalten sind.«

»Mein Gott!« Else schlug die Hände vors Gesicht. »Was ist denn los, Corrado?«

»Mach dir keine Sorgen. Wichtig ist nur, daß dich niemand verdächtigt. Wenn dich jemand fragt, so sagst du einfach, seit dem Tode Paolas hättest du mich nicht mehr gesehen. Ruf mich nicht an. Ich setze mich mit dir in Verbindung. Behaupte ruhig, du wolltest mich nicht wiedersehen, weil du mich haßt und weißt, daß ich mit einer anderen Frau zusammen bin.«

Else nahm den kleinen Karton mit den Unterlagen. »Welche Bedeutung hat sie für dich?«

»Überhaupt keine«, erwiderte Cattani. »Sie gehört zu dem Todesreigen, bei dem ich ebenfalls mittanze.«

»Mehr steckt nicht dahinter?« Else blickte ihn besorgt an.

Er seufzte. »Nein, mehr nicht.«

Cattani hielt es für besser, Terrasini nicht noch einmal in seiner römischen Unterkunft zu empfangen. Er verabredete sich mit ihm an der Autobahn nach Neapel, und das Treffen fand auf einem kleinen Parkplatz statt.

Terrasini wartete bereits auf ihn. Cattani hielt neben dem Wagen des Rechtsanwalts an, öffnete das Fenster und griff nach einem Umschlag, in dem sich einige Kopien der Dokumente befanden, die er seiner Frau anvertraut hatte.

»Gutes Material?« fragte Terrasini. Er zog einen Reißverschluß auf und ließ den Umschlag in seiner Tasche verschwinden.

Cattani nickte. »Das Zeug hat es in sich.«

Der Rechtsanwalt kniff kurz die Augen zusammen. »Gut«, erwiderte er zufrieden. »Um was handelt es sich?«

Cattani schaltete den Motor aus und beugte sich über den Beifahrersitz. Terrasinis Ellenbogen ragte aus dem Fenster seines Wagens.

»Diesmal werden Namen genannt«, teilte ihm der Kommissar mit. »Die Dokumente betreffen zwei verschiedene Vorgänge. Beim ersten geht es um ein großes Geschäft vor einigen Jahren, an dessen Abschluß Cannito maßgeblich beteiligt war. Die Beweise sind eindeutig. Bisher hat niemand etwas davon gewußt. Offenbar wurde Cannito damals erpreßt und mußte von seinem vorherigen Amt zurücktreten.«

»Und die andere Angelegenheit?«

»Die betreffenden Unterlagen beziehen sich auf die Ernennung Cannitos zum Leiter der Abteilung Z. Die Papiere lassen keinen Zweifel daran, daß er das der Organisation Laudeos zu verdanken hat.« Cattani sah sich mißtrauisch um. »Außerdem ist er auch noch an einem unfangreichen Waffenhandel beteiligt«, fügte er hinzu. »Er steckt bis zum Hals in der Sache. Und die Profite läßt er sich auf ein Nummernkonto in der Schweiz überweisen.«

»Donnerwetter!« entfuhr es Terrasini. »Wie sind Sie denn an diese Dokumente herangekommen?«

Cattani winkte vage. »Ich habe Freunde bei der Polizei«, erwiderte er ausweichend. »Und es gibt viele Leute, die Cannito nicht ausstehen können.«

»Ich verstehe.« Terrasini strich sich übers Kinn. »Und warum helfen Sie mir?«

»Dafür habe ich gute Gründe«, sagte Cattani. Und, etwas leiser, fast wie eine Rechtfertigung: »Ich komme nicht mehr sonderlich gut mit Cannito klar. Die Zusammenarbeit mit Ihnen hingegen klappt hervorragend.«

Terrasini lächelte. »Nun gut«, meinte er. »Sie sind jung. Und ich weiß, was ein Commissario der Polizei verdient.« Er holte einen anderen Umschlag aus der Tasche und reichte ihn Cattani. »Hier ist ein kleiner Vorschuß. Genießen Sie das Leben. Wenn Sie mehr brauchen, geben Sie mir einfach Bescheid. Ich freue mich sehr, daß Sie nun begriffen haben, auf was es ankommt. Wir bleiben in Verbindung.« Er zwinkerte und startete den Motor.

Cattani starrte einige Sekunden lang auf den mit Banknoten prall gefüllten Umschlag, verstaute ihn dann im Handschuhfach und kehrte ebenfalls in die Stadt zurück. Heiß brannte die Julisonne vom Himmel.

Er fand keinen Parkplatz, und deshalb stellte er seinen Wagen in der zweiten Reihe ab, unweit der Basilika Santa Maria Maggiore. Nachdem er den Umschlag mit dem Geld an sich genommen hatte, machte er sich auf den Weg zur Kirche. Im hellen Schein der Sonne wirkte die Fassade des Prachtbaus noch herrlicher.

Er stieg die Treppe hinauf, und vor dem breiten Portal verharrte er einige Sekunden lang unschlüssig. Dann gab er sich einen Ruck, trat ein und wandte sich nach rechts. Eine alte Frau, die einen Schleier trug, kniete im Beichtstuhl, und Cattani wartete.

Als er sah, daß sie sich bekreuzigte, aufstand und ging, nahm er rasch ihren Platz ein. Hinter dem Gitter erklang die gelangweilte Stimme des Priesters: »Im Namen des Vaters, des Sohnes und des...«

»Hören Sie, Padre«, unterbrach ihn Cattani schroff, »ich bin nicht gekommen, um zu beichten, und es bleibt mir nur wenig Zeit. Ich lasse Ihnen hier einen Umschlag mit Geld zurück. Verwenden Sie es so, wie Sie es für richtig halten.«

Nachdem sich seine Verwirrung gelegt hatte, trat der Priester aus dem Beichtstuhl. »He, warten Sie!« rief er. Aber Cattani hatte bereits den Ausgang erreicht und kehrte in die brütende Hitze zurück.

»Meine Güte! Dieses Zeug ist wirklich nicht ohne.«

Maurili blätterte in den Unterlagen, die Terrasini ihm zur Verfügung gestellt hatte. »Lieber Himmel, hier geht's ans Eingemachte, ha-ha.« Er kicherte immer wieder, als er sich die Blätter ansah. »Stellen Sie sich nur einmal vor, was für ein Gesicht Cannito machen wird, wenn er das hier veröffentlicht sieht. Ha-ha-ha...«

Er legte die Unterlagen auf den Tisch zurück, nahm die Flasche Champagner aus dem Eiskübel und schenkte sein Glas randvoll. »Wissen Sie, was mir aufgefallen ist?« wandte er sich an Sorbi. »Ich glaube, ich kenne diese kritzelige Schrift. Das Material stammt wohl von Ihrem hilfsbereiten Polizisten, der in den Geheimdienst befördert wurde, wie?«

»Das geht Sie nichts an«, erwiderte Terrasini scharf. »Kümmern Sie sich nur im die Dinge, die Sie betreffen.«

»Oh, selbstverständlich. Ich wollte Ihnen nich' zu nahe treten.« Mit einem Zug trank Maurili sein Glas aus, genehmigte sich ein zweites, griff nach dem Kragen seines Hemdes und lockerte ihn. »Mann, is' das heiß. Tja, Jungs, was sollen wir denn mit all diesen netten Sachen anfangen?«

»Bringen Sie eine zweite Broschüre heraus«, sagte Terrasini. »Mit dem Foto Cannitos auf der Titelseite. Und dem Hinweis auf weitere sensationelle Enthüllungen.«

»Sie wollen ihm wohl echt Feuer unterm Hintern machen,

was?« Maurili lachte erneut. »Nur ein Hinweis. Na ja, überlassen Sie das getrost mir, denn ich bin, mit aller Bescheidenheit, ein Meister meines Faches.« Er fuhr sich durch sein zerzaustes Haar. »Ach«, seufzte er kummervoll, »ich hatte das Zeug, es zu etwas zu bringen. Ja, ich hätte zu einem guten Journalisten werden können. Statt dessen muß ich mich jetzt mit solchem Blödsinn abgeben.«

An den Schicksalsschlägen Maurilis hatte Terrasini nicht das geringste Interesse. »Diese Broschüre soll in einer Auflage von fünfhundert Stück gedruckt werden. Und halten Sie sich für die nächste bereit.«

»Zu Befehl«, erwiderte Maurili und hob die rechte Hand zum militärischen Gruß. Er war leicht angeheitert. »Ich gehorche, wie Garibaldi so schön sagte. Allerdings müßte mich jetzt jemand nach Hause bringen, denn mein alter Wagen hat gerade eben endgültig seinen Geist aufgegeben. Mist auch: Jetzt muß ich mir doch glatt einen neuen zulegen.«

»Der Fahrer weiß Bescheid«, verabschiedete ihn Sorbi kühl.

Nachdem Maurili gegangen war, stand der Bankier auf und trat ans Fenster. »Ich weiß nicht, ob es richtig ist, solchen Druck auf Cannito auszuüben.«

»Carrisi hat es verlangt«, antwortete Terrasini nachdenklich. »Und wir müssen uns seinen Wünschen fügen.«

»Hm. Es bleibt zu hoffen, daß es bis zum Abschluß des Geschäftes zu keinen weiteren Problemen kommt.« Sorbi konnte es nicht abwarten, endlich einen Schlußstrich unter die ganze Angelegenheit zu ziehen. Er litt jedesmal, wenn sich die Unterzeichnung des Abkommens zwischen ihnen und dem Amerikaner erneut verzögerte. Vielleicht, dachte er, habe ich mir bereits ein Magengeschwür geholt. »Möglicherweise war es ein Fehler, einen derartigen Krieg zu beginnen«, sagte er. »Es hätte genügt, Cannito und Laudeo einen niedrigeren Prozentsatz vorzuschlagen. Sie wären bestimmt einverstanden gewesen.«

Das Foto Cannitos war Jahre alt und zeigte ihn mit schmalem und sehr wachsam wirkendem Gesicht. In den Augen glitzerte es, doch das mochte auf das Blitzlicht zurückzuführen sein. Dieses Bild schmückte nun die Titelseite der zweiten »Böse Zungen«-Ausgabe.

»Soweit ist es nun schon gekommen!« erregte sich Cannito und schleuderte die Broschüre auf den Terrassentisch. »Das sind die Folgen des Verrates Ferrettis.« Er war schweißgebadet, griff nach einem Taschentuch und trocknete sich damit den Hals. Mit dem Zeigefinger deutete er auf Laudeo, der schweigend vor ihm saß, und in einem drohenden Tonfall fügte er hinzu: »Diese Verleumdungen müssen aufhören. Und zwar sofort.«

»Ich gebe mir alle Mühe«, brummte Laudeo.

»Und das rate ich Ihnen auch«, fauchte Cannito und schwenkte das Taschentuch wie eine Fahne. »Denn wenn es mir an den Kragen geht, sind auch alle anderen dran.« Unruhig schritt er auf und ab, wie ein in einem Käfig gefangener Tiger. Dann und wann nickte er, so als wolle er sich seine Entschlossenheit bestätigen. »Ja, wenn es mich erwischt, kommen die anderen nicht so einfach davon. In diesem Punkt sollte sich niemand etwas vormachen. Wir sitzen alle in einem Boot.«

»Wir müssen jetzt ganz ruhig bleiben«, warf Laudeo besorgt ein. »Sonst spielen wir unseren Gegnern direkt in die Hände.«

Cannito strich sich über die feuchte Stirn. »Verdammte Mistkerle«, knurrte er und schluckte. »Ich habe nie jemanden hintergangen«, wandte er sich an Laudeo, so als müsse er sich vor ihm rechtfertigen, als fühle er sich bereits völlig im Stich gelassen. »Vergessen Sie das nicht. Ich habe immer unsere gemeinsamen Interessen im Auge behalten. Und deshalb: Unternehmen Sie etwas. Unverzüglich. Die nächste Broschüre darf auf keinen Fall erscheinen.«

Laudeo saß in einem Korbsessel, hatte die Ellenbogen auf die Armlehnen gestützt und die Hände gefaltet. In dieser Haltung sah er aus wie eine Sphinx. »Ich glaube, ich weiß, wessen Hilfe unsere Gegner in Anspruch genommen haben. Ich spreche mit ihm.«

»Gut.« Cannito schien sich langsam wieder zu beruhigen. »Die ganze Organisation muß mobilisiert werden, um dieser infamen Verleumdungskampagne ein Ende zu machen.«

»Seien Sie unbesorgt«, erwiderte Laudeo. »Es wird keine dritte Broschüre geben.« Die Hände und das Gesicht waren fast ebenso weiß wie seine Haare. Unter dem Sonnenschirm sah er aus wie ein bleicher Geist, wie jemand, der sich von einem Augenblick zum anderen in Luft auflösen konnte.

Cannito setzte sich. »Ich denke übrigens nicht nur an die Journalisten«, sagte er, »sondern auch an einige Abgeordnete und Senatoren. Sie ließen sich genausogut für unsere Zwecke einsetzen. Ich könnte jemanden, der mir verpflichtet ist, um Unterstützung bitten und auf diese Weise dafür sorgen, daß sich ein parlamentarischer Untersuchungsausschuß mit der Sache befaßt. Es würde genügen, vage Hinweise darauf zu geben, wie Terrasini und seine Freunde an das Baugelände in Sizilien gekommen sind.«

»Ich weiß nicht, ob das ratsam wäre...« wandte Laudeo skeptisch ein.

»Wollen Sie sie etwa schonen?« Cannito regte sich erneut auf. »Terrasini hat uns verraten, und dafür soll er büßen.«

»Vermutlich mußte er sich dem Willen Carrisis beugen. Vielleicht sind seine Verbindungen mit den Leuten in Amerika fester als die Beziehungen, die er zu uns unterhält.«

»Das ist mir völlig gleich!« ereiferte sich Cannito. »Sie sollen auf Knien zu uns gekrochen kommen, sie alle!«

Die Band spielte *Papa don't preach*, den großen Hit Madonnas, und Dutzende von Personen drängten sich auf der farbigen Tanzfläche zusammen. Die Scheinwerfer blitzten rhythmisch, und in dem stroboskopartigen Licht wirkten die Tänzer wie Marionetten, die sich ruckartig bewegten.

Ein dicklicher Mann schob sich an den anderen Gästen des Nachtclubs vorbei. Begleitet wurde er von einer jungen, brünetten Schönheit, die einen besonders kurzen Minirock trug. Es war Maurili. Er näherte sich der Bar und blieb dort erstaunt stehen, als er Laudeo sah, der mit einem Glas in der Hand an der Theke lehnte.

»Professore...« sagte er überrascht. »Ich hätte nicht gedacht, daß Sie solche Etablissements besuchen.« Maurili trug eine glitzernde Jacke, und das Hemd darunter war fast bis zum Nabel geöffnet. Ein großer Hut bedeckte sein zerzaustes Haar. Er versuchte zwar, sich nichts anmerken zu lassen, doch ganz offensichtlich machte ihn die unerwartete Begegnung mit Laudeo nervös.

»Tja«, erwiderte der Professor, »auch ich brauche manchmal ein wenig Ablenkung.« Er nickte und fügte hinzu: »Ich würde gern mit Ihnen sprechen.«

»Eigentlich bin ich derzeit beschäftigt«, sagte Maurili, zwinkerte und drückte die junge Frau kurz an sich, die sich dadurch verpflichtet fühlte, Laudeo zu begrüßen. Sie neigte den Kopf zur Seite und lächelte verführerisch.

»Es dauert nur ein paar Minuten.« Laudeos Tonfall machte deutlich, daß er keine weiteren Entschuldigungen duldete.

»Meinetwegen«, willigte Maurili ein. »Kommen Sie.« Er tätschelte die Wange der brünetten Schönheit. »Warte bitte hier auf mich. Ich bin gleich zurück.«

Laudeo deutete in Richtung des Ausgangs, und als sie draußen waren, kam er sofort auf den Kern der Sache zu sprechen. »Wer hat Terrasini die Unterlagen zur Verfügung gestellt?«

Maurili zwinkerte verwirrt. »Keine Ahnung. Und ich will es auch gar nicht wissen. Ich möchte Ärger vermeiden. Ich führe nur Aufträge aus, weiter nichts.«

»Maurili, Maurili«, sagte Laudeo tadelnd. »Als ich begriff, daß Sie in diese Angelegenheit verwickelt sind, war ich sehr enttäuscht. Ein so intelligenter Mann wie Sie, der sich mit derartigen

Halunken einläßt ... Warum eigentlich? Meine Organisation ist bereit, Sie mit offenen Armen zu empfangen. Ein Anruf hätte genügt.« Er nahm die Brille ab und putzte die Gläser. »Wieviel bekommen Sie?«

»Zwanzig Millionen für eine Ausgabe.«

»Das ist doch lächerlich – ein Trinkgeld, nichts weiter. Sie sind ein begabter Journalist, der zu Höherem berufen ist. Ich könnte Sie zum Leiter einer Fernsehstation machen, und dann hätten Sie es nicht mehr mit solchen Geizhälsen zu tun. Sie würden mindestens das Doppelte verdienen.«

»Das wäre nicht übel, Professore. Allerdings habe ich eine Vereinbarung getroffen.«

Laudeo nickte und setzte die Brille wieder auf. »Ich verstehe«, sagte er. »Aber vielleicht läßt sich eine Art Vergleich erzielen.«

Maurili verzog das Gesicht, nahm den Hut ab und strich sich übers Haar. »Und wer redet mit den Typen? Sie?«

»Ach, kommen Sie.« Laudeo gab ihm einen kleinen Stoß in die Rippen.

Maurili begann zu schwitzen und benutzte den Hut als Fächer. »Mir ist es egal, wer mich bezahlt«, entgegnete er. »Ich mache meine Arbeit, und damit hat es sich. Wichtig ist einzig und allein die Sicherheit. Ich habe keine Lust, ins Gras zu beißen.«

»Die Sicherheit! Und Sie glauben, die könnten Ihnen Terrasini und die anderen bieten? Sie sollten eigentlich wissen, daß Sie nur bei uns gut aufgehoben sind und nichts zu befürchten haben.« Laudeo klopfte ihm auf die Schulter, als wolle er auf diese Weise ein Abkommen besiegeln. »Informieren Sie mich über alle Maßnahmen, die Ihre Auftraggeber in die Wege leiten. Und gehen Sie keine Risiken ein.«

Maurili schloß die Augen und hatte das Gefühl, in die Auseinandersetzung zweier Titanen geraten zu sein, die ihn wie ein lästiges Insekt zerquetschen konnten. Ihr führt Krieg, dachte er niedergeschlagen, und ich stehe zwischen den Fronten.

Nur das Zwitschern der Vögel war zu hören. In der Laube herrschte eine Stille, die jemandem, der sonst an den Lärm einer Großstadt gewöhnt war, geradezu unheimlich erscheinen mußte.

Cannitos Frau kam herbei und nahm neben ihrem Mann und Cattani Platz.

»Ich habe deshalb alles für das Essen im Freien vorbereitet, damit wir hier die frische Luft genießen können«, sagte sie. Sie berührte Cannito zärtlich am Arm. »Es stimmt mich froh, Sebastiano, dich so zufrieden und ausgeglichen zu sehen.«

Er lachte. »Ja, es geht mir wirklich gut. Und es freut mich, dich hier besuchen zu können. Zusammen mit Corrado.« Cattani griff nach der Flasche, um die Gläser zu füllen. »Nein, warten Sie.« Cannito schüttelte den Kopf. »Ich hole einen anderen Wein. Dieser hier ist nicht gut genug.«

»Das macht nichts«, erwiderte Cattani. »Ich bin ohnehin kein Weinkenner.«

Doch Cannito beharrte auf seinem Standpunkt. »Nein, nein. Wir müssen den Köstlichkeiten gerecht werden, die meine Frau zubereitet hat. Ich bin gleich wieder da.«

Seine Frau sah ihm nach, und ihr Gesicht verdüsterte sich . Sie beugte sich zu Cattani und flüsterte ihm zu: »Kennen Sie die Broschüre mit all den gemeinen Vorwürfen, die sich gegen meinen Mann richten? Das Heft mit seiner Fotografie und den Drohungen?«

»Ja.« Cattani senkte den Blick und drehte die Gabel hin und her.

»Was für eine Niederträchtigkeit!« fügte die Frau mit zittriger Stimme hinzu. »Jene Leute sind ohne jeden Anstand.«

»Ihr Mann hat viele Feinde«, meinte Cattani.

»Ja, ich weiß. Und deshalb wende ich mich an Sie.« Cannitos Frau griff behutsam nach der Hand des Kommissars. »Lassen Sie ihn nicht im Stich, Corrado. Helfen Sie ihm. Sebastiano hat mir zwar nichts gesagt, aber ich glaube, er lud Sie deshalb hierher ein. Um in aller Ruhe mit Ihnen zu sprechen. Als Freund.«

Ein paar kleine, vertrocknete Zweige waren herabgefallen, und Cattani strich sie von der Tischdecke. Er empfand ein dumpfes Unbehagen, und eigentlich hatte er keinen Appetit. Das Verhalten der älteren Frau verärgerte ihn etwas: War es denn wirklich möglich, daß sie viele Jahre lang mit Cannito zusammengelebt hatte, ohne auch nur zu ahnen, mit wem sie es zu tun hatte?

»Eigentlich weiß ich gar nicht so recht, auf welche Weise ich ihn unterstützen soll«, sagte er ausweichend. »Was könnte ich schon tun?«

Cannito kehrte mit einer neuen Flasche Wein zurück, hörte die letzten Worte Cattanis und sagte: »Eine ganze Menge. Unterschätzen Sie sich nicht.«

Der Gesichtsausdruck seiner Frau ähnelte dem eines kleinen Kindes, das gerade beim Naschen der Marmelade ertappt worden war. »Entschuldige, Sebastiano, vielleicht war das nicht richtig. Ich habe mit Corrado über diese abscheuliche Sache gesprochen.«

»Mach dir nichts draus, Liebste. Corrado soll ruhig alles wissen.«

Ruckartig hob Cattani den Kopf. »Nun gut«, sagte er. »Sie möchten also meine Hilfe. Wenigstens einen Rat kann ich Ihnen geben.« Er blickte Cannito durchdringend an, und seine plötzlich so scharf klingende Stimme schien den Leiter der Abteilung Z zu überraschen. »Es gibt eine Möglichkeit für Sie, allen Erpressungsversuchen aus dem Weg zu gehen.«

»Und die wäre?«

Cattani sprach ganz leise, doch Cannito zuckte so heftig zusammen, als hätte sein Gegenüber laut geschrien. »Treten Sie zurück«, sagte Cattani. »Nehmen Sie Ihren Abschied.«

Cannito ließ die Gabel fallen und starrte ihn an. »Wie bitte? Ich soll in den Ruhestand treten? Meine Karriere aufgeben, nur weil es einige Halunken auf mich abgesehen haben? Sind Sie denn noch bei Sinnen, Corrado?«

Cattani breitete die Arme aus. »Sie wollten doch einen Rat,

nicht wahr? Nun, Sie haben meine Meinung gehört. Noch sind Sie in der Lage, sich mit allen Ehren aus der Affäre zu ziehen und den Familienfrieden zu sichern – bevor Ihre Gegner noch mehr Belastungsmaterial publizieren.«

»Was soll das heißen? Halten Sie es etwa für möglich, daß man mich beruflich und persönlich fertigmachen könnte? Glauben Sie, ich habe Angst?«

Cattanis Züge verhärteten sich. »Sie könnten vermeiden, daß Ihr Name in die Schlagzeilen gerät – indem Sie aus dem Amt scheiden und ein ruhiges und zurückgezogenes Leben führen.«

Cannitos Frau begann zu schluchzen. »Ach, Corrado, Sie kennen Sebastiano nicht. Er geht ganz in seiner Arbeit auf. Er liebt mich, ja, aber ohne sein Büro wäre er ein anderer Mensch. Oh, ich bitte Sie: Bestehen Sie nicht darauf. Ich habe ihn schon so oft darum gebeten, endlich in den Ruhestand zu treten – aber er wollte nichts davon wissen.«

Cannito legte ihr die Hand auf die Schulter und versuchte, sie zu trösten. »Wein doch nicht, Liebste. Ich glaube, nur du verstehst mich. Nur du kennst mich richtig.«

»Ich bitte um Entschuldigung«, warf Cattani ein. »Ich habe als Freund zu Ihnen gesprochen.«

»Mhm. Und ich weiß auch, was Sie dazu veranlaßt hat. Sie meinen es gut mit mir. Nun, es gibt sicher viele Leute, die sich ein ruhigeres Leben wünschen – aber ich gehöre nicht zu ihnen. Ich hoffe, ich habe mich klar genug ausgedrückt.«

Die schwarze Limousine hielt am Bürgersteig an, und als Maurili den im Fond sitzenden Laudeo sah, öffnete er die Tür und nahm neben ihm Platz. Dann lenkte der Fahrer den großen Wagen auf die Straße zurück.

Maurili rutschte unruhig hin und her und kratzte sich dauernd, als hätte er Flöhe. »Sie haben beschlossen, alles zu veröffentlichen.« Nervös strich er sich übers Kinn. »Meine Güte, jetzt wird's wirklich kritisch. Die Sache nimmt noch ein schlimmes Ende, Professore.« Er rieb sich die Augen. »Ich habe das Material bereits in der Druckerei abgeliefert.«

Laudeo lachte leise. »Machen Sie sich keine Sorgen, Maurili. Wir kümmern uns um Sie.« Er öffnete seine Mappe und holte einen Umschlag hervor. »Das ist für Sie – als bescheidenes Zeichen unserer Dankbarkeit. Wann wird gedruckt?«

»Morgen abend.«

»Und wo? In der Druckerei, deren Adresse in der letzten Broschüre genannt wird?«

»Nein, nein, die existiert überhaupt nicht.« Maurili klopfte sich auf die Jacke, um festzustellen, ob der Umschlag sicher in der Innentasche steckte. »Was soll ich jetzt nur machen, Professore? Meine Güte, ich bin so gut wie erledigt... Die Broschüre wird in der Druckerei Stella hergestellt.« Seine Unruhe verstärkte sich. »Aber ich bitte Sie: Halten Sie mich da raus. Bringen Sie mich bloß nicht in Schwierigkeiten.«

Laudeo gab dem Fahrer ein Zeichen, und der Wagen hielt an.

»Schon gut, schon gut«, sagte der Professor. »Seien Sie unbesorgt.« Und er ließ Maurili aussteigen.

34

Sorbis Swimming-pool wurde von unten beleuchtet und wirkte wie ein großer Spiegel auf der weiten Rasenfläche.

»Das eigentliche Problem ist der Mittlere Osten«, sagte ein korpulenter Mann, der am kleinen Finger einen goldenen Ring trug. Seine Worte richteten sich an drei Frauen in langen, dekolletierten Kleidern. »Ja, der Mittlere Osten treibt uns noch alle in den Ruin.«

Im Anschluß an seine Worte spielte die Kapelle auf, und eine dunkelhäutige Schönheit griff nach dem Mikrofon, wiegte sich in den Hüften und begann mit rauchiger Stimme zu singen.

Die Gäste des Festes tanzten im Halbdunkel.

Ellis, Sorbis blonde Freundin, kümmerte sich um die Organisation der Party. Sie lächelte freundlich und vergewisserte sich auf sehr diskrete Weise, daß alles in Ordnung war. Sie trug ein schwarzes Kleid, in dem ihre atemberaubende Figur besonders gut zur Geltung kam.

Als sie Cattani abseits der anderen stehen sah, eilte sie sofort auf ihn zu, um ihm Gesellschaft zu leisten.

»Hallo. Erinnern Sie sich an mich?«

»Sicher.«

»Was ist Ihnen denn über die Leber gelaufen?«

Cattani musterte sie überrascht. »Wieso?«

Die Blondine schmollte und schnitt eine Grimasse. »Sie ziehen dauernd so ein Gesicht.«

Cattani wußte nicht genau, ob er sie richtig verstanden hatte. »Wie bitte?«

Die junge Frau kicherte. »Ach, schon gut.«

Von der Terrasse her ertönte schallendes Gelächter. An dem Tisch dort saßen Terrasini, Sorbi, Carrisi, einige mit teurem Schmuck überladene Frauen und zwei gestriegelt wirkende Männer. Sorbi stand auf, entschuldigte sich und ging, um festzustellen, ob es irgendwelche Probleme gab.

Die anderen achteten nicht auf ihn. Ihre Aufmerksamkeit galt allein dem Amerikaner, der einen Witz nach dem anderen erzählte.

»Hört euch den an – er stammt von einem Freund in den Staaten, mit dem ich heute telefonierte.«

Einer der beiden Männer neben ihm – er hatte auffallend lange Koteletten – scherzte: »Jetzt begreife ich endlich, warum die Telefonleitungen nach Amerika dauernd überlastet sind.«

»Hahaha«, lachte Carrisi und nippte an seinem Whisky. Wenn er trank, schien er die Kontrolle über sich zu verlieren und unaufhörlich zu reden.

Er legte der neben ihm sitzenden Frau die Hand aufs Knie und fuhr fort: »Tja, ich spreche täglich zwei oder drei Stunden lang mit New York, Las Vegas und Detroit. Hahaha. Geschäfte. *Business*. Aber dann und wann erzählen wir uns auch die neuesten Witze. Heute hörte ich den: Der amerikanische Präsident hat einen Traum, in dem er einigen kleinen Teufeln begegnet. Was wollt ihr denn? fragt er erschrocken. Wissen Sie, lautet die Antwort, Stalin ist gerade gestorben und zur Hölle gefahren. Und warum seid ihr hierher gekommen? Wir sind die ersten Flüchtlinge.«

Während sich Carrisi und die anderen vergnügten, wandte sich Sorbi an einen Kellner.

»Ambrogio.«

»Ja, Commendatore?«

Und Sorbi flüsterte ihm zu: »Kümmern Sie sich ausschließlich um diesen Tisch dort.«

Cattani schlenderte umher und gab vor, die vielen Blumen und den gepflegten Rasen zu bewundern. Sorbis Gäste, die eine übertriebene Fröhlichkeit zur Schau stellten, gingen ihm auf die Nerven.

Nach einer Weile hörte er hinter sich eine Stimme, die seinen Namen nannte, und als er sich umdrehte, sah er Olga Camastra, die mit anderen Leuten an einem Tisch saß.

»Kommen Sie, leisten Sie uns Gesellschaft«, forderte ihn die Contessa auf. Sie siezte ihn, einerseits im Scherz, andererseits deswegen, weil er die Personen in ihrer Begleitung nicht kannte.

»Danke«, erwiderte Cattani und zog sich einen Stuhl heran.

Die anderen rückten zur Seite, um ihm Platz zu machen, und Olga stellte ihn vor.

»Sehr erfreut«, sagte Cattani und setzte sich.

Olga warf ihm immer wieder doppeldeutige Blicke zu, und nach einer Weile beugte sie sich zu ihm vor und klagte kokett: »Sie haben mich heute abend noch nicht begrüßt.«

»Entschuldigen Sie bitte, Contessa, aber am heutigen Abend begegnen wir uns erst jetzt.«

Olga sah in Richtung des Swimming-pools; am Rande des Bekkens standen zusammengeklappte Liegestühle. Cattani bemerkte ein schelmisches Funkeln in den Augen der Camastra. »Na gut«, sagte sie, »für heute abend sei Ihnen verziehen. Nicht jedoch für die letzten Tage. Sie haben sich nicht ein einziges Mal mit mir in Verbindung gesetzt. Es war so, als hätten Sie sich in Luft aufgelöst.«

Cattani wußte noch immer nicht, auf was Olga hinauswollte, und er fragte sich, ob sie tatsächlich böse auf ihn war. »Das bedaure ich zutiefst«, erwiderte er vorsichtig.

Daraufhin begann die Contessa schallend zu lachen und bewies damit, daß sie ihm nur etwas vorgespielt hatte. Sie legte den Kopf in den Nacken und schloß die Augen: Wenn Corrado bei ihr war, entstand ein Glücksgefühl in ihr, das sie sehr genoß.

Sorbi und die blonde Ellis bahnten sich vorsichtig einen Weg durch das Gedränge zwischen den Tischen und den Tanzenden und blieben am Pool stehen.

»Na, Schatz, wie läuft's?« fragte der Bankier.

»Prächtig, Paps.« Sie strich ihm durchs Haar und hauchte ihm einen Kuß auf die Stirn. »Ich bin ein wenig müde, aber ich glaube, es ist ein gelungener Abend, nicht wahr?«

»Ja, das denke ich auch. Du hast hervorragende Arbeit geleistet.« Er wackelte mit dem kahlen Schädel und griff nach ihrer Hand. Die junge Frau war größer als er, und das schien Sorbi zu gefallen – vielleicht ein alter Mutterkomplex. »Morgen ist Sonntag«, sagte er. »Mit anderen Worten: Wir sind allein und ungestört.«

»Ja, Liebling.« Ellis umarmte ihn, als sei sie wirklich in diesen Mann vernarrt. »Wie kommst du mit dem Amerikaner zurecht?«

»Oh, recht gut. Wir verstehen uns allmählich. Zu Anfang gab es einige Probleme, aber die scheinen jetzt gelöst zu sein.«

Ellis bemerkte einen Kellner, der mit einem Tablett vorbeikam, auf dem Dutzende von Gläsern standen. Rasch griff sie nach einem, das Orangensaft enthielt, und reichte es dem Bankier. »Du hast auch den Polizisten eingeladen, nicht wahr?«

»Danke, Schatz.« Sorbi nahm das Glas entgegen und nippte daran. »Ach, der Commissario. Das war eine Idee Terrasinis. Er meinte, es sei angebracht, Umgang mit ihm zu pflegen, denn er könnte sich noch als recht nützlich für uns erweisen. Ich dachte, er sei dir sympathisch.«

Ellis preßte kurz die Lippen zusammen. »Nein.«

»Ach? Wieso denn nicht?«

Die junge Frau zuckte unsicher mit den Schultern. »Keine Ahnung. Er bedrückt mich irgendwie...«

Während in der Villa Sorbis gefeiert wurde, fuhr ein gelbes Taxi langsam durch die schmalen Gassen der römischen Altstadt.

Maurili saß auf dem Rücksitz. »Halten Sie hier an«, sagte er. »Und warten Sie auf mich.«

Er stieg aus – und mußte sofort zur Seite ausweichen, weil ein Feuerwehrwagen mit heulender Sirene herankam. Eine Unmenge Neugieriger eilte über die schmale Straße. Maurili bog um die Ecke und blieb abrupt stehen, als ihm Hitze entgegenwallte und er auf den Wänden der gegenüberliegenden Häuser den flackernden Widerschein von Flammen sah.

Das Feuer wütete im ersten Stock eines nahen Gebäudes.

Ein alter Mann, der von zwei jungen Leuten gestützt wurde, war außer sich vor Verzweiflung. »Mein ganzes Leben lang habe ich hart gearbeitet«, brachte er hervor. »Und alles, was ich mir geschaffen habe, verbrennt jetzt. Was für eine Katastrophe!«

Das Feuer griff nun auch auf die anderen Zimmer über, und Fensterscheiben barsten krachend. Ganz langsam verkohlte das breite Schild an der Vorderfront des Hauses, auf dem geschrieben stand: »Druckerei Stella.«

»Eine Bombe«, sagte ein Polizist, während die Feuerwehrmänner weitere Schläuche auslegten. »Sie haben einfach alles in die Luft gejagt: Druckmaschinen, Papierrollen, Typenbretter. Wie in Beirut.«

Zwei Beamte bemühten sich, die immer größer werdende Menge der Schaulustigen zurückzuhalten. Maurili beobachtete, wie Papierfetzen aus den Fenstern flogen, Schmetterlingen gleich, die vor der Gluthitze zu fliehen versuchten. Doch die Flammen holten sie rasch ein, leckten nach ihnen, verwandelten sie in flokkige Asche.

Maurili war bestürzt und fühlte, wie seine Knie weich wurden. Er wirbelte um die eigene Achse und kehrte wie gehetzt zum Taxi zurück.

»Was ist denn los?« fragte der Fahrer.

»Ein Bombenanschlag. Eine Druckerei wurde in die Luft gejagt.«

»Herr im Himmel!« entfuhr es dem Taxifahrer, und mit der flachen Hand schlug er aufs Steuer. »Meine Güte, bald gibt es in dieser Stadt mehr verdammte Verbrecher als ehrliche Leute.« Während er den Wagen durch die Straßen lenkte, blickte er sich immer wieder zu Maurili um. »Wenn die Regierung nicht bald hart durchgreift, geht es uns allen noch an den Kragen. Die Typen machen ja schon jetzt, was sie wollen.« Der Fahrer regte sich immer mehr auf, und dann und wann sah er in den Rückspiegel und musterte Maurili finster – so als trüge allein er die Schuld am Niedergang Roms.

»Tja, da haben Sie vermutlich recht«, antwortete Maurili geistesabwesend. Ihm brach der Schweiß aus allen Poren, und er konnte kaum mehr einen klaren Gedanken fassen. »Bitte halten Sie dort an der Telefonzelle. Ich muß jemanden anrufen.«

Erst als er die Nummer wählte, stellte er fest, wie sehr seine Hände zitterten.

»Ich sitze in der Patsche«, sagte er, als sich am anderen Ende der

Leitung jemand gemeldet hatte. »Wenn Sie 'n Freund sind, sollten Sie mir helfen. Wie? Was Sie für mich tun können? Leihen Sie mir zwei oder drei Millionen Lire. Ich muß untertauchen, mich irgendwo verstecken ... Nein, das kann ich Ihnen jetzt nicht erklären. Kommen Sie, ich brauche das Geld. Ich geb's Ihnen in einer Woche zurück, spätestens in zehn Tagen. Wenn sich die Wogen geglättet haben ... Ich bitte Sie; Sie wollen mich doch wohl nicht einfach hängenlassen, oder? Natürlich haben Sie genug Kohle! Nein? Dann stellen Sie mir eben Ihr Landhaus zur Verfügung. Ich komme vorbei und hole mir die Schlüssel ab. He, nicht doch! Lassen Sie mich nicht im Stich. Sie sind doch mein Freund, oder? Mann, ich bin in ernsten Schwierigkeiten. Es ist aus mit mir, wenn ... Hallo? Hallo! Verdammt, hol dich der Teufel ...!«

Er rammte den Hörer auf die Gabel und stieg wieder ins Taxi.

Der Fahrer sah, wie blaß und nervös er geworden war, und fragte, ob es irgendwelche Probleme gebe.

»Nein, nein«, erwiderte Maurili ein wenig schärfer als beabsichtigt. »Es ist alles in Ordnung. Bringen Sie mich zur Via Appia.«

Dort ließ er sich vor der Villa Sorbis absetzen. Das Fest war in vollem Gange, und der Swimming-pool glitzerte hell.

Einer der Kellner gab Sorbi Bescheid, und der Bankier ging dem Neuankömmling mit raschen Schritten entgegen. »Was ist passiert?«

»Eine Katastrophe, Commendatore«, erwiderte Maurili verzweifelt. »Auf die Druckerei wurde ein Bombenanschlag verübt, und alles ging in Flammen auf. Das Original-Manuskript des Artikels, die Abzüge – alles. Ich bin sofort hierher gekommen, um Ihnen davon zu berichten ... Ich wußte nichts von dem Fest, und es tut mir leid, Sie gestört zu haben ...«

Der Bankier nickte knapp. »Warten Sie in meinem Arbeitszimmer«, sagte er nur.

Er war außer sich vor Zorn, doch er beherrschte sich, als er an den Tisch Carrisis herantrat, rang sich ein Lächeln ab und bat um Entschuldigung. »Es tut mir leid, daß ich Sie beim Essen störe, aber ich muß dringend mit Mister Carrisi und Avvocato Terrasini sprechen. Sie bekommen sie gleich wieder, das verspreche ich Ihnen.«

»Ach, Sie machen es einem wirklich nicht leicht«, scherzte Terrasini und stand auf. »Hätten Sie denn nicht warten können, bis wir den köstlichen Seebarsch verspeist haben?«

Als Maurili sich den drei Männern gegenübersah, geriet er in Panik. »Ich erhielt d-den Anruf vor knapp 'ner Stunde«, stotterte er, »und erfuhr v-von der Sache. Eine echte K-katastrophe.« Er strich sich mit der Hand über die Stirn und stellte fest, daß sie so naß war, als hätte er gerade geduscht. »Ich h-habe mir 'n Taxi genommen, denn meine alte Kiste wird gerade repariert. Müßte mir wirklich b-bald 'n neuen Wagen zulegen. Die Kiste l-läuft nich' mehr richtig. Baujahr achtundsechzig – w-wen wundert's?« Er war so entsetzt, daß ihm die Worte von ganz allein über die Lippen kamen und sich seiner Kontrolle entzogen.

»Genau zu dem Augenblick, als der Druck beginnen sollte«, sagte Terrasini kühl. »Ein perfektes Timing.«

Maurili glaubte, in dieser Bemerkung einen Vorwurf zu hören, und er schauderte. »Irgend jemand hat geplaudert, ja, d-da bin ich ganz sicher.« Er versuchte, den Verdacht von sich abzulenken. »Wer hat Ihnen die Unterlagen zur Verfügung gestellt? Jene P-person muß es gewesen sein, die unseren Gegnern einen Hinweis g-gab...«

Der Amerikaner war zwar schon mehr als nur angeheitert, aber er übersah den eigentlich wichtigen Aspekt des Vorfalls nicht. »Was ist mit dem Belastungsmaterial? Ist es verbrannt?«

»Ich habe Kopien angefertigt«, versicherte Maurili hastig. »Aber jetzt muß ich eine andere Druckerei f-finden, mit den Vorbereitungen ganz von v-vorne beginnen, Fahnen herstellen und so weiter... Das alles braucht seine Zeit. M-mindestens zehn Tage.«

»Nein, nein.« Terrasini winkte ab. »Das hat jetzt keinen Sinn mehr.«

»Was soll das heißen? Geben Sie's auf? Wollen Sie auf weitere Veröffentlichungen verzichten?« Maurili hatte das Gefühl, als sei seine Kehle ausgedörrt, und seine Blicke suchten ständig nach etwas Trinkbarem. Doch Sorbis Arbeitszimmer enthielt keine Bar.

Statt Maurili Antwort zu geben, stellte Terrasini seinerseits eine Frage: »Wer außer Ihnen wußte von der Druckerei Stella?«

»Niemand.«

Der Rechtsanwalt überlegte einige Sekunden lang. »Wir verfügen ebenfalls über Fotokopien der Dokumente. In dieser Hinsicht gibt es keine Probleme. Lassen Sie uns jetzt eine Weile über die ganze Sache nachdenken. Anschließend bekommen Sie neue Anweisungen.«

»In Ordnung.« Maurili glaubte, damit sei zunächst alles erledigt, und stand auf. Er war bestrebt, die Villa Sorbis so schnell wie möglich zu verlassen.

»Wollen Sie schon gehen?« Terrasini sah ihn groß an. »Aber nicht doch.« Fest wie ein Schraubstock schloß sich seine Hand um den Arm Maurilis. »Kommen Sie, trinken Sie etwas mit uns.«

Die Kapelle spielte noch immer, und fröhliche Klänge hallten durch die Nacht.

Als Maurili ins Freie trat, schwindelte er plötzlich. Er näherte sich dem Büfett und griff nach einem Glas mit eisgekühlter Limonade. Zufrieden leckte er sich über die Lippen und genehmigte sich dann einen doppelten Whisky. Nervös wanderte er an den Tischen vorbei – einem Hasen gleich, der nahe Jagdhunde witterte.

»Vergnügen Sie sich«, sagte Terrasini aufmunternd. »Und wenn Sie uns später verlassen möchten, so sorge ich dafür, daß Sie nach Hause gebracht werden.«

Aus halb zusammengekniffenen Augen beobachtete der Rechtsanwalt, wie Maurili erneut an den Tresen mit den Getränken herantrat.

»Was halten Sie davon?« fragte Carrisi.

»Die Sache ist ganz einfach«, brachte Terrasini rauh hervor. »Abgesehen von uns gibt es nur zwei Personen, die Bescheid wußten. Und eine von ihnen hat uns verraten: entweder Maurili oder Cattani.«

Cattani tanzte mit Olga.

»Hast du gewußt, du würdest mir hier begegnen?« fragte er sie.

»Nein, es war eine nette Überraschung. Und du?«

»Ich hatte ebenfalls keine Ahnung.«

Die Contessa lächelte gelöst. »Mir gefällt es, daß wir uns nie für ein nächstes Treffen verabreden. Auf diese Weise kommt der Zufall ins Spiel. Ja, eine nette und völlig problemlose Art, zusammen zu sein.« Zärtlich schmiegte sie sich an ihn. »Heute abend zeigen wir den anderen zum erstenmal, daß wir ein Paar sind. Das freut mich. Ich hatte es bereits satt, meinen Freunden und Bekannten dauernd etwas vorzumachen.«

Cattani roch ihr Parfüm, und angesichts der Nähe Olgas breitete sich eine seltsame Ruhe in ihm aus. »Was mögen die anderen jetzt wohl von uns halten?« fragte er und lachte leise. »Bestimmt sind die empört, daß sich eine halbe Mafiosa mit einem Polizisten eingelassen hat.«

»Meinst du? Und hältst du das für kompromittierend?«

»Allerdings. Vor allen Dingen für dich.«

Die Musik verklang.

Olga hielt die Hand Cattanis fest und wartete auf das nächste Stück. »Tja, mein lieber Commissario«, sagte sie im gleichen scherzhaften Tonfall, den Corrado zuvor benutzt hatte, »glauben Sie nur nicht, daß auch anderen eine solche Möglichkeit geboten wurde.«

»Was für eine?«

»Die Möglichkeit, in aller Öffentlichkeit zum Geliebten Olga Camastras zu werden.«

»Es ist mir eine Ehre, Signora Contessa.«

Olga lächelte, schloß die Augen und schlang die Arme um ihn, um einen neuen Tanz zu beginnen.

Es war weit nach Mitternacht, und Maurili schob sich ein Kaviarbrötchen nach dem anderen in den Mund. Bereits seit mehr als einer Stunde schlang er die Büfettdelikatessen in sich hinein, doch seine Unruhe legte sich nicht.

Ein eleganter junger Mann näherte sich ihm. Er trug eine Fliege und hatte ein scharfgeschnittenes Gesicht. »Avvocato Terrasini hat mir aufgetragen, Sie nach Hause zu fahren«, sagte er. »Vorausgesetzt natürlich, Sie möchten sich jetzt auf den Weg machen.«

»Mhm«, brummte Maurili, kaute schneller und leckte sich die Finger ab. Mit einer Serviette säuberte er sich die Lippen und wandte sich anschließend um. »Gehen wir.«

Er folgte dem jungen Mann zum Vorhof, auf dem einige große Wagen parkten, und sie stiegen in einen grauen Volvo. Maurili runzelte verwundert die Stirn, als er feststellte, daß im Fond zwei weitere Personen saßen. »Freunde«, meinte der junge Mann mit der Fliege, der hinter dem Steuer Platz nahm. »Ich bringe sie ebenfalls nach Hause.« Und er fuhr los.

Auch die anderen Gäste des Festes machten sich nach und nach auf den Heimweg. Terrasini trat an Cattani heran. »Spielen Sie Poker?« fragte er.

Der Kommissar drehte sich um. »Ab und zu«, erwiderte er überrascht. »Warum?«

»Nun, unser Freund Carrisi hat Lust zu einer Partie.«

»Vielen Dank, aber ich möchte es nicht zu spät werden lassen.«

»Es wird nicht allzu lange dauern«, beharrte der Rechtsanwalt. »Ich habe auch die Contessa Camastra gebeten, uns Gesellschaft zu leisten, und sie war sofort dazu bereit... Wie ich beobachten konnte, hat unsere liebe Olga Sie praktisch den ganzen Abend über allein für sich beansprucht, hm?«

Cattani überhörte die Ironie, die in dieser Bemerkung zum Ausdruck kam. »Ich betone es noch einmal: Zwar ist morgen Sonntag, aber ich muß früh aufstehen, da ich wichtige Dinge zu erledigen habe.«

»Aber Sie sind doch jung«, erwiderte Terrasini, und jetzt klang seine Stimme schärfer. »Sie brauchen nicht viel Schlaf.« Seine Züge verhärteten sich plötzlich, und das freundliche Lächeln verschwand von einem Augenblick zum anderen. In den dunklen Augen des Rechtsanwaltes spiegelte sich das Licht der Lampen wider, und es sah aus, als brenne es in den schwarzen Pupillen. »Kommen Sie. Die Partie könnte sich für Sie als sehr bedeutsam erweisen.«

Cattani begriff, daß ihm keine Wahl blieb.

Der graue Volvo setzte die Fahrt nicht über die Via Appia fort, sondern bog in eine Nebenstraße, und verwirrt beobachtete Maurili, wie die Häuser und Villen hinter ihnen zurückblieben. Die letzten Lichter verblaßten in der Ferne, und es herrschte stockfinstere Nacht.

Maurili wußte nicht, was er davon halten sollte. Immer wieder blickte er aus dem Fenster, um festzustellen, wo sie sich befanden. Doch in der Finsternis ließen sich keine Einzelheiten erkennen, die ihm eine Orientierung ermöglicht hätten.

»Wohin fahren wir denn?« fragte er heiser und schluckte mehrmals. »Sind Sie sicher, daß diese Straße nach Rom führt?«

Niemand antwortete ihm.

»He, was ist denn los?« Maurili drehte sich um und sah die beiden im Fond sitzenden Männer an, in der Hoffnung, von ihnen eine Erklärung zu bekommen. Im Halbdunkel waren sie kaum mehr als zwei Schatten: Der eine hatte einen Oberlippenbart und breite Schultern; das Gesicht des anderen war schmal, und dann und wann hüpfte sein vorstehender Adamsapfel auf und nieder.

Kurz darauf trat der Fahrer auf die Bremse und hielt an. Im Scheinwerferlicht konnte Maurili Bäume und die Konturen einer alten Mühle ausmachen. »Ah, ich verstehe«, sagte er und seufzte erleichtert. »Sie müssen mal austreten.«

Unterdessen waren alle Gäste aufgebrochen, die Musiker packten ihre Instrumente ein und verabschiedeten sich ebenfalls. Die Dunkelheit der Nacht senkte sich auf die weite Rasenfläche mit dem Pool, und nur im Wohnzimmer der Villa brannte noch Licht.

Am Tisch saßen Terrasini und die anderen und spielten Karten. Zigarettenrauch kräuselte an die Decke empor, und es herrschte angespannte Stille – so als warteten alle darauf, daß etwa Schreckliches geschah.

»Ich eröffne mit zweihunderttausend«, sagte der Amerikaner.

»Ich bin dabei«, erwiderte die Contessa Camastra.

»Zweihunderttausend?« fragte Cattani. »Na gut, ich gehe mit.«

»Ich ebenfalls«, ließ sich Terrasini vernehmen. »Wie viele Karten?«

Sorbi saß etwas abseits und beobachtete seine Freunde. Als er diese Summen hörte, leckte er sich die Lippen.

Der junge Mann am Steuer des grauen Volvos forderte Maurili zum Aussteigen auf.

»Sie wollen mich doch wohl nicht hier zurücklassen?« erwiderte er und atmete schwer.

»Raus!« sagte der Fahrer.

Die beiden Männer im Fond hatten den Wagen bereits verlassen. Einer von ihnen öffnete die Tür auf der Beifahrerseite, griff nach dem Arm Maurilis und zerrte ihn ins Freie.

»He, was fällt Ihnen denn ein?« protestierte der Journalist. »Ich habe euch doch nichts getan, verdammt! Was wollt ihr von mir? Laßt mich los. Hilfe!«

Sie schleppten ihn in die verfallene Hütte, und in ihrem Innern verblaßte der helle Glanz der Scheinwerfer zu einem matten Glühen. Maurili stolperte und wäre fast zu Boden gefallen. Der Mann mit dem Oberlippenbart hielt ihn fest, zog ihn auf sich zu, drehte ihn um und grub ihm die Faust in die Magengrube. Maurili krümmte sich zusammen und stöhnte.

Der andere packte ihn am Kragen und riß ihn wieder hoch. »Wem hast du den Namen der Druckerei verraten?« knurrte er.

»W-was für eine Druckerei?« stammelte Maurili.

Die Antwort bestand aus einem weiteren Schlag, der ihn diesmal mitten im Gesicht traf. Er prallte mit dem Kopf an die Wand und schüttelte benommen den Kopf. Blut sickerte aus einer Platzwunde. »Wollt ihr mich etwa umbringen?« stöhnte er entsetzt.

»Heraus damit!« Der Mann mit dem schmalen Gesicht trat auf ihn zu. »Wenn du auspackst, lassen wir dich gehen.«

Maurili zitterte und stützte sich an der Wand ab. »Ich weiß überhaupt nicht, wovon ihr redet.«

Der Bärtige versetzte ihm den dritten Fausthieb. »Du hast also keine Ahnung, was? Und das Feuer in der Druckerei brach von ganz allein aus, wie?«

Maurili sank zu Boden und rang keuchend nach Luft. »Lieber Himmel!« röchelte er. »Ihr habt's auf mich abgesehen!«

»Mit wem hast du gesprochen?« brüllte der Fahrer des Volvos.

Der Mann mit dem Oberlippenbart näherte sich Maurili und trat ihm in den Bauch. Anschließend zerrte er ihn in die Höhe, doch der Journalist war bereits so geschwächt, daß er sich nicht mehr auf den Beinen halten konnte.

»Der Name. Wir wollen den Namen desjenigen, mit dem du gesprochen hast.«

Ein neuerlicher Hieb traf das angeschwollene Gesicht, und Maurili wurde heftig an die Mauer geschleudert und taumelte. Bevor er zu Boden fiel, erhielt er einen weiteren Schlag, diesmal auf den Mund.

Maurili blieb reglos liegen und begann dann leise zu wimmern.

Die Männer traten nach ihm. »Der Name«, erklang es wütend. »Sag uns endlich, wer dich für einen Verrat bezahlt hat.«

Der Bärtige bückte sich, griff nach dem lockigen Haar Maurilis und fauchte: »Na? Muß ich dir erst den Schädel einschlagen, bevor du singst?«

Maurili war kurz davor, das Bewußtsein zu verlieren, und mit einer letzten Anstrengung keuchte er: »L-lau...deo.«

In der Villa Sorbis wurden erneut die Karten ausgeteilt.

»Zwei«, sagte Cattani und zündete sich eine Zigarette an.

»Für mich eine«, ließ sich Terrasini vernehmen.

Carrisi war ziemlich betrunken, und es fiel ihm schwer, die Augen offenzuhalten. »Zwei Karten«, brummte er.

Das leise Quietschen von Bremsen deutete darauf hin, daß ein Wagen vorgefahren war, und kurz darauf hörten sie das dumpfe Geräusch zufallender Türen.

»Ich brauche keine«, sagte Olga Camastra.

»Sie sind dran«, wandte sich Carrisi an die Contessa.

Alle warteten, doch eine Zeitlang blieb es still.

»Fünfhunderttausend«, eröffnete Olga.

»Ich passe«, sagte Cattani.

Terrasini schürzte die Lippen. »Ich erhöhe auf eine Million.«

Jemand ging durch den Korridor.

»Zwei Millionen«, warf der Amerikaner ein.

Die Tür öffnete sich, und der Fahrer des grauen Volvos trat ein. Seine Fliege hing ein wenig schief, und an einem Jackenzipfel sah man Schmutz. Die Blicke aller Anwesenden richteten sich auf ihn.

Der junge Mann wandte sich an Terrasini und nickte kurz.

Daraufhin ließ der Rechtsanwalt seine Karten auf den Tisch fallen. »Sie haben Glück, Contessa, daß wir jetzt aufhören. Gegen mein Blatt hätten Sie keine Chance gehabt: vier Könige und ein As.« Er stand auf. »Ich glaube, wir sollten jetzt schlafen gehen. Gute Nacht.«

Carrisi folgte ihm schwankend, und Olga sah den beiden Männern verwundert nach. »Was sind das denn für Manieren?« entfuhr es ihr verärgert.

»Ach«, machte Cattani. »Es kam ihnen überhaupt nicht auf das Kartenspiel an. Die Pokerpartie diente nur dazu, mich hier festzuhalten. Bis zum Eintreffen einer bestimmten Nachricht. Nicht wahr, Dottore Sorbi?«

Olga runzelte die Stirn. »Was für eine Nachricht?«

»Nichts weiter.« Der Bankier winkte ab. »Inzwischen hat sich alles erledigt.«

»Dauernd geht irgend etwas vor, ohne daß ich weiß, was eigentlich los ist«, erwiderte Olga scharf. »Mir reicht's langsam.«

»Haben Sie gewonnen oder verloren, Commissario?« fragte Sorbi.

»Ich konnte einen kleinen Gewinn erzielen.«

»Sie haben wirklich Glück.« Der Bankier beobachtete Cattani dabei, wie er das Geld zählte, und dabei kam seine Zunge zum Vorschein; sein Gesicht ähnelte dem einer Eidechse, die eine Fliege schnappen will.

Olga und Cattani fuhren gemeinsam nach Hause.

»Um was für eine Nachricht ging es?« fragte die Contessa.

»Das weiß ich nicht genau«, erwiderte der Mann an ihrer Seite. »Aber ich hatte das Gefühl, daß mein Leben an einem seidenen Faden hing. Offenbar warteten Terrasini und die anderen auf etwas, um über mein Schicksal zu bestimmen.«

»Mit anderen Worten: Du warst eine Art Geisel für sie.«

»Ja. Und wenn die Nachricht zu meinen Ungunsten ausgefallen wäre, hätte ich wohl kaum Aussichten darauf gehabt, Sorbis Villa lebend zu verlassen.« Er sah Olga an. »Übrigens: Welche Rolle hast du dabei gespielt?«

»Oh, ich bitte dich.« Die Contessa neigte kurz den Kopf zurück. »Du weißt ganz genau, daß ich Terrasini und seine Freunde nicht mehr ertrage. Aber sie gehören nun einmal zu meinem Bekanntenkreis. Damit muß ich mich abfinden.« Sie griff nach seiner Hand und küßte die Finger. »Ach, manchmal gehen mir seltsame Gedanken durch den Kopf. Wenn du mich ebenso lieben würdest wie ich dich, dann könnten wir fortgehen und fern von allem hier ein neues und glückliches Leben beginnen...«

35

Cannito las die Zeitung nicht nur, sondern verschlang sie regelrecht. Seine Aufmersamkeit galt dem Bericht der Ermordung Maurilis. »Der Journalist«, so lautete der Text, »wurde in einer alten Hütte umgebracht. Maurili war eine zwielichtige Gestalt, die Beziehungen zum Geheimdienst unterhielt. Hinter seinem Tod lassen sich Erpressung und Korruption vermuten.«

Der Leiter der Abteilung Z war bestürzt. Er betätigte eine Taste der Wechselsprechanlage und wandte sich an seine Sekretärin. »Signorina, ich bat Sie doch darum, sich mit Laudeo in Verbindung zu setzen.«

»Ich konnte ihn nicht erreichen. In seiner Wohnung nimmt niemand ab, und im Büro weiß man nicht, wo er sich aufhält.«

»Rufen Sie auch in Mailand an.« Wütend ballte Cannito die Fäuste. »Ich muß unbedingt mit ihm reden.«

»Ich versuche es weiter. Ach, übrigens! Es ist ein Päckchen für Sie angekommen. Soll ich es Ihnen bringen?«

»Ja.«

Cannito betrachtete es von allen Seiten, und unheilvolle Vorahnungen regten sich in ihm. Inzwischen rechnete er mit allem.

Der dicke Umschlag enthielt Dutzende von Fotokopien, und auf dem ersten Blatt stand geschrieben: »Das Feuer in der Druckerei hat alles zerstört – doch die Duplikate des Belastungsmaterials sind in Sicherheit. Aus der Anlage können Sie ersehen, um was es sich handelt. Bald wird die dritte Broschüre erscheinen.«

Cannito ging die Unterlagen durch, und sein Entsetzen wurde grenzenlos. Er hatte das Gefühl, als legte sich ihm eine Schlinge um den Hals, die ihn langsam erdrosselte. Einige Male schnappte keuchend nach Luft und versuchte, sich einen Rest von Hoffnung zu bewahren.

Erneut schaltete er die Wechselsprechanlage ein. »Neuigkeiten von Laudeo?«

»Es tut mir leid, nein.«

»Schicken Sie Cattani zu mir. Sofort.«

Cannito legte die Zeitung auf den Schreibtisch und zeigte dem Kommissar den Artikel, in dem es um Maurili ging. »Wissen Sie, was das für ein Typ war? Haben Sie den Namen schon einmal gehört?«

»Ich erinnere mich nur vage...«, gab Cattani zurück.

Cannito bemühte sich, die Fassung zu wahren und sich nicht anmerken zu lassen, wie besorgt er war. Möglichst kühl und zurückhaltend fuhr er fort: »Befassen Sie sich damit. Stellen Sie fest, was dahintersteckt. Vor allen Dingen interessiert mich, ob es einen Zusammenhang zwischen dem Tod Maurilis und dem Brand in einer Druckerei gibt.«

Cattani hatte nicht Platz genommen, und während er Cannito zuhörte, musterte er ihn eingehend. Einerseits bemitleidete er ihn, andererseits empfand er Verachtung.

»Sie sollten sofort von Ihrem Amt zurücktreten«, sagte er, als der Leiter der Abteilung Z schwieg. »Das ist Ihre einzige Chance.«

Cannito sah zu ihm auf, und sein furchtsamer Blick war unstet. »Ist Ihnen klar, was das bedeuten würde? Es wäre mein sicheres Ende.«

»Sie sind ohnehin erledigt.« Cattani sprach ganz ruhig, doch Cannito spürte jedes einzelne Wort wie einen Messerstich. »Wenn Sie jetzt Ihren Abschied nehmen, verlieren Sie wenigstens nicht das Gesicht.«

Cannito wollte sich noch nicht geschlagen geben, doch er mußte sich eingestehen, daß die Lage für ihn außerordentlich kritisch geworden war. Er begann damit, den Vorschlag Cattanis zumindest in Erwägung zu ziehen. »Sie meinen also, auf diese Weise könnte ich meine Ehre retten«, entgegnete er mit zittriger Stimme. »Ich bezweifle es. Bestimmt wird man behaupten, ich hätte die Ermordung Maurilis angeordnet, um die Veröffentlichung der dritten Broschüre zu verhindern.«

»Nicht unbedingt. In dieser Hinsicht läßt sich bestimmt etwas unternehmen.«

Cannito hob den Kopf und sah Cattani hoffnungsvoll an. »Ihrer Meinung nach bleibt mir also nur die Demission?«

»So ist es.«

Cannito schluckte, und in seinem glatten Gesicht schienen sich plötzlich Falten zu bilden. »Aber wie soll ich eine derartige Entscheidung begründen? Ich kann doch nicht einfach alles stehen und liegen lassen, ohne eine Erklärung abzugeben.«

Cattani setzte sich und gestikulierte vage. »Gesundheitliche Gründe«, sagte er.

Die Sekretärin meldete, daß es ihr noch immer nicht gelungen sei, Laudeo zu erreichen.

Cattani verzog das Gesicht. »Offenbar will er nicht mit Ihnen reden. Für Laudeo ist die Sache ganz einfach: Als Privatmann lehnt er jede Verantwortung ab. Sie aber bekleiden ein Amt.«

Cannito massierte sich die Schläfen. »Und selbst wenn ich zurücktrete... Wie kann ich sicher sein, daß die Kampagne gegen mich nicht fortgesetzt wird?«

»Wenn Sie nachgeben«, sagte Cattani, »sind Sie kein Ziel mehr für Ihre Gegner. Aber solange Sie im Amt bleiben, müssen Sie damit rechnen, immer wieder neuen Angriffen ausgesetzt zu sein. Gehen Sie jetzt, in allen Ehren – solange Sie noch die Gelegenheit dazu haben.«

Wieder summte die Wechselsprechanlage, und Cannito betätigte eine Taste. »Was ist denn?«

»Ich habe im Büro Laudeos nachgefragt«, berichtete die Sekretärin. »Ich bekam die Auskunft, er sei verreist. Offenbar hält er sich jetzt im Ausland auf. Niemand weiß, wann er zurückkehrt.«

»Ich verstehe«, erwiderte Cannito niedergeschlagen. »Stellen Sie keine Anrufe mehr zu mir durch.« Er wandte sich an Cattani. »Man läßt mich einfach im Stich.« Seine Stimme nahm einen gehässigen Ton an. »Ich soll zum Sündenbock gemacht werden, und bestimmt wird man allein mir die Schuld für alles in die Schuhe schieben.« Er begriff jetzt, daß er völlig allein war, und diese Erkenntnis machte ihn eiskalt. Er strahlte plötzlich die Ruhe eines Mannes aus, der nichts mehr zu verlieren hat.

»Hier, sehen Sie sich das an.« Er zeigte Cattani die Fotokopien des Belastungsmaterials und hob erstaunt die Brauen, als sich der Kommissar nicht rührte. »Wollen Sie nicht einmal einen Blick darauf werfen?«

»Ich weiß bereits, was in den Unterlagen steht.«

»Unmöglich! Sie sind gerade erst eingetroffen.«

Cattanis Lippen zitterten. »Ich selbst habe die Dokumente gesammelt, aus denen schließlich die ersten beiden Broschüren entstanden. Ich gab sie Terrasini.«

»Sie!« Cannito riß die Augen auf. »Sie... Wie konnten Sie nur! Und woher stammt das Material?«

»Von Ferretti.«

»Dann sind Sie also der Verräter.« Cannito wandte den Blick von ihm ab und schüttelte den Kopf, so als könne er es nicht fassen. Ganz langsam stand er auf; er wirkte um Jahre gealtert. »Sie«, murmelte er leise. Er trat ans Fenster und blickte zu einem blauen wolkenlosen Himmel empor. Ein Flugzeug in der Ferne hinterließ einen Kondensstreifen. »Sie...«

»Ja«, bestätigte Cattani. »Ich. Aber ich möchte vermeiden, daß Sie ebenfalls umgebracht werden. Dazu wären Ihre Gegner durchaus imstande. Treten Sie zurück. Vielleicht glauben Sie mir nicht, aber eigentlichh habe ich Ihnen sogar einen Freundschaftsdienst erwiesen. Früher einmal bewunderte ich Sie sehr. Sie sollten wieder zu dem Mann werden, der Sie waren. Machen Sie endlich Schluß mit all den Intrigen und Verschwörungen.«

»Sie haben mich ruiniert«, preßte Cannito zwischen zusammengepreßten Lippen hervor. Plötzlich drehte er sich um. »Ja, Ihnen habe ich es zu verdanken, daß ich jetzt erledigt bin.« Sein Gesicht war kalkweiß, und in den Wangen zuckte es. »Ausgerechnet Ihnen.«

Cattani nickte. »Jetzt wissen Sie Bescheid. Treffen Sie die Entscheidungen, die Sie für richtig halten.«

Cannito war so niedergeschlagen, daß er überhaupt nicht reagierte. Er ließ sich in seinen Sessel sinken und schüttelte den Kopf. »Sie müssen völlig übergeschnappt sein...«

»Wollen Sie denn immer noch nicht aufgeben? Begreifen Sie denn nicht, daß Ihnen keine andere Wahl mehr bleibt?«

»Nein. Und wenn Sie es genau wissen wollen: Ich glaube Ihnen nicht. Sie können mir so etwas nicht angetan haben, nein, Sie nicht.« Der Leiter der Abteilung Z hatte sich immer für einen guten Menschenkenner gehalten, doch jetzt mußte er sich der Erkenntis beugen, daß er sich getäuscht hatte, zuerst in Ferretti und nun auch in Cattani. »Nein, das ist völlig ausgeschlossen.« Um seinen Fehler nicht eingestehen zu müssen, verschloß er die Augen vor der Wahrheit.

Cattani ordnete die verstreut auf dem Schreibtisch liegenden Fotokopien der Unterlagen, die die vielen Verfehlungen Cannitos dokumentierten, und anschließend schob er den Stapel auf den älteren Mann zu. »Ich war es, der Terrasini dieses Material hier zugänglich machte. Ob Sie das nun glauben oder nicht.«

In einem jähen Wutanfall wischte Cannito all die Blätter vom Tisch, die seine skandalösen Machenschaften belegten und einen langen Abschnitt seines Lebens beschrieben. Es knisterte leise, als sie zu Boden fielen.

»Verschwinden Sie«, sagte Cannito, und seine Hände umklammerten die Armlehnen des Sessels so fest, als böten sie ihm den letzten Halt. »Ich brauche jemanden, der mir dabei hilft, den Kopf aus der Schlinge zu ziehen. Und keinen Mann, der bestrebt ist, sie noch enger zu schnüren.«

»Sie haben keine Chance mehr«, sagte Cattani und ging.

Der Amerikaner knackte Nüsse. Im Wohnzimmer der Villa Sorbis fand ein Treffen statt mit dem Ziel, den Frieden wiederherzustellen. Terrasini war anwesend, und auch Laudeo. Zum erstenmal nach dem folgenschweren Abbruch der Beziehungen wagte sich der Leiter der Verschwörerorganisation ins gegnerische Lager – um zu erklären, wie absurd es sei, sich gegenseitig zu bekämpfen, anstatt eine für beide Seiten profitable Übereinkunft zu erzielen.

»Ja, das klingt durchaus vernünftig«, bestätigte Terrasini. »Aber wir gehen weiterhin gegen Cannito vor. Wie auch gegen alle anderen, die sich uns in den Weg stellen. Außerdem ist Cannito bereits in Verruf geraten; er hätte ohnehin keinen Nutzen mehr für uns.«

»Sie haben recht«, pflichtete ihm Laudeo bei. »Wir müssen ihn ersetzen – durch jemanden, der als zuverlässig gilt. Cannito hat völlig den Kopf verloren und regt sich wegen jeder Kleinigkeit auf. Nun, meine Organisation wird bestimmt einen geeigneten Nachfolger für ihn finden.«

»Das freut mich sehr«, warf Sorbi ein. »Das Problem nahm bereits bedrohliche Ausmaße an.«

»Hört euch das an«, knurrte Carrisi und schob sich Nüsse in den Mund. »›Bedrohliche Ausmaße.‹ Ihr Italiener habt vielleicht eine Art, euch auszudrücken! He, Sorbi: Warum sagen Sie nicht klipp und klar, daß es Laudeo war, der Maurili bestach?«

»Das kann ich nicht abstreiten«, erwiderte Laudeo.

Terrasini lachte leise. »Es hätte auch keinen Sinn: Maurili hat es vor seinem Tod zugegeben.«

»Was sollte ich denn machen, Avvocato?« verteidigte sich Laudeo. »Weitere Veröffentlichungen des Materials hätten uns alle in Gefahr gebracht und möglicherweise fatale Kettenreaktionen ausgelöst. Und wir sollten es vermeiden, Aufsehen zu erregen.«

»Nun, angesichts der derzeitigen Lage ist es vermutlich angebracht, einen Schlußstrich zu ziehen«, meinte Sorbi. »Setzen Sie Ihre Organisation ein und ebnen Sie uns damit den politischen Weg. Was die prozentuale Beteiligung angeht, läßt sich bestimmt ein Kompromiß schließen.«

Als Carrisi hörte, daß von Politik und Prozentsätzen die Rede war, regte er sich wieder auf. Kauend warnte er Laudeo davor, zu hohe Ansprüche zu stellen. »Wie wir bewiesen haben, kommen wir durchaus allein zurecht.«

»Immer mit der Ruhe«, sagte Laudeo. »Ich lasse Cannito fallen, aber dafür müssen Sie von weiteren diskreditierenden Publikationen absehen.«

Terrasini nickte. »Einverstanden.«

Am Telefon klang die Stimme Cannitos ruhig, fast heiter. »Es ist ein herrlicher Sommerabend, Corrado. Kommen Sie zu mir und trinken Sie ein Gläschen mit mir. Ich muß Ihnen eine wichtige Mitteilung machen.«

Als Cattani eintraf, führte Cannito seinen Gast auf die Terrasse. Rom schien zu ruhen, und Tausende von Lichtern glühten matt. Irgendwo zirpte eine Grille.

»Ich beherzige Ihren Rat, Corrado. Ich gebe auf.« Gelassen nahm Cannito in einem Korbsessel Platz. »Ich habe die Entscheidung getroffen, meinen Rücktritt einzureichen. Das entspechende Schreiben ist bereits aufgesetzt.«

Cattani nickte zufrieden. »Es freut mich sehr, daß Sie auf mich gehört haben.«

»Ja, ich trete in den Ruhestand.« Cannito legte den Kopf in den Nacken und sah zu den Sternen hoch. Er lächelte verträumt, so wie jemand, der unter der Wirkung von Drogen stand. »Ich verschwinde von der Bildfläche, ziehe mich aufs Land zurück und genieße die Kochkunst meiner Frau. Was ist denn, Corrado? Sie trinken ja gar nichts. Bedienen Sie sich ruhig selbst.«

Cattani gab zwei Eiswürfel in ein Glas und schenkte sich Campari ein.

»Ich habe endlich begriffen, daß Sie mein einziger wirklicher Freund sind«, fuhr Cannito fort. »Die anderen sind nichts als gemeine Halunken.« Er hob die Hand, und plötzlich blinzelte es in seinen Augen. »Die Kerle werden für das büßen, was sie mir antaten. So einfach kommen sie nicht davon. Ich bin ins Archiv gegangen und habe dort alle Akten an mich genommen, die Beweise gegen Terrasini und seine Komplizen enthalten. Sie befinden sich jetzt in einem Koffer, den mein Fahrer derzeit nach Umbrien bringt, um ihn in meinem Landhaus zu verstecken. Warum starren Sie mich so an? Sind Sie erschrocken, oder haben Sie einfach nur Mitleid mit mir?«

»Nein, das ist es nicht«, sagte Cattani. »Ich bin froh, daß Sie zu Ihrer früheren Ausgeglichenheit zurückgefunden haben. Aber ich glaube, was zwischen uns vorgefallen ist, kann man nicht so leicht vergessen.« Er hob das Glas und beobachtete das Eisschmelzen.

Cannito wirkte nachdenklich. »Mein Verhalten Ihnen gegenüber war nicht immer korrekt.«

»Das stimmt.«

»Das tut mir jetzt leid.«

»Wenn Sie wenigstens heute abend einmal ganz offen und ehrlich sein könnten...«

Cannito runzelte die Stirn. »In welcher Hinsicht?«

»In Hinblick auf Ihre Beziehungen zu Terrasini«, sagte Cattani. »Ich habe mich immer wieder gefragt, ob die Anweisung, meine Tochter zu entführen, von Rom kam.«

»Nicht von mir«, versicherte Cannito. »Meine Schuld besteht darin, daß ich Sie in bezug auf gewisse Dinge im unklaren ließ und versuchte, Ihre Ermittlungen zu erschweren.«

»Und was ist mit Ferretti?« warf Cattani ein. »Waren Sie es, der ihn umbringen ließ?«

»Wie können Sie das nur von mir denken?« protestierte Cannito und beugte sich vor. »Ich wußte von den Vorbereitungen – das ja. Aber den Befehl gab jemand anderer.«

Cattani stand auf, wandte sich um und ließ seinen Blick über die abendliche Stadt schweifen. »Warum haben Sie sich nur auf solche Dinge eingelassen?«

»Tja, was soll ich Ihnen darauf antworten?« Cannito erhob sich ebenfalls. »Das Streben nach Macht. Geldgier. Man merkt es nicht, aber nach und nach wird man von einem Mechanismus vereinnahmt, der einem keine Fluchtmöglichkeit mehr läßt. Zum Schluß kann man sein eigenes Verhalten nicht mehr kontrollieren. Statt dessen wird es von den jeweiligen Umständen bestimmt.« Er stützte die Hände aufs Geländer und genoß die Aussicht. »Ist das Panorama nicht herrlich? Mir wird erst jetzt richtig klar, was für einen phantastischen Blick man von hier aus hat. Seltsam, daß mir das nicht früher aufgefallen ist. Ich muß blind gewesen sein...«

Nachdem Cattani gegangen war, nahm Cannito hinter dem Schreibtisch Platz und rief seine Frau an.

»Ich wollte dir nur eine gute Nacht wünschen«, sagte er. »Und dir sagen, daß ich dich sehr liebe.«

»Wie nett von dir, Sebastiano. Ich hab' dich ebenfalls lieb. Übermorgen ist Freitag. Du kommst doch zum Wochenende, oder?«

»Oh, es könnte sein, daß ich diesmal hier aufgehalten werde.«

»Ach, ich bitte dich.«

»Ich kann nichts versprechen.« Cannito schloß die Augen, um sich besser auf die Stimme seiner Frau zu konzentrieren. »Sag mir: Was hast du heute abend gegessen?«

Seine Frau lachte kurz. »Gemüsesuppe.« Und wie um alte Erinnerungen wachzurufen, fügte sie hinzu: »Die mochtest du doch so gern, nicht wahr?«

»Meine Güte, ich war verrückt danach. Erinnerst du dich noch an deine Mutter? An manchen Winterabenden kochte sie ihre Spezialität für mich. Anschließend ging sie ins Bett, und dann hatten wir den Abend ganz für uns allein. Weißt du noch?«

»Und ob. So, jetzt wollen wir langsam Schluß machen. Ruh dich aus. Gute Nacht.«

»Gute Nacht.« Plötzlich klang die Stimme Cannitos tonlos. »Leb wohl, Schatz.«

Er wartete, bis seine Frau aufgelegt hatte und ein leises Klicken darauf deutete, daß die Verbindung unterbrochen war. Erst dann ließ er den Hörer sinken.

Als am nächsten Morgen der Hausdiener ins Arbeitszimmer kam, sah er, daß Cannitos Oberkörper reglos auf dem Schreibtisch lag. Auf einer Schläfe war ein dunkler Fleck, und die rechte Hand hielt noch immer die Pistole umklammert. Der linke Arm hing leblos nach unten.

Olga trug ein wenig Wimperntusche auf und verließ dann das Bad. »He, Faulpelz.«

Cattani gab keine Antwort. Er lag auf dem Bett, rauchte eine Zigarette und starrte an die Decke.

»Warum machst du denn ein so finsteres Gesicht?« fragte Olga verwundert.

»Gibt es irgendeinen Grund, fröhlich zu sein?« fragte er sarkastisch.

Die Contessa setzte sich auf den Bettrand. »Bist du sauer auf jemanden?«

Cattani inhalierte tief und blies den Rauch aus. »Ob ich auf jemanden sauer bin? Und ob! Auf all diejenigen, die meine Existenz zerstört haben.« Er streifte die Asche ab. »Eine Gruppe skrupelloser Leute will die Kontrolle über ganz Italien an sich reißen –

Leute, die nach Macht und Reichtum gieren. Sie trieben meine Tochter in den Tod – um mich daran zu hindern, gegen sie vorzugehen. Sie duldeten es nicht, daß ein kleiner Polizist ihnen Knüppel zwischen die Beine warf.«

»Und was willst du jetzt machen?« fragte Olga und strich ihm zärtlich übers Haar. »Bist du auf Rache aus? Möchtest du deinem Haß auf sie Luft machen, indem du sie vernichtest? Das hätte keinen Sinn, wie du sehr wohl weißt. Wenn sie erneut eine Gefahr in dir sähen, würden sie erbarmungslos zuschlagen.«

Cattani rückte ein wenig von Olga fort und musterte aufmerksam ihre Züge – so als wollte er feststellen, ob sie ahnte, worin seine eigentlichen Absichten bestanden. »Hast du wirklich geglaubt, ich sei zu einem Verbündeten Terrasinis geworden? Dann kennst du mich überhaupt nicht. Willst du wissen, wer Cannito zum Selbstmord veranlaßte?« Er wandte den Blick nicht von ihr ab und wartete auf eine Antwort. Als Olga schwieg, fuhr er fort: »Ich war es. Und ich werde dafür sorgen, daß es auch den anderen an den Kragen geht. Ihnen allen.«

»Bist du verrückt geworden?« Olga starrte ihn erschrocken an.

»Wir waren zu zweit, entschlossen dazu, reinen Tisch zu machen. Doch mein Kollege wurde ermordet.« Mit übertriebener Sorgfalt drückte Cattani die Zigarette im Aschenbecher aus, und Verbitterung zeichnete seine Züge. »Er wußte alles von mir. Ich übermittelte ihm alle Informationen, die ich gewinnen konnte.«

Olga versteifte sich und riß bestürzt die Augen auf. »Auch diejenigen, die du von mir bekamst?«

»Natürlich.«

»Unsere Gespräche…«

Cattani nickte. »Ich habe dich ausgehorcht.«

»Du gemeiner Kerl!« Olga schluchzte und ließ sich aufs Bett sinken. »Du hast mich wie ein Werkzeug benutzt. Ich hasse dich, ja, ich hasse dich!« Mit den Fäusten hämmerte sie auf ihn ein. »Und jetzt läßt du mich einfach fallen, weil du mich nicht mehr brauchst...« Sie schluchzte. »Oh, ich würde dich umbringen, wenn ich die Kraft dazu hätte.«

»Warum willst du dir selbst die Hände schmutzig machen?« erwiderte Cattani kühl. »Du brauchst bloß deinem Freund Terrasini Bescheid zu geben. Dann ergeht es mir ebenso wie dem armen Maurili.«

Er schlug die Decke zurück, stand auf und blickte auf Olga herab. Sie rührte sich nicht, weinte auch nicht mehr. Er hörte nur ihr schweres Atmen und sah, wie sie nach dem Laken griff und die Hände zu Fäusten ballte.

36

Der neue Leiter der Abteilung Z war so tadellos gekleidet wie eine Schaufensterpuppe – ein Mann, mit dem man sich nicht verständigen konnte, da er den Worten seiner Gesprächspartner nicht die geringste Beachtung schenkte. Wenn ihm jemand etwas sagte, konzentrierte er sich darauf, sich die Jacke zurechtzurücken, die Schultern zu spannen und den Kopf von einer Seite zur anderen zu drehen, so als mustere er sich in einem Spiegel.

Sein Verhalten verriet narzißtische Neigungen. In der letzten Zeit galt seine Sorge insbesondere dem lockigen und dünnen Haar, in dem sich erste graue Strähnen bildeten. Über den Sekretär ließ er seinem Friseur präzise Anweisungen zukommen: Er sollte ihm jedesmal dann das Haar färben, wenn sich darin erneut ein heller Glanz zu zeigen begann – ohne ihn darauf hinzuweisen. Er ertrug es einfach nicht, daß irgend jemand darauf aufmerksam wurde.

Immer wenn er seinem Friseur einen Besuch abstattete, wiederholte sich die gleiche Farce.

»Was machen Sie denn da?« fragte er mißtrauisch. »Färben Sie mir etwa das Haar?«

»Aber nicht doch! Es ist nur Shampoo.«

»Na gut.«

Cattani begriff sofort, daß seine Tage im Büro gezählt waren. In dieser Hinsicht drückte sich der neue Abteilungsleiter recht deutlich aus.

»Ich brauche zuverlässige Leute, denen ich vertrauen kann«, sagte er, während er im Licht der Schreibtischlampe seine Fingernägel prüfte. »Wir kennen uns nicht sonderlich gut, oder?«

»Nein«, erwiderte Cattani. »Das kann man nicht behaupten.«

»Sehen Sie? Es würde sicher recht lange dauern, um uns richtig aufeinander abzustimmen. Doch leider bleibt uns nicht soviel Zeit. Ich glaube, die Polizei würde sich freuen, einen so tüchtigen Commissario wie Sie zurückzubekommen.«

Cattani schüttelte den Kopf. »Ich werde um unbezahlten Urlaub bitten. Dann kann ich in aller Ruhe Pläne für meine berufliche Zukunft entwickeln.«

»Ausgezeichnet«, freute sich der neue Abteilungsleiter. »Eine wirklich hervorragende Idee.«

Cannitos Frau war gerührt und umarmte Cattani. »Ich weiß, weswegen Sie gekommen sind«, sagte sie. »Sie wollen den Koffer mit den Dokumenten abholen, nicht wahr?«

»Ja«, bestätigte Cattani. »Ich wäre Ihnen sehr dankbar, wenn Sie ihn mir überlassen könnten.«

Die Frau lächelte und nickte. »Sie sollen ihn bekommen. Ich bin sicher, mein Mann hätte die Unterlagen nur Ihnen anvertraut. Und deshalb gebe ich sie Ihnen gern.«

Cattani musterte sie aufmerksam. Sie erschien ihm noch kleiner und schmächtiger – so als sei sie durch die vielen Jahre ausgezehrt, die sie im Schatten Cannitos verbracht hatte.

»Sebastiano war schwach«, sagte sie. »Er machte nur deswegen große Worte, um über seine Ängste hinwegzutäuschen. Aber er hatte einen guten Charakter. Wissen Sie, wer ihn in den Tod trieb? Die zwielichtigen Leute, mit denen er zu tun hatte.«

»Mag sein«, antwortete Cattani.

»Ich habe mir große Sorgen um ihn gemacht.« In einer Hand hielt die Frau ein Taschentuch, mit dem sie sich ab und zu die Tränen von den Wangen wischte. »Und hoffte so sehr, Sie könnten ihm helfen.«

»Ich habe alles versucht, Signora.«

»Ich weiß, ich weiß«, sagte sie und berührte ihn kurz an der Schulter. »Bevor er starb, schickte er seinen Fahrer mit einem Koffer hierher. Viele Leute interessieren sich dafür. Ich erhielt Anrufe aus dem Ministerium. Es kam auch ein unsympathischer Mann hierher, ein gewisser Professor Laudeo. Er bot mir Geld an. Und es wurde sogar versucht, den Koffer zu stehlen. Eines Nachts brachen Unbekannte ins Haus ein und durchsuchten alles. Aber sie fanden nichts, denn die Dokumente befinden sich nicht hier.«

Sie winkte. »Kommen Sie.«

Sie stiegen in den Wagen, und die Witwe zeigte Cattani einen schmalen, von Bäumen gesäumten Weg. Aufgrund der vielen Kurven kamen sie nur langsam voran. Nach einigen Kilometern erreichten sie eine kleine Kirche, hinter der sich die Mauern eines Klosters erhoben.

Die Begleiterin Cattanis trat an das breite Tor und zog an einer Strippe. Eine Nonne machte auf und sah sie lächelnd an.

»Ich möchte den Koffer abholen«, sagte Signora Cannito.

Die Nonne nickte und ging davon. Als sie nach einigen Minuten zurückkehrte, brachte sie einen kleinen Aktenkoffer, dessen Kanten mit Metallbeschlägen verstärkt waren.

»Ich weiß nicht, was für Unterlagen er enthält«, sagte die Witwe, als sie ihn an Cattani weiterreichte. »Und mir ist auch ein Rätsel, warum so viele Leute bestrebt sind, die Dokumente in die Hand zu bekommen. Aber um was auch immer es sich handeln mag: Ich beschwöre Sie, Corrado, verwenden Sie es zu einem guten Zweck. Nicht dazu, neues Leid heraufzubeschwören.«

In Sorbis Villa fand wiederum eine Besprechung statt. Der Selbstmord Cannitos warf viele Pläne über den Haufen, und alle fragten sich, welche Maßnahmen jetzt zu ergreifen waren.

»Der Mann, der den Posten Cannitos übernommen hat...«, ließ sich Carrisi vernehmen. »Was ist das für ein Typ?«

»Ich traue ihm nicht«, sagte Terrasini, der in dieser Hinsicht einen besonderen Spürsinn hatte. »Einerseits gibt er sich wie ein Geck, doch andererseits scheint er nicht auf den Kopf gefallen zu sein. Er gefällt mir ganz und gar nicht.«

Sorbi war nervös. »Wir müssen sorgfältig nachdenken, bevor wir etwas unternehmen. Wenn wir die Verhandlungen mit Laudeo fortsetzen, findet sich bestimmt eine Lösung.«

»Nein, nein.« Terrasini schüttelte den Kopf. »Offenbar haben Sie noch nicht ganz begriffen, mit welchen Problemen wir konfrontiert sind. Die Ermittlungen über den Tod Cannitos könnten unangenehme Dinge ans Licht bringen. Es deutet alles darauf hin, daß vieles in Bewegung gerät. Ich halte es für besser, wenn wir abwarten und uns keine Blöße geben. Das Geschäft liegt erst mal auf Eis.«

»Nein«, warf Sorbi ein, und seine Stimme klang, als empfände er plötzlichen Schmerz. »Das ist alles andere als eine kluge Entscheidung.«

»Terrasini hat recht«, sagte der Amerikaner. »Als ich vom Tode Cannitos erfuhr, habe ich erleichtert aufgeatmet und war *happy*, sehr zufrieden.« Voller Abscheu verzog er das Gesicht. »Doch wir sind hier in Italien, und Terrasini hat mir erklärt, zu welchen Komplikationen es kommen könnte. Mhm. Es ist wirklich besser, die Finger von Dingen zu lassen, die noch mehr Staub aufwirbeln würden.«

»Aber meine Herren...« Sorbi wischte sich den Schweiß von der Stirn. »Dann riskieren wir, Millionen von Dollar zu verlieren.« Diese Vorstellung ließ ihn erblassen.

»Warum machen Sie sich solche Sorgen?« hielt ihm Terrasini

entgegen. »Ihr Finanzierungsinstitut hat bereits dreißig Millionen Dollar aus den Staaten erhalten.«

»*Yes, yes*«, bestätigte Carrisi erregt. »Und diese Summe muß zurückerstattet werden. Kein Geschäft, kein Geld. Ich habe bereits meinen Freunden mitgeteilt, keine weiteren Zahlungen vorzunehmen.«

Der Bankier keuchte so schwer, als habe ihm jemand einen Schlag versetzt. »Offen gestanden...«, murmelte er. »Ich halte Ihre Entscheidung für einen großen Fehler.«

Als Sorbi allein war, rief er Ellis zu sich.

»Meine Befürchtungen scheinen sich jetzt zu bewahrheiten«, sagte er. »Wir sind in Schwierigkeiten.«

»Oh, Paps, irgendwie kommen wir schon zurecht.« Die junge Frau versuchte, ihn aufzumuntern. »Dir fällt doch immer was ein.«

»Danke für dein Vertrauen.« Sein kahler Schädel glänzte im Lampenlicht. »Wir müssen sofort etwas unternehmen, uns auf das Schlimmste vorbereiten.«

»Ich bin bereit. Was soll ich machen?«

»Leere alle Schließfächer«, sagte der Bankier. Und während er auf die gegenüberliegende Wand starrte, dachte er über einen Fluchtplan nach.

Es schien allgemeine Aufbruchsstimmung zu herrschen.

»Ich erwäge ernsthaft die Möglichkeit, für eine Zeit unterzutauchen«, sagte Professor Laudeo.

Er war einer Einladung Sorbis zum Abendessen gefolgt, und sie saßen in einem Luxusrestaurant und aßen Langusten. Zwei junge Frauen spielten Violine, und die gedämpfte Hintergrundmusik schuf eine entspannte Atmosphäre.

»Alle machen einen Rückzieher«, meinte der Bankier düster. »Obwohl es gerade jetzt darauf ankommt, unsere Kräfte zu vereinen, um die kritische Lage zu meistern.«

Laudeo blieb spektisch. »Vielleicht haben Sie recht«, erwiderte er. »Aber ich fürchte, Cannito hat Material zurückgelassen, das uns belastet. Und wenn es entdeckt wird, sieht es übel aus. Für uns alle.«

»Wissen Sie, wer für die ganze Sache verantwortlich ist?« Sorbi legte das Besteck beiseite und sah Laudeo aus zornig blitzenden Augen an. »Carrisi und Terrasini. Ich war von Anfang an gegen ihre Methoden.« Er schüttelte den Kopf, so als könne er es noch immer nicht fassen. »Ich wollte den Frieden zwischen uns wahren und habe immer wieder einen Kompromiß befürwortet. Aber der Amerikaner blieb stur, und Terrasini unterstützte ihn. Sie glaubten, nur genügend Druck auf Cannito ausüben zu müssen, um ihn zum Einlenken zu bewegen. Und das ist nun daraus geworden: Sie haben ihn dazu gebracht, sich zu erschießen.« Bei den letzten Worten war die Stimme Sorbis kaum mehr zu hören. Er tippte sich an die Schläfe und fügte hinzu: »Wahnsinn. Heller Wahnsinn!«

»In der Tat«, pflichtete ihm Laudeo bei. »Ein Wahnsinn, der uns alle in den Ruin treiben könnte.«

Sorbi nippte an seinem Weißwein und beobachtete den Professor über den Rand des Glases hinweg. »Ich bin bereits erledigt!« sagte er. Sekundenlang wirkte er erstarrt, hielt das Glas fest und rührte sich nicht. Dann stellte er es auf den Tisch zurück. »Erledigt!« wiederholte er dumpf. »Die Amerikaner haben die Zahlungen eingestellt und wollen die bereits überwiesene Summe zurück. Wissen Sie, was das für mich bedeutet? Ich habe das Kapital benutzt, um ein Defizit auszugleichen. Und jetzt: Woher soll ich das Geld für die Rückerstattung nehmen?«

»Handelt es sich um einen großen Fehlbetrag?« fragte Laudeo.

»Er ist enorm. Ich brauche dringend neues Kapital. Sie wissen ja, daß ich kurz vor einem Geschäftsabschluß stehe, aber dazu brauche ich die Genehmigung der Kommission.«

»Ich verstehe.« Laudeo dachte nach und nickte langsam. »Der

Kommission gehören auch einige Mitglieder meiner Organisation an. Vielleicht läßt sich etwas machen.«

»Hoffentlich.« Bei dieser Aussicht hellte sich das Gesicht des Bankiers auf. »Ich darf Ihnen versichern, daß ich nichts von Leuten halte, die so geizig sind wie Carrisi. Ich bin großzügig und vergesse es nicht, wenn mir ein Freund einen Gefallen erweist.«

»Oh, das ist mir klar. Und derzeit könnte sich Ihre Großzügigkeit als recht hilfreich für mich herausstellen. Die Lage spitzt sich immer mehr zu, und vielleicht wird es sogar nötig sein, daß ich mich irgendwann ins Ausland zurückziehe.«

»Aber haben Sie mir nicht einmal gesagt, Sie besäßen einen Schatz?« Mit verschwörerischem Blick beugte sich Sorbi vor. »Ein kostbares Objekt?«

»Ja, das stimmt.« Laudeo lächelte hintergründig. »Und ich hüte es sehr. Es stellt eine Lebensversicherung dar – für den Fall, daß sich die Situation auf eine wahrhaft dramatische Art und Weise entwickelt.«

»Um was handelt es sich?«

»Ach, fragen Sie mich nicht«, erwiderte Laudeo und lachte.

Die beiden jungen Frauen mit den Violinen trugen weiße, bestickte Blusen mit schwarzen Halstüchern. Langsam schritten sie am Tisch Laudeos und Sorbis vorbei, und während sie auf den Instrumenten spielten, lächelten sie und wirkten glücklich und zufrieden.

Der Inhalt von Cannitos Koffer entsprach den Erwartungen Cattanis. Die Dokumente und Unterlagen genügten, um hochgestellten Persönlichkeiten vom Schlage Laudeos das Handwerk zu legen. Sie enthielten Beweise für einen illegalen Waffenhandel und für gewaltige Kapitalverschiebungen im Zusammenhang mit Erdölkäufen.

Darüber hinaus entdeckte Cattani eine seltsame Tabelle. Es handelte sich um einen langen Computerausdruck, der etwa fünfzig zusammengefaltete Blätter umfaßte – eine lange Liste aus Zeichen, die der Kommissar nicht zu deuten vermochte.

Er erinnerte sich an einen Bekannten, der im Rechenzentrum der Polizei arbeitete, und wandte sich mit der Bitte an ihn, die Codierungen zu entschlüsseln.

»Offenbar handelt es sich um eine Aufstellung von Namen«, sagte der Informatiker. »Es dürften etwa tausend sein, und hinter jedem davon steht ein Vermerk, eine Zahl vermutlich.«

»Und wie kann ich herausfinden, welcher Code für welchen Namen steht?« fragte Cattani.

»Das dürfte nicht gerade einfach sein. Derjenige, der diese chiffrierte Liste erstellt hat, benutzte eine komplizierte Verschlüsselungsmethode. Wahrscheinlich ersetzte er jeden Buchstaben durch einen anderen, das A zum Beispiel durch ein G.« Während er sprach, machte sich der Informatiker Notizen. »Tja, wie sollen wir nun feststellen, welches System verwendet wurde? Wir brauchen den ›Schlüssel‹, wie wir Fachleute sagen – die Tabelle, die die einzelnen Codezuweisungen enthält. Vermutlich ist sie auf einer Diskette gespeichert. Wenn Sie die finden, ist das Problem gelöst. Schieben Sie sie einfach in die Floppy-Station des Computers. Dann wird die Aufstellung dechiffriert, und sinnlos erscheinende Buchstabenkombinationen verwandeln sich in Namen.«

Der Rumpf des Flugzeuges – ein Modell, das man während des Ersten Weltkrieges eingesetzt hatte – hatte die Form einer Zigarre und war leicht nach oben gebogen. Die Maschine schien nur darauf zu warten, daß jemand in der Pilotenkanzel Platz nahm und den Motor startete.

Bewundernd betrachtete Cattani die Tragflächen, die aus dünnem Stahlblech bestanden und zerbrechlich wirkten.

Vor dem Luftfahrtmuseum glitzerte der große See von Bracciano, und die Segel der Boote wirkten wie weiße Tupfer auf einem türkisfarbenen Wasser. Jenseits davon erstreckte sich eine grüne

Hügellandschaft, und einige rundliche Ausläufer der Anhöhen reichten bis in den See hinein, sahen aus wie die Beine einer Sphinx.

»Da bin ich.« Ein gut fünfzigjähriger Mann trat auf Cattani zu.

»Danke, daß Sie gekommen sind«, sagte der Kommissar und reichte ihm die Hand. »Sie sind ein bekannter und seriöser Journalist, und Sie arbeiten für eine große Zeitung. Und genau aus diesem Grund habe ich mich an Sie gewandt.«

»Ich bin bereit, Ihnen zuzuhören«, lautete die Antwort. Der Reporter war hager, hatte ein schmales Gesicht und trug eine Brille mit großen, runden Gläsern.

Cattani berührte den Rumpf des Flugzeuges. »Im Wagen habe ich einen Umschlag für Sie«, sagte er. »Er enthält Beweise für einen umfassenden Korruptionsskandal. Illegaler Waffenhandel, überhöhte Profite aus Erdölgeschäften. Rechtswidriger Kapitalexport. Pläne für einen Staatsstreich.«

Er setzte sich langsam in Bewegung, und der Journalist schloß sich ihm an. Ruhig wanderten sie an den alten Maschinen vorbei, die den Eindruck erweckten, als könnten sie jederzeit wieder aufsteigen, den Wolken entgegen, wie vor vielen Jahrzehnten.

»Kennen Sie einen Mann namens Laudeo?« fragte Cattani.

»Ich glaube, den Namen habe ich schon einmal gehört.«

»Eine eher unscheinbare Gestalt – doch mit großem Einfluß. Er ist maßgeblich an diesen dunklen Geschäften beteiligt und hat ein riesiges Verschwörernetz geschaffen. Der Umschlag enthält auch eine Liste mit codierten Namen. Ich bin sicher, es handelt sich dabei um eine Aufstellung der Mitglieder seiner Organisation.«

»Hm.« Der Journalist sah ihn verwirrt an. »Warum stellen Sie das Material ausgerechnet mir zur Verfügung? Wäre es nicht besser gewesen, sich damit an die Staatsanwaltschaft zu wenden?«

»Ich will ganz ehrlich sein«, sagte Cattani. »In beruflicher Hinsicht können Sie mit den Unterlagen eine Menge anfangen, und das bleibt sicher nicht ohne Einfluß auf Ihre Karriere. Sie haben also ein direktes Interesse an einer Auswertung. Und damit helfen Sie mir, denn mir fehlt der Schlüssel für die Dechiffrierung der Liste. Wenn Sie die Dokumente veröffentlichen, besteht die Wahrscheinlichkeit, daß einige Leute den Kopf verlieren. Und wenn sie in Panik geraten, bietet sich mir eine Chance, diesen Schlüssel in die Hand zu bekommen.«

»Noch eine letzte Frage«, wandte sich der Journalist an ihn. »Handelt es sich um das Material, auf das Maurili anspielte? Der Mann, der kürzlich ermordet wurde?«

»Ich weiß, wen Sie meinen. Und die Antwort lautet: ja. Allerdings besaß Maurili nur einen kleinen Teil der Unterlagen, die ich Ihnen anbiete. Er verfügte über Informationen, die Cannito betrafen, der jedoch nichts weiter war als ein Glied in einer langen Kette. Von mir bekommen Sie die gesamte Übersicht.«

37

Laudeos Gesicht war aschfahl, und ab und zu zuckte es nervös. Er bewegte sich langsam, wie jemand, der kostbare Kristallgegenstände trägt.

Er nahm eine Nelke aus der Tischvase, schnupperte daran und genoß den Duft.

Ein Kellner kam, verbeugte sich unterwürfig und reichte ihm ein mobiles Telefon. »Ein Anruf für Sie.«

»Danke«, sagte Laudeo und zog die Antenne aus dem Apparat. »Ach, Sie sind's, Direttore. Nein, nein, Sie stören mich nicht. Ich habe gerade Platz genommen, um das Abendessen einzunehmen. Warten Sie, ich gehe in die Kabine.«

Er bat den Kellner darum, das Gespräch auf die andere Leitung zu legen und schloß dann die Tür hinter sich. »Nun, wie läuft's mit Ihrer Zeitung?«

»Ich fürchte, ich habe eine schlechte Nachricht für Sie«, jammerte der Direktor. Er beschrieb das Material, das einer seiner Mitarbeiter in die Redaktion gebracht hatte, und heiser fügte er hinzu: »Ich bin gezwungen, es zu veröffentlichen.«

»Sind Sie übergeschnappt?« platzte es aus Laudeo heraus. Seine Halsschlagader schwoll an.

»Es bleibt mir keine andere Wahl«, seufzte der Direktor. »Dieser Journalist hat einen guten Ruf und nimmt seinen Beruf sehr ernst. Wenn ich mich weigere, seinen Artikel zu bringen, macht nicht nur er Front gegen mich, sondern auch alle anderen. Es hieße dann, ich betreibe Zensur. Es gäbe einen Skandal.«

»Einen Skandal?« wiederholte Laudeo alarmiert. »Es wird zu einer regelrechten Katastrophe kommen, wenn Sie das Zeug publizieren.«

»Ja, ich weiß«, gestand der Direktor ein. »Aber ich kann die Veröffentlichung nicht verhindern. Es sind Fotokopien. Wer weiß, wie viele Duplikate angefertigt worden sind. Wenn wir den Artikel ablehnen, erscheint er in irgendeiner anderen Zeitung.«

»Sie haben sie wohl nicht mehr alle!« erregte sich Laudeo. »Meine Güte, wenn ich daran denke, daß Sie Ihren Posten mir zu verdanken haben... Verdammter Narr! Wann präsentieren Sie uns denn diese nette Überraschung? Wann bringen Sie das Material?«

»Morgen«, sagte der Direktor kleinlaut.

»Trottel!« schrie Laudeo und legte auf. »Morgen«, wiederholte er leise und dachte angestrengt nach. »Morgen...« Er war völlig außer sich, versuchte jedoch, einen kühlen Kopf zu bewahren. Er wußte, daß er sofort etwas unternehmen mußte, daß keine Zeit zu verlieren war.

Er nahm den Hörer wieder ab und rief Sorbi an. »Erinnern Sie sich an das kostbare Objekt, das sich in meinem Besitz befindet? Ich wäre bereit, es Ihnen zu verkaufen. Wann? Jetzt sofort.«

Laudeo verzichtete auf das Abendessen, stieg in ein Taxi und ließ sich zur Villa des Bankiers bringen.

»Sie wußten natürlich, was für ein Objekt ich meinte, nicht wahr?«

»Ich konnte es mir vorstellen«, erwiderte Sorbi würdevoll.

Laudeo öffnete seine Mappe, holte einen Umschlag hervor und entnahm ihm vorsichtig eine Diskette. »Hier«, sagte er. »Darauf sind die Daten gespeichert, die nötig sind, um die Mitgliedsliste meiner Organisation zu dechiffrieren.« In seinen Augen funkelte es, und die Augenbrauen wirkten noch buschiger als sonst. Er erweckte den Eindruck, als sei der Teufel höchstpersönlich hinter ihm her. »Angesichts der derzeitigen Lage hat der Besitzer dieses Gegenstandes ein riesiges Vermögen in der Hand. Er kann alles verlangen, indem er mit einer Veröffentlichung der Liste droht. Sie sollten die Gelegenheit zu einem solchen Geschäft wahrnehmen. Ich überlasse Ihnen die Diskette für zwei Millionen Dollar.«

»Hm«, machte Sorbi, leckte sich die Lippen und stand auf. Er legte das Polsterstück beiseite, auf dem er gerade noch gesessen hatte, und darunter erschien ein lederbezogenes Fach. Als er es öffnete, fiel Laudeos Blick auf mehrere mit Papierstreifen umwickelte Bündel, die aus nagelneuen Banknoten bestanden: Dollar, Schweizer Franken und andere Währungen.

»Ein Safe von ganz besonderer Art, nicht wahr?« Sorbi lachte.

Er griff nach einem schmalen Heft, zog einen Scheck heraus, stellte ihn gleichmütig aus und reichte ihn Laudeo. »Sie können die zwei Millionen Dollar in der Schweiz abheben. Übrigens: Warum haben Sie sich dazu entschieden, die Diskette gerade mir zu verkaufen?«

»Weil Sie der einzige sind, der so viel Geld flüssig hat. Und ich brauche ein gutes finanzielles Polster. Ich verschwinde. Morgen weiß ganz Italien, daß ich eine Gruppe von skrupellosen Verschwörern geleitet habe.« Stolz hob Laudeo den Kopf. »Schade. Wäre uns noch etwas mehr Zeit geblieben, hätten wir die Staatsmacht übernehmen können. Aber wie dem auch sei: Mit der Diskette läßt sich noch immer eine ganze Menge ausrichten.«

Eilig kehrte Laudeo in sein Hotel zurück, schloß sich in seinem Apartment ein und packte die Koffer. Zehn Uhr abends. Er war sicher, daß er den Flughafen noch rechtzeitig erreichen konnte.

Kurz darauf klopfte jemand an die Tür.

»Wer ist da?«

»Der Zimmerkellner, Signore.«

Laudeo öffnete – und riß überrascht die Augen auf, als er Cattani sah, der sich sofort an ihm vorbeischob und eintrat.

»Schließen Sie die Tür«, sagte der Kommissar scharf.

»Was wollen Sie von mir?« Laudeo wich langsam in Richtung des Schreibtisches zurück und streckte die Hand nach einer Schublade aus.

»Lassen Sie die Finger von dem Revolver!« Cattani richtete eine Pistole auf den Professor.

Laudeo hob die Hände.

»Was ist denn los mit Ihnen?« fragte er erschrocken. »Wollen Sie Geld?«

»Nein!« zischte Cattani. »Daran mache ich mir nicht die Hände schmutzig.«

Plötzlich deuteten Laudeos Lippen ein sarkastisches Lächeln an. »Oh, jetzt weiß ich, was Sie hierher führt. Aber Sie sind zu spät gekommen. Sie sind unverbesserlich, Commissario. Nur Narren wie Terrasini und Cannito konnten glauben, daß Sie sich geändert haben und auf ihrer Seite stehen. Sie haben es noch immer auf sie abgesehen, nicht wahr? Tja, aber ich nütze Ihnen nichts mehr. Der Decodierungsschlüssel ist bereits verkauft.«

Cattani verzog das Gesicht, trat auf Laudeo zu und rammte ihm den Lauf der Waffe zwischen die Rippen. »Wer hat ihn jetzt?«

»Dottore Sorbi.«

Laudeo war kalkweiß und wagte nicht einmal, mit den Wimpern zu zucken.

»Vielleicht«, sagte Cattani leise, »sind Sie mit Hilfe Ihrer zynischen Verschlagenheit in der Lage, sich zu retten. Aber Ihre

Macht ist jetzt gebrochen. Das wissen Sie. Und deshalb sind Sie bereit, all die Leute in den Ruin zu treiben, die Sie bisher wie Marionetten gelenkt haben.«

»Irgendwann«, erwiderte Laudeo, »hat einmal ein weiser Mann gesagt: ›Nach mir die Sintflut.‹«

Sorbi hatte die Diskette bereits in Sicherheit gebracht und begann sofort damit, sie als Erpressungsmittel zu verwenden. Er begab sich in ein großes Ministerialgebäude und betrat ein luxuriös ausgestattetes Büro.

»Ich verstehe den Grund Ihres Besuchs«, begrüßte ihn ein Mann im dunklen Anzug. Hinter den dicken Gläsern der Brille wirkten seine Augen unnatürlich groß. »Sie drängen auf ein Darlehen, um das Loch in Ihrer Bilanz zu stopfen.«

»Ich brauche es unbedingt«, bestätigte Sorbi.

»Hm. Die Lage ist auch für mich recht kritisch geworden.« Der Mann griff nach einem Röhrchen, öffnete es, nahm eine Tablette und schob sie sich in den Mund. Dann trank er einen Schluck Wasser. »Ich brauche mich wohl nicht noch deutlicher auszudrücken.«

Er holte eine Zeitung hervor und legte sie auf den Schreibtisch. »Sehen Sie nur. Wenn wir nicht aufpassen, sind wir bald alle erledigt. Man wird bald herausfinden, daß Ihre Bank mit Laudeos Organisation zusammenarbeitete. Wenn wir Ihnen ausgerechnet jetzt einen größeren Betrag zur Verfügung stellen, kommt das einer Selbstanklage gleich.«

»Hören Sie mir gut zu«, zischte Sorbi. Er saß in einem breiten Sessel, in dem er noch kleiner wirkte, als er war. Seine Füße berührten gerade den Boden. »Bald wird eine Liste mit unverständlichen Namen veröffentlicht. Ich habe den Schlüssel, mit dem sich der Code dechiffrieren läßt. Wenn ich den Kredit nicht bekomme, sehe ich mich dazu gezwungen, Gebrauch davon zu machen. Ist das klar? Dann gibt es ernste Probleme. Für ziemlich viele Leute.«

Er stand auf, und der Mann im dunklen Anzug sah ihm nach, als er das Büro verließ, durch den langen Flur wanderte und schließlich nach draußen trat.

»Es ist wie am achten September«, wandte sich Terrasini an Carrisi. »Tja, Sie waren damals nicht in Italien, am achten September dreiundvierzig. Es ging drunter und drüber. Alle waren auf der Flucht. Genau wie jetzt. Cattani ist verschwunden, hat sein Apartment verlassen und sich in Luft aufgelöst. Die Contessa Camastra flog nach Sizilien zurück. Laudeo hielt es für besser, sich ins Ausland abzusetzen. Und ich glaube, auch unserem lieben Sorbi wird der Boden langsam zu heiß.«

Sie befanden sich in Carrisis Hotelzimmer.

Der Amerikaner zog die Jacke aus und öffnete den Knoten der Krawatte. »Wenn Sorbi abhaut, sitzen wir in der Tinte.« Er schlug sich mit der Faust auf die flache Hand. »*Thirty millions!*« brüllte er. »Er muß mir noch dreißig Millionen Dollar zurückzahlen. Verdammt, ich lasse mich doch nicht von einem italienischen Arschloch hereinlegen.«

Das Telefon klingelte, und Terrasini nahm ab.

Als er wieder auflegte, schien er Mühe zu haben, die für ihn so charakteristische Gelassenheit zu wahren. »Dieser Mistkerl«, preßte er zwischen schmalen Lippen hervor. »Sorbi hat den Schlüssel, mit dem man die chiffrierte Namensliste decodieren kann. Und er droht damit, alles auffliegen zu lassen. Der Anruf eben stammte von jemandem, den der Bankier gerade unter Druck gesetzt hat.«

Wie in Zeitlupe zog Carrisi die Mundwinkel nach unten, und voller Verachtung brummte er: »Italiener – dauernd gibt's Ärger.«

»Wir müssen Sorbi unbedingt aufhalten«, sagte Terrasini. »Wir brauchen die dreißig Millionen Dollar von ihm.« Wütend trat er nach einem Stuhl. »Vor allen Dingen aber geht es darum, ihm den verdammten Schlüssel abzunehmen. Wenn er sich in unserem Besitz befindet, haben wir die Chance, die Lage wieder unter Kontrolle zu bringen.«

Zur gleichen Zeit saß Sorbi im Fond seines schwarzen Mercedes, und der Fahrer brachte ihn zum Flughafen von Ciampino. Der Bankier preßte einen kleinen Koffer an sich, sein Blick war unstet.

Ein Bediensteter verstaute das Gepäck im Privatflugzeug.

Der Pilot startete die Motoren und nickte dem Bankier zu, als der die kurze Treppe hocheilte und in die Maschine stieg.

Der Fahrer blickte noch einmal kurz zu ihm herein, um sich zu verabschieden. »Gute Reise, Commendatore.« Dann kehrte er zum Wagen zurück und sah dem Flugzeug nach, als es auf die Startbahn rollte, beschleunigte und abhob. Nach einer weiteren Schleife ging es auf nördlichen Kurs.

Der Mann am schwarzen Mercedes zündete sich eine Zigarette an, betrat eine Telefonzelle und wählte die Nummer des Hotels, in dem Terrasini wohnte.

»Er ist gerade losgeflogen, Avvocato«, sagte er. »Und sein Ziel ist Zürich.«

Sie machten sich einzeln auf den Weg, um kein Aufsehen zu erregen. Die blonde Ellis hatte sich für den Zug entschieden. Spät am Abend stieg sie vor der Stazione Termini aus einem Taxi und ging hastig in die große Halle, in der Hunderte von Reisenden warteten.

Sie wirkte nervös und sah sich immer wieder um, als sie sich Gleis fünf näherte. Dort hielt ein Zug, und Dutzende von Männern und Frauen drängelten sich vor den Zugängen. Auf den gelben Schildern, die an den Seitenwänden der Waggons befestigt waren, standen die Namen der wichtigsten Haltestationen. Der Zug fuhr durch ganz Italien, die Schweiz, und die Reise endete in Stuttgart.

Ellis ging den Bahnsteig entlang, bis sie den Waggon Nummer dreihundertsiebenundsechzig fand – den Schlafwagen. Ein junger Mann in Uniform kontrollierte ihre Fahrkarte, half ihr mit dem Gepäck und führte sie zur gebuchten Kabine.

Cattani hatte alles aus der Ferne beobachtet. Er näherte sich dem Schaffner, holte seinen Ausweis hervor und sagte leise: »Ich bin Polizeibeamter. Bitte sagen Sie mir, wohin die junge Frau unterwegs ist, die gerade eingestiegen ist.«

Der Uniformierte strich sich über den dünnen Bart, warf einen Blick auf die Kennkarte und sah dann Cattani an. »Das läßt sich leicht feststellen«, sagte er und blätterte in seinen Unterlagen. »Sie hat die Kabine einunddreißig. Ja, hier steht's. Sie steigt in Horgen aus, eine Station vor Zürich.«

»Danke. Haben Sie noch einen Platz für mich?«

»Tut mir leid, es ist alles besetzt. Aber in der ersten Klasse läßt sich bestimmt noch etwas finden.«

Am nächsten Tag erreichte der Zug die Schweiz. Der Himmel war grau, und aus dem Fenster sah Cattani weite Wiesen, Wälder und Bergdörfer. Alles wirkte so sauber und ordentlich, daß ihm die Szenerie wie eine Märchenlandschaft erschien. Er fragte sich, warum sich die Schweizer durch einen so hohen Respekt vor der Natur auszeichneten.

Etwa um halb zehn wurde der Zug langsamer, und kurz darauf hielt er mit einem Ruck an.

Aus einem nahen Lautsprecher ertönte eine männliche Stimme »Bahnhof Horgen, Stazione di Horgen.«

Die blonde Ellis stieg aus, zog ihren schweren Koffer die kurze Treppe herunter, stellte ihn auf die Rollen und sah sich dabei aufgeregt um.

Ein kleiner Mann schob sich an den Reisenden vorbei, die in Richtung des Ausgangs strebten. Es war Sorbi, und er eilte der jungen Frau entgegen. »Hat es irgendwelche Schwierigkeiten gegeben, Liebste?« fragte er.

»Nein«, erwiderte Ellis und fügte seufzend hinzu: »Ach, Schatz, ich habe mir solche Sorgen gemacht.« Sie legte den Kopf in den Nacken und schüttelte das Haar zurück. »Jetzt sind wir endlich in Sicherheit.« Sie lachte triumphierend – doch sofort legte sich ein Schatten über ihre Züge. Aus Frohsinn wurde plötzlich Verzweiflung, als Cattani auf sie zutrat. »Ich bin ebenfalls erfreut, Sie wiederzusehen, Dottore Sorbi«, sagte er ruhig.

Die junge Frau schmiegte sich an den Bankier. »Oh, ich habe mich wie eine Närrin verhalten und nicht gemerkt, daß mir jemand folgte. Bitte verzeih mir, Schatz.«

»Beruhige dich.« Sorbi klopfte ihr mit seiner kleinen, fleischigen Hand auf den Rücken. »Hören wir uns an, was der Commissario von uns will.«

»Sollen wir uns etwa hier auf dem Bahnsteig unterhalten?« fragte Cattani.

Sie betraten eine Wohnung im vierten Stock eines eleganten Gebäudes. »Dies ist eine Art Zufluchtsort für mich«, erklärte Sorbi. »So, und jetzt sagen Sie mir, warum Sie hier sind.«

Cattani blickte aus einem Fenster, und in der Ferne sah er das Glitzern des Genfer Sees. Er zwinkerte, um die Passanten besser zu erkennen: Ihre ruhigen, gemächlichen Bewegungen standen in einem auffallenden Kontrast zur Nervosität des Bankiers.

Der Kommissar drehte sich um und begegnete dem Blick Sorbis, der ihn besorgt anstarrte. »Sie sind auf der Flucht«, sagte er. »Die italienische Polizei fahndet nach Ihnen. Aber das ist eher nebensächlich. Eine weitaus größere Bedeutung kommt der Tatsache zu, daß auch einige Ihrer alten Freunde nach Ihnen suchen. Das entsetzt Sie sehr, nicht wahr? Was halten Sie davon, wenn ich mit Rom telefoniere und Ihr Versteck nenne?«

Der Bankier schien nicht mehr ein noch aus zu wissen. Er schluckte und ließ sich ächzend in einen Sessel sinken. »Was wollen Sie von mir?« brachte er rauh hervor. »Geld?«

»Herr im Himmel, bei euch läuft wohl überall die gleiche Platte, was?« Cattani musterte ihn verächtlich. »Geld? Geld? Wenn ich all die Angebote in der letzten Zeit angenommen hätte, wäre ich bereits Milliardär.« Sorbi beobachtete ihn bestürzt. »Nein«, fuhr Cattani fort, »ich will kein Geld, sondern den Codeschlüssel für die Namensliste von Laudeos Organisation.«

Ellis ging neben dem Sessel in die Hocke, Sorbi griff nach ihrer Hand und faßte offenbar wieder Mut. »Für wen arbeiten Sie?«

»Derzeit nur für mich selbst. Und für alle diejenigen, die umgebracht wurden.«

Sorbi war seit vielen Jahren daran gewöhnt, sich innerhalb weniger Sekunden ein Bild von kritischen Situationen zu machen. Nur auf diese Weise hatte er es geschafft, Geschäfte abzuschließen, die ihm sonst entgangen wären. Darüber hinaus hatte er sich schon oft mit der Notwendigkeit konfrontiert gesehen, von einem Augenblick auf den anderen enorme Kapitalverschiebungen vorzunehmen. Er verstand es, einzelne Aspekte blitzschnell gegeneinander abzuwägen – eine Fähigkeit, die seine Konkurrenten so manches Mal das Fürchten gelehrt hatte. Und als er nun die Absichten Cattanis begriff, zögerte er nicht.

»Einverstanden«, entgegnete er. »Ich gebe Ihnen den Schlüssel. Er hat mich zwei Millionen Dollar gekostet, aber Sie setzen mir das Messer auf die Brust, und somit bleibt mir keine Wahl. Doch ich stelle eine Bedingung: Geben Sie mir achtundvierzig Stunden Zeit. Ich muß eine Zuflucht finden, die mir mehr Sicherheit bietet.«

Cattani nickte. »Sie haben mein Wort.«

»In Ordnung.« Sorbi gewann einen Teil seiner Selbstsicherheit zurück und öffnete einen nur scheinbar leeren Koffer. Er klopfte einige Male auf den Boden, und als sich ein Teil davon löste, zog der Bankier eine kleine Scheibe hervor – die Diskette, die zu einem Machtinstrument geworden war.

»Da ist das Ding.« Sorbi wirkte jetzt fast heiter und gelöst. »Kommen Sie. Begleiten Sie mich in mein Arbeitszimmer.«

Er schob die Diskette in die Floppy-Station eines Computers, fügte Papier in den Drucker, drückte auf einige Tasten, und das Druckwerk begann zu rattern.

Oben auf dem ersten Blatt war zu lesen: »Mitgliedsliste.« Der Druckkopf sauste hin und her, und es entstand eine lange Aufstellung von Namen. Neben jedem einzelnen stand eine Zahl, manchmal auch nur ein Buchstabe.

Die Vertrauten Laudeos. Einflußreiche Leute, die doppeltes Spiel betrieben. Vor dem inneren Auge Cattanis verwandelten sich die Namen in die glitschigen Tentakel eines riesigen Polypen.*

Dann klingelte das Telefon.

»Geh du bitte ran«, wandte sich Sorbi an Ellis.

Die junge Frau nahm den Hörer ab. »Hallo«, sagte sie. »Hallo?« Sie zuckte mit den Schultern. »Es ist wieder aufgelegt worden.«

Cattani wandte den Blick vom Drucker ab, runzelte die Stirn und sah den Bankier an.

»Erwarten Sie irgendwelche Anrufe?« fragte er.

»Nein.«

»Und weiß jemand, daß Sie hier sind?«

Sorbi dachte kurz nach. »Nur mein Fahrer.«

»Wir müssen sofort verschwinden«, sagte Cattani aufgeregt. »Raus hier, auf der Stelle.«

Ellis begann zu schluchzen. »Komm, Schatz. Laß uns gehen, ich bitte dich.«

Trotz der hysterischen Reaktion seiner Freundin blieb Sorbi ruhig. Er rief ein Taxi, packte zwei Koffer und forderte die junge Frau auf, sich einen dritten zu nehmen. Er hatte sich bereits mit der neuen Lage abgefunden.

* In Italien wird die Mafia auch »Piovra«, also »Polyp«, genannt: Die Tentakel symbolisieren die vielen Verbindungen, die das organisierte Verbrechen selbst zu hochrangigen Personen in der Industrie und der Staatsverwaltung unterhält (Anmerkung des Übersetzers).

»Cattani«, sagte er leise, »Sie haben mir Ihr Wort gegeben. Ich brauche einen Vorsprung von achtundvierzig Stunden.«

Als er hinausging, knallte er die Tür hinter sich zu.

Einige Tage später klingelte ein Besucher an der Tür des Hauses, in dem Else wohnte. Die Frau des Kommissars öffnete – und starrte den Mann überrascht an. Vor ihr stand Terrasini. Und während er hintergründig lächelte, schien er sie mit der Aufmerksamkeit einer Spinne zu mustern, die gerade Anstalten machte, eine Fliege zu fangen.

»Erinnern Sie sich an mich, Signora?« fragte er. »Wir haben uns in Sizilien kennengelernt.«

»Laß ihn eintreten, Else«, erklang die Stimme Cattanis aus dem Wohnzimmer.

»Oh, ich habe wirklich Glück«, sagte Terrasini. »Ich bin nämlich wegen Ihres Mannes gekommen. Wie geht es Ihnen, Commissario? Ich habe Sie in ganz Europa gesucht, kam aber jedesmal ein wenig zu spät. Sie waren immer gerade abgereist.«

Er drehte sich um. »Ein hübsches Häuschen«, meinte er. »Kompliment, Signora. Bitte entschuldigen Sie die Störung. Geben Sie mir nur einige wenige Minuten – dann gehe ich wieder.«

»Sie sollten gleich wieder gehen«, hielt ihm Cattani entgegen, »denn Sie verschwenden nur Ihre Zeit.«

Terrasini ließ sich nicht entmutigen. »Sie waren schneller als ich, Commissario. Aber was die Diskette angeht – Sie können damit jetzt nichts mehr anfangen. Ganz im Gegensatz zu meinen Freunden und mir.« Er zwinkerte ihm zu. »Sie haben sie an sich genommen, um reich zu werden, nicht wahr?«

»Himmel, Sie wollen mich also ebenfalls bestechen!« erwiderte Cattani und seufzte. »Nein, auf Geld hatte ich es nicht abgesehen. Und Sie sind auch diesmal zu spät gekommen.«

»Was soll das heißen?«

»Warum haben Sie sich nur die Mühe gemacht, hierher zu

kommen? Wenn Sie in Rom geblieben wären... Morgen früh hätten Sie das auf den Schreibtisch bekommen, was Sie die ganze Zeit über in Ihren Besitz bringen wollten: die entschlüsselte Namensliste. Sie liegt nun in den Redaktionen der größten Zeitungen und wird morgen veröffentlicht. Tja, Avvocato, wie ich schon sagte: Sie sind auch diesmal zu spät dran.«

Terrasini lachte spöttisch. »Das war ein Fehler von Ihnen, Commissario. Der größte, den Sie je gemacht haben.«

»Wollen Sie mir drohen?«

»Keineswegs. Ich meine nur: Wenn die Liste geheim geblieben wäre, hätte sie einen nicht unbedeutenden Nutzen gehabt – als Druckmittel. Durch die Veröffentlichung aber wird sie völlig wertlos.«

»Meine Pflicht«, sagte Cattani, »bestand darin, die Namen der Leute zu publizieren, die sich, wie Sie, hinter einer Maske der Ehrbarkeit verbergen, um sich zu bereichern, um dunkle Geschäfte zu machen, um zu korrumpieren und andere Leute in den Tod zu treiben.«

Terrasini schüttelte den Kopf und sah Cattani voller Verachtung an. »Und wozu das alles? Ich meine, Sie fühlen sich nun wie ein Held und klopfen sich stolz auf die Schulter. Sicher, es wird ziemliche Unruhe geben, aber nachher glätten sich die Wogen wieder. Und dann kehrt alles zum vorherigen Zustand zurück. Kennen Sie die Legende vom Phönix, der sich aus der eigenen Asche erhebt?« Er schürzte die Lippen. »Sie können die Welt nicht ändern.«

»Nein, das nicht. Vermutlich wird es immer Leute wie Sie geben – Laudeos, die hinter den Kulissen Ränke schmieden, Cannitos, die ihnen dabei helfen. Aber ich bin nicht der einzige Cattani. Andere werden zur Stelle sein, um solche Machenschaften ans Licht zu bringen. Der Kampf geht weiter, Avvocato.«

Terrasini verlor kein weiteres Wort, winkte zum Abschied, öffnete die Tür und trat nach draußen.

Ein böiger Wind war aufgekommen, und der Rechtsanwalt rieb sich die Augen, die angesichts des dahinwehenden Staubes plötzlich zu brennen begannen.

Cattani betrachtete ein Foto seiner Tochter. »Ich habe sie so sehr geliebt«, sagte er leise, und vor seinem inneren Auge zogen Erinnerungsbilder auf. »Als ich damals mit ihr in Trapani allein war, begriff ich viele Dinge. Mir wurde klar, daß ich unsere kleine Paola über lange Zeit hinweg vernachlässigt hatte. Und daß ich dir gegenüber viele Fehler begangen habe.«

Else zuckte mit den Schultern. »Quäl dich jetzt nicht mehr damit. Es ist vorbei.«

»Ja. Man lebt für die Gegenwart und Zukunft, nicht für die Vergangenheit.« Zögernd hob er die Hand und berührte seine Frau zärtlich an der Wange. »Ich muß jetzt gehen.«

»Ich weiß. Du bist hier jederzeit willkommen.«

Cattani stützte den Ellenbogen auf den Kaminsims. »Es wäre nett von dir, wenn du mich einmal in Italien besuchen würdest.«

Else hatte sich von ganzem Herzen eine solche Einladung gewünscht, doch sie zögerte, so zu reagieren, wie es ihren Empfindungen entsprach.

»Glaubst du«, fragte sie vorsichtig, »wir könnten zusammen ein neues Leben beginnen?«

Cattani drehte sich um und nickte langsam. »Vielleicht haben wir das schon.«

Auf dem Bahnsteig umarmten sie sich.

»Bis bald«, sagte der Kommissar.

Else beobachtete, wie sich der Zug in Bewegung setzte, und Tränen liefen ihr übers Gesicht. Ihr Mann beugte sich aus dem Fenster und winkte.

Sie lief neben den Waggons her. »Corrado!« rief sie. »Corrado!« Immer schneller wurde der Zug, und bald war Cattanis Gesicht nur noch ein vager Punkt.

Sie telefonierten täglich miteinander, manchmal sogar dreimal. Sowohl Else als auch Cattani spürten, daß das Feuer ihrer Liebe, das sie bereits erloschen glaubten, wieder zu brennen begann. Außerdem: Das Leben ging weiter, und die seelischen Wunden, die sie beide davongetragen hatten, konnten nur dann heilen, wenn sie sich gegenseitig halfen und Trost spendeten.

Nach einigen Wochen traf Else eine Entscheidung und machte sich auf den Weg nach Italien. Cattani fuhr zur Stazione Termini von Rom und wartete auf Gleis neun auf sie. Der Zug aus Frankreich traf pünktlich ein, und als der Kommissar über die Köpfe der Reisenden hinwegblickte, sah er seine Frau. Sie liefen aufeinander zu und umarmten sich glücklich. Und da Cattani nicht die richtigen Worte fand, um das auszudrücken, was er fühlte, sagte er einfach nur: »Herzlich willkommen.«

Als sie im Wagen saßen, griff Else nach der Hand ihres Mannes, und Corrado legte ihr den Arm um die Schultern, zog sie zu sich heran und küßte sie auf die Stirn. Es war Nachmittag, und in der Hitze flimmerten die Straßen von Rom.

Cattani hielt auf einem kleinen Platz an, der von hohen Bäumen gesäumt wurde. Er deutete zum dritten Stock eines ziegelroten Gebäudes empor und meinte: »Das ist unser neues Heim.«

Else beugte sich zur Windschutzscheibe vor und blickte in die Höhe. »Sieht schön aus«, antwortete sie und strahlte.

Als sie das Gepäck aus dem Kofferraum holten, fuhr ein Motorrad auf den Platz. Cattani hörte das Dröhnen und drehte sich um. Zwei Männer saßen auf der Maschine, und der Beifahrer hob eine Pistole und zielte auf den Kommissar. »Solche Leute verzeihen nicht«, hatte ihn in Sizilien sein Stellvertreter Altero gewarnt. »Eines Tages werden sie sich an Ihnen rächen.« Er wußte, daß dieser Tag nun gekommen war.

Er spürte, wie die erste Kugel seinen linken Oberarm durchschlug, und der jähe Stoß ließ ihn zur Seite taumeln. Er reagierte sofort, hob den rechten Arm, zog seine Dienstwaffe und rief:

»Else, Else!« Verzweiflung stieg in ihm auf, als er sah, daß seine Frau nicht etwa hinter dem Wagen in Deckung ging, sondern auf ihn zulief und dabei seinen Namen schrie. »Nein!« schrie sie. »Bringt ihn nicht um!« Sie breitete die Arme aus, so als wolle sie ihn auf diese Weise schützen. Genau in diesem Augenblick feuerte der Mörder auf dem Motorrad zum zweitenmal.

Der Schuß traf Else im Genick.

Zunächst begriff Cattani nicht, was eigentlich geschah. Er handelte automatisch, zielte mit seiner Waffe, drückte ab und sah, wie der Beifahrer von der Maschine gerissen wurde und zu Boden stürzte. Der Mann hinter dem Lenker gab Gas, und donnernd raste das Motorrad davon.

Sekunden später fiel der Blick des Kommissars auf die reglose Else. Sie hatte die Augen geschlossen, und unter ihrem Kopf bildete sich eine Blutlache. Cattani wußte, daß für seine Frau jede Hilfe zu spät kam. Er sank auf die Knie und achtete nicht auf die Wunde in seinem linken Arm. Tränen füllten seine Augen, als er Else behutsam übers Haar strich, ihr erst einen Kuß auf die Stirn gab, dann auf die Nase mit den Sommersprossen.

Cattani stöhnte und ächzte leise, als wolle er Else noch einen letzten Gruß übermitteln.

Nur wenige Meter entfernt lag der Mörder auf dem Boden; die Kugel hatte ihn mitten in der Brust getroffen. Deutlich zeichnete sich sein Profil ab, und Cattani erkannte ihn als einen der Handlanger Terrasinis.

INTERNATIONALE THRILLER

Stephen Becker
Leben und leben lassen
9179

Nelson DeMille
An den Wassern von
Babylon 9647

Clive Cussler
Um Haaresbreite
9555

Dale Brown
Höllenfracht
9636

Martin Cruz-Smith
Sing, Zigeuner sing...
9575

John Trenhaile
Die Mah-Jongg Spione
9596

GOLDMANN